百年广西多民族文学大系

（1919—2019）

BAINIAN GUANGXI DUOMINZU WENXUE DAXI

散 文 卷

（1919—1949）

总 主 编 ◎ 黄伟林　刘铁群

本卷主编 ◎ 刘铁群

9

GUANGXI NORMAL UNIVERSITY PRESS

广西师范大学出版社

·桂林·

出版统筹：罗财勇
项目总监：余慧敏
责任编辑：唐　娟
助理编辑：王小敏
责任技编：李春林
整体设计：智悦文化

图书在版编目（CIP）数据

百年广西多民族文学大系：1919—2019：全 18 册 / 黄伟林，刘铁群总主编. —桂林：广西师范大学出版社，2019.12
　　ISBN 978-7-5598-2282-6

　　Ⅰ．①百… Ⅱ．①黄…②刘… Ⅲ．①中国文学－当代文学－作品综合集－广西②中国文学－现代文学－作品综合集－广西 Ⅳ．①I218.67

中国版本图书馆 CIP 数据核字（2019）第 217639 号

广西师范大学出版社出版发行

（广西桂林市五里店路 9 号　邮政编码：541004）
网址：http://www.bbtpress.com
出版人：张艺兵
全国新华书店经销
广西广大印务有限责任公司印刷
（桂林市临桂区秧塘工业园西城大道北侧广西师范大学出版社
集团有限公司创意产业园内　邮政编码：541199）
开本：720 mm × 970 mm　1/16
印张：591.5　　　字数：9420 千字
2019 年 12 月第 1 版　　2019 年 12 月第 1 次印刷
定价：2800.00 元（全 18 册）
如发现印装质量问题，影响阅读，请与出版社发行部门联系调换。

目　录

·1930 年代·

导　言

　　广西现代散文的发展大致经历了三个阶段。第一个阶段是1920年代，这是广西现代散文的萌芽时期，参与创作的广西作家不多，也没有出现在全国具有重要影响的散文家。第二个阶段是1930年代，这是广西现代散文的发展时期，参与散文创作的作家增多，散文作品的数量、质量也都有一定的提升，但还没有扭转在全国散文发展中相对滞后的局面。第三个阶段是1940年代，这是广西现代散文的繁荣时期，文化名人的汇聚和广西本土作家的成长共同促进了广西散文的快速发展。

一

　　五四新文学革命使新文学观念深入人心，中国现代散文在新文学革命之初就取得了耀目的成绩。但地处南疆的广西在此时期并没有明显受到新文学观念的冲击和影响。当时还没有成就卓著的新文学家到广西传播新文学的理念，而到北京、上海等新文学中心求学的广西青年也不多。1920年代，从事散文创作的广西作家屈指可数，比较突出的是韦杰三、梁宗岱。韦杰三和梁宗岱都出生于1903年，从年龄上来说，这两位作家在当时都是风华正茂的文学青年；从经历来说，他们都曾异地求学，接受新文化、新文学、新思潮的影响；从创作来说，他们大多书写自己的求学经历、成长感受和人生思考。这一时期，广西散文的确没有取得突出的成绩，但这两位作家的特点使广西散文充满了蓬勃的朝气和向上的品格。这正如同一个人的青春时期，虽然稚嫩，却生机盎然，预示了无限的可能，有着独特的身份标记和不可替代的价值。

韦杰三是广西蒙山人，是矢志向往光明，不断追求进步的壮族青年，也是一位颇具才华的作家。从中学时期开始，他就在《少年》《培英》《英光》《儿童画报》《民国日报》《广东群报》等10余种报刊上发表了大量的诗歌、小说、散文、童话、评论、杂文和译作。韦杰三的散文记录了一位优秀壮族青年的成长历程。他的《孟夏旅行记》写中学生课余的旅行生活，充满了朝气。《我之春假日记》写自己六天的春假生活，从每日清晨坚持做"柔软操"，到朗读国文、复习英文，阅读《少年杂志》《小说月报》，写文章投稿，观看演说比赛等，展现了中学生张弛有度、活泼向上的假日生活。《一个校友的自述》《一个为盲婚而战的学生》《我的苦学经过谈》《归梦》等散文都是以自己的亲身经历为题材，真实地记录一个积极向上的青年学生对生活的感受和艰难的奋斗历程。韦杰三的散文既显露了突出的才华，也存在明显的缺陷。在内容把握上，韦杰三多选取与自己生活相关的内容，有浓郁的时代气息，但他在取舍上欠精当，有些散文有流水账的倾向；在语言把控上，韦杰三的一部分文字融汇了文言文和白话文的优点，浅显易懂又典雅流畅，但也有一部分文字生涩、拖沓，明显带有习作的痕迹；在情感表达上，韦杰三的散文情感真挚充沛，但还做不到收放自如，这就在一定程度上削弱了审美效果。韦杰三的生命历程太短暂。1926年3月18日，就读于清华学校的韦杰三参加北京各界群众在天安门举行的抗议八国通牒的国民大会和示威游行，中弹身亡。他还来不及在散文艺术上进行深入探索与实践就离开了人世。

梁宗岱出生于广西百色，祖籍是广东新会。因为少年时期显示出过人的文学才华，他16岁就被誉为"南国诗人"。梁宗岱在文学创作上的成绩主要体现在诗歌，他的散文创作也明显受到诗歌的影响，善于捕捉瞬间的情思，充满了诗情画意。《旧痕》写了两个瞬间的感触，一个是与"伊"相识心动的瞬间："在那一刹那里，——

直到如今犹觉着，——心弦感着了如梦的沉默、羞怯与微笑的颤动。"另一个是与父亲在秋夜的荒野中行走的瞬间："紧握着慈父的手儿，中心不住地忐忑，——轻烟般的恐怖已渗透稚弱的心灵了。""父亲呵！稚弱的心是离不开你的慰安的。"《光流》由一首诗开篇，引出对已逝的亲人的思念。黑夜、坟场、泪痕、悲痛等经过作者的审美过滤都呈现出诗意："光流愈益宽广了，晶莹的光，射在壁间的圣像上，温柔、慈怜、圣爱的脸，遂如澄潭的月影般浮现出来，慈悲地反映出一道灵幻的圣光，暖云一般慰藉了他稚弱的心灵，他如哭后的婴儿般止了。热泪还从他的枕上徐徐地滴着。"梁宗岱这类情感细腻、诗情四溢的散文堪称美文。

二

　　1930年代，是广西散文承上启下、继往开来的发展时期。这一时期，广西刊载文艺作品的期刊和报纸明显增多，《南方》《南方青年》《风雨》《教育周报》《南宁民国日报》《桂林民国日报》《梧州民国日报》《柳州民国日报》《桂林日报》《广西日报》《梧州日报》《柳州日报》《湘漓周报》等报刊都刊载了大量的散文，这说明广西籍的散文作者和读者队伍都在壮大。但由于多数作者的信息目前无法考证，很多作品本书无法收录。本卷所收录的梁上燕、周钢鸣、胡明树、曾敏之等是当时散文创作成绩比较突出且能查找到明确个人信息的广西籍作家。到了1930年代末期，随着抗日战争局势的发展，很多作家撤退到广西，其中有些作家旅居广西的时间长达五年以上，如司马文森、艾芜、孙陵、宋云彬、韩北屏等，这些旅桂作家对广西散文的发展也做出了突出的贡献。与1920年代相比，除了创作队伍的壮大，这一时期的散文在两个方面有明显的进展。第一个方面是题材内容在进一步开拓、丰富的基础上凸显了地域特色。1920年代，韦杰三、梁宗岱散文创作的关注点都不在广西，而此时期梁上燕、曾敏之等人的散文生动地描绘了广西的城乡特色与民族风情，艾芜、韩北屏、宋云彬等旅桂作家的散文也首先聚焦在广西的见闻。第二个方面是艺术上更圆熟，与1920年代广西散文的稚嫩相比，此时期的散文在情景描绘、意境营造、人物描写、心理刻画等方面都走向了成熟。

梁上燕是1930年代至1940年代活跃在广西文坛却没有引起研究者关注的作家，他在《民国南宁日报》《广西青年》《教育周报》《教育与文化》《教育旬刊》《前锋》《迈进》《民众园地》《基层建设》等报刊发表了大量的散文和杂文。梁上燕曾任小学教师、校长、广西省教育厅科员、邕宁县政府教育科长等职，他从自身体会出发创作了不少与教育界相关的散文。《三年来小学教师生活的回顾》是对他三年小学教师生涯的记录，回忆了热心帮助自己的同事，描述了令自己难忘的学生，也揭露了教育界的阴暗面。《甜蜜的共生——呈给乡村教师们》是一篇描绘乡村教师生活的日记体散文，梁上燕本人曾说这是一篇小说，但从文体特征来说，归入散文更合适。梁上燕还创作了一些描绘广西山川景物及人文风貌的散文。《桂柳印象》是一篇游记，分八次连载于《南宁民国日报》副刊"浪花"，记录了从南宁至柳州、桂林的沿途见闻。作者写了邕柳途中的建筑、山色、田野、圩场，柳州的城区轮廓以及立鱼峰、柳侯祠、农林试验场、柳江，桂林的阳朔、良丰西林公园、风洞山、独秀峰、月牙池、象鼻山、伏波山、水东街花桥、月牙山、普陀山等。《桂柳印象》不仅是一篇优美的散文，还为读者了解1930年代的广西提供了珍贵的材料。梁上燕还有一些抒发个人情思的散文，如《孤灯只影独生愁——孤独的人生之一》《轻舟送夕阳——孤独人生之二》等。

曾敏之是1930年代最出色的广西籍散文家之一，他的《烧鱼的故事》《芦笙会——苗山杂记之二》等散文生动地描述了广西的民俗风情。《烧鱼的故事》中，苗族、瑶族居住的山区有迷人的魅力："凡到过山峦叠嶂、丛林遍野的苗瑶所居的地方，一定会为那原始色彩的朴素生活所感动的。那儿嗅不到硝烟气味，也听不到战浪的呼啸，没有人生过多污浊的泥沼，也没有伪诈的陷坑。纯朴，一种人类至性的真诚，给每一个倦旅的路人罩上人间一点罕有的温暖。"《芦笙会——苗山杂记之二》中，民族歌舞有激荡人心的力量："竖着的杉木下，已围拢更多的人了。每一个人手上拿着一管芦笙，呜呜地吹了起来。这古代乐器所迸射出的声音，震撼了整个山野。姑娘们在远远的地方唱歌附和着，俾花还用手帕向空中招展，她在人丛中歌唱着。"曾敏之这类散文中的人物描写与景物描写在精神上呈现出高度的契合。景物清新、静穆、壮丽，人物单纯、善良、豪爽，两者的融合就造就了曾敏之散文的纯真质朴、清新脱俗。

1938年10月，随着广州、武汉相继沦陷，不少作家撤退到广西，其中大部分汇聚到桂林。这些作家用自己的笔记录了逃亡的过程以及他们对广西的印象。在1930年代末期的旅桂作家中，艾芜的散文创作非常具有代表性。他的《湘桂路上》《乡行一日》《桂林遭炸记》《仇恨的记录》等散文可以看作是旅桂作家初到桂林的生活经历的缩影。《湘桂路上》写由湖南到桂林途中在火车上的见闻，荒凉的车站、拥挤的车厢、车厢中生病的军人、站台上卖食物的难民勾勒出了战乱时期令人伤痛的生活场景。但散文并没有停止于忧伤和痛苦，警报拉响时，车厢中的一位军人依然宣讲他的战地报告，他满怀豪情地说："俗话说得好，做生意要本钱。我们军人的本钱，就'不怕'两个字。有了这本钱，真是可以出生入死哩！"这位军人的豪情和听众激动的情绪使散文在忧伤和痛苦中反弹出了力量。《乡行一日》写离开桂林市中心到乡下找房子的经历，既书写了沿途美景，也记录了乡村生活的贫苦落后。《桂林遭炸记》写桂林遭受敌机轰炸的过程。文章称桂林"防空洞甲天下"："桂林山峦的好处，便是岩洞到处都是。前人称桂林山水甲天下，现在应该赞为防空洞甲天下了。"桂林人到岩洞里躲警报是家常便饭："敌机未到时，大家谈话，嚷嚷不已，及至来了，都自然然地平静起来。连苍蝇的嗡嗡声音，也可以听见。近处树上的蝉声，以及村庄内的雄鸡啼叫，更清晰可闻。人们是在这里度着静极了的受难的时光。"艾芜还细致地描绘了桂林被轰炸后的情景："我抱着珍妮，登上山坡，向桂林城内瞭望，高耸天空的无线电台，还巍然在着；别的建筑，也没有想象中那么可怕。到处燃起烟火。整个桂林城，从远处看来，还是静静无恙的，现出满不在乎的神情。只在独秀峰的南边，有一处冒起了烟子，无疑那里有几处人家，遭了敌人的毒手。想着一生幸福，平白地就此葬送了。这是不能不使人感到极端愤怒的！"《仇恨的记录》也是写桂林被轰炸后的惨烈图景。与艾芜相比，宋云彬是以日记的形式记录他在桂林的经历。宋云彬1938年底从武汉抵达桂林，1944年秋离开桂林，在桂林生活、战斗了六年。1938年12月18日，宋云彬在日记中写道："廿七年十二月十八日起，写日记。于此立愿，愿无间断。时客桂林。"在之后近两年的时间里，他在日记中详细记载了他在桂林的生活、工作与见闻。宋云彬的日记多次描述了桂林遭受轰炸以及躲警报的情景，有时笔调沉痛，如1938年12月29日，"敌机盘旋上空，向市中心投弹多枚""全城黑烟迷漫，天日无光"；有时则轻松幽默，如1939年8月16日所记的躲警报经历是一则笑谈："近防空司令部规定，敌机入省境，则在独秀峰悬红灯一盏，敌机有袭桂模样，则悬红灯两盏。寓所适对独秀峰。中午，张梓生偕其二子来，愈之亦来，而余等于十时前吃午饭，彼等来，已饭尽菜光矣。未几，见独秀峰悬有红灯两盏，亟与梓生往七星后岩躲，而警报始终未发，愈之大引为笑谈。"宋云彬的《桂林日记》既是生动的散文，也是珍贵的史料，对于了解1930年代末期的桂林文化城有重要的价值。2000年，这些日记被汇集为《桂林日记》连载于《新文学史料》。

韩北屏和孙陵两位旅桂作家的散文也颇具特色。韩北屏对广西的描写更聚焦于广西人在抗日救亡活动感召下的精神变化，《往来桂东南》写了漓江两岸的美景，但作者强调的是："静静的漓江两岸，并不就是风景宜人，更使你惊讶的，却是此地民众组织的坚强和抗敌情绪的高涨。"文章也写了边境的荒凉凶险，但作者感到骄傲的是："现在，边境的山中，早已布满了有坚定意识、娴熟训练的民间斗士了。"孙陵的散文既有浓郁的诗意，又有战斗的豪情。《初夏的山谷》中，通往前线的山谷优美如画，战士的生活是一首诗。虽然敌人的飞机多得像五月的苍蝇，但战士们都不惧怕。十四岁的传令兵身负重伤，嘴角还挂着天真的微笑。作者写女战士的歌声，极尽细腻和委婉："像一阵暮秋时节的凉风，凄清地吹送着黄昏的细雨，轻轻地飘落在萧疏的枯黄了的残林的叶子上，诉说着迟暮的零落和无尽的哀怨。又像似一股呜咽的清泉，低吟着流向苍茫的远方。眼前的一切景物，仿佛都为之寂然了，太阳失去了它的光热，歌声给带来了一种秋风落叶的萧瑟和黄昏细雨的轻愁。身旁的几树野栀子仿佛也沉醉于那歌曲的旋律之中了，如同睡梦一样，将那又白又大的花瓣，一片片地，轻悠悠地，落到了清清的流水上，打几个旋，便随着流水去了。"

作者写战地的夜色，凸显黑暗中迸射的光明和力量："军号的响声，清脆地从远方的山形上飘起来，月亮还未升起，路侧的山林是一片窈黑、如同一群群鬼怪的影子。山背掩蔽部烧起一片一片的火光，天边挤出几颗一闪一闪的星星，马蹄下冒出一点一点的火花。……在黑暗中，时显时灭地闪耀着它们的光亮。"孙陵这种柔美与刚健并存的文字既满蕴柔情，又振奋人心。

三

　　1940年代，广西散文的发展迎来了黄金时期。随着抗战时期桂林文化城的繁荣，孙陵、艾芜、司马文森、韩北屏、彭燕郊、穆木天、何家槐、孟超、傅彬然等一批旅桂作家的创作成果为广西的散文增添了分量。与此同时，曾敏之、王力、秦似、严杰人、朱荫龙、梁上燕、周钢鸣、凤子、胡明树、陆地等广西籍作家的创作也进一步走向成熟。从时间上来看，这一时期广西散文的繁荣明显呈现出阶段性的特点，1940年至1944年之间文人荟萃、佳作迭出，但从1945年开始，作品的数量明显减少。这显然与桂林文化城的繁荣与结束相契合。

　　与抗日战争的发展局势相应，关于军民抗战题材的作品是1940年代初广西散文中最富有时代气息的部分。胡明树的《南国草原上的恳亲会》、韩北屏的《寂寞昆仑关》《英雄的丕变》、严杰人的《战场月色》、孙陵的《光荣的勋章》《春祭》、陆地的《随军散记》、彭燕郊的《雨雪之怀》、孟超的《英雄的造型》等都是典型的作品。胡明树的《南国草原上的恳亲会》写发生在部队驻扎地的恳亲会。"县政府、县党部的女同志，中学、小学的女学生，钟连科鞋厂的女工，还有几位据说是发动者的广西学生军的女战士"都来到浔城附近的田间大草坪，军民一起唱歌、跳舞、看画展、亲密交谈，女同志们为战士缝补鞋袜和戎衣。作者感叹："在树荫下，一针，两针，她们在缝补破旧的戎衣。而我们的工作呢，不正是和她们相同吗？我们是军人，我们的任务不也是正在一针两针地缝补着破碎的山河吗？"在艰苦的战争年代，为了共同的目标，军民的心紧密连在一起："我们双方的精神是联系在一起的，而且永远地！使我们联系在一起的，是什么呢？是国家，是民族，是生长我们的可爱的土地！"孙陵的《光荣的勋章》中因为战争失去左手的军人非常爱惜他那只残废的手臂，"像猎人对于他得意的枪支，像儿童对于他心爱的玩具；他总是用右手触弄着摩抚着那半截光裸的肘骨，像似回忆，像似痛惜"。作者认为那只残废的手臂就是"光荣的勋章"："那确实是一只值得夸耀的光荣的手啊！就像一块光荣的勋章；那光荣是花钱买不来，强权也夺不去的。只要他在，那光荣便与他长在；他不在，那光荣也将留给他下代的子孙，不会被别人夺去的。……"彭燕郊的《雨雪之怀》书写了因为雨雪天气想起的令人感动的事。笔调平淡，却情谊深厚。在接连下了几天雨后，军队要离开小山村，村民默默地在泥泞的小路上铺了厚厚的稻草；大雪几乎要封了村庄，军队必须要赶山路，村民提前扫净山路上的雪，还用锄头挖了梯级；在多雨路滑的江南，一个士兵在急行军中跌落到田梯埂下，大家以为他牺牲了，但村民救了他，为他疗伤并帮他找到部队。一件件和雨雪有关并和淳朴的村民有关的小事让作者感动："这都是一些多么小的事呵。但就便是这些小得几乎是不足道的事深刻地感动了我。每逢到雨雪的日子，我便会更加神往地想起了这些，想起那些休养雨的、封着雪的村庄，那些像土地一样古朴的农人，深深地对他们起了信赖。而对那些衣冠楚楚者流，又怎样愤懑地，感觉到'愚蠢''麻木'之类的辱写，是应该拿来反骂他们，倒适合得多呵！"

1940年代广西散文创作中一个突出的现象是写人的散文数量很多，这一现象与社会情势的变化与人的情感需求有密切的关系。在抗战期间以及抗战刚结束的时期，很多人经历了漂泊动荡、生离死别，深刻地感受到离合不定，聚散无常。因此，很多作家在散文中书写对师长的追忆、对朋友的牵挂、对亲人的思念，对逝者的怀念。曾敏之的《顽强的孩子》《白发童心的邵力子》、孟超的《野祭张曙》、傅彬然的《忆李叔同先生》、周钢鸣的《怀念蔡楚生先生》《回忆李、闻两先生》、朱荫龙的《柳亚子先生及其诗》、胡明树的《我深爱我的祖父》、凤子的《我的母亲》《夜泣》、穆木天的《在风暴中微笑吧》都属于这一类作品。孟超的《野祭张曙》是一篇感人至深的悼念之文。年轻的音乐家张曙到桂林一周就在敌机轰炸中遇难，最初葬在将军桥以南凉水井的郊野，后因工厂建房舍被迁移别处。文章写了寻找张曙墓地以及文化界人士为张曙招魂野祭的活动。牵头寻找张曙墓地的是田汉，他说："趁我们都还健在，都还留在桂林，应该寻觅到这旷代艺人的坟墓，哪里能让他常远地离开我们，哪里能让他死后的尸骸也都迷失了所在！"田汉、孟超、张东岩在长满荒草的坟场中找到了张曙父女的断碑，一年后，文化界组织野祭张曙，大家在荒坟断碑旁沉痛地追忆张曙的事迹，也在沉痛中蓄积着力量，正如孟超的发言："在寥落的中国的艺苑里，我们是不能死的！一个人都不能死的，抗战到了如今，一个艺术的士兵补充，比普通战斗兵，还要困难；而法西斯的野兽要我们死，然而，我们偏要活下去，顽强地活下去，为了我们祖国的自由与幸福，为了我们的艺术与文化，我们不能死，决不能死；张曙是死了，我们大家补充上去，对于一个战友的死，虽然是使人衔不住泪的，但血的刺激，在我个人的心里火一般的，是因怨成愤，因愤而咬紧着自己的牙齿，这点，我想每一个站在坟场上的人，没有一个不是和我一样的。"凤子的散文《我的母亲》文笔细腻、情感复杂。作为独立的现代女性，凤子在战乱的年代离开病重的母亲，闯荡社会、追求理想，却让母亲临终留下来遗憾："自己最爱的女儿，却永远不能够遵从自己的意志，在她理想的规范里做人，一直到弥留之深，还恋恋地呼唤着女儿的乳名，带着难以弥补的歉心咽下了最后一口气！"凤子在自我发展与孝顺母亲之间陷入两难的痛苦："两个时代的距离，使得做母亲的永远永远也难以了解她的女儿。也许做女儿的自己也难以了解她自己。在人的社会里挣扎着活着下来的人，自己以为懂得把握现实，是自己以为懂得的现实把自己带上一条更艰难的路。愈受病的折磨愈燃起活下去的希望，愈在人群中摸索着的人也愈燃起活下去的勇气。同样是挣扎着要活，而要活得坚强，活得有分量，却是多么的不易！"凤子的散文既是对母亲的怀念、忏悔，也是对现代女性复杂心路的剖析。曾敏之的《顽强的孩子》写一个普通的儿童阿曼在战乱年代的成长，他是调皮的顽童，也是温柔的天使，更是顽强的战斗者，"阿曼有着代表中国抗战姿态的倔强性格"。分别之后，"我"一直思念这个顽强的孩子，在"我变成了完全孤苦无依的一个内心充满创痕的人的时候"，收到了阿曼满怀战斗激情的信，他已经参加了北江的儿童抗战剧团。"我"感慨万千："交渗着惶愧与不安，我的心碎了，我拿什么报告这位战斗倔强的朋友呢？再愧喜交集下，我伏案写了几个字：'我愿将炽热的心告诉日军劳苦大众，反抗法西强盗的侵略，不只是我们这一代站起，后一代也站起来了'。"散文中阿曼的成长都是由生动细腻的细节呈现的，既有忧伤与苦涩，也带着欣喜与希望，感情真挚，淳朴动人。

这一时期，广西籍作家王力的散文有突出的特色。王力在抗战期间写了一批散文小品，1949年结集为《龙虫并雕斋琐语》。王力的散文是典型的学者散文，重知识、逻辑、说理和议论。但这并不意味着王力的散文脱离时代，相反，王力的散文具有鲜明的时代特征，如《战时的书》《战时的物价》《疏散》等作品仅从标题就可嗅出时代的气息。他的不少散文写到了战时的社会状况，如后方生活、通货膨胀、奸商囤积居奇、贪官损公肥私等。还有一些作品是巧妙地揭露、控诉了侵略者的罪行，如《迷信》从日本军队侵略中国的日期常与"八"有关引出"日本军人的择日，大约也是从数目上着眼的"，接着就例数一系列日本侵略中国的罪行。王力的散文取材广泛而琐碎，从《辣椒》《骑马》《溜达》《说话》《劝菜》《看报》《请客》《写文章》《卖文章》《衣》《食》《住》《行》《忙》《闲》这一系列文章标题就可看出他的取材不避琐细，不避世俗，但他对琐细世俗的话题的谈论总能引人深思。《劝菜》一文从中国人的饮食习俗谈起："中国有一件事最足以表示合作精神的，就是吃饭。十个或十二个人共一盘菜，共一碗汤。酒席上讲究同时起筷子，同时把菜夹到嘴里去，只差不曾嚼出同一的节奏来。"进而引申出"劝菜"这一行为的弊端："中国人之所以和气一团，也许是津液交流的关系。尽管有人主张分食，同时也有人故意使它和到不能再和。譬如新上来的一碗汤，主人喜欢用自己的调羹去把里面的东西先搅一搅匀；新上来的一盘菜，主人也喜欢用自己的筷子去拌一拌。至于劝菜，就更顾不了许多，一件山珍海味，周游列国之后，上面就有了五七个人的津液。将来科学更加昌明，也许有一种显微镜，让咱们看见酒席上病菌由津液传播的详细状况。"王力散文中的说理与议论常常是以幽默风趣的形式展开的，因此王力的散文做到了知识性、思想性、趣味性、可读性的统一。

关于广西见闻的题材依然在1940年代的广西散文中延续，如梁上燕的《百色回忆录》、严杰人的《南宁侧影》、艾芜的《在黄冕车站》等。对后方生活的描写也是这一时期广西散文的重要内容，如曾敏之的《楼居》、孟超的《一年容易又秋风》、彭燕郊的《村里散文钞》等。还有一部分书写个人情思的抒情散文，如孙陵的《船》《怀想》、孟超的《秋的感怀》《永恒的希望》、司马文森的《银霜》、彭燕郊的《宽阔的蔚蓝》等。这些作品也以不同的特色丰富着1940年代的广西散文。

广西现代散文的发展走过了三十年的历程，既经历了起点低、发展滞后的艰难时期，也拥有过快速发展繁荣的黄金时期。广西现代散文的繁荣既是广西籍作家努力求索的结果，也是抗战时期旅桂作家推波助力的结果。本卷选录的是广西现代散文各发展阶段的代表性作品，这些作品在一定程度上呈现了广西现代散文的整体风貌，也为广西当代散文的发展奠定了基础。

刘铁群

1920年代

孟夏旅行记

韦杰三

今年春，吾校中学各级，俱有旅行之举。羊城八景外，他如荔枝湾、白云山、黄花岗、七星岩、九眼井诸名胜地，无不身经亲历。时光如矢，又值夏令，同人等再拟旅行。三四年级，以鼎湖、罗浮、飞来三山为目的地，而兼涉及东北西三江，殆将穷岭南之山水欤。二年级，则以西樵山为目的地。一年级A班，同学共二十七人，多来自遐方，而穗垣中之有名各寺观、祠庙、工厂、书院，均未及游。故同学等金以华林寺、陈家祠、光孝寺、光塔寺、五仙观、六榕寺、城隍庙诸地，为第一日旅行；而以兵工厂、广雅书院，为第二日旅行。

作者简介

韦杰三（1903—1926），壮族，广西蒙山人，笔名崎卉、苇等。1917年考入梧州道立师范。1919年春前往广州，考入培英中学半工半读，并任校刊《培英杂志》编辑。1921年转入东南大学附中，半年后转入吴淞中国公学。1923年夏，因家庭生活困难辍学，回蒙山县立中学任教。1924年，考入上海大学英文系，积极参加反帝爱国斗争。1925年秋，考入清华学校，成为清华学校最早的一批壮族学生之一。1926年3月，因参加"三一八"反帝爱国运动，被段祺瑞政府镇压，不幸中弹，壮烈牺牲。韦杰三是一位矢志向往光明，不断追求进步的壮族知识分子，也是一位才华横溢的壮族作家。他虽然一生短暂，创作生涯仅有六七年，但创作成果却数量颇丰。从中学时期开始，他就在《少年》《培英》《英光》《儿童画报》《民国日报》《广东群报》等10余种报刊上发表了大量的诗歌、小说、散文、童话、评论、杂文和译作。

作品信息

原载《学术界》第8卷第6期。

九日，早膳后出发，请邓师均恩为导。是时朝雨乍霁，旭日初升，荷池之蛙鼓未休，槐院之蝉琴复作，一若助人游兴者。渡江而北，经制雪厂。本欲同人参观，惜重扉深锁，未由问津。折而东行，过沙基，是地为我校故址。邓师指示旧居，盖已星霜卅易矣。旋入同德街，有顷，至西来初地。而华林寺已在目前，碧瓦红垩，不脱旧时面目。进门，有英文专科书舍在焉，予辈意在寺而不在校。故舍之弗问，直穷后殿。诣罗汉宫，叩门而进，罗汉五百，形状各殊，令人目不暇接。寺僧云：此乃岭南古刹，创建于梁，重修于清。道光间，特募良工之赣净慈寺，图其佛像归来，仿塑如是，计费资二万五千九百余元。噫，亦云浩矣。恐为时不足，于是遂去而之陈家祠。

是祠工程，驰名珠海。巍峨衡宇，几疑身入阿房。阶上石鼓，左右分列；院内石狮，东西对峙。户窗辟四，皆雕隶书，托以华纹，工雅莫匹。案前置肖像，即陈公太邱。其平心率物，百世之后，犹想见之。桌上供器，有珠盘，有宝炉，诚不知费几许金钱也。出祠，行田畴间，半视秧毡麦浪，一片无痕。渔父农夫，悠然自得，吸新鲜空气，诚涤尽尘襟万斛矣。

光孝街尽处，光孝寺在焉。相传为南越王赵佗故宫，古态依然。虽沧桑迭变，犹感兹宫之未泯。屏侧塑大神像四，俗所谓四大金刚也。屏后有借设茶寮者，非干净土。循阶以登，有铁塔分列左右，则梵堂也。就而审之，在东者为南汉主刘铢所铸，在西者为内侍监龚澄枢所铸。斯人何在，古迹犹存，不无今昔之感。缘廊转，而青罄红鱼，俱是千秋古皿。其式之巨，得未曾观。及卧佛阁，循梯以登，中供卧佛金身一尊，覆以锦被，俨若生人，香烛四时不绝。旁有一僧，手经危坐，盖不知其为鬼为仙也。急趋出寺，尚余洗砚池、痉发塔、乾明井诸胜迹，均未及游。

既而至怀圣寺，不得其门而入。唯仰观光塔，兀然高耸。四附苔罗，古色苍翠。塔缘街立，街以塔名。徒觉流连景仰耳。由是而五仙观、六榕寺。笑五仙之不居，幸六榕之无恙。正值赤日中停，丹云不卷。汗频抻，口频渴，躯弥苦，足弥疲。一旦借榕荫披襟当风，其乐洋洋者矣。翻阅指南，得悉当五代梁时，帝遣云裕法师，往西域求得释迦舍利。因□敕建塔于广南，梦神示地，掘之得古井九。中藏巨鼎

三、镜一、剑一，即以之镇塔。塔建九层，八角，高二十七丈，地基四丈半。底面阔一丈四尺余，顶阔几丈。第一层匾不存，次层额曰两仪高下，三层额曰三光并耀，四曰四表光被，五曰五岳推尊，六曰六合遥观，至若七星凌汉，八埏在望，九垓一览，则皆依次题词，命名为花，寓于宝庄严寺中。唐王勃省亲交趾时，路经是地，为撰塔记，勒诸壁上。宋端拱中缮修，改名净慧精舍。未几，刹毁于火，殃及塔。宋元祐间重建，复兆焚如，而塔幸得免。至宝祐而寺始建复。先是，东坡居士谪居岭南，以寺有六榕，即以六榕名之，为题一额，颜曰六榕，至今犹在。逮乎洪武六年，割寺之半，以建永裕仓。八年，僧道坚乃于塔之东偏建皇觉寺，门东向，不及曩时之堂皇矣。弘治丙辰、万历丙午，两经修葺。清同治时，将军长善集朋僚捐俸营缮。然则六榕寺之历史诚至古也，散步其间，所见亭池华羽，精丽绝伦，所置风人新□之石假山十数具尤惟妙惟肖。游目之顷大若心胸开拓，寝息山水间，万念俱忘者。园中有一石岩上刊隶书数行，为铁禅于笔。穿园径进，诣三佛宝堂。佛身磁质，光泽夺目。钟鸣三句，辞出，乃游城隍庙。

频行，电光忽作，四布黑云。雷声隆隆，风雨骤至。然庙已近，遂疾驰赴之。适至，而大雨倾盆矣。同人私庆，犹幸未作湿生也。见持香烛来拜祷者，络绎不绝。而卜者、相者、算命者、风水家，竟似蜂窝蚁穴，择肥而噬。时已日落岷嶂，炊烟四起，乃相率而归。经沙面，渡鹅潭，正值夕阳晚照倒影江中，水天一色。抵校后，则已蝉琴停奏，萤火流辉矣。

后五日，游兵工厂。该厂为粤省重要机关，故闲人非轻易得进。时各级之旅行队，咸已归来，是以乘机同游是厂。前行为导者，有张兴孝、杨仲仰、李乾甫、邓均恩诸先生。是厂在石井，去我校三十里许。粤汉铁道经之，因乘汽车往。虽其时微雨纷纷，而旅行情切，不之愿也。由黄沙起程，车中举目四顾，万里荷塘，绿茵为盖，蜻蜓点水，水光款款成双。蚨蜂穿花，花气深深清远。未几，至西村。八荒无一岭，唯有盘旋起伏，背穗垣而屏障者，观音山耳。一刹那间，远见烟筒三五，高耸云霄者，兵工厂也。未及毕视，众呼至矣。相将下车，步田畴间，如雁行蚁阵。无何，至厂门，通报后，乃进，招待其优。余等划分三队，队各导以一人。先造弹厂，次装药室，由是而制枪身、造炮壳、锻铜铁各厂，最后为造弹匣、装弹箱两室，则多为人工所造。观毕，急辞出，行未百步，而汽笛呜呜，车已开行矣。因返步西村，参观广雅书院。

行里许，又逢夏雨。冒雨前进，约十五里，众绿丛中，广雅在焉。境非易得，恍游金谷之园。梯可共登，快得青云之路。惟崇楼广厦，半驻滇军，为可惜耳。院中为省立第一中学校址，生徒分九班，数逾四百，内容完善。只以为时无多，不及久留，遂登车返校。

｜文学史评论｜

韦杰三是一个有创造精神的作家，他的作品具有鲜明的"五四"时代精神，表现了一个最先觉醒的青年积极向上的奋斗历程和大胆地反封建的叛逆精神；艺术表现手法新颖独特，不落俗套。

——徐治平主编《广西散文百年》，民族出版社，2004，第11页

｜创作评论｜

在中国各民族作家中，壮族作家较早开始新文学的转型。早在20世纪20—30年代，整个广西还处于旧文学传统中的时候，曾平澜、高孤雁、韦杰三三个壮族青年在广州、上海、北京等地接受了新文学，成为广西现代文学史上最早的新文学作家。

——黄伟林：《论壮族文学新质与新壮族文学》，《文化与传播》2015年第2期

作为壮族现代文学史上第一位作家，韦杰三以他的文学探索，使壮族文学实现了根本性的转变，开创了现代壮族文人文学的新时代，为壮族现当代文学的繁荣发展奠定了基础，为壮族文学的现代化做出了重要的贡献。

——黄可兴：《论韦杰三文学创作对壮族文学现代化的贡献》，《广西民族学院学报》2004年第6期

　　韦杰三又毕竟是活动于新文学拓荒时期的作家，兼之他的创作经历过于短促，这就不可避免地还存在着某些不太成熟的痕迹。比方说，他的短篇小说还不注意描写有立体感的人物形象，人物尽管具有个性，但不够栩栩如生；他的某些诗作还缺乏凝练与含蓄等等。因此，我们说，作为现代文学初建时期的作家的韦杰三，他与他的同时代的不少作家一样，不是以其艺术的精湛而流芳于现代文坛，韦杰三的历史贡献，在于他以自己的创作参加了五四反帝反封建的伟大斗争，并以其对新文学的多种形式的尝试、实践，尤其是以长篇自传体散文和儿童文学的创作，丰富和开阔了拓荒时期的新文学的创作领域。韦杰三在现代文学初建时期的贡献，应当得到人们的承认。

　　　　　　——钟红军：《韦杰三及其创作》，《广西民族学院学报》1986年第2期

我之春假日记

韦杰三

　　四月二日（土）　六时晨兴，天气暖甚，御单衣。下楼，至草地，行深呼吸及柔软操。盥漱毕，适鸣钟聚集，乃同登礼堂。校长照常施训词。既而监学宣布放假时期，以六日为限。退堂。早膳后，同学诸君，均束装归去。独予等以道远，不能言旋，仍留居校内。十时许，我校之运动员，因将赴全省第八次运动会，特先自比赛。窃私愧，素少运动，不克参与其盛，唯有负手旁观已耳！是夕，广州青年会，开学生演说比赛会。因偕招、莫、钟三君买棹往观。商务印书分馆捐赠银牌一对，以奖励演说五次后成绩最优之校云。

　　四月三日（日）　晨兴时，已日上三竿矣！此乃昨夜返校太晚之故。急披衣出，行深呼吸，未柔软操。盥漱既毕，手《少年》读之，觉意味深浓；洵足为吾辈新文学之良师友也。通志小学（在广州西关岭南大学附设）所以定为学生必读书者，有以也夫！午膳后，散步少顷。忽视布告牌上，贴有新闻一则。就而察之，乃载学生演说事也。欣悉前晚之比赛，我校代表周润森君，竟获首选。其演题为"我的中国改造观"。与赛者有岭南、高师、法政、师范、培正及青年会英文专科六校之多。

作品信息

原载《少年》1921 年第 11 卷第 7 期。

晚，作文，预备投稿。九时，就寝。

四月四日（月）晴　早膳后，将银八圆八角，送长堤博济医院，为前日验目光及配眼镜费。忆予目近视之原因，虽属一种遗传性，然予幼好挑灯卧读，亦殊害目力，少年人其鉴诸！顺道抵永汉马路，至商务印书馆，代诸友取《童话》《少年杂志》及《小说月报》。晚膳后，休息半句钟，乃翻阅新书。九时，始睡。

四月五日（火）晴　六时兴，照常行深呼吸及柔软操。盥漱后，趁此大好清晨，取国文朗读之。是日为清明佳节，予等以远隔乡关，不克随家人祭扫祖墓。遥望白云深处，魂梦依依。凭眺高楼，能不动仲宣之感？陈君文豹，本欲与予做郊外游，以道远不果。乃唱歌，栽花，遣兴。忽闻有声呜呜然，举首望之，乃知飞机，但不知其何自来也。旋修家书一函。饭后，偕李君绍仲散步大沙地。沿堤绿树婆娑，煤炭厂荟萃于此。游行其间，意甚得也。晚，将英文读本之生字抄清，坐而假寐。十时，始睡。

四月六日（水）晴　晨，闻摇铃声，自梦中惊醒。演柔软操及盥漱毕，读国文数首。早膳后，将各书之残缺处，以胶纸补完之。已而壁上时计，报一点矣！光阴之速，有如是者。吾辈当此青春，如不知惜时勤学，将见老大徒伤，噬脐莫及，能不畏乎？因急出书读之，直至晚膳时，始释卷。晚间习算，尚有余时，则以记日记。

四月七日（木）晴　计自放假至今，已六日矣；明日将复上课。于是预备各科学。下午，身体觉倦甚。因强为一里之远跑，又复持竿高跳，及打秋千。无何，心闷头昏，如欲呕吐状。予始悟平日少运动，殊非所宜也。犹记味蘉先生之《体格改造论》中，有曰："若将这时候蹉跎过去，到了二十五岁以后，可不必和他讲这些改造体格的话了。"予年虽少，然去二十五岁，亦不远矣。而今而后，予安敢不定时运动，以保吾生乎？下午，天气骤变，寒甚。沐浴既毕，乃将假期中之行事，检阅一过；就其中有足以自警者，录投《少年志》。

我的苦学经过谈

韦杰三

　　我生才岁余，便没了母亲，以后全仗祖母卢氏的携带。家人不知教育道理，且姑息我们（我和我同年纪的小叔）年幼，所以自五到八这四岁里的好韶光，已是冤枉地错过。而我们自己也笨怯，直到九岁，祖父送上村馆开蒙，那时还有害怕的心。自那年起，读了两年蒙馆、两年区立初小、三年县立高小。同学们多升学平乐中学，我二兄不赞成我去平乐，我自己也想专读国文一年，再作主张。过了这一年，我想去中学了，但仍没意去平乐。

　　二兄既不知道向祖父介绍梧州或广州的中学给我，而祖父又恐费用难于供给，所以缝了两件线绢长夹袍，叫我和作舟侄预备去跟温道尹（道尹号润廷，我乡人）吃十二块洋钱的书记薪水去。二哥见祖父的主张既定，笑口对我们说："好的，黎裴材（我县人）不是从书记升官的吗？他足足做了十年的书记。覃信夫也耐了很多年，现在才升到书记长，吃四五十块钱的薪金。"我听了这些话，虽然惊怕官场不知怎么应酬，但求学的本心，已无形地打消了。

　　后来不知怎么样，又去不成。二哥复对我说："有个自平南来的宗亲，叫韦统文

作品信息

原载《学生杂志》第10卷第1期。

的，他说：'你若肯信耶教，教会便送你读书，读毕业了，给你做传道功夫，住在福音堂里，包你有四五十块洋钱的薪金。'弟弟，这不很好吗！你愿意不愿意?"我答他道："我不愿意咯！"

一天，家里请年酒，我在楼上读杂志，那种恨不能够升学的怨声，不觉地流露出来。一个女客问："谁人的书声这样愁?"祖母答："杰三哩，——杰三恨他不能去到中学读书哩。"

过几天，区立国民小学来了一位学董，要请我去当教员；祖父以为从教员出身也不错（哈哈！），所以笑脸应承他。我这时不过十六岁，既没有中学去升学，所以□想尝尝教员的滋味，且得做半自修功夫，第三天便束装上任去了。没多时，萧仰贤自桂林省立第二师范来了一封书，劝我还要读书，不宜久恋教员。我满肚牢骚，挥几句什么"……无奈家徒四壁，力不从心，倘尚稍有机缘，当图再进。……"的话儿，去答他的好意。

过了一个多月，果然得着一道好消息：原来梧州省立第一师范，在六月要开始招考几十名公费生。这岂不是千载一时的好机会? 真令我喜出望外！费了许多唇舌和邮票，才邀得好友钟文杰等同行；而陈文豹仍是想来不能。这一次算我水上生活的起源，经过好几日，才到梧州。怪不料这次投考的人，竟还八百开外，那些有人面做介绍的，自然容易录取。（可从我朋友看出。）榜一出，杰三失望了，怕从此失望了也未定！

愁闷里，惊魂里，忽然李校长（号用质，我县人）对我们说："你们考不进省立师范，曷暂入这新开张的苍梧道立师范，不过多些膳学费罢了。"好是本很好的，但我自己想："我来投考的路费，家里还没得给我；现在要百五十圆一年，又怎么办得到? ……且别管那层，读是定要读的！"我自决了，便邀声大众；不独大众不愿意，就是如兄弟般的、又有许多钱的钟文杰，也立刻检点行装要走了！

唉！没法了；但无论怎样，我一个人也是要读的！于是修封迎合祖父心意的信说："……不料杰竟名落孙山，实无面目再见江东父老！所幸考入苍梧新设之道立师范，一年速成，学科较省立师范预科为尤备。如果成绩优者，闻说又有奖励。其校长、庶务，又皆依县人氏。……同考落第诸乡友，多有肄业斯校意。如蒙祖父垂怜，鼎力筹此百余元之费用，俾孙得遂好学苦衷，则感德靡涯矣！……"这封信写好，我本知家内没钱，但也深知祖父宁愿借钱供给我。去雁来鸿，果然不出所料。

在这校读了半年，寒假归去，祖父母早在预备了；他们对我说："三月间，有位同宗的连长，打从这里经过，我们请他喝酒，把你许了他做书记去了。……你看什么时候托人接回行李，好做你的前程去。"我一听这话，真是魂飞天外，魄散九霄，含泪说："不不！我还想读书！"祖母答："你莫蠢啦！别人寻书记不到，老人给你寻到了，你不做！弄钱不更紧要过读书吗？读书读得饱吗？"我不敢逆她的怒气，柔声对祖父说："做书记本来好，但弄钱不多，设使家里再也拿不出钱来读书，那便逼着了；万一有钱，李校长说是读英文最好，因为经过三两年，很多做得到的职分，最少也要做个中学的英文教员，每个月终可得百圆。李校长的儿子，已是决意在明春去了，他很喜欢和我一同去，并说我定可成功。况且韦族这样大，竟没一个饱学的人，将来如何得了？祖父，二哥已在中学毕业，莫非我不是人吗？"这些话都是迎合老人心理而说的，所以祖父果点了点头，缓缓地道："那么，你暂归师范去毕业，来年再作主张罢。"

归校刚得三个月，连连又有信来，催促我回家去讨老婆了！"什么话？还有两个月就考毕业，老婆打什么紧？况且是我没有认识的人，不愿意要的人！"写了几个"……不能，不能，万不能！……"的字样归去；哪知依旧得了几个"……女家也说万不能；除非你亲修一封书给女家。……"的答话，我愤愤地马上写封辞婚书，寄给女家。

"肯。哪有不肯？不肯我也不归去哩。"我回答问我的朋友。

到学业满期了归去，徐佑甫先生对我说："杰三很不错，别的人自己还闹要老婆，哪有屋里催讨老婆，又顺便得偷些懒，有以读书为重，而不肯归娶的理？"我说："那自然，算得什么？"

这时是七月，暂在家里自修半年，预备来春就去广州慕黎英文专校了；怪不料十一月的天气最不好，家人害病几尽，祖父起病五六天，竟一旦溘然长逝。"哦！

我绝望了，我真的绝望了！祖父死了，还有谁肯送我读书？二哥本说挑柴卖也送我读书的，但现在他主张我养牛羊，种果树了。……不不！我卖田也是要读的！"想完了，去对父亲说："我明春没钱去读书，想卖我份下几担租谷田。"父亲答："还读什么书？做教员是了。你只有这三四十担的谷田，卖去，将来吃什么？田是一定不许卖的。"吓死我了！但无论怎样，我仍是设法要去。家人没一个睬我，因为他们总是赞成我做教员好过读书的。我通天唱去，又去邀约黄赐麟、余达伦和李昭荆。等文豹自平乐寒假归来，又出力去运动他同行，说到"由慕黎而清华而留美，回来至少都道尹或外交部的科员了！"的话，然后家人才许他行。（这是描写我乡人的心理。）也因他自己能决意，不然，要是去不成。但这时我的银子，还未知道在哪儿。

约在旧历正月初八日起行了，我怎不惊起来，快请继韩哥（文豹的大哥）代我向温道尹的管家冯秀歧问借一百圆，并纳回年息三分。第二天，继韩回答我，说是秀歧说："没有银子出借。"我心更跳了，幸得硬硬的，还未有灰软。一走走到杜莫寨（属蒙山县）李兴甫先生家里去，对他说个志愿，他很赞许我，并应承代我借银，年息只消两分便得。我跑回新墟（我的乡名）来，也没敢决他定能为我借到，所以又请继韩代借。

这次确是借到了，共六十圆：邱家的四十，周家的二十；订定月息三分，更限六个月要还。利高也着哑抵，把借契写就了，又拿出田契作押了。哦！她们不相信，恐怕我将来没有还，不敢借了，除非是继韩代写一张"揭单"，那么，田契不田契，也不十分打紧了。这点凶耗传来，直令我面红耳热，咬牙叫道："誓雪此耻！若不成功誓不休！"没法儿，只得请继韩出名代借了。我于是另立借据一张及所有田契，敬交继韩哥收执，这是我自动的，他本说不消。

我收了这六十块含羞饮泪的臭铜，和我自己十余块，就依期下船了。临别之际，我和家人叩别，祖母赏了两毫钱做茶费，此外别无什么。

来到广州，二哥见我（时二哥执职广州），很生奇怪，他说："我不料你来得这么快的。"后来闻慕黎的校舍不好，便查宏英、育才两校，也是不满意。李陈两位，忽又露出归志了，害我烦闷异常；慰安了他们一番，才同入慕黎专修英文。在学校住了个多月，二哥怜恤我没钱，叫我去他办事的煤炭局去用膳，好省出一笔膳费。又给些衣裳我穿，免得花钱去缝。这半年，我刻苦读英文，天光即起，晚上读到坐着睡却去。将近暑假，四叔来了一封信，大略说："……侄于初八日起程，杜莫李家，在十四日将银送来。你家不知如何，并不为你归还继韩代借之款，并闻此项银子，已为家中用尽矣！……"看信之下，两条血泪，如泉水涌将出来，唯有哭怨我的娘亲和祖父，为什么死得这样早呢？

及暑假归去，才到县城，已听得屋里不像样子了，哭哭哭，大哭一场。归到家屋，果见祖父灵位前，摆着一张圆高桌。拖开抽屉，纸牌哪，麻雀哪，骰子哪，通堂都现丑了。我跪在祖父灵前痛哭着，把赌具烧去，大骂招赌的人们。伤心了，我在外读书，哪知道家庭事还操我的心？我到屋许久，他们仍懒洋洋地没思量为我弄回用去我的钱，好给我还那限借六个月的债。我打了无数筋斗，才把公家的田，让给晚叔和二哥两家，将银还债。但我归校的时，形容已是憔悴得不堪。我以为膳费仍可免，所以只再请李家亲戚代借三十元归校。

回到慕蔾，得梁宰光君介绍，便有转学培英中学意；但自知囊空如洗，即考得也是无用。文豹委实想去培英，所以邀我同去投考。我预备想向梧州旧同学陆哲英君借学费，因和文豹一同考入培英。哲英旧时对我说："我和你如兄弟般，你读得书，只管读书，我弄钱，尽可供给你的学费。"但这时他已忘却从前的话了；所以虽问他借，他也不肯。二哥恼我暑假归去，带来三个乡人累了他，并因我扯过了谎，所以在文豹面前说："我现在没钱再助杰三读书了。"我当这时，又因脚痛，不能来见他的面，只有闷坐校里，辗转反侧而已。

一天文豹回来说："梁宰光君可以借三十圆给你。"唉！我真感激极了，梁君和我一面之交，竟肯愿信我，真算得我生平第一个慈心人了！我二哥见文豹将行入校，又已教训了我，这回才赐我几十元，前去培英肄业。除缴学校七十几圆和置些应用东西外，已是没有闲钱了。所以信封、邮票、肥皂等各种零星物，多是用文豹的。

十月到了，父亲还没有将我的谷银汇来，使我失信于宰光，老大难过。债没有还，钱没有用，而令人痛哭的家事，还密密报来。哭没效，半夜爬起来，写封长长的白话信，去和祖母陈情，更为一封骈体信，去向父亲哀求我的租谷钱。

"唉，难了！我下学年定不得读书了！因为我家里的谷钱，只够填债台，哪里还有读书的用费？"我对文豹说。"恨我没有余钱帮助你，"文豹说。"我打算求张先生（培英监长，名兴孝）给份工读学生做；但虽有工读学生做，也还未必读得成！"我再说。这样想，头歪面皱地去见张先生，求他三次，蒙他垂怜了，我感激到了不得。但工读所得，不过五十圆，一个学期，最少也还少六十圆；不得已，暗对知己洪高煌君（广东潮州人，和我同班，德、智、办事能力等，都称全校第一）说知，并把家中情形，也老实地告诉他。我本不敢有求助或求借于他的意，不料他就是我第二位慈心人了。他宁节减自己的用费，来帮我的忙，叫我仍归校读二年级，不必虚度这黄金的韶华。真令我没齿不忘的了！

我从绝望中，一顿化为有望，真是梦想不到的事。我快快活活地跑回家去，和文豹给本乡服了多少务，又运动六位朋友，决意来学粤东。到归校时，亲属知我下期有朋友帮助的，许多送些银钱给我，因为他们此刻具有同情了啦。

第二个学年，高煌君助我的学费，他觉得这是平常的事，并没有丝毫记念；但受了他惠赐的，则无时不记在心头，总得奉还他，好使他资助旁的人，心才自安。我那年暑假不归家，仍在培英夏令馆，继续做卖书的功夫；余时试做稿子要酬，以资弥补，"然为文而至于此，亦无赖之尤者矣！"（圣陶语，见《隔膜》第八页。）假满复课，迟几月即将洪君资助我的学费奉还了。

去年上期，特别得张先生的怜爱，加多一份工读，我每日约费三个小时，于功课并无妨碍，而所缴学校诸费（百三十圆），几得全免。及夏，因欲转学南京，遂译作稿子，以备不时之需。起行时并向高煌借了五十圆，入校后又向陈文奇借了三十圆，现在尚没有还他们。以后家人若再不将我份下所有的谷钱汇来，我也唯有随时工读；倘不如愿，最后便借贷而已。

我这时深信有志有力，任你家境怎么困穷，家庭怎么束缚，到底奈我不何。回顾许多少年人，稍受一点逆境，即志馁力穷，嗟叹了事，简直可痛可惜啊！

我以后再须继续奋斗去，决意要打破难关，俾学问稍有成就，一则不负初衷，二可尽力帮助与我同病相怜的后来者。恨只恨家中俗务时常烦扰我心更以盲婚和离婚的痛苦最甚！唉！以我一个孤儿，既要自己设法苦学，又常受精神上的痛苦，使我读书难成，我怎能不和它誓死宣战？

啊！我的同病相怜的人们，别胆怯！别灰心！奋勇上！战胜穷魔！革除专制！成功的神，正在默助着你啊。

旧　痕

梁宗岱

一

我不能忘记那一天。

夕阳在山，轻风微漾。幽竹在暮霭里掩映着，黄蝉花的香气在梦境般的黄昏的沉默里浸着。

独自徜徉在夹道上伊姗姗地走过来，竹影萧疏中我们互相认识了。伊低头赧然微笑地走过，我也低头赧然微笑地走过，一再回顾地——去了。

作者简介

梁宗岱（1903—1983），广东新会人，生于广西百色，著名的作家、理论家、批评家、翻译家。少年时期显示出过人的文学才华，16岁就被誉为"南国诗人"，1923年就读于岭南大学，1924年秋赴欧洲留学，先后就读于瑞士的日内瓦大学，法国的巴黎大学，德国的柏林大学、海德堡大学。1931年秋，梁宗岱从欧洲回国，之后主要在高校从事教育工作，曾任教于北京大学、清华大学、南开大学、复旦大学、中山大学、广州外语学院。1983年11月6日病逝于广州。梁宗岱在创作、翻译和文学理论方面都取得了突出的成绩，翻译过莎士比亚的诗歌和歌德的《浮士德》等名著，代表作有《梁宗岱选集》、诗集《晚祷》、词集《芦笛风》、论文集《诗与真》等。

作品信息

原载《小说月报》第14卷第4期。

在那一刹那里，——直到如今犹觉着，——心弦感着了如梦的沉默、羞怯与微笑的颤动。

二

稚弱的心灵第一次的恐怖——

是在十二年前的一个秋夜，牛儿回栏了，渡船也停摆了，月从云幕里泻出寒光。在凄凉的月色中，我偕着我的父亲在一个迷惘的荒野上行着。

四顾景色苍茫，悄然寂然。没有密密的村庄，也没有疏疏的院落。只颓废的古刹里射出一点孤灯，伴着森森的树影，与寒月相辉耀。

木鱼声无聊地从刹里断断续续地透出来，落叶只是萧萧着。

紧握着慈父的手儿，中心不住地忐忑，——轻烟般的恐怖已渗透稚弱的心灵了。

父亲呵！稚弱的心是离不开你的慰安的。

一九二二年十月三十日

动 土 (节选)

梁宗岱

本校青年会所动土了

在这干戈扰攘、民不安居的时候，我们这巍峨的会所竟能实现。回顾前尘，春假十余日各同学的奔走跋涉，不辞劳瘁，使二万余金，安然置于青年会的座前，这是何等光荣的事！又经了月余的筹备策划，到了今天，这理想中壮丽的会所竟能动土了。数月以后，便将耸立于我们的目前了。这又是何等光荣的事！

于是无限的希望，乃与这光荣而俱来。

我们看看本校青年会的历史，知道他在过去的狭隘不安的会所中，已经干了许多事业，有相当的贡献，或者有过于他所当贡献的贡献了。

将来怎样呢？他能否与这新会所而另有一页新历史、一番新事业与相当的贡献呢？这个问题，就不能不由我亲爱的几百同学决之了。

"创业难，守成亦不易。"这是一句很确切很实在的古老话。但以之例我们的青年会，我以为还不如说"创业难，守成更难"较适合些。固然，这会所建筑好了之

作品信息

原载《培正青年半月刊》第 2 卷第 13 期

后，断不至会有变卖之虞的。我所谓守成，乃在于他的事业而不在于会所。切实说一句，就是：会所起成之后，我们的事业，果能与这会所相当，一年发达一年否？

一鼓作气，把这会所实现，有什么难能呢？奋斗到底，把我们的事业，继续地维持下去，发展下去，那才是难能而可贵了！

同学们！你们情愿做个"一鼓作气，再而衰，三而竭"的人呢，还是做个"不衰不竭"永远都是一样"作气"的人呢？这是我对于我们青年会会所动土之日，不能不问我为培正青年会会所动土日进一言各同学的一句话！

光 流

梁宗岱

祖母呵！

是你从那寂寞的泉路

寄给你眷爱的孙儿

慈蔼的探望吗？

昨夜凄忱的残梦里

你手植的白薇花的殇魂

披着迷蒙的暗月

在窗外憔悴的紫荆树上

隐约而呜咽地哀哭呢！

一九二三年七月九日夜的梦痕

他辗转地想了一回往事，热泪从他的枕上滴着。

窗外潇潇地飘了一场急雨，雨止了，远远雨洗过的黝蓝的天边，三五玄秘的星

作品信息

原载《小说月报》第14卷第9期。

光荧荧地闪耀着，幽邃的清辉，反映着他的灵台，把他的记忆的灯儿更光亮地燃起来。他重复辗转地想了一回往事，热泪从他的枕上滚滚地滴着。

室中是黑漆漆的，一切都只剩了模糊的影子，只有路边荒凉的电灯，照看壁上的耶稣圣像，显出一片淡黄的暗光，像已隐在镜光后面，看不清楚了。横窗的睡态惺忪的树影，不时地随着阵阵的微风，渺无痕迹地从像面轻轻地拂过。

记忆的灯儿，把他照到他长眠的亲人去了，热泪从他的枕上滚滚地滴着。

他无意识地望望壁上的圣像。镜上的光和他眼里晶莹的泪光，贯成了一道灵幻的金色的光流，——不知是从镜上流到眼里，还是从眼里流到镜上。

他定睛沿着光流望去，光流尽处，便是淡黄的黯光一片——电光一闪，他忽忽地，不自知地，微茫而历历如春夜的梦境一般，在一处冷森森的坟场踯躅着了，黯淡的墓影，阴沉沉地罩住了一切，野茉莉、百合花在积着冷露的白杨的败叶丛中，杂着些媚红的山花缤纷地开着，闪着寂寂的幽馨，徐温着泉下长眠的归人。

从无数紧紧的败黄的土坏中，他看见了他永别的亲人长眠的地方了，……慈母的墓，哥哥的墓，弟弟的墓和新立的祖母的墓……他们都在墓中安眠着，幽静而且和平。灰白的面庞，现出枯寂的辗然的微笑，仿佛知道他的行近一样，低微到不可闻地问他说："你来了吗?"

悲哀像墓影般罩住了他稚弱的心灵了，热泪从他的枕上滚滚地滴着。

窗外的雨滴又潺潺了，把他从浮漾的梦尘一般的幻景润醒来一切，——坟场，母亲，哥哥，弟弟，祖母……都从淅沥的雨声中如烟地消散了，他呜呜咽咽地哭起来，……母亲……祖母……

光流愈益宽广了，晶莹的光，射在壁间的圣像上，温柔、慈怜、圣爱的脸，遂如澄潭的月影般浮现出来，慈悲地反映出一道灵幻的圣光，暖云一般慰藉了他稚弱的心灵，他如哭后的婴儿般止了。热泪还从他的枕上徐徐地滴着。

一九二三年八月十三日

归 梦

韦杰三

醒觉梦中哭，

梦中无泪出；

寻思梦中事，

热泪始簇簇。

友芦是一个没有人对于他的学费负专责的学生。从前他在华南 P 校，学费半仰给于家里祖父的遗产——他份下占有的二十五担租谷的代价（每担大都值小洋四十角），半靠他自己替学校做工弄到手来的工钱。现在呢，他转学此地，——此地是寻不着工读机会的；况且，数月前他又借了一笔离婚费，把所有那二十五担租谷田，统统押当把人，做利息的抵偿去了；所以他的学费，哪里还有着落呢。

他像一个丧家犬，垂着头在风雨飘摇黑魆魆又白漠漠的迢迢的旅路上！他像一个迷途的盲人，骑了一匹倦马，踯躅着人烟绝迹茫无边际的沙漠，在不可捉摸的灰色黄昏里。

作品信息

原载《学生杂志》1924 年第 8 期。

这半年来，他心绪刻刻都在不安定的境域里。所以除掉三两个最熟识的朋友，他一概不愿意去和他们做门面的交易。每于晚饭后到海滨去散步，他定必另由一条僻静的田径去，远远看见有同学走来时，他就绕道避过他们，免得点首招呼的麻烦。

本来，有两个朋友，很可以帮助他一点学费的，只现在：一个隔离得太远了，他就近已帮助了别人；一个又因本学期的经济状况不大好，所以没有帮助他。

他本学期的学费，半是哥哥负债的帮忙，半是一个小朋友的借予。学校一放暑假，他的用费也就跟着学期一样地完了。

前几天，他收到某杂志汇他四块钱的稿资，他想："房钱和膳费，还可以拖欠，迟一点才另想法子；可是，数日来的天气，已达到华氏表八十度，这一件'灰斜布'还行吗？……"他于是跑到镇上去，买了一件浅蓝色的长衫布料子，一套做短衣服的竹纱布料子。

问题又发生了：四块钱统统买了布，缝工更到哪里去找呢！开饭的老板，来讨账也不止这一次了；可是，垫被、盖被和所有的冬衣都已当得精光，还有什么好出息！

"呀！这不是四千里外的异乡了！却如何回到家园呢？"他骇异地问着自己。从暮色苍凉、风光黯淡中，再一看看，小侄们的嬉游如故，哥嫂在微笑地向着他，祖母独自一个人半坐半靠藤椅上，一声不响。他走近祖母那边去，把飘忽不定的身躯，挨在祖母的身旁。祖母从胸膛里掏出几十个角子来给他，只瞅他一眼，依旧一声不响。

他，哇的一声哭了！

没有谁来安慰他，他尽继续着他的哭泣。

醒来，才知道是一个梦！他摸了摸自己的颊儿，幸亏还没有一丝儿湿泪的痕迹。这时正是夏末夜静的深处，剩月朦胧，万籁俱寂，只频频地听见窗外树叶沙沙，远处的溪流也在响着，——他想起好些事。微风从窗口把温情溺溺地送到他的枕边来，——来慰怜他孤凄无援的身世。

他捏着纱巾，吃吃地又在掩面低泣了！

一九二三年七月八日于吴淞口

毕业录序

韦杰三

"三年长溜溜，打什么紧？"我们初进校时，有的这样说。"渺渺茫茫的三年，真难过啊！"有的更那么说。"时间"不理会人们，尽管开它前进之车，不经意地就走了三百六十五天了；转瞬间，又是两个年头了；再一霎时，眼巴巴地看着三年的学程，飞过去了！——这是母校下"逐客令"的时候，也就是"毕业录"要产生的时候！这时候，我们按一按肚皮，才惊觉着"空空如也！""唉，时间真快哟！三年比黄金还贵的韶华，又白白地付诸东流了！……"我们面面相觑着这么说。然又何必呢，"生命是一本六十页的小册子"，我们现在只翻了十几页二十页，未翻的还占三分之二，就单说学校生活，也还有十年；我们正不必追悔"过去"，我们只努力于"现在"和"将来"。不然，十年后又怎保我们不会追悔"现在"像现在的追悔"过去"呢？那时节，才留下些可忏悔的泪痕，真噬脐莫及了！

我们在夏日之下，不独不觉得它的可爱，而有时反觉得它的可恶；但冬天一降临，肌肉受寒冷的剥食，就回忆着和夏日接吻的甜蜜了！我们睡在母校怀里时，不觉得有什么深厚的情感；一旦分开手，掉转身，月移星散，灵魂受干燥的侵袭，就

作品信息

原载《学生文艺丛刊》1925年第1期。

想再尝和旧师友同处的滋味了！在秋风徐起的日暮时，在百无聊赖的月夜，我们的相思便开端了："他，是多好的一伴侣；我整日地和他胡吵，连一句心里话都没有谈！……他，是多好的一个朋友；我何必伤他的感情！……他，又是多好的教者；我还没有交结他，甚至错过了他的好指导！……他……他……我……我……唉！……"恨只恨我们这"生命之册"一页页地顺翻下去，永也不能倒翻上来！即在没有翻完的时候，也无法可以重阅一遍。所以过去了的，只好在回忆中去想象，回忆中模糊的影子，怎能不令人感慨系之？

冰心女士一首短诗说：

轨道旁的花儿和石子，

只这一秒的时间里，

我和你——

是无限之生中的偶遇，

也是无限之生中的永别！

再来时，

千万同类中，

何处更寻你？

那么，只有这"毕业录"了，只靠这"毕业录"的维系一切了！

待他年——

回首旧同游，

天涯人远偕春老！

离别情何深，

慰问书毌少！

君兮君兮近何如？

唯有尺素书；

尺书无多字，

一字一唏嘘。

文章有神交有道，

岂必朝夕共起居？

一九二三年十一月十九日夜十一点半钟在蒙山县立高小

游　伴

梁宗岱

　　我在广西的时候，邻家有一个小我两岁的女伴。我们住的那条街，算是城中广有的殷商富户，多聚在这里。所以我的女伴，实在不止她一个。不过她是和我最好而又最美丽的罢了——真的，我记得那时她的母亲也异常的漂亮呢！

　　那时我不过十二三岁罢，她常常随她的母亲到我的家里，也有许多时是自己来的。我每放学归来，便和她玩在一起，有时继母或先祖母命她到她们的房里取剪刀针线，我便不知不觉地也跟了去。我的祖母有时候很好弄些馍馍糕粉一类的东西。弄好了就必定拉她过来同吃，所以她在我的家里，倒好像在她自己的一样。

　　街坊好事的父执辈，常常拿她来笑我，我有时竟不敢和她玩了，但不久便又置诸脑后，不是忘记了便是不暇去顾及。有一天，我的姑母也当着祖母她们一班人的面前，笑着问我说，"得着她，你也心满意足了吗？"我那时恨不得大胆地说出"心满意足了！"但终于忸怩不敢出口。

　　有一次，我们竟反面起来了。也记不清楚是谁触犯了谁，总之我们是气愤愤地散了。那晚我无精打采地放学回来，便跑到我的读书楼，伏在桌上把笔无聊地画来

作品信息

原载《小说月报》第16卷第2期，收入《诗情画意：梁宗岱散文随笔选集》(中央编译出版社2010年版)。

画去，楼的窗口和她的后楼的窗正相对，中间隔着一片二方丈左右的空地，那便是她的后园。一会儿，隐隐听见她的楼上的脚步声——果然是她来了，只在窗口怯怯地张望。"过来吧。"我轻轻地招呼着说。于是她便急急地转身从门口跑到我的小楼上。她坐下，我们握着手，我们相哭起来了。"我错了，"我呜咽着说。"我错了。"她也呜咽地争着说。"不，是我错的。"我又争着说。

"……"

我们这样争让了一会儿，眼里的泪痕也渐渐地干了。我忽然换了口气说："我们都没有错罢。"于是她笑着放松了手，我也笑着放松了手。

我家里有一个露台栽着各色的花，但并不是一个人种的，大约我的父亲种莲花菊花，继母种兰花玉蝉花，祖母种茉莉花及一株多年的白薇花，我却种玫瑰小竹麦冬草之属。我种的玫瑰又有多种，白的、红的、粉红的，又有月季呀，杨妃红呀……约有六七盆之多。每天早起和晚上，多是轮到我灌花的。因为我们没有园丁，而父亲他们又多没得空闲。我那时很有一种癖性，看见父亲他们把花从枝上摘下来，总觉得非常心痛。每每发现有些开了的玫瑰花不见了，虽明知是祖母摘给妹妹的，也要咆哮了一回。可是每逢她到来，我却毫不吝惜地给她一两朵。我的祖母常常因此带笑地骂我。有一朝，大概是礼拜朝罢，我起晏了一点，正在殷殷勤勤地灌着花，她忽然地来了，满面笑容地问我要花，说是今天要同母亲探亲戚去。那时春日的朝阳映着她柔嫩的两颊，愈觉得旖丽动人。我把她的手紧紧地握了一会儿，才摘了五六朵给她拿住，又选一朵还未开透的粉红的给她插在发上。谁知妹妹也跑了来了，硬唆我要。我不得已也摘了几朵给她，但我还仿佛记得，我那朝并不懊悔，反而非常欢喜。因为由她开口问取的，那只是第一次。

那年我便随了我的父亲东还了。我所最不能忘怀的，她和那些花当然也在内。

两年后的暑假，家曾上去一回，可惜年光把我们带得远了好些了，已经不再有从前的亲热！……

到现在匆匆又过了五六寒暑，她的消息也许久隔绝了。有时在心里猜想，"或者已嫁了人罢"，便不禁默祷她夫妇的多福。而对于她的忆念，尤其是在凄凉抑郁的时候，总和我自己的童年的忆念而俱来。

这回和我父亲在香港中的一夜，我又把我在广西时的游伴一一问他一回，知道有的嫁了，有的娶了，更有的化为异物了。都相与唏嘘太息不置！可是不知为什么，我总不敢问及她。后来终于从父亲的口中，令我起了一阵凄恻欲绝的呜咽。……她已在前年的秋间宛转地萎了，像她那朝发上带露的粉红的蔷薇一样！

一九二四年一月十六日于印度洋船中

1930年代

三年来小学教师生活的回顾

梁上燕

在《教育周报》上，发表了一篇小说，虽然只是几页幻想出来的日记，但是却成了我脱离小学教育界的一种纪念，因为《甜蜜的共生》发表之日，就是我脱离小学教育界的时候！

服务教育界已经有三年了！在生活恐慌的时候，走进教育界；又从生活恐慌的时候，退出了教育界！我对于教育，不是没有专业的兴趣，可是而今一旦脱离了，若果从教育的立场上，我是一个罪人了！

作者简介

梁上燕（1907—1994），广西南宁人。民革党员。邕宁县立师范讲习所毕业，广西行政研究院第三期结业。历任小学教师、校长、广西省教育厅科员、邕宁县政府教育科长、广西百色区行政督察专员公署秘书、广西省政府设计专员、广西教育研究所编纂、国民党广西省党部训练科科长、《民团周刊》编辑、桂林《中央日报》副刊主编、《广西建设》主编、《民团丛刊》主编、广西隆山县县长等职。1930至1940年代活跃在广西文坛，发表了一批小说、散文、杂文。1949年前著有《乱世哲学》《战时基层文化工作》等书。1949年后曾在七三化工厂门市部工作，1985年被聘为广西文史研究馆馆员。曾任政协南宁市委员会第四、五、六届委员。晚年撰写了《南宁地方史十志》《青山志》《艺文志》《掌故志》《文化教育志》《兵事志》等书。

作品信息

原载《教育周报》1932年第31期。

也好，一个犯罪的人，倘若能够把他所以犯罪的原因，无须用无情的刑具来压迫他，他自己很忠实地诉述出来，或者会获得一种同情的宽恕，或是非议的责骂，我的心是情愿领受的！

三年的小学教师生活，已经过去了！过去了，何必又要回忆它呢？因为在这个期间里，我曾经尝够了小学教师所受的痛苦和人世间尽有的辛酸！虽然在这个残酷的现社会里，还有许多同胞比我更苦，可是我们的苦总非有特别的味蕾是尝不出来的！我想，趁着我的情绪未消灭的时候，把我在三年的时间中的一种生活印象，对于事业之兴趣，以及教育界的一切滋味写了出来，博得人家的一个辱骂也好，同情也好，我是不管的！

我能够混进小学教育界去，全是师范时代的先生吴师之力，他荐我去邕宁城区第二小学校去充当一个级任教师。初进去一个新的团体去生活自己总觉得凡事都生疏，我第一次站上讲坛去的恐怖情绪，至今还没有熄灭，因为许多孩子们都像在不欢迎我一样的。因为讲话时声音的颤动，给孩子们以恶劣的印象，在第二天我担任的那一班的教室里，黑板发现了这些字迹："打倒国音不正的先生！"这些字影到我的眼帘，我的心是如像受刀刺一样痛苦。国音正确与否，我实在没有自信的能力，与其敷衍了事，不如一走了之。后来我把黑板上的字抹掉，同一位同事相商，打算过一个周便把职务辞掉，后来终于给他挽住了没有实行。于是我设法走去借了一架国语字母读音的留声机片，拿去在讲堂上唱了一遍，我自己再读一遍，孩子们对于我才有一些好感表现。于是我便去把本市书坊所有关于国音之书，一概购回参考。这是关于初进学校的记录。

到了学期终结的时候，恐怖的情绪是充满了我的一个脆弱的心，为的是恐怕下学期的聘书不到手。为了这样，时时都想设法逃出小学教育界。但是校长吴景俊氏，每于学期结束的时候，她虽然给我们一伙"下学期我在你们也在"的定心丸，但是因为成例——每到学期结束必更动教师——非常之风行，终于是恐慌着。

记得有一次，学校是被人告上教育局，此事曾载报章，谓学校办理不良善，同时校长也接到一封用教育局信笺信封的匿名信，大意是逼校长辞职，后来学校调查清楚知道是那些想做校长的野心家干的勾当，呈文又没有真实的人和地址，也是一个证明。当时，我入世未深，暴跳如雷，要把这一封有教育局笺封的匿名信，公开出来，想由此而揭穿教育界的一些黑幕，但是校长总不允许，她说，社会自有公论。这一桩事情，给我的印象很深。在当时也曾做了一篇文字，投去报社想出一些气，后来终被一位编者——莫伯挺——婉词拒绝发表，莫伯挺是我在对日会工作时的同事，他不独拒绝，而且还教我一些时代之污点与世故！

至于在这三年间的同事，虽有十多个，但是最了解我的是现任邕城二小生活指导黄震瑛先生。他和我的关系总有一种说不出的情感联系着，为了事情的不对，或是工作上发生意见不同时，我骂他，他骂我，但口一停相爱情感便又回复。除了黄震瑛先生，有一位就是陈旦天先生，他是鼓励我学水彩画的一个人，同时他是我的义务教师，而今我和旦天先生的情感是很好的，虽然曾在教育周报和他做文字上之争论。其余的同事，时时都很乐意指导我，限于篇幅不分别述叙了。

在三年中所教过的学生也有几百之多，但是学生中最给我印象深的是符世荣，他这一个学期要在高小毕业了。他的父亲是一个残废者，贫穷和不幸缠着他，他寄养在叔伯家中，受那寄人篱下凄凉的不幸的刺激委实不少，学费书籍因为穷的缘故，多为先生所供给！他当受人赠给书籍的时候，眼泪是涌上了眉睫，我亲自见到的有一次，我为了他的一切与我的命运如同出一辙，有时只有一个同情的对泣！符世荣同学他是二小的高才生，他自小就具有一种聪慧，各个先生都爱他，水彩画和铅笔画画得很好，作文我已经介绍过在报上发表的有三四篇了。可惜太穷，他永远是一个不幸者吧！我脱离二小时，谈到符世荣的升中学问题，大家只是叹息。

至于小学教育界的穷酸，我曾发表过三篇小说，一篇是《悲剧的题材》，登在《南宁民国日报·副刊》上，内容是描写民十九年滇军围邕时的小学教师所受的痛苦情况。一篇是《教育饭碗》描写一个督学用手段夺取教师的位置给他一个亲友做，也登在《南宁民国日报》。一篇是《田先生升官去了》，内容是一个受不起精神上刺激、物质上压迫的小学教师另图别业，登在《教育周报》。借着文艺作品来发泄在小学教育界受到的苦闷的，不知过多少次，但终没有一些的回响！

关于小学教师待遇之改良，我也曾撰拟文字发表意见，但是终没有回响，因为说得太多，反而自己觉得羞怯起来，而不敢多说了。

关于小学教师的自学机会，真是少了！总没有一些时间自学，而时常又需要新的知识，不独学校参考书没有，就是自己所买的书，也全恃着两文微薄的稿费！因为用稿费买来的书，所以在书箱上，我刻了些别人看了惊异的词字："脑汁""汗珠""心血""黄连"等。

我的房间常粘贴些字句，以为座右铭，有两句是自撰的："既然做了就努力做去，敷衍了事是害人害己的。"有两句是夏丏尊先生的："命苦不如趁早死，贫穷无奈做先生。"由此可以知道我对于教育界的灰心了！虽然是这样，但是我服务教育界的心有时一热热到沸点，每周做了四十二小时的工作，而正课只有二十四小时；一冷冷到冰点，托病请假。

在小学校中，有时想学丁超办燕子矶小学的精神，有时又想跑路！这是为了什么？大约是《教育周报》编者裴本初先生说"人是环境的产物"所致的吧？！

当我脱离教育界的初时蒙某公厚意荐于广西民众教育馆筹备主任裴邦佐先生，裴先生聘我担任助理员的职务，后来因为派实负责编一刊物，该刊物有译述一项，深恐要校阅原文，我连一个外国字也不识，只有婉词辞职，以让贤能了。初进民教馆，裴先生对我的指导，使我感激得几乎流泪，只因不敢以个人之私利，以误公事，只得忍痛辞职的！

一切让它过去吧！在而今，还有什么话说呢？！

一九三二年于总理诞辰

街上的故事

胡明树

一件可怕的东西发现于我的身旁，我在行着。

四只脚撑着，横着身体，动也不动，没有毛——不，大约脱了毛。我觉得害怕。

很似博物院里的标本，我也这样地以为。正因为是在市里，而且它又是站在店门庭旁边，所以，我这样地以为，是应该的。我怕。

动也不动，我恶意地看着它。不是标本，只是一层污面灰色的皮包着些什么，横着身体，四足撑着而已。死的！我想。正因为它动也不动，没有毛，而且可怕，

作者简介

胡明树（1914—1977），原名徐善源，笔名徐力衡、陈姆生、平行、明士等。广西桂平人。1929年就读于中山大学附中，1934年赴日留学，1937年归国。抗战时期，先后编辑《诗》《文艺科学》《诗月刊》等。1946年至1949年参加民主运动，并在香港先后主编《儿童周刊》《学生文丛》《少年时代》等。1950年至1953年任广西文联筹委会副秘书长、《广西文艺》编辑。1954年至1957年任广西文联副主席，兼任中国民主促进会广西委员会副主任委员、广西政协委员、民进中央候补委员。1974年调广西第二图书馆（今广西壮族自治区图书馆）工作。1977年病逝。著有长篇小说《冯云山》，中篇小说《江文青的口袋》、《初恨》(原名《娜娜珂》)，短篇小说集《失意的洋服》《甘薯皮》，长篇童话《小黑子失牛记》《小黑子流浪记》《海滩上的装甲部队》等，诗集《朝鲜妇》《难民船》《良心的存在》等，翻译《海涅政治诗集》《三只红蛋》等，还创作了一批散文、杂文和评论等。

作品信息

原载《南宁民国日报》1932年6月22日。

所以，我这样地以为，是应该不错的。

我好奇，伫着脚步。它为着□定我的"以为一之故，转了转眼，闪着。"

我于是决定它是疯的。我走，它不追来；到处都有人，它也不去乱咬。于是，我的"以为"又给否定了。

我再走近去看。我说：你这古怪的狗！

哦，我怕！它说着："要怎样才能满你的意！"我闻了，耳红面热，难乎为情。我的侮辱，是自取的。若以为它没有说着这样的话时，我不信，我可以拿它的嘴的颤动的事做证。

读了成十年书，还要受一条将死的狗的侮辱，还不够应付一只狗向谁说呢！

它是死了的，因为我说它死了的。它应该是死了的。我当它死了的。

这样了的狗，还不死，到底留恋些什么呢？

它是死了的，我说它。

这还是早上六点多钟的时候，太阳还没有出现，是清晨情景。我为什么在隔着江的市场的街上行着呢？

五点钟的时候，送客过江搭船。是一个五年前的同学，我们还是那么的幼小，现在他高了许多，几乎不能认识。

客人已去得远了，独留我在街上乱跑。这是怎样的心情呵！

可是，我在街上遇着了这样的故事，已将我的客去后的心情打破，消灭！我希望，再有第二次狗的故事的到来，将我的今日以前的一切打破，消灭！创造新的将来！

一九三二年五月二十八日午夜

┃文学史评论┃

胡明树的创作广泛涉及了诗歌、小说、散文，他的创作有一种明显的文体互渗现象，在他的散文创作中有一种诗与散文相结合的抒情性特征。

——徐治平主编《广西散文百年》，民族出版社，2004，第35页

轻舟送夕阳

——孤独的人生之三

梁上燕

整天的工作，把我陷入疲劳的状态中去，更兼酷暑蒸人，使我感到极度的不安；而学校又是尘土弥漫着，没有花木没有凉台，在纷扰中，真令人发生无一片清静地的感想。在这样的夏天，我虽没有幻想到南宁会有汤山、莫干山、碧云寺等避暑的胜地出现；然而，我总希望有些较好的避暑处所出现。但希望，终于是希望罢了！

饱受着酷暑的压迫，于莫可奈何中，给我想出了一个方法。独自己一个人，沿着河流独步，玩味我凄寂的孤单。可是肮脏而又不整齐的河岸，没有长堤那里一样，行起来实在没有味儿，于是只得雇了一个小艇坐坐。

上了小艇，拨棹于微波中，凉风从水面上送来，一阵紧似一阵，这时凉生两腋，溽暑顿消，使我感到飘然。这样的一条小河流，既没有汹涌澎湃的波浪，用不着担心翻船覆浪。小艇子在水面上如浮萍般地浮荡着，不有震撼的动摇，真是快乐极了。

在这里虽然找不出海洋中的海鸥队队，逐水相戏；更找不出那桨声灯影中的秦淮河一样情景：没有荔枝湾那般风景媚人；更没有西湖那样的风景；然而，独自一

作品信息

原载《南宁民国日报》1932年6月24日。

个人，乘着小舟一个，往来于夕阳的余晖映照着的江中，天际的晚霞，倒映在水里，如金鳞一样的波中，真有令人分不出水与天的情景来。还有那些倦鸟投巢，不时飞过；纷扰的码头上的声音，不时还夹着几声汽笛传来：在夸示着它的热闹似的。其实这只有纷扰，没宁静的纷扰而已，其他，并不感觉到什么！

孤舟孤人，玩味着孤单的滋味！这滋味虽没有充满了醇分的葡萄美酒一样甜，但是也没有黄连一样苦；若果硬要说出真正的味道来，委实有些难，因为不能够用味蕾去尝得出来的！

乘着轻舟荡漾于微波中时，好像若有所失，虽然不曾脱口吟道"问佳人何处？""涉江谁为采芙蓉"一类的诗句，以发泄情感，但是这种若有所失的情绪，终不能消灭，这是为了什么？啊！记起了！失了拨棹谈心的人儿，那美丽的人儿！问佳人何处？！

触景伤情，一股悲酸，涌上心来，情难自已！啊！早知今日，又何必当初呢？孤独的味儿，实在如黄连一样苦！

苦！在我的味蕾上不过是刹那间的刺激，一瞬间，过了一转瞬间，又不感觉到什么了！所以我不像少年维特一样钟情而自杀，而今反觉得孤独的有味，这味是由这样得来的：今日的你，昔日之我！明日之你，今日之我！他不过一个玩弄物而已，并不是敌人啊！因为这样，黄连的苦汁又变成了葡萄酒浆了！

寄语那人儿，失恋的青年无恙！现在他玩味着单调的人生，每于夕阳西下，晚霞布满天际的时候，他乘着轻舟送夕阳归去！

甜蜜的共生

——呈给乡村教师们

梁上燕

师专筹备了！师专招考了！师专就要开学了！这些消息传到我的耳鼓一次，就感到痛苦一次！这种痛苦的感受，完全是因为我自己的命运不好，不，不是命运，是缺少了金钱的力和智力罢了！为了缺少了金钱和智力，我不能到师专去！

被摒弃在幸福圈外的人，只有徘徊于悲凉的人生道上！这大约是希望变成失望后所有的现象。我的脑海，浮上了一幕幕乡村教师生活的幻影，把这些幻影写了出来，便成了一幅甜蜜的共生的画图。

谨以此拙劣的文字，描写这一幅幻象的残痕，以纪念我不能到师专去的失望的悲哀！

梁上燕附志

作品信息

连载于《教育周报》1932 年第 25 期、26 期、27 期、28 期。

一月二日　晴　星期六

我的掌心中有血，这些血是和曼芙抢东西弄伤的。这是值得的，在这时代做什么不需要汗和血。陶行知说得好：

"滴自己的汗，吃自己的饭。自己的事情自己干，靠人靠天靠祖上，不算是好汉。"

育才小学校董的聘书收到了，"到乡村去!"明天便可实现。今天不能走，因为教育局局长请饭。局长请饭，也是一桩值得记的事，社会里常有什么县长局长的宴会，但很少是请小学教师的，这些若果不是有特别的用意，或有什么企图，不会这样干的，难道是局长礼贤下士?

曼芙和我同赴宴会，许多人已疑是夫妇，可发一笑。

一月十日　早上颇冷　星期日

早上还是很冷，使人感觉到寒的残酷! 今天是星期，也就是到校后的第二个星日。

曼芙一早便说要去游游菜圃，我想去拜访拜访乡董先生。于是把游菜圃的意见打消了。

吃了早饭和曼芙去乡董家，乡董先生陆翁，是五十来岁的老者，态度和蔼可亲，商借荒地做校园也蒙他允许，他并捐赠花盆五十个，开辟的工作他叫工人帮忙。这事给我俩以极大的安慰。

从陆家归来学校的时候，校门有个七八岁的乡下姑娘，衫破裂了，我叫曼芙替她缝好，曼芙有些羞涩地，我婉词劝导，终于缝好了。后来，到了晚上那姑娘的母亲来向曼芙道谢，我们感觉到很快乐。

一月十三日　温和　星期三

孩子们大噪，早上举行临时肃静，效果很好，嚣叫和噪杂的声不闻了，实行自己的一个理想的方法，获得到美满的效果，便感到极度的愉快。

六十个孩子，两个人担负教训的责任，起初我以为必定麻烦，谁知一些麻烦也没有，从早到夜没有倦色。真是奇事!

下午，校工请假，我去老远老远的市上买菜，曼芙任烹，年长的几个女生下课后帮忙破柴。

一月十七日　晴　星期日

开辟校园了，年长的孩子，陆翁派来的三个工人，我和曼芙，一共有三十多人。孩子们担任把地上的瓦砾清除；陆家派来的工人担任采荆棘围围墙，我和曼芙担任划花基，下种施肥料。

从晨到午，从正午到黄昏，我们不住地工作着。乡人来参观的非常之拥挤。他们饱受日光风雨的赤黑的脸，没有一个是不带着微微笑容的；大家都沉醉着莫名的欢乐中。

一月二十一日　温和　星期四

假期是到了，照例虽得放寒假，但我和曼芙商量，到校未久，工作兴趣正浓，一旦休息，未免大煞风景，于是索性不放假，继续下去啊！怪了怪了，在城市担任小学教师时，整得希望有意外的休假日；但而今，却有假不放真是天下的奇事了。

二月三日　温和　星期三

今天是旧历十二月廿七日，也就是除夕将到，废历新年就要光临的时候，乡人们有十多个来叫我替他们写春联，我本想叫他们改革的，但是他们的知识还没有了解的程度，和他们说反而激起他们的反对，于是我只得暂时顺着迁就。

孩子们这两天来得很少，这大约是为了过年忙。曼芙和我打算在这古庙式的学校中，度过那有趣的新年。

家人的来信催归度岁，我和曼芙婉词推却。

二月五日　有雨，冷　星期五

今天放假，放到下星期一日才上课，为的是给孩子们过废历新年。今天是除夕，虽然不能在自己的家吃团年饭，但是也不感到寂寞。早上，学生的家长，都送给我们许多礼物，这些礼物多是年糕、粽、糖米花、桂香饼，若果论重量几乎有百多斤，我俩乐极了，比较在城市好十倍。

黄昏后，乡董陆翁到校来请我们俩去他家吃饭。我俩见他老人家出于至诚又万分恳切，只得依了。

酒后我有些醉意了，乘着醉意，我便把建设乡村公园、村民阅书报社的意见和计划，向陆翁说了出来，他很赞成。曼芙今天到陆翁家，不能和我同席，因乡村风气未开，还没有打破男女的界限。

据曼芙说：席间陆夫人劝酒劝茶，非常殷勤。快乐，今天快乐，一连要写下千万个快乐还没有形容得出万一呢！

二月六日　有雨，冷　星期六

天还没有亮，爆竹声不绝于耳；天明之后，细雨霏霏，在这情景之下，我记起"细雨霏霏送春来"的佳句了。我俩吃了早饭，便去整理校园。回校时，乡人们都带领了孩子们来拜年。这几十人中，给我印象最深的是陆秀光的祖父：他平时虽然也到校，但是平时是荷锄赤脚的，今天他老人家却穿起鞋袜长衫。他老人家叫陆秀光向我俩拜年的时候，我十二万分地推却。他老人家的脸上呈现着欢容，在他八字须之下的嘴唇里，吐出这样的话语："'天地君亲师'是最大的恩人，该受敬的!"

啊！乡人对于教师是这样地信仰，不怪一般教育先进大叫到乡村去了。我想：要救中国的危亡，改造中国非要到乡村去不可。

今天学生家长送我俩许多年礼，这些礼是钱，却之不恭，受之有愧；好！暂且蓄下拿去买图书吧。

夜后，我对曼芙说：这新年的感觉怎么样？她笑着问我：你呢？我有乐不思蜀的情况了！她笑着说：我也是一样。

二月八日　冷，下雨　星期一

本来是今天上课，但事实上不可能。曼芙和我便在今天决定去拜访村中绅耆及学生家长。先到陆翁家，他要留下吃早饭。吃了早饭去乡绅家去，走了几家不能再走了，再走肚子要破了。因为每到一家必须要吃一碗糖米花。曼芙走了几家便要回，她也说："再去，肚子要破了。"我大笑不已。

黄昏时我俩冒着微雨，走去社坛祠看热闹，看乡人舞狮，唱小调，社坛祠是一间很狭的庙，人是拥挤。我俩一到，他们就尊敬地自动让开一条路，我感激极了。到时狮还没有舞起来。

曼芙指着狮子对我说："你舞头，我舞尾。"说着还嫣然一笑，这一笑是超出常态的。乡人听了曼芙的话，一个个的脸都有些抱羞而笑的样子，我莫名其妙。后来一个老伯父对我们说："乡村人认夫妻同床睡觉做舞狮子。"我转告曼芙，曼芙听了，几乎羞得要哭起来。

这样热闹，孩子们哪有心读书？春天不是读书天！

二月十五日　温和　星期一

我自打嘴巴了！我一向对孩子们训话常说："我们要做一个完全人，尢论什么不要依赖人，乞怜人，最普通如像补一件衫、煮一餐饭都不要靠人。"可是今天曼芙替我补一件线衣，给孩子们见了，曼芙告诉他们，说我不会补，于是孩子们来笑我了。这虽然是一件小事，但我们做教师的应该要言行相符，以身作则。

二月十九日　微冷　星期五

今天我头痛得很，不得已停课了，我恐怕曼芙来催我，我写了一张字条夹在帐外。字条是这样写的："头痛不能上课，希代转知孩子们温习！此致教务主任兼未婚妻大人！"

曼芙见了字条大笑说：自己有病还要开玩笑哩！

二月二十五日　温和　星期四

一个学生的家长，知道我病，特意来看我，并拿些草药给我吃。

二月二十九日　冷　星期一

今天上纪念周时，我对孩子们说要组织一个木头团，自己拿起刀斧锯等做木工，自制写生架，写生凳。儿童们很赞成。

三月四日　温和　星期五

春归来了，燕子也随着岁次的变更而归来。春归来了，鸟语花香，风景媚人，正是适宜于野外写生。今天到校后第一次野外写生，特意吹起喇叭来。

从校中出发，走过村旁，乡中人都出来看。曼芙带队，我尾随。有些人说："怎样他俩还没有孩子？"我听了忍不住笑了。夜后归来，将听到的话告曼芙，曼芙笑着说："他们的观察真差啦！"

三月十五日　冷　星期二

乡绅陆钧先生做寿，请帖昨日已送来，我们没有什么礼物送他，只有请人去代买一幅红□、几张皮金纸来自制寿帐。

今天曼芙和我，一早便起来剪字；下午下课之后，孩子们都回家去了，我和曼芙，在会客室中做寿帐，直到夜幕张开之后才做成，自己详细一看，成绩很好，和商店的同一样好。

三月二十四日　温和　星期四

学生陆玉如的家长来，和我谈了许久，他对我说要增加一科应用文，如像写请帖呀，礼单呀，来往信函呀，记账呀，等等；我极表赞成，但是苦无相当教材，于是便决意在一星期内编辑成功，打算从明天动手。

四月一日　温和　星期五

应用文总算编好了，但是这种教材只宜于高年级，所以我便决定到了四年级才授应用文。

近来时常头痛，曼芙说是为了编辑教材和写稿造成的；她说我的脑坏了，不要再用脑力。我对曼芙说："脑子也会用坏的，那么，这脑根本还要得吗？由它自然吧，坏了我也要用用。"曼芙听了，脸上悬着忧虑，仿佛担心我会发脑病的。

四月十二日　温和　星期二

今天是那华村公园建设委员就职的日子，会场在本校的礼堂，到会的人除乡董绅耆，还有许多年长的赤脚农夫。本来是推定陆翁主席的，但陆翁推辞，说不会读遗嘱，于是我只得担任了。

在今日的情形看来，建设公园是不成问题了，因为全村的人，没有一个不愿出力的。我想起在省会某校担任教职时，学校要建一个操场，费了九牛二虎之力，县长不理，局长不理，委员也不理；他们办教育，是自私的，比不上赤脚荷锄的农夫们来得有劲。

四月十八日　暖和　星期一

谁会料想着，一个官儿来羡慕乡村教师生活。今天村上的名人陆达德来，他是做过省政府科员又任过县长的，他刚卸县长的任回来。他说：从此做农夫过世，与育才小学的校友努力那华村的建设。他说官宦之途不好走，受气，精神上受痛苦，贱过狗，他又说我俩的生活，是神仙生活，我俩的世界是神仙的世界。

他想提高我俩的生活费，由两人五十元的薪俸柴米工役杂费在内的，提高到一百元，他担任募捐，但我婉词谢却说：假使我俩是为了名利而工作的，没有来做乡村教师了。他听了佩服得五体投地。

五月一日　热　星期日

今天是劳动节，又是休假日，我和曼芙从工人运动，谈到教师生活的保障，更谈到自己的生活。

"曼芙！在利欲横流的社会里，你想不想做太太？你想不想安闲地过享乐的生活？"我问曼芙！

"你还不相信我摒弃一切物质上的享乐吗？太太？假使你抛弃了乡村教师生活，我马上和你脱离关系。"曼芙说时有些怒意了。

"曼芙！你还记得娟娟姐说我俩是陶圣人的信徒吗？"

"陶行知先生在晓庄的努力，我们没有知道他们的工作如何，只从书报上的记载得知些，假使亲自去参观一下，于我们是很有益的。"

"那么，好，暑假一到我们便结婚，在暑假度蜜月，在蜜月中我们自费去省外参观教育，呈请教育厅津贴发介绍书顺道到南京去望晓庄。"我笑着说。

"听说晓庄解散了！"曼芙说。

"晓庄虽然不幸被解散了。但我看见中山大学出版教育研究上载有陶行知先生的一封信，说要接收晓庄。"

"唉！晓庄！"曼芙叹着，室内的一切沉寂了。

桂柳印象

梁上燕

　　五月廿六日，随公路局秘书周筱荫先生、财务股主任苏绍庄先生，出发桂柳，沿途印象及公余游览山水经过，均记于日记，回邕后，抄出来送给"浪花"，但并非想借此以夸耀于人，实在是想引起一班青年朋友，大家重视旅行而已。我们常常听闻人家说"西藏是中国的土地，而西藏地理的权威者却是瑞典地理学家兼探险家海定。蒙古也是中国的土地，而蒙古地理的权威者却是美国博物家而兼探险家安德鲁斯"。我觉得中国人不知道中国地理，实在是一件耻事。而要熟悉地理，非单靠着不便可以做得到的，必须要旅行，探险，才能够达到完满的目的。然而，万丈高楼从地起，则旅行实为□□的工作□游虽是含有逸乐之意，但是于研究地理上，民俗上，以及社会政治经济，都有不少的助益。不过，我这篇桂柳印象，对于研究地理及其他科学，没有什么贡献，这是我个人的能力关系，只有说声"惭愧"而已！

　　为了要明了广西全省的地理、社会状况、人民风俗习惯等情形，我很希望有一个广西旅行团的组织。□组织的分子其个人所具的基本条件，至少要有一

作品信息

连载于《南宁民国日报》1933年6月8日、9日、10日、12日、13日、14日、15日、16日。

门科学的特长，有研究的能力和兴趣，而于摄影学须有特别精深的艺术。换个意思来说则这一个旅行团，最少要有长于社会科学的一人，长于自然科学一人，长于文学的一人，长于摄影的一人。倘使能够旅行全省将搜集所得作为研究材料，那么，对于广西必定有很大的贡献。

梁上燕附志一九三三年六月六日

一、邕柳道上速写

五月二十六日，上午五时，起床洗漱之后，从窗外望出去，东方现出了一片鱼白色，一抹红色朝阳的附近云片，充满了无限的热力和希望。上午六时，由南宁车站出发，汽车一开行，我感到十二万分的愉快。汽车很迅速地向前开行，逐渐□进了一个新的环境去，脱离掉南宁的范围。一条如长蛇一样的公路，被远近的山岭包围着，愈进愈深，进到寂寞的山野中去，车过五塘八塘时，车窗外的景色，是自然的春耕的□□；从车窗远望，远处一脉脉起伏得像波浪一样的普蓝色的远山，被晓雾紧紧地吻着，山上涌起了如像浓烟的晓雾，这种景色，充满了无限的诗意。

过了八塘车站，转瞬间到了昆仑关下，这处的地势，是一条螺旋的车路从山脚至山顶，右为高山，左临深壑，的确是天然的险步。这是狄青三鼓夺昆仑的地址，带有历史的价值，一到了那儿，便很自然地幻想出狄青在上元三鼓时战侬志高的情景来，微微地闻到厮杀的声音。过了昆仑关，不久便经过太守圩，据传说："这太守圩的得名，是狄青征侬志高时，有一位太守从狄出征，因为没有得到狄青的命令，私自和侬志高打仗，虽然是打胜了，但是私自出战，终于被杀。太守圩便是太守被杀的地方，以圩名来纪念太守，并□□特地筑一间庙来纪念。"

过了太守圩，前望是一片广漠的田地，新秧初发，青秀得令人可爱，夏风吹动了新秧，好像绿水因风而起的涟漪，看去觉得生机活泼，于是我们赞美宾阳有新生命，宾阳可爱。在宾阳境内，村落丛密，三五里或十多里便有一村。到了丁桥，前□依然是一片无涯青绿的新秧。丁桥有一条石桥，这条桥的建筑数目，说有一条是开支用去一千二百块辣椒钱。丁桥附近有一条小溪流，溪流中有人撑着木排，顺水而下，活现一幅野渡的图画。

八时三十五分，到宾阳属的蓝圩，这条圩的市场是很热闹，但是市政办得不完善，卫生不讲究。到了芦圩进一间"桃园饭店"去吃饭，饭店的陈设是和南宁的小饭店一样，四壁都挂着广告的美人图。九时四十五分过邹圩，圩旁有一溪流，中流乱石突出，水冲石头发出一种声音，不平则鸣，这才是名副其实呢！

约在上午十时渡过迁江属的青水河，过河之后，远望前途，石山林立，又变了一个环境，已经过的是高低的一群青色的土山，而迁江属是一堆堆斑黑的石山。石山上、石隙中或是在小部分的泥土部分，生长着许多矮小的树木，像拼命地和那些石头，抗着生存，显示着一种求生存的奋斗。沿途所见的石山，形状奇怪，峭壁悬崖的中国山水画，今日才知道非全是虚构的作品。儿时看见家中的峭壁悬崖的山水画，疑是虚构，今日才知道见闻稀少得愚笨。

过了石叠，发现了见所未见的一种水利设备，这种器具不是洋货的抽水机，是用竹造□了一个大轮盘，在急水下流的地方安放，这一个轮阻水的地方斜系一个竹筒，竹筒便是取水器；竹轮被水冲转，水入竹筒旋到上边，筒内的水便倾出流进水管去，长长的一条水管，直通田中。水愈急，轮愈转得快，轮转得快，取水更多。我想，各县的水利委员会的工程师，最好是去改进它。新奇地发现，除此而外，还有一个打麦器，这个器具全是应用物理学，用两条长木中间用一条三五寸的短木，三木用绳相边系，人执一条长木的极端，还有条是打麦的。这种器具，非是熟习很容易打着自己，而农人使用很顺利，令人叹服不已！

十二点三十五分过思练，思练为忻城界，至思练的时候，恰巧下雨附近有青葱的田野，秧针初长，未见丛密。思练有条两拱桥，桥下流水潺潺有声，桥头有三五株疏落树木，依桥头处有一个牌楼，附近的屋宇满充着古风，看去风景清幽，令人依依不舍，在这处，开始发现漏斗式的竹叶帽，空气流通，好过洋造的通草帽。沿途的村落都是依山下建筑，尤有国画之风。

至高里，发现在千尺以上的石山上，建筑房子，看去是像古玩家用人工造成的石山一样，真是奇观，至百子坳附近，所见的房屋，大多是用碎石建筑的，既没有英泥混合，又没有别的粘贴物，而能够砌上去并且能够有长线。起角又平，真令人叹服中国人能干。愈进愈觉得这个环境是有些像《水浒传》所写的山野环境一样，十分地充满了古气。在这样的一个山野的环境中，在一条狭隘的山道里，遇见一个穿着非是摩登装束的姑娘，年纪不上二十，大约在十八九之间，身体是表现了一种康健的美，脸上有些男子气表现，目光炯然。骑着一个斑点散布全身的白马，马后跟着一位婢女打扮的姑娘，也很健美。我们一见了大家不约而同地说："女侠！""女侠！"是的，十分像近来流行的武侠片的女侠。

过三都地方，田基用救石造的，田中还有乱到突出，我想耕种时必感石困难。在三都附近，发现一间似庙似祠的屋宇，门前竖了桅杆，杆上配着方斗，这个古气十足的建筑及桅杆，成了我们遇见的女侠的有力的背景。至六道圩，一排排在路旁的茅棚粥摊饭店，妇女是任了掌卖的，她们不像那些现代的大都市的酒楼女招待一样，专以美貌娇艳来吸引顾客；她们全是纯洁的职业。这才是有职业价值呢。以妖艳来吸引人，简直是侮辱了妇女职业。

至下午二时三十分到柳州，发现了两牛同拉的大车辆，牛背上还坐着驱车的人，这就是亡国奴的象征了！

二、柳州给我的印象

（一）下车便上立鱼峰

一辆汽车从南宁把我们载来柳州，到柳州是下午□时三十分，第一步与我们接触的是柳州车站和车站旁的立鱼峰。行装甫卸，洗了脸换了衣服，我们便给立鱼峰的诱惑力吸去。立鱼峰的大体，是一座石山，高入云霄地矗立着，从山脚到山腰间，满是生长着丈多高的丛叶树；在丛密的树叶中，隐隐看见山上的建筑物；山顶有一个炮台；从山腰至山脚，看去是层叠的青秀的树木所包围。我们从柳州车站右边的小路上去，至新建的"钢车亭"便止步，从原路下来，行过止脚下"惜别亭"的左边，见了一个牌门，门额题有"立鱼峰"三字，进了门，便跟着如梯一样高斜的石级前进，至山腰间发现一个岩，岩洞大约有六七方丈宽，洞口题刻着许多诗词，洞口额上题有"清凉阁"三个字，我们正跑得汗流不止，站在洞口一会儿，由暑热而流的汗已没有出，清凉阁，真是名副其实。洞里有一个人工造成的半截塔，塔里有一个塑像，不知是什么神像。洞的四周，怪石奇出。仰望岩顶却是一片平平的水波浪一样。洞的四处，有许多刻写的诗词。洞口尚有庙宇式的钟鼓，也见有人在烧香拜神："有求必应"的匾额高挂在洞口。乘着长途的汽车受了辛苦，酷暑又是炎热非常，我们一进洞去，溽暑同时消失，整个的身躯都感到快凉。洞后有两条路可通，宽度可以容二人同时比肩进去，洞内非常之潮湿，不时有岩水滴下，冻冷的岩水滴在我的颈项处，陡然令人惊怵。进洞之后，向左边的石岩道前进，行了二十多步之后，有一个大洞口，依洞口处建筑有一个亭台，可容一二十人聚谈，再上右边的岩道，再见一个岩洞，洞中有十八罗汉的塑像，塑像已经残缺，折首断臂，令人有今昔之感。安置有罗汉的洞，比清凉阁广宽约多一倍，光线充足，可以在洞内看书；有一岩道可通清凉阁，真是四通八达，秀丽玲珑。

出清凉阁向前进去，拾级登峰，到观音阁时，已感到有些疲劳。观音阁前，有矗然高立的砖柱，撑持着一所楼台，倚栏仰视，高不可测，自然的威赫，使我的脚步也不能急走了，缓慢地探步而行。观音阁前有一首对云："是色是空都付与碧水青山渡尽众生归无我""自由自在果能修心田□地抱将婴孩送给她"。读对首时令人感到人生的虚，对尾是善以善报的因果。在观音阁前，居高俯视，柳南站，航空处，一座座西洋式的建筑，躺在烈日下；山腰而下的树木，从高望下，一株株像倒下地去一样。从观音阁下来，树林遮着了强烈的阳光，凉风自树梢头吹来，随级下来，脚步更为缓慢，说不出的依恋的情怀，只付上了慢步表现出来。

（二）柳州轮廓的速写

于下午四时三十分左右，从立鱼峰下来，游了几条街道，便到柳州河岸，柳州渡船是先开钱后开船的。我们到柳州时，正值江水初涨，水势急流，漩涡极多，茫茫的江水，滚滚的浊流，实在有些可怕。渡船离了岸柳州城像是一字摆在河岸上，沿河岸近远，一派都是木瓦木墙的房屋，呈现着一片黑色；黑色的木屋背后，是高低不齐、前后不调和的、中西合璧的房屋，这些房屋是一片白色，黑白相处，显出两种不同的色彩来。

上了柳州河岸，我像乡下佬出街一样，四面顾盼街上的行人、路旁的房屋、商店内的陈设，一切的一切，都括进我的视野中去。在柳州街市上，遇见四中的童子军，没穿袜只穿一对草鞋，露出两条腿，十分活泼。在第七军司令部对面，见有一间屋，门额标明"五代同堂之宅"，这倒是一种特别的夸耀，谁人说不好！新辟的培新路、小南路、庆云路，也不过如系洋行一样，多数是洋货商店。

在安乐酒楼吃了饭出来，已有黄昏时候，但是游兴方浓，又走去行街，沿小南路过庆云路转弯至体育场出公园。走马看花地游了公园，公园里有野草，亭榭楼阁，石桥水池，花木林立，虽然还没有整理完竣，有些正在建筑中的亭子。园中有柳侯祠，因时间关系未能游览，第七军阵亡将士纪念塔矗然独立，一种严肃的气象，令人景仰。柳州市的屋宇，新的，旧的，参杂而且零乱，这是更为可观。夜幕撒开了，我们才过河，到了岸上，四顾柳州城只见灯影波光。

（三）参观农林试验场

二十七日上午六时卅分，乘汽车参观广西农林试验场。离开了柳州车站，渐入旋曲的深山中去，进了几个坳口，便看见木苗丛密的林场，木苗场旁边，竖有标志，使人看下去便知道是什么苗木。至农林场办事处附近，远望可见机械厂和酒精厂模糊的轮廓。进了农林试验场，有一位卢先生指导参观，场内的树木花草，布置得井井有条，四周青绿□□，红紫□丽。场内有洋式房楼三座，背后三峰并山，形似笔架，因之人人都称它作笔架山。场内的围篱系种山指甲做成，这种山指甲枝多叶密，而剪长修短，也不致枯死，于是便成了一种天然的围墙。

场内设有陈列所和图书馆，陈列所的标本很丰富，矿产标本、昆虫类标本、谷类标本、鸟类标本、兽类标本，指导参观的卢君，详细为我们解释。我觉得广西是十分需要这种试验的机关，然后才可以振兴种种实业。据卢君说：广西植物受昆虫的损失，每年约占全数三分之一，而蝴蝶是最为有害于植物的。试验的必要就是要知道怎样才达到完满的结果，试验失败没有什么害，倘使成功就将这法子普及，试验的价值就是如此。

我们参观陈列所图书馆，据卢君说："所有全都是科学的书籍，文学书籍简直没有；而全部都是造林和畜牧的书。"我们登上图书馆天台，俯视可瞰内场风景，苗木成林，道路井然，一切都充满了活力的表现。下了图书馆，至养蜂的地方去参观，工人正在工作，卢君把养蜜蜂的常识，一一告给我们知道：皇台怎样筑成，蜂皇如何造成，都说得很明白。他又说；"有一群自留的□蜂，和新购来的外国蜂相打起来；双方都有伤死，好像是人类种族战争一样。张学良比不上蜜蜂！"□下有此感慨！

我们又再去参观养鸡场，场门口有许多石灰，并标有说明，请参观者踏下石灰去然后进场，因为防备鸡瘟。场内所养的各种鸡，用了铁丝网很严密地分种隔开，据说是避免杂交，免得鸡种混乱。试验中的东西，什么地方都注重；不这样做，决不能得到良好的结果，科学的重要，诚然不可忽视的啊！

（四）专诚瞻仰柳侯祠

因为时间关系，走马看花地游了公园，未曾到柳侯祠，实在是可惜，机会不再容易重逢；于是在二十七日正午十二时，我们又从立鱼峰下过对河去特意瞻仰柳侯祠。过了河，行几条街，在江西会馆右边见了一座洋式的门口，门额题有"罗池胜迹"。我们进了门，系见一座古式的门口，两旁有一对石狮，门额题有柳侯祠字样，气象有些森严，门墙色彩表现出一种新气象来。进到第二座有许多人在那里乘凉休息，坐卧参杂，倾谈说笑，倦态打盹，总之百态难录。

在第二座望进后座去，对联匾额，像是上色未久；进到后座见了一块匾额，才知道是奉白副总司令修葺的。后座与二座间隔的天阶中，两旁植有松柏，古木参天，气象严肃。后座有神龛，龛中供奉着柳宗元的石刻像和牌位，因为敬仰柳子厚的人，用叠印取肖像，弄得非常漆黑，柳侯座前有对联一首，足可以给予柳侯祠精神上的安慰！对云："宋碣古班□与苏字韩文同称三绝""罗池新气象偕鹅山柳水水峙千秋"。

从后座出了后横门，跳过了一堵矮墙，在公关围墙内的一个角落里，几株高耸的松树伴着一口白坟，正对着柳侯祠，坟上有碑刻明："唐刺史柳侯祠文惠公墓"。相传是柳宗元墓。据说此墓并无骸骨，只葬衣冠。枯残的花圈有四五个搁在坟上，问及同游方知道柳州人公祭柳侯的。这倒是一件值得干的事，虽然比不上法国总统亲为法郎士送殡（？）一样严重，然而对于柳子厚的敬爱却不是谬举。

墓的左边隔一小桥和一个小池，便是"思柳轩"，顾名思义，这个轩必是纪念柳宗元而建。思柳轩前有一个池塘，据问游者说，这便是罗池，罗池有一阁正对思柳轩。思柳！思柳，柳侯的精神尚在！

（五）急水□流渡柳江

二十七日上午六时许，从安乐酒楼出来，游了几条街，不知不觉走到了这样的境地，这个境地两旁房屋的门口，许多青年女子，胸前挂有一块打扮得娇艳，向人斜弄秋波，她们有的是红唇和白肉，以肉体来供人玩弄，这是人类最悲惨的事，是社会问题的重要部分。我们知道了这是一个罪恶之窝马上走出这条街。回至小南路时，风云陡然而起，系要下雨，我们逼得上艇子要过河去。只因为船主贪心，多拉客人，结果弄到天黑了才开身。

船还没有开的时候，看看风云甚紧，而柳江水流又急，漩涡又多，愈想愈觉得危险。于是我们便说："船主！可以开才开，开不得不要勉强开！"话刚说完，码头旁边的艇子上的人，你一句"小心！"他一句"淡定！"。我们又嚷着喊着，船主又高叫我们不要噪，这种情形大家都是陷入危急中。在暴风雨将来未来的时候，我们冒险渡河，看看急流的柳江，波涛滚滚，浪花飞溅，我为之惊怯不已，胸口起了强烈的跳动，而同舟的人，还是"小心！""淡定！"地叫着。

感谢上帝！我们终能平安登岸，回顾柳江，慨然说着："从河伯的手中夺回生命了！"

三、柳石道中及端阳

今天是五月二十八日，因为昨夜下了雨，晨早空气非常凉爽，仿佛是秋凉时候。早上五点十五分，离了柳南站，汽车把我们载进了石山包围的柳石道去。路旁两峰狭峙，如像天然的城门一样，进了一度又一度，进到了一个脱离了石山包围的道路，路旁有一座节孝坊，并没有残坏，而今道德复兴，节孝坊更应保存！过了节孝坊和柳州林场外场出去的道路；附近都是土岭，岭上铺满嫩绿色的草毯，一堆堆如像鳞叠的土山，与环绕柳州的斑黑的石山，又是一种不同的情调，另一种风格，设个比喻，好像是中国少女一样。

柳州林场出去的道路，两旁都是一片荒山，在这一段路上，我们看见了一队队的牛车，驱策牛车的人叱牛的声音很速短地传到我的听觉。到四方塘附近的地方，群山中有一个穿心的石山，山洞成半圆形如天然的城门一样。沿途的村落甚为稀少，每一发现，也多是竹篱茅舍的居多。这些地方，是急待垦殖的。

到了穿山车站旧址，经过穿山圩，圩背后的山上，尚有土司故址，断垣残壁，留待人家凭吊。这个穿山圩，附近有个穿心山，是一座石山，穿过石山的洞口如一个梭形，洞中有石柱突出。据说：这个穿山地方，淫风很盛，男女也可以随便苟合，这种不良风俗的成因，有一个堪舆家断定是为了风水，归咎于穿山那个洞，认定这个洞是像女子的生殖器，洞内的石柱便误会是男女拥抱，于是用铁索把石柱系着，以为这样可以分离男女的事情。但是风俗依然如此。这个洞曾经用泥塞过一次，但是塞了之后，穿山的人便患肿病，后来又开远。他们自己不知道改良风俗，反而怨恨山水，可笑也可怜了！

上午七时十五分抵石龙，石龙是一个市镇，水陆交通很便利，商业也很繁盛。在石龙附近是一片广漠。仿佛一个大飞机场。石龙街市上，发现了一尊尊的旧式钢炮，口径有三四寸宽，看去似非久废不用的，查问之后，才知道用来防匪盗的；用时充实火药以铜钱及钢弹做弹片，打出去很有效力。七时四十五分参观象县第四小学校，恰巧下大雨，逗留了许久。

石龙某君，见我问他的附近名胜，他对我们说了许多关于名胜的话。石龙附近的土人，多数是说土话，在此地住不会说土话是非常吃亏的，如果你在路上肚饥口渴，向土人索取饮食，以手作势，多给他们一些钱，他们也不允许的。倘若会讲土话，不独有得吃，而且还不要钱，他们说是"自己人"！由这样看来，土人种族的界限是很深的。某君对于名胜似乎也很留心，他如数家珍地对我们说：

　　"石龙对河有一座童恋山，山上有块天然的石头，十分相像一对男女相拥抱，堪舆家说附近的淫风极盛，是关系于这块石头，只有把铁索来分别系住了。

　　"象属有一个地方，叫作美女献花，有一个潭，人家说是美女的生殖器，每逢新年初一初二初三三日，附近这个潭的乡人，便派人守护，不准放入任何东西；倘使在三日内有人放西东进去，附近乡村的女人，在这一年内就是六十岁的老妇也要偷汉子。

　　"离石头四十里的地方有一个仙鱼岩，这个岩里有许多鱼，最大的有二十多斤一条，最小的有半斤；这岩内的鱼，向来没有人捉得；用普通的步枪打下去，也打不得死。有人带了一群捕鱼的鹭鸶去，鹭鸶飞到水面不敢下去，反向空飞上。岩里的鱼什么颜色都有。

　　"离象县约有二十里的地方，有一个山，山上有一件铁盔约有三十多斤重，把它搬去别的地方，过了一夜自己会回原处的。"

　　某君所讲的，我们都没有见过；然而某君言之甚确，为了好奇心的驱使，记掉上日记去。石龙市上，也过端阳节，艾叶苍蒲，家家插遍。

　　从石龙回来到柳州，已是正午的时候了。从柳南站过了江，柳州市上的人家门口，依旧是插遍艾叶苍蒲。今日是端阳节，龙舟竞渡不过是为了吊屈原的溺水。今天柳州的河面上，非常之热闹，大船小艇，往来如梭。我也雇了一个艇，在河面上往来，哀吊这位自沉汨罗的诗人。上到小艇了之后，太阳已西下，浊流湍急，不见峰峦倒影，只见波光摇动。不时有些大艇划过，传来阵阵弦管歌声，使人想起了"商女不知亡国恨，隔江犹唱后庭花"的悲愤之句。国难当头，麻木如此，无怪屈原有天问之章了！

今天是端阳，伟大的诗人屈原，不容于时，自沉汨罗的日子，造化弄人，真觉可怕！这种绝我而不绝世的态度，只有诗人能做，也只有屈原能做，倘使他的环境不恶劣，没有赋得《离骚》，更没有自沉汨罗的勇气！在而今，屈原这种态度是不合时宜的了，然而，屈原怀才被弃，"蝉翼为重，千钧为轻""黄钟毁弃，瓦釜雷鸣"！我们应如何地为诗人下泪！

今天柳州的河面，有五个龙舟，彼此竞渡，争夺奖品，呼喊和锣鼓声，荡漾的河面，一阵高一阵低真是热闹，河岸上看龙舟的人很多，要抽象地描写，只好借到别人的句子说："扶老携幼，空巷来观。"真是热闹了。

今天我有些怅惘，然而寻不出怅惘的来源，可不是听到了那些准备亡国奴的弦管歌声？其实这些亡国之音，有何惹起怅惘的可能？大约是觉得屈原牺牲太大了！为了报国无门而死，反给予后来人饮酒吃肉的机会，大约是怅惘的原因？

四、桂柳道中

二十九日黎明，起身来洗漱之后，门前汽车的喧闹声，一阵急似一阵。在这个晴明的早晨，我们便离柳向桂林进发；于是目前的环物，转瞬即新，包围柳州的石山，渐渐地已脱离了她，将到三门江，举目四望，四野都是土山。过了三门江口进约三四十里，路旁有一块石碑，据说这就是打虎碑，旧时那个地方常有老虎出现，受害不浅，后来有一个江湖客，专在那里打虎替地方人除害，那地方的人便立这碑来纪念他。在打虎碑附近，听说还有一个羊岩洞，旧时洞里有一只羊，是农家放走出来的，但是这只羊一喊，不上三日便有猛虎出来，这倒是一件奇闻。

上午六时四十五分，过雒容，河水流得非常之急，渡到彼岸，必须沿江逆流划上，然后横渡过来，因为水急的缘故，渡夫用力时，大声喊着，声音仿佛是《伏尔加船夫曲》，呼声由高降低，十分相像了我们所唱过的《伏尔加船夫曲》！我听了这种声音，感到凄然！但是假使为了怜恤船夫而起了一桥，那也就是："先生的仁慈，饱不了我的肚子！"过脚板洲时，看见田中有蛇吞蛙，我们用猎枪把蛇打死，救了一个吞得要死的蛙，假使这个蛙象征中国，蛇是日本，我们的枪便是国联，然而天下却没有这便宜事。七时四十分到榴江属的鹿寨。榴江附近，两岸重山叠叠，尚未垦殖，甚为可惜！八时三十分过榴江县治，八时三十五分过瓦窑江，在这一段路上，看见行路的人，多是拿了大油纸伞或是戴大边草帽，表现出另一种风格；至四排，放目远望，一片平原。

上午九时四十分抵修仁属之三江站，三江是一条圩，约有一百家，在附近发现了用木皮代瓦的房子，见所未见，甚觉新奇。近车站下的田里，发现两三瑶妇在田中工作，服装非常奇怪，头上戴的黑色的布帽，像是柳州胜景立鱼峰，胸前挂了许多银牌，悬束着有色的腰带，瑶男似乎他的服装没有汉人。车过修仁县治附近，见一片田野，青葱可爱；修仁县治背后，朦胧的峰峦，斜插而下，百看不厌。

十时二十五分过荔江渡，不久便见了荔浦城，视野中的荔浦，双塔分立，高出荔城其他建筑物，几处涂着红色的厚山墙，最是吸人注意，一片黑鳞的瓦堆中，看了这些红墙，更为出色。在马岭附近，在一片广阔的田中，散布着点点白色，远望甚似白鹤，据说这是人工造成的白鹤，用来驱逐其他残害禾苗的其他雀鸟。这倒是值得注意的一个科学上的问题。十一时三十五分过马岭波，过了波之后，又渐渐进了石山的环境，但是这些石山非常清秀，在清秀的石山中，有一口建筑很精美的坟，听说是和法国人打仗出名的单眼陈墓。

汽车愈进愈深，愈深山愈更清秀，到了高田才知道是阳朔地方。道路两旁，峰峦围绕，山峰尖得非常之秀丽，重峦叠嶂，嵯峨峭峻，全都披上了青绿的衣裳。勉强设个比喻，仿佛披着轻纱的美女。青兀江头，巍峨的高峰，峭然屹立，雄伟非常。十二时二十五分抵阳朔车站。车站旁边中山纪念堂后背，两山对峙，仅仅可容两辆汽车进去，环绕阳朔的都是秀丽的青山，忽而涌上了欧阳修的《醉翁亭记》："环滁皆山也。其西南诸峰，林壑尤美……"于是，大家不绝地赞美阳朔的山。

一时二十五分抵良丰西林公园驶车直进园去，园内新建房屋几座，这是师专的校舍。我们进了门，向右前进，一座旧式的大厅，带着些衰颓的情调躺在石山下，面前是一个池塘。池中有石突起，石上建筑一个小亭，题名的"鸟鱼亭"。鸟鱼亭后是一座石山，近亭处有一岩洞，洞口有深壑。从洞口进去，有一条石巷，岩水滴下颈上，冷得令人惊怯。岩巷旁有深潭，黑暗非常，深浅难测，导引游览的一个工人对我们说："穿皮底鞋胶底鞋的小心！"于是我很小心地攀着石壁而行，快乐中十分畏怕，过了石岩是一个大洞口，我们从洞口至操场，参观了师专教室寝室。学生正在上课，穿军服着草鞋的学生，表现出新生的精神，西林公园，亭台楼阁，池塘溪流，林木幽邃，数山环峙，水上回栏，池中厅堂，丹桂花堤，更有石桥点缀……真是想象中的天国。

五、桂林印象

离了西林公园，胸中充满了快乐，更欲一跳到了桂林方为满足，司机的人，好像是十分知道我们的意思，开得非常之快。我们注意着公路局打的计路长的木桩，巴望快快达到。见了石牌坊很多的道路，知道距桂林愈近了，情绪十分紧张，遥望着前面，一见桂林，大家都说"到了！""到了！"，欢声洋溢着。

（一）桂林街市的轮廓

新新来到桂林城，第一步与我们接触的便是街市，街市是古旧的，很少有伟大的新式建筑，进了南门正见一条街，大兴土木，改建马路。在游行街市的时候，有很多机关的门口，都还摆着一对对石狮子，十分带有一些古风。除了石狮，石的云梯、牌坊、城门拱、城墙、城楼，都还能保存。在街上见到的女学生，没有南宁那些二寸短袖三寸裙那样摩登。比较南宁，究竟是谁进步？桂林的女学生如此不摩登，倒没有烦劳公安局来干涉。

（二）风洞山游记

经过了法政学校门口，再走过了一条小巷，前面便是座石山，山上楼阁层叠，一派树木成了天然的屏障。山脚上有一间祠，近了才知道是显应宫；显应宫前有一池塘，池水澄清，风洞山的倒影玲珑可观。过了显应宫，上了二十来级码头，进了一座门，又上了一条斜而又高的石级道，进了两度门，门额一题"叠绿"，一题"洞天之外有此山"，我们登上高阁，俯视桂林城，一片鳞瓦中，唯见独秀峰一峰独秀，山明水秀环围着桂林城。再进去，便是一个大洞口，就是风洞所在，小立片刻，溽热顿消。洞内凹凸的石壁上，刻有很多石像。石山题诗绘画琳琅满目，几乎没有空壁的地方。进了一条岩巷出去又是一个大洞，依洞口处建有一楼，楼号"披云楼"，从披云楼远望，远远一条碧水朝来，绕过山脚一样，左边峰峦拥挤，右边的斜壁处有一个亭；楼后有一太极洞可与风洞相通，自披云楼远望，山水相投，村落田野树林，连绵着，假使有闲情逸致，决定是忘返的了。这个山洞，与立鱼峰有些相似，自然的奥妙，真是人所不能造。骚人墨客到此，看见游玩的士女，又是诗词的题材了。

（三）独秀峰和月牙池

进了后宝门，前面是有许多树木，因为枝丫丛密，仿佛是林中一样，林中摆下了许多椅子，游人也是很多，我们到那儿的时候，正是一个炎热的夏日的黄昏。穿过了树林向右走了几步，便到了独秀峰，独秀峰是一座石山，附近都是平地，没有峰峦联系，一峰在平地中突起，峭然屹立，望上去处处都似悬崖，石山有许多草木，生长在石隙中，青秀异常。此峰的峭壁间，刻有许多□字。而最有深意的是"南天一柱"四字，峰顶上建筑有白色的洋楼。我登上了独秀峰，只上了九十级望上去之字式而又倾斜得似竖梯一样，穿的鞋又很滑，俯视月牙池中山公园，远望环桂山峰，近看桂林城的一片鳞瓦，自己感到登得太高，鞋又滑，终于停住了脚步。

独秀峰下，紧紧靠近月牙池，池形如一钩新月，一半绕着独秀峰，峰脚下的石岩洞，池水灌了进去，游鱼往来进山，令人叹赞"鱼之乐"！池中有一座方台，有桥梁通至池边，池边有中山纪念塔。我们初进去，还不知道是公园，而独秀峰的公园，天然、人造的环境实在是非常之壮观美丽。园内有谭延闿的墨迹。独秀峰下的公园，还有一个剧场，弦歌声里，倍添游人兴致。我们行了又行，想要行出来时，欲行还住。

（四）远望的象鼻山

遇了水东街，行过了浮桥，在桥面上向右一望，当着中流的地方，如有一个大象阻着水流一样，直觉告诉我这就是象鼻山了。象形的山岭，最是十分相像，随便一看，无须用人说明的，象鼻山便是其一了。我看了陈树人的桂林山水写真，以为在艺术家手腕下的象鼻山，必须是和其实的大有差别，一定没有这样相似，谁知象鼻山真是象一样的。

象鼻山上，还有一个塔形的建筑物，如像是一个象鞍首处一样，看去像是一只很驯良的象，低下头儿，用了鼻子向河中卷取东西似的。愈看愈像，好像看见它渐渐移动似的。

（五）视野中的伏波山

在浮桥上向左边远望，见一峰矗立于河边，峰下楼台层叠，这又是一个名胜的地方了。峰下的河流，一片碧绿，流水城墙，峰影波光，愈看愈觉美丽，才知道"山明水秀可当餐"这一句诗是写得实在。

游览风景，既没有向导，又没有游览的指南，相问同游的人，才知道是伏波山！我们只能远远地一望便算了，公务的束缚，时间的限制，我们没有到那儿的机会了。于是频频回首顾盼，拾不得，无奈何，□着机会再来过。

（六）水东街端的花桥

这是一条石桥，工程非常之巨大，桥上两旁，石栏护道，桥端有一个小石峰，峰上有一丛不高大树木，如像是一个花瓶插上了束鲜花，桥下流水澄清，最是令人一睹销魂处，便是桥下的浣衣的青年女郎，无怪词体有"浣溪纱"。

走到桥端有一门，门额上悬有"芙蓉万□"四字。桥下有廊道似的瓦盖，左右都是明山，月牙山、普陀山都在桥上可以看见。桥下除了浣衣女郎外，还有些孩子在那儿游泳，他们是自然环境的享乐者，令人羡极。

（七）月牙山上见僧人

到东灵街看见一个门，门额有"月牙山"三个字，过了巷道，便见一座石山，我们到此处，太阳正烈，然而山上高耸的树木，成了天然的凉幕，一些也感不到炎热的痛苦。过了山脚斜上石级前进，有一门亭题有"入胜"两字，前进低下几级有一亭叫作"小濠亭"，前进便是高斜的石级道，近河的一边竖有石柱□河，山下流水冲着中流砥柱，发出一种铿锵的声音。回首花桥在望，石巩空阔甚为雄壮。前进再进一门，题有"南州胜境"四字，进了此门空气十分沉寂，和尚念经敲木鱼的声音很清澈地传来，令人好像置身在另一个世界里。入门便见"襟江阁"，再前进便是依岩洞建筑的"□柱楼"，楼下有一石岩岩上题"月牙山"，岩内恭奉观音菩萨。

在月牙岩前，一匹黄犬向我们狂吠，随着走出一个和尚，朴素的僧装，最令人注意，他把黄犬吓住了，很殷勤地招待我们。月牙岩有一小洞叫作"□麓"，我们登了襟江阁再进倚虹楼，下望"小蓬瀛"，小蓬瀛即和尚诵经地方。在倚虹楼望花桥却被树林遮着了视线。月牙山上，房楼复杂，进路弯曲，已疑置身在《火烧红莲寺》一片中的寺院机关内似的。襟江楼上是影波楼，非常高耸，陡然想起了"楼高可摘星"的佳句。

和尚年近四十，身体瘦弱，我和他谈了许多话，知道他法号"超性"，是湖南人，在杭州受戒的和尚；山中共有和尚三人，朝念《楞严经》，夜诵《弥陀经》。最后我问他说："你肯不肯收我做和尚?"他笑着对我说："先要看破红尘，然后才可以做和尚，吃穿都要挨苦的。"我听了茫然。在归途中，虚幻占据了我的心！

（八）普陀山上的惊怯

在几株高耸的树林边，找见了去普陀山的路口。进了一度门，是广阔的园地，园里有蔬菜，三五人家散布在园中。过了园地，见叠叠层层的乱石上有亭阁在。在斜壁之下，拾级而登，进了一度"超尘静境"的门口，便见清心院，清心院对着一个耸翠亭；院中有几个男女似常是常住那儿，想是避暑的。亭右后边耸翠堂，堂的对面为抱秀轩，堂轩高厂，清凉洁静，轩前树木林立，尤天然屏障，堂后即是披云阁，阁前是□永泉亭，亭前是一大洞，洞中建筑的是碧云楼，碧云楼边是延霞台，延霞台右边飞霞阁。延霞台后有石岩洞穿过普陀山，这个洞口有"四仙洞"三字。岩口右边有一亭，叫作壁立亭，壁立亭上有诗画刻碑。亭下右走便是七星岩，岩洞陷下，尚有岩巷通过山后。我们立在洞前，山下的村景林景，远处的山岭，一览无遗。我们本想由七星岩进过那边山的，可是来了一群不请自到的手执的引路者，似请带挟，花言巧语，怂恿我们进洞去。他们有七个人，我们也有七个人，他们中有一个十分相像专扮坏人的电影明星汤杰，相貌有些凶，我们有些怕了，而且听闻人说洞中潮湿又黑暗，虽然有些形象奇怪的石，但是没有益的，并且因为时间关系也只有回来。

六、归途拾零

（一）阳朔考古

五月卅一日，从桂林回荔浦，道经阳朔，因为有公事须要停留，公事完了，我们便进城去，进了城，街上的尘芥箱、水池，都是石做的，好像是石器时代的社会，行了几条街才到河边，在阳朔城上，过对河去，一堵茂盛的丛林生长在河边附近；河水澄清，江流颇急淙淙作响，远近处都有秀丽的峰峦环绕。

沿河边的街道，从水流方向下去，有一处地势较高，在这处有一残破门楼，上有"鉴寺遗踪"四个字，鉴寺是什么寺院，我们无从考出。在门墙处有"军人俱乐部"五字，进了门见一个茅亭，对了亭旁的对联，才知是驻防军辟的俱乐部。

这处鉴寺遗踪，后依峭壁似的高山，前是河流，更有群峰环抱，是一个好的地方，可惜野草茸茸，没有人整理，真是可惜！

在野草丛中见有一个盔形的铁东西，相传为杨文广所戴的，高约二尺，底阔直径约有三尺，我用手来推也推不动。我们大家又考古起来了，你说是塔顶，他说是铁佛寺铁佛戴的，都无是处。关于这铁盔还有一个传说：倘能无声无气地上去用力一抽便会抽起的。

（二）荔浦街头卵石图案书

五月卅一日住荔浦，我们抽闲去游游荔浦街市，这一天恰巧是圩日，市上买卖的人也颇拥挤，而买卖的大宗农产品便是麻和米，荔浦的米，好过南宁的横塘细米。街上有一种给人注意的，便是街道全部是用了大小相差不远的卵蛋石，来嵌砌得成种种的图案画，有菊花形的、扇形的、金钱形的、百足虫形的。我可以说，荔浦的街是美术的街。

我们游到中学门口，幼稚园门口，行至式江石桥，此桥工程很大，是石礅板桥，桥面的石礅上，也是用卵蛋石砌成的图案画。桥下水非常之急，桥的左右都有利用水力的米磨。

立在式江石桥端，远望森林中石山怀抱里的鹅翎寺址，也是一幅天然的图画。回首一顾，中学校旁的层塔高耸，亦是一幅雄伟风景□。

（三）柳州的仙境

倘使有人问我："尘世中哪得仙来？"那我可以说这是人中的仙境呀！柳州省女中校前，一行树木，枝多密叶，是天然的凉幕，在这样炎热的夏天，我们走过那里，见几个女中学生，似带有几分疲倦的态度，在树下的几级码头上，大家分据了一席的地方，浓言细□语着，不知是在研究学问呀，抑或是论情说爱？看见她们是很快乐的。记得那天是星期六日。

（四）

不愿归来，终于归来到南宁了，酷暑蒸人，令人想念到桂林和柳州的岩洞来。这回之后，何时再有机会？

一九三三年六月六日

疲劳的夜

周钢鸣

黄昏消逝了，夜的黑暗，用着一种窒人的力量，把人们推进疲惫和沉迷的睡眠里。

八点钟敲过的时候，妈跟伯母、妹妹们就倒在床上呼呼地睡去了。这时客堂里，就剩下我跟四伯父、跛子哥哥——四伯父的儿子，三个人在低着头，大家沉默着，各做各的事。

我们坐在客堂里——靠近通到厨房去的甬道口，摆着一张一尺多高的矮方桌，我跟四伯父、跛子哥哥三个人，就围着在这矮方桌的旁边。

一盏美孚火油灯摆在矮方桌上，吐着一团火红色的光，照着我们三个人的脸。

四伯父坐在离桌两尺远的地方，坐在矮凳上，用两条大腿夹紧他的工作器

作者简介

周钢鸣（1909—1981），原名周刚明，笔名周达、康敏，广西罗城人。15岁参加北伐战争，大革命失败后到上海，1933年加入中国左翼作家联盟，抗战爆发后参与创办《救亡日报》，并任采访主任。1938年随《救亡日报》撤退到桂林，1942年与凤子一起参与《人世间》的编辑。曾任广西省文联筹委会主任、广西省文联主席、广东省文联主席和中国作家协会广东省分会主席。周钢鸣的创作涉及小说、散文、诗歌、歌词和评论等。著有长篇小说《浮沉》，论文集《怎样写报告文学》《论文艺改造》，歌词《救亡进行曲》。

作品信息

原载《太白》第2卷第9期。

具——三角板，这是鞋匠们打鞋底用的夹板，用两块一尺多长四五寸宽的木板子和一块短的木板捆成一个斜的立体三角形，在最尖的一角是开口的，布鞋底就填在这开口的地方，夹在两块木板当中；在工作时这两块木板又紧夹在两条大腿当中。四伯父左手抓着一个锥子，右手拈着猪鬃毛串头的粗麻线，他用锥子在布鞋底上锥了一个小孔，接着就把左手的猪鬃毛串着的线头，穿过那小孔去，用右手把线拉过来，把猪鬃毛线头咬在嘴里，再将麻线在锥子木柄上绞了两绞，就使劲地把麻线拉过来，扎扎实实地勒了一两下。这样一锥一锥地锥，把那麻线穿过那些锥透的小孔，不断地往左往右地拉，勒紧，如是那布鞋底上就凸出芝麻般大小的线痕，整齐地排成有规律的四方图案。

跛子哥哥就坐他那特制的拖矮凳上，——用三块板做成的这样Π的形式。他的屁股坐在上面那块一尺来长的板上，他若是要走动的时候，就用两手抓着坐的板突出来的那两头，用他那先天残废的畸形小脚触着地面，屁股向后一跷，腰部向前倾一下，把身体的重心离开凳面，接着他的两手就把凳子移向前几寸，接着又坐下去，接着又慢慢地向前移，像蜗牛一样地在地上爬着一般移向前去；从很远地就可以听到他那矮凳动移时拖在地面上发出"咯咯咯"的声音，像一只大的青蛙在叫。这时他坐在那矮凳上，佝偻着腰，把炮饼（注：做爆竹时，搓成一个一个小纸管，把五百个小纸管扎在一起，就叫炮饼。把每个小纸管上满硝磺火药之后，就把炮的引线插进每个小纸管内，经过了很多手续才成爆竹。）搁在他的畸形大腿上，左手抓着一把炮引（注：是燃放爆竹的那条引火线，用棉纸搓成，里面包有火药，插炮引就是把引线插进每个爆竹的小孔里。），用右手拈着一条炮引，一条一条地，像农人插秧一般，把每条炮引插进那炮饼有规律地排着的每个炮的小孔里。我就伏在桌上，低声地读着那些我不能透解其意的方块字的古文书本。

此刻夜正像一个无底的黑洞，我们慢慢地沉下去。在过小市镇近郊的僻街上，听不到圩篷里的夜市的嘈杂和赌客们的呼声，只有远近时断时发的犬吠声，间或有一两个踏过街头的急步声。

在我眼前的方块字慢慢模糊了，我的眼皮盖，像有人在用劲地往下拉，我渐渐蒙眬地把头垂下来。

"你看，口沫把书本弄湿了！"

我从蒙眬中被这样的声音叫醒回来，自己才发现自己的嘴角上，正拖着一条像蜘蛛丝一般发亮的涎沫水。我用衣袖揩了一下，眼睛又射到那粗黑的方块字上，发现那薄薄的毛边纸的书本，正浸润着一大块涎沫水，我用衣袖去擦，那湿透了的毛边纸的书，给我擦这几下，就擦破了，心里非常着急，生怕明天给先生打。为着这种突然的恐怖的袭击，反把我昏沉入睡的头脑清醒了许多了。我急忙地把书本子合上，不敢给四伯父看——虽然我平常不怕他，我把头抬起来，用眼睛偷偷地看四伯父，看他是否发现他的秘密，这时他正低着头，用锋利的锥子尖在他的头发上掠了一下，就很快地咬着牙齿，两边腮帮子都鼓起来，他像发泄愤怒一般用劲地将锥子锥在布鞋底上。每次在锥鞋底之前，他总是用锥子在脑壳的头发上掠一下，似乎在磨锥子，这种动作已成了他的习惯，但他每次把锥子伸进脑壳的头发里的时候，我就很担心地生怕这锋利的锥子刺进他的脑壳中。他工作非常熟练，他的态度也非常严肃，从清晨到半夜，他就生根一般地坐在那矮凳上，用大腿使劲地夹紧三角板，佝偻着腰，把两只眼睛死命地钉在夹在那三角板的鞋底上，两只手不停地一锥一拉，变成一架机械一样地动作。每天晚上工作完毕的时候，他就感着腰酸背痛，两脚麻痹得站不起来，他在痉挛中敲着腿，要停了半个钟头才能站起来。而他每天所得到的代价，只是四五毛钱，刚刚够养活他两父子。

这样一天一天地工作下去，四伯父的腰杆，像一根生铁一样被拗弯得成了弓形，是永远伸不直的了。在他那瘦小如猴的脸上，更加显得阴郁，沉默得不肯多说一句话。他默默地工作着，就是你坐在他的身边，几个钟头他都不说一句话。因此家里人都不大欢喜他，连我们小孩子也不喜欢他，也不怕他，因为他是一个很懦弱的人。

我用眼睛注视他工作，在这煤油灯光的映照下，他的瘦脸上像涂着一层暗黄色的油彩，头发散乱地盖在脑壳上，像马鬃毛一样披散着，又像一块多年的黑狗皮毡子。他的颧骨凸出来，两颊深深地陷下去，两眼像陷进一个深框里，眼珠子像两只鸽蛋一样突出来，眼白上结着一层红网，灰色的眼睛里，射出一种困惑、忧郁、胆怯的光，好像他在想着一件渺茫的事情。

我回头来看跛子哥哥——四伯父唯一的儿子，他的脸貌跟四伯父一样细小，头发长而黑地盖在头上，发出光亮。他的脸是苍白的，同时有许多麻子，但他有一双聪明懂事的眼睛，充满着疑惑好奇的光。但先天的残废带给他一生不幸的忧郁，在他的脑子里常常憧憬着飞人的故事，他在梦中常常在春天的平原中飞跑。

他细心地把炮引插进炮饼的每个小孔里，他对这种工作养成一种耐心。当他插完一饼炮的时候，他的眼睛和嘴角就快乐地溢出笑来。他每天可以插十几饼炮，赚得七八个铜板一天，他很节俭地把这些铜板聚积在一个竹筒里，他期望年底可以做一件新衣穿。可是有时给四伯父拿这些铜板去买烧酒喝，他就像受了冤屈一样地，一声不响地淌着眼泪，等到三伯父赢了钱回来给他两只银角子，他又快乐得要跳起来。

我沉默地看着他们工作，心里在担心着明天先生的处罚和等待在赌场里的大伯父跟三伯父回来。于是我尖着两耳，想透过四伯父的工作声，听街上走过的行人脚步，想听出大伯父那种迟缓的脚步声和三伯父那种明朗的暗夜行路中的歌唱声。可是远近街头传来的只是断续的狗吠声和四伯父手中麻线拉过鞋底"索索索"的单调声。

有时从四伯父佝偻的弓腰里，他把那紧压在胸头上的郁气透了出来，就是一声"唉——"的深长的叹息，像从深谷里透出来的山风，一种阴惨的呼啸和令人毛发耸然的寒冷，透过这里沉的夜和单调的拉线"索索"声。接着这幽长叹息之后，四伯父就把他那低着的头抬起来，用那深沉忧郁灰色的眼睛向着黑暗的屋角凝视，用一种迟疑轻缓的声音说出来：

"学得会，赚得累，我这一辈子，要累到什么时候才丢手？"

当我听到四伯父这几句话的时候，就使我想起四伯父这一辈子的生活来。四伯父是半途学艺的，从小他就被祖父送到一个地主家里去当牧童，过着那种毫无代价的农奴生活，到他二十岁结婚的时候，才跟地主租下几亩田来耕种，可是他生来瘦小，又加过度的劳动，兼在一旱灾的年头，他就积劳过虑而病倒了，从此后他就离开了土地，回到市镇的家里来，跟着四伯母就生下他们这唯一的儿子——跛子哥哥，一个先天残废的儿子。可是接着不久四伯母又患黄疸病死了，就在这一年四伯父学会了做鞋匠，他坐在那矮凳上过了十五年的惨淡生涯，一直到现在跛子哥哥陪着他在插炮引。有时他在工作中停下来，沉在那些过往生活的浪花里，他那灰色的眼睛像梦一样模糊起来。可是有时有人来催他要鞋底的时候，他又被激怒得怨愤起来。

"嘿！倘使我有几亩田，那是多好啊！我也不会一辈子生根一样地坐在这矮凳上了，来受别人的穷气。"

他用怨愤的眼睛去看坐在他身旁的跛子哥哥，更使他抱怨起来！

"妈的，我是哪世不修呢？又生下你这个半身不遂的讨债鬼，你为什么不给死去呢？"

跛子哥哥突然受到这种怨骂，一声不响地就流下泪来，像一只老鼠样轻轻地拖着他的矮凳移到旁的地方去。当四伯父不看见跛子的时候，又高声地叫起来，他像失去一件唯一的爱宠一样。

可是到了一个寒冬的晚上，四伯父一声不响地敲了两百钱的高粱酒，一声不响地一口把它喝完了。他像下一种决心一样地跑出门去，那天晚上一家人睁着焦灼的眼睛等到天亮，还没见他回来，一直到第二天的中上，四伯父失踪的消息就传遍这丅来人家的小市镇了。

一直过了中午，一个打鱼的人才把四伯父带到家里来。据这渔人说他在半夜到下滩坝去捉鱼的时候，听到江边竹林上有低声的哭泣和深长的叹气，那渔人吓得以为是灰佬（注：鬼或死人之称。），一直到天亮才敢去看，原来就是四伯父蹲在那江边的竹林下，靠在那绿水的深潭边沿叹气和哭泣，那渔人走他的前面，四伯父像失了知觉的铜像一般蹲着，用他那灰色的眼睛凝视着深潭碧绿的江水，露出一种惊骇和疑惑的光，似乎想纵身一跳的样子，像一个人正徘徊在生与死的边沿上。

这渔人认得四伯父，就跑过去拦腰地把他抱起来。四伯父惊骇得失魂一般疯狂地挣扎着，恐怖地叫着：

"我不要死，我不要死，我还有儿子啊！我还有儿子啊！"

那渔人不管三七二十一，就把四伯父往地一掷，四伯父踉跄地倒在地上，等他抬起头来看是渔人，他就感到羞惭得激怒起来。

"你干什么，把我掷在地上？"

"你发疯了吗？你在干什么？半夜里哭哭啼啼的，我以为是灰佬，害我昨夜不敢捉鱼呢！你想死吗？"

"呵！呵！我……我遇过鬼引我到这里来的，它要我跳下深潭去，我……我不肯。"

四伯父那苍白的脸上红起来。后来渔人就把他送回家来。一进门的时候，大伯父就咆哮地叫起来：

"你这个鬼东西，你到那里去寻死呀！"

"我……我遇见鬼，鬼引我到江边去，叫……叫我跳下深潭去，我……我不想死。"

四伯嗫嚅地说不出来，就低着头去找他的三角板去了。

过了一会，四伯父把他那低着的头抬起来，用那灰色的眼睛望着我说：

"阿华，你的书读熟了没有？"

"读熟了，我背得了。"我用一种乖巧的态度骗他。

"读熟了就去睡吧，明天要起早。"

"不，我要等大伯跟三伯回来！"

"嘴馋的东西，大伯三伯不买东西回来的。你这小要吃鬼！"接着他就带着责备一般地瞪我一眼。

我的秘密愿望给四伯父揭破了，脸上就难为情地发热起来，我的心里暗暗地在怀恨他，我用眼睛去瞟跛子哥哥一眼，刚巧他也用着嘲笑的眼光来看我，我就生气地把头低下去。

停了很久才把头抬起来，偷偷地向跛子哥哥瞟去，这时他的两眼闭上，头垂下去，像人家求神一样地，东叩一下、西叩一下头，从他嘴里吊下一条蜘蛛丝般发亮的涎沫水在飘荡。

我看着他这副神气不禁笑起来，这笑声引起四伯父的注意，他抬起头望我，同时很快地就向跛子哥哥身上望去，他似乎有些发怒，他用锥子柄在跛子哥哥的头上"剥"地敲了一下，跛子哥哥就像受惊的麻雀一样突地把头抬起来，两个眼睛恐怖地怔着望了一下，才意识地用手去摸擦刚才被敲痛的头部，他的眼睛涨满一包晶莹的泪水。

"你这样地会打瞌睡，不如给我早死去吧！"

四伯父用着平淡的口调责备跛子哥哥，同时他的两只灰色眼睛直瞪跛子，他的眼睛里没有燃烧着怒火，只是一种慈爱自悔和懊恼的神情。跛子哥哥就含泪低下头去细心插炮引。我刚才张着的笑嘴，使我一时呆着合不拢来，在我的心里引起深切同情跛子哥哥的痛苦。

我终于伏在桌上睡着了，在做梦的时候，我的肩膊被人使劲地摇着，我在蒙眬中睁开了睡眼，看见一只枯瘦的手，上面的青筋像蚯蚓一样地蠕动着，我非常地怕，可是另一只手慢慢地从长袖管里伸出来，那手上抓着两个黄黄的柑子。当我一见这，就高兴地抬起头来，瘦长条子的大伯父，他那像鸭嘴一样突出张开的下颚，发出短促的笑声，那缺了牙齿的嘴，像老太婆一样抿了几抿。我很快地就把柑子拿来，用一种满足的眼光去看跛子哥哥，他正滴着口沫，羡慕地望着我。

我把书本子夹在腋下，就打算起身回房去睡觉了，可是跛子哥哥却突地泣出来。

"你哭什么，谁叫你前世不修，今生生成跛子不讨人爱！"四伯父用这样的话来责备跛子。可是马上大伯父就激怒地骂起来。

"难道我有两条心吗？阿华年纪还小，跛子大了，也要跟他一样比吗？阿华，给一个给跛子哥哥！"

最后大伯父这样命令着我，我十二分不愿意地选了一个小的给跛子哥哥。

"呐！"塞进他的怀里去。

其实大伯父是特别爱我的，因为除了残废跛子，我就是这一家人四房中唯一传宗接祖的儿子。

等到我躺到床上的时候，还听到从甬道上透过来四伯父的呛咳声。我想一定是那条猪鬃毛线头刺进四伯父的喉管里了，因为四伯父在拉麻线把猪鬃毛含在嘴里时，猪鬃毛常常刺进他的喉管里使他呛咳起来。

"喀喀喀喀"地，使他那暗黄色的脸上呛出红晕来。

从街上传来敲更的击节声，和四伯父的呛咳声混合着。这时只有跛子哥哥在垂头丧气地在陪着他度着那疲劳的长夜。

一九三五年六月二日

日晖桥头的敌军

周钢鸣

　　沿着河浜的徐家汇路，插满了法国旗子，河浜边掘有地壕，法兵就藏在里面，机警地望着对岸。对岸打浦桥这边，还是由我英勇的弟兄把守着，机关枪口，伸在沙袋的对面。打浦桥过去点，便是敌军的防地了。但是没有一个敌军，只有一辆坦克车被弃在河浜边。一条并不宽阔的日晖港将他们隔离了。日晖桥已被我军放火烧断，还燃着熊熊的火焰，桥边某印刷公司亦被牵连着而焚去了，残余下来的仅是一座洋灰泥骨，围着这毁去了的建筑屋凭吊的，有几条饥饿的瘦狗和浜这边租界上的我们以及几个外国记者。

　　空气是紧张的，日晖港里面，很清晰地传来了机枪的声音。接着一阵激烈的机枪声后，几个中国巡捕把我们几个中国记者赶开了，好像我们的生命比几个西记者的生命还要珍贵似的。我们向他争辩着："为什么西记者可以登在这儿，而将我们赶开？"

　　那位中国巡捕就很和蔼地告诉我们："那座烧去的屋子后面，就躲着几个日本兵，他们看见中国人就要开枪的。"他的脸上露着紧张的表情。

　　我们看他很谈得来，就向他探悉着，希望能从他的口里满足我们的听觉："那辆

作品信息

原载《抗战半月刊》第1卷第6期。

坦克车里面有日本人吗?"我们其中的一个问。

"没有，没有，日本人都躲到墙后面去了。"为什么会躲到墙后面去呢？我们向他继续地探问着，原来今天清晨八点钟的时候，我敌已经冲突过一次了。

敌人五六名架着一辆坦克车，向日晖桥边冲来，机关枪声，来势猛烈，好像一下子会冲入了我们阵地似的。

这时日晖桥的这边我军远远地听见了机枪的声音，立刻都敏捷地躲到沙袋中去，一声也不响。

"我真为咱们军队担心，为什么还不开枪?"他把我们拖到了墙脚边，继续地告诉我们，"真是做梦也没有想到，日本赤佬刚刚走到日晖边的时候，我们的机关枪声，就像雨似的响起来了，打在坦克车上面当当地响着，四五个敌人都向墙后面逃去了，有一个倒下来了，大约是受了伤，还是后来我们的机枪声停止了，才慢慢地爬进去的!"

浜那边是静寂的，几条瘦狗用鼻子嗅着那一座"死"去了的坦克车。我们阵地中的防军正紧看机关枪在严厉地监视着它。

"四个难民被打死了!"一个穿着长衫的"包打听"从枫林桥那边向着我们的身边跑过来。

这时，我们几个人站在祈齐路福履理路口。因为被两个巡捕拦住了，不能到枫林桥去，我们正为着不能明了那儿的情形心中在纳闷着。

突然有一个人替我们带来了这样一个惊人的消息，立刻便被我们拦住了，不等到我们去追问他，他就很气急地告诉我们了。

"四个难民，大约是从谨记路那边跑来的，一走到枫林路头就被两个日本人捉住了，其中一个是我认识的，在中山医院里做护士，人顶和蔼，瘦瘦的脸小小的个子，一下子被那日本人抓住了衣领子，就像抓住了一只小鸡。他不肯走，是被日本人拖进去的，大约是被拖到屋子里面去了。"

"不久，就听见了四声枪声，再不久，两个日本赤佬跑出来了!"

他呆呆地站在那儿，不再继续下去了，四周是静静的，我们仿佛看见了四个被惨杀的中国同胞！

往日的徐家汇是寂静的，法国天主教堂敲着缓慢的沉重的钟声，这钟声是象征着和平，无数的天主教徒在这和平的钟声中跪下来，为着人类的幸福而祈祷着。

现在钟声仍旧是沉重地敲着，可是天主教堂的门口，已不是往日那样的寂静了，绕飞在屋顶的和平白鸽，已不知飞向哪儿去了，难民们扰攘攘的，握着木棍的法国三道头，已越过了法界的警权，在管理难民，木棍子像雨似的落在他们的头上，一个难民蒙着被打的地方，蹲在墙角落里哭着。这哭声大约是激动了那位跟在法国三道头后面的中国巡捕的同情吧。他轻悄地跑过来，带着半责备的声音嚷道："你妈的别哭，要不是法国人你老早被炸弹炸死了！"

说时，他还指了一指在天空盘旋的敌机，他们到的确没有丢炸弹。

东京如旧

胡明树

有一天，照例地去上课，五点钟才回来。总之时光是一样照例地过去的。房东是到邻家去了，家里只剩我自己。

一位朋友来找我，他一进门就报告我一个消息。他是为报告消息而来的呢。他也是听见人家说的，发生了大事件，杀死了许多重要的人物，坐第一把椅子的也被杀了。这当然是有背景的暴力行为。

房东自邻家回来了。他问我知道不知道发生了事件。我自然说不知。但他又说，真实的情形还不知道，不过杀了人是真的；报纸没有记载，播音机没有报告。在往常，这样重要的事情，至少要出几次"号外"的了。因此，居民们都为之失色。然而也还安定，交通仍是照常。

第二天的早晨，各人自然在等着要看报纸的啦。可是报上仍不大敢说，自然更不敢发议论。我们知道的，只不过几件事实的报告。这样，就写实背景之不少了。

又过了两天。是早晨。是二月的最后一日，闰多一日的。一清早，播音机就"五月蝇"般地在哇啦哇啦地响，但是我不懂。于是起来，洗了脸，房东说，今天

作品信息

原载《南宁民国日报》1936年3月28日。

休息，不必回学校了的。我说，不，今天是礼拜六，不放假的。他于是就解释，到处都戒严，电车不通，交通已断绝。我于是明白了。

这一天，人心不安得很。有些人，觉得安定得太多了，希望打打战，看看热闹。但是□被划为战区的居民，则纷纷逃避。自然，我们异乡人就更忧心啦。派报夫忙得很，到处走着，去派"号外"。但是，十二时后，交通恢复了，事情解决了。一切如旧。消息传来，坐第一把椅子的并没有死，死的是他的弟弟，他要辞职了。新的人物又要上台了。

这期间，派报夫忙得很，为了派"号外"，几乎脚也走断。事情就只不过这样，我们安心得很。但是国内的传说，当然是如风如云的了。这也难怪，若果是我们国家发生这样的重大的事，不知要乱成什么样子的吧。这里究竟是资本主义国家，维持治安的方法是高明的。而况事情又有背景的呢。

一位朋友说，接到了家信，家人很忧心，叫他避一避。这朋友接着哈哈地大笑了：避什么呢？舒服得很呀！

关心我的朋友，也自国内来信慰问了。多谢得很，多谢得很！我很舒服。好似我们也受了难似的，其实我们安乐得很呢。不过，我们真的看了一出滑稽戏了，我们坐在特等位，是要比诸君看得清楚得多的。

三月十三日于东京

卖　书

胡明树

　　请不用着慌，以为我们穷到要卖书了。不，还没有穷到那程度的；说的，是人家卖书。有一天，我照例地跑进了旧书铺去看书。有一位学生模样的青年，手里拿着一本新的杂志，走进来，把书交给了掌柜，掌柜看了看书，说："二钱。""二钱？"青年问，想了想又说，"好啦！"于是拿了"二钱"去了。二钱，和中国的大洋二分钱是差不多的。几毛钱买来的新杂志，"二钱"就卖了去，未免太可惜了，要那"二钱"干吗呢？卖书，在日本学生本来是很平常的。不过，我总觉得他们卖得太便宜，若果能够卖回原价的一半，那是不妨卖的。二钱，太少了，最多也不过能换两个糖果。

　　那因为是杂志，换得二钱也难怪的，较为有价值的书，相信也不会是这个数目的。至于那学生呢，绝不是公子学生的吧。因为要看书就不得不买书；但是看过了，就是二钱也好，也希望换回来。苦哉！日本的学生，消遣的地方多得很，麻雀馆，咖啡店，酒馆，台球场，吃茶店，还有妓女馆。据说，到妓女馆去嫖的，大半是戴圆帽的学生——就是中学生，连廿多岁的中学生也去嫖，真难以令人相信。那

作品信息

原载《南宁民国日报》1936年5月28日。

也难怪的，日本的男子多数上了三十岁才结婚的，哪有什么办法不嫖呢？同时，也可以证明这里学生的堕落。同时，他们的社会，还没有所谓西洋式恋爱的。学生有多种，有卖书的学生，有苦学生，有半工半读的学生；也有半耍半读的学生，花花公子的学生……可是，我查了好几部大字典，学生条下，没有这样的注释。

烧鱼的故事

曾敏之

当秋空飘坠了西风卷来的枫叶，帮助我抓住了溶江北岸已往生活的一点印象。如果说心的痉挛也有平伏的时候，那该是我最为愉快的日子了。

凡到过山峦叠嶂、丛林遍野的苗瑶所居的地方，一定会为那原始色彩的朴素生活所感动的。那儿嗅不到硝烟气味，也听不到战浪的呼啸，没有生人过多污浊的泥沼，也没有伪诈的陷坑。纯朴，一种人类至性的真诚，把每一个倦旅的路人罩上人间一点罕有的温暖。

作者简介

曾敏之（1917—2015），笔名敏之、寒流、望云、丁淙等。出生于广西罗城，祖籍广东梅县（今梅州市）。历任《大公报》记者、采访主任，暨南大学教授，香港《文汇报》副总编辑，香港作家联谊会会长等。1930年代即投身文学运动和创作。著有散文随笔集《拾荒集》《岭南随笔》《望云海》《文史品味录》《观海录》《春华集》《文林漫步》《曾敏之散文选》《人文纪事》《沉思集》等，论著《谈红楼梦》《诗词艺术》《诗词艺术欣赏》《诗的艺术》《古典文学欣赏举隅》等，游记《四海环游》，杂文《曾敏之杂文集》《文苑春秋》《听涛集》等。其中《观海录》二集获全国优秀散文杂文奖。此外，曾敏之在推动香港文学的发展、促进海内外华文文学的交流和台港与海外华文文学的学科建设等方面，成绩卓著，被称为内地台港文学研究的拓荒者和引路人。

作品信息

原载《文艺阵地》第4卷第5期，收入《拾荒集》（萤社1942年版）、《曾敏之散文选》（百花文艺出版社1991年版）。

是一九三×年的秋天吧，我正从烽火弥天的×城退却到荒漠的溶江一带，孤寂袭击着我，在短短一个时期中，我几疑心我已成为剩余的东西。每天，我踱着沉重的步伐，像在戈壁中找寻绿色的回教者的园居一样。溶江北岸的×乡是那么静穆，一踏出近郊，显在眼中的尽是高低不同的岭田，像一座座大梯，延亘在溶江的两岸，天空老是那么澄碧，遍岭的枫叶像一丛丛的火炬，衬着溶江的水，把秋的郊野点缀得比较壮丽。

梯田金色的穗禾中时时飘来尖锐悠韵的歌声，间杂着劳动者纯真的笑。

我为这歌声笑语迷惑了！

慢慢走上田塍，孩提似的心情起了奇讶，在高低金色的稻田中，一簇簇的男女正在围着一堆野火，他们的手里都拿着一根竹竿，竹竿上拴着一种还在跳动的东西；假如眼睛未习惯于辨别的话是以为他们在耍把戏吧！

他们在忘情地歌笑着，直到我站在他们的身边，他们才觉察到。十余位少女似的装束的"拉 min"（注：未出嫁的女子，他们称为姑娘。）惊愕地叫喊起来，她们用疑惧的眼光投射在我这个不速之客的身上。

坐在她们旁边时"罗汉"（注：平常爱唱歌耍女人的男子叫作罗汉。）却毫无所谓地起来招呼：

"水吧（注：请坐的意思。）！先生。"是那么亲切的。

为了解除他们的疑惑，我客气地笑着向他们点头示意，在一个空隙中坐了下来。

他们大约知道我是不懂他们言语的游人了，于是有一位年长的罗汉打着生硬的"客家话"（注：官话，他们称汉人所讲的话叫客家话。）问我的根底，我一五一十地告诉他们，他们才恢复了先前活泼的空气。他们把我当来宾似的招待了。

"吃烧鱼吧，先生？"

一位颈项戴着三个银圈的女孩子年纪大约有十七八岁，从她的手中递过了一支竹竿，竹竿已烧好了的一条鲜黄的草鱼。

"怎样吃法呢？"我接了过来呆笑着问她。

她脸上泛起了含有稚气的红霞，显然地，她为我问倒了。旁边的二十余位男女也为我的傻气大笑起来。

"怪不得哟!"还是那位年长的罗汉替我们打开了这无言的难关,他装着手势说:"就是这样,用手把它撕下,放进嘴去就'hei'(注:好的意思的译音。)啦!"

他们都看着我笑,我难为情地依着话放进嘴里去了,出乎意料地,味道竟是那样鲜美!竟是那样的甜,古今菜谱中恐怕找不出来比拟了。

野火在熊熊地燃烧着,大家已消失了拘束的状态了。那位年长的罗汉拿着瓶子,不断地喝着酒,其余的也喝着酒,双手不停地在撕烧鱼,女的低吟着健美的歌,悠扬的声调和丛林中鹧鸪的清啼相应。

我一面咀嚼那原始炮制的佳肴,一面嬉皮涎脸地问那戴着三个银圈的女孩子,我要她告诉关于这烧鱼的制法。

"我们不像你们客家人会弄吃哪!"说是娇羞却又矜持。她一点不感到隔阂了:"我们的鱼多是养在这田里的,这块田就是我家的,"她指着金色的稻田,"每年秋收的时候我们一边剪稻,一边就烧鱼吃,我们把活生生的鱼捉到手,用竹子把它一拴,涂上调味的料子,向火中把它烘干,一直到黄熟就可以吃了。"

说得这么简单,流利,虽然不是纯客家话,但每句却很清楚。

"你叫什么名字呢?"

"先生,她叫俾花,还未出嫁哩!"

喝着酒的那位年长的罗汉在旁插嘴,使我有点不好意思起来,跟着又是一片笑声!

"这样说来,俾花今天是主人了?"

"是啦!这块田就是她家的,我们是来帮她的忙的,她的哥哥当勇去了。"

"什么当勇去了?"我问。

经他们的解释,才知道是当兵,她的哥哥在去年被征去的。

"先生,她的哥哥去了之后,她家人手少了,我们村里众议,个个都帮她的忙呢!"

俾花露着得意的神色,天真中带上一点崇高的骄傲。

跟着他们又告诉我，剪完稻后，还打算种杂粮，在今年，种杂粮他们说还是第一次呢！

"为什么呢？"

年长的罗汉用手指剔着黄黑的牙齿，望着我说：

"最近我们村里来了一位和你差不多大小的伙子，据我们的头子说是来当先生的，前几天，还帮我们剪稻。剪完稻种杂粮，就是他教我们的哪！"

"现在他呢？"我急急地问。

"病了，不然，今天一定来吃烧鱼呢！"

接着，另一位年约十九岁的后生罗汉笑嘻嘻地抢着说：

"那位先生他要教我们的多着呢！他说教的要和什么钢钱（抗战）有管（关）哩！他要长久和我们住下去，什么苦他都吃得，我们说要把俾花给他做一对哩！"

我为他们这天真的回答兴奋起来了，我有点信不过我的耳朵，望着荒寂的溶江的土地，仿佛迸射出祖国新生的血花，我惭愧不安了。

他们见我局促沉思的态度，都哈哈笑了起来，年长的罗汉眯着醉眼拍着我的肩：

"拉温！（注：他们在说笑时叫小孩子为拉温。）不要愁吧！你如果和我们在一起，我带你去见那位先生，除了俾花，还有俾夏哩！"

狂笑震动了空谷，他们用强迫方式灌我喝了很多的酒，俾花为我唱了一支使我至今忘不了的歌。那天，我忘记了过去的创伤，我陶醉在枫叶被西风吹落堆积成的红色软菌的溶江北岸的田塍上。

一九三九年九月二十五日

Ⅰ **文学史评论** Ⅰ

曾敏之的早期散文，常常是将景物描写与人物刻画融成一体，将情节叙述与感情抒发熔为一炉，因此这些作品清新隽永、意境悠远、抒情味浓，给人留下了非常美好的印象及深邃的审美空间。《芦笙会》《遇旧》《楼居》《尺素书》诸作便是这方面的优秀代表。晚年写的《桥》《鸟声》《空间》也具有这方面的鲜明特点。

——徐治平主编《广西散文百年》，民族出版社，2004，第136页

Ⅰ创作评论Ⅰ

不论是在腥风血雨的年代，还是在祖国建设的日子里，他始终处于时代大潮之中，关注社会，追求光明，为民族的解放、祖国的进步振笔呐喊。在其作品中，我们可以深切地感受到近六七十年来中国大地上所发生的时代变迁。他用散文怀人叙事，既是为文，亦如记史，其中蕴含着深沉的沧桑之美。同时由于他有着极为丰富的历史知识和古典文学知识，擅以史为鉴，生发议论。这些都使曾敏之的散文创作中呈现出鲜明的历史内涵。

——韩会敏：《论曾敏之散文的历史意蕴》，《广州大学学报》2003年第1期

曾敏之的散文，不但以清新优美的文笔突出表现岭南散文的共同艺术特征——乡土文化特征，而且有着自己独立的思想和艺术追求。这种追求，在他早期的散文创造《拾荒集》中就已有明显的表现。它以深婉而精细，涵容量很大的艺术表现，反映了下层劳动人民种种人生境遇，以及一个青年知识分子在动荡年代对于国家的深沉忧虑和达观态度。尔后，《拾荒集》所蕴含的思想和艺术追求，在曾敏之几十年坎坷的生活道路和创作历程中，不断得到发展和完善，终于形成了他散文创作的独特风格。

——郭晖：《曾敏之的散文创作》，《海南大学学报》1986年第1期

曾敏之的散文创作，抒至美之情，织丽词华章，这固然是他个人禀赋、才华、品德的表现，同时也是与他站在坚实的传统的大地上分不开的。对于传统，曾敏之有着自觉的服膺与尊重。他遵循着从新文学到古典文学与古典诗歌，从史学进入文学领域的路线，研读经史典籍和中外文学名著，吸饮着传统的乳浆，使自己长成了

枝繁叶茂的大树。

  ——陆士清：《站在坚实的大地上——略论曾敏之散文的传统血脉》，《台港与
    海外华文文学评论和研究》1995年第1期

┃作品点评┃

  《烧鱼的故事》与《芦笙会》中的苗族姑娘俾花，"娇羞却又矜持"，她为她哥
哥去当兵抗日而"露出得意的神色，天真中带上一点崇高的骄傲"；她为她能参加
芦笙会，参加王先生倡导的"种麦竞赛"而"忘情地欢笑"。这么一个身披绣花裙子、
头梳发髻、颈戴银圈、脸泛红云的美丽、热情而娇嗔的苗家姑娘，就这样与抗日战
争风云连在一起，鲜明地站在了读者面前。

  ——徐治平：《文传碧海 千秋功业——论香港作家曾敏之的散文创作》《广
    西广播电视大学学报》2003年第4期

  《烧鱼的故事》是烽火连天的岁月的另一种诗意生活的描绘，给人以抚平创伤
的力量和乐观向上的鼓舞。

    ——韩会敏：《论曾敏之散文的历史意蕴》，《广州大学学报》2003年第1期

芦笙会

——苗山杂记之二

曾敏之

是一个晴朗的天，白云像少女的丝带，间杂着秋阳的金光，飘绕在溶江南岸的龙额山上。

龙额山，我还未曾到过，虽曾听说是崇峻而高，在阴晴不定的白日里瘴雾会笼罩得看不见山上所繁殖的杉林。因此，当那位年长的罗汉约我今天在这龙额山上参加他们的活动的时候，我曾蹙着眉头表示我爬山的技术还有待于锻炼。

"不要紧哟！这是难得的集会哩！"他用黝黑的手拍着我的肩，那充满了纯朴的眼光仿佛在鄙夷我的胆怯。

"在这个集会中，你能会到一位和你差不多的年轻小伙子，那就是我们的先生！"

他加重诱惑而带愿望的语气，他的话给神秘的外衣披上了，在踌躇了片刻之后，我答应了他的邀约。

今天，一早起来我就准备着脚下，我穿上了那位罗汉送给我的一双草鞋，这草

作品信息

原载《文艺阵地》第4卷第6期，收入《曾敏之散文选》(百花文艺出版社1991年版)、《空谷足音》(新世纪出版社1998年版)。

鞋是镶上了铁钉的。草鞋而镶上了铁钉，为的是爬起山来不至于滑跌。

上午十一时三十分，约好要在龙额山的第一个高峰相会。

在途中，我碰见了许多肩挑小担的同路人，他们也是到龙额山去的，在不寂寞中我探听了关于今天集会的情形，他们说像这样的盛会是一年一度有一次的。

他们的担子异常沉重，但今天到了龙额山的时候，给他们的安慰是轻松的，现在，他们得赶二十里的路程，才能到达龙额山的山脚，然后爬山。

遥远的二十里的广阔尽是草原，杂花在野榛中点头微笑，我走得较慢，许多同路者赶上前头，他们脚下扬着浓厚泥土的香的气息的尘灰，没入草原中去了。

秋阳温暖地抚吻着我们，走到龙额山山脚时，我已卸下棉袄了。

龙额山，俯视着广漠的原野，离地四五千公尺的雄姿，令我想起了亚细亚古代骑士睥睨驰骋的神态。因为是深秋的缘故，野菊在蜿蜒曲折的山道两旁腰肢招展着。山道左右，有着无数参天的古柏，透过树隙，在临崖悬壁的半山，槎丫交错地架着一座座的板屋，那是可以居住的地方。

白云被阳光映射，远远地集结在那些板屋顶上，我为杜牧的《山行》所描写的自然现象而羡慕起来了。

"第二高峰在什么地方呢？是不是那个山头？"我困惑地指着白云集结在板屋靠背的山顶，问我的同路人。

"要到了！那是岩寨。"

我折了一枝小树当手杖，伛偻地爬山，小鸟清脆地在欢唱着，混合着尖锐而复杂的歌声。

在将到第一高峰的时候，歌声渐渐地豪放了，我的同路者告诉我，这个集会已在开场。

兴奋克服了我的疲劳，当手表的短针指在十一的数字上时，我们已经到了山顶了。

"哟!"

我出乎意外地惊叫起来，这山顶，竟有这么平阔的草地!

草地上，黑压压的尽是人，男的，女的，老的，幼的。

装束各有不同，但尽是穿着新制的。男的罗汉头上包着紫色的头巾，身上穿着他们自己所织成的黑布衣服。一根烟杆插在腰带中，他们正在围拢一根竖着的杉木在纵情歌唱。

我像踏进了一个不可记忆的时代，我茫然地用奇讶的眼光去询问我所熟悉的人，约我的人！在一群姑娘中我发现了俾花。

俾花的装束和其他的姑娘一样，披着绣上了花边的裙子，头上梳上了一个髻，她的颈项似乎多了几个银圈，手上也是一样。她没有看见我，我也闪避着她。

草坪的周围尽是小贩的摊子，平常冷静的山谷，今天成了热闹的市集。

我有点感到空前的饥饿了，正当要找一些可吃的东西来吃的时候，迎面却来了约我的年长罗汉，后面还跟着一个二十多岁的青年，个子不高，客家装束，头发长长地拂着前额，清癯的脸上浮着笑意，我暗忖着要会的人恐怕就是他了。

"呀，我们等了很久呢？辛苦吧？"

他一边嚷着一边拉着那位青年和我见面。

"这是我常常说的王先生。"他指着那位青年。

"听了老福的介绍，知道阁下今天来参加我们的芦笙会，我们非常欢喜！"

说话慢而小声，那年青的王先生的态度显出老成的和蔼。我笑着赶快回答，热烈地握手。

老福——那位年长的罗汉，他邀我们到一处卖食品的小摊子坐着，他买了一壶酒，说是为我解解饥渴。

我无心喝酒，我用沉静的眼光在打量这位王先生，我问他在这里工作的情形。

"我来还不久。"他谦逊地站起来。

"不过，多得老福他们的爱助，我已不感到陌生了。"

"在这里的工作，困难是有的，但正是我们学习的好环境。"

"我很想在短时期内组织他们，今天的芦笙会就是要想法打好这基础的。"

他的话慢而有力，生命之火像在燃烧着他的心，他显得有些激动。

老福在旁解释芦笙会的来源，他说这是每年都有一次的，当秋收之后，最热闹的娱乐就是这次的芦笙会。接着他又笑着说：

"俾花今天来，俾夏也来哩！"

我忍不住他这样纯真的刺激，我也笑了起来。

这时，竖着的杉木下，已围拢更多的人了。每一个人手上拿着一管芦笙，呜呜地吹了起来，这古代乐器所迸射出的声音，震撼了整个山野。姑娘们在远远的地方唱歌附和着，俾花还用手帕向空中招展，她在人丛中歌舞着。

这是竞赛，芦笙的节奏与歌的旋律在竞赛悦耳的民歌，王先生今天担任评判员。

我注视着王先生的每一举动。当几首歌在演奏将毕的时候，他在身边抽出一个布袋，布袋里装满一种东西，他交代老福伴着我，走向杉木的人群中间去。

歌声乐声一停，他在中间宣布了，声音是那样慢而细小：

"今天是芦笙会，"他用手势代替说明，他的拇指高高地举起，"以岩寨和马胖村的吹手吹得最好！"

他的话刚完，在杉木右边的一圈人跟着欢呼狂舞起来。姑娘们又唱着歌，这歌，是歌唱给胜利者。

王先生打开了布袋，他激越地高喊：

"这是县政府发下来的大麦种子，我们这里有很多荒地，我们要趁收割之后来一次种麦竞赛，hei 不 hei！"

"hei！"

这回响震动了龙额山的丛林，秋风掠过树梢，树叶簌簌地落下。

跟着王先生把他们按照村落的远近分成几组，并定了播种的日期。他宣布他和老福为监工，实行种麦竞赛。

老福拍拍我的背，他说顶好是我能参加工作，龙额山有不少的山兽，在闲空时还可以打猎喝酒呢！

秋天的日子渐短，王先生走来向我打招呼时，太阳已偏西了。罗汉姑娘们恣情地在谈笑喝酒，小贩的生意热闹得手忙脚乱。俾花不知道几时看见我，她连跑带跳地过来问我的七七八八，天真的脸上泛着白云，她比请我吃烧鱼时更动人了。

王先生似乎很疲惫，他瞥着俾花的娇嗔，看着眼前这一批纯洁的生产劳动者忘情的欢笑，昂昂头，用手指着龙额山下一片广阔的草原，向我说：

"这一带是我们计划要垦殖的土地，土地养活了我们这一代，我们要无负于土地的寄托，今天，正是我们利用土地来报效于抗战的时候了！"

一九三九年十一月

┃作品点评┃

《芦笙会》则写出了帮助苗瑶人民劳动、创造美好生活、支持抗战的民族英雄王先生的高大形象，由他口中喊出了时代的最强音："今天，正是我们利用土地来报效于抗战的时候了！"

——韩会敏：《论曾敏之散文的历史意蕴》，《广州大学学报》2003年第1期

滃江的水流

——粤北散记十一——

司马文森

小股的河流从无数山谷中流出来，在一片平原上汇成一条碧绿的巨大的水流，这水流，人们叫它作滃江。

滃江的水流静谧而娴淑，它通过六个县界，流过了无数的山谷和村庄，在一个深不见底的峡谷下，悄悄地消失了。

这条水流终年缓缓地流着，从没有泛涛或干枯过，由于它，不但使这山岳地带的气候变了，农民们还利用它去灌溉将近十万亩贫瘠的田地，使这些田地变得很肥沃，年年有着丰收。年年过着丰收日子的农民，生活得倦了，他们想："这日子太平

作者简介

司马文森（1916—1968），原名何应泉，福建泉州人，著名作家、文艺活动家。幼年到菲律宾当童工。12岁回国，17岁加入中国共产党。1934年加入中国左翼作家联盟，1936年担任《救亡日报》义务记者，1937年抗日战争全面爆发后加入上海文化界救亡协会。1939年春，由广东韶关抵桂林，直至1944年秋湘桂大撤退后，撤往桂北开辟敌后游击根据地，任纵队政委。抗战胜利后离广西赴广州。在桂林期间，大力支持中华文艺界抗敌协会桂林分会的工作，连任六届理事，主编《文艺生活》，同时创作了大量的小说、散文、杂文、诗歌、报告文学、文艺评论。

作品信息

原载《文艺阵地》第3卷第11期。

淡了，应该找点刺激。"于是，一个大规模的"刺激"行动，在这江的中南部发生了。

中南部的土地非常肥美，泥土终年发着香味，据传说：从这土地里养出来的稻，每穗有一百二十颗，江中出产着最肥大的鲤鱼。

有一个姓陈的大族，拥着将近一万二千人，在这儿分开东西两岸住着。住在东岸的是"强房"人，住在西岸的是"弱房"人，六百年前他们同是一家，很和谐地过着日子，后来人口多了，才分开来住：哥哥那一房人住东岸，西岸的归弟弟一房人居住。

当这两兄弟都老了，眼看着两房人的子弟，常常为了点小事，——比方说鲤鱼的打捞和均分问题，互相起着争执：女人们站在两岸对骂，而小孩手便在她们旁边互甩着石头，两个老头子的心中，蒙上了一层薄薄的忧愁，他们想：当这两房人的子弟都长大，繁殖了，他们就会用刀枪相见的。他们很忧愁，托着松木拐杖，在肥绿的草地上踱着。哥哥想：找弟弟商量去。弟弟也想：找哥哥商量去。他们从不同的方向，朝同一的目标出发。差不多是同一时的，他们坐在自己的木艇上，在河中心碰头了。于是他们就顺着下流划去，互相诉说着自己的忧愁。

哥哥说："老二，我为了这事十分忧愁"。

弟弟也回说："老大，我简直连晚上都没曾有过好睡。"忧愁的人沉默着，船顺着水慢慢地朝下流流去。

三个钟头后，他们重新回转头来，而且自己用了自己聪明的脑袋，想出最好的办法了。

老大感伤地说："老二，爸妈一生只生了我们两个。"

老二补充着说："而且我们从没吵过一次嘴。"

"但愿我们的子弟要这样和睦才好。"

两个人各自想着，上岸回家去了。

这两伙忧愁的弟兄，把他们商量好的聪明办法，立成家法并放在祖祠内严禁这两房人因争执而诉诸刀枪，但是却准许他们有发泄"尚武"精神的机会，于是他们创造了一种新式武器，用长约一丈三尺的竹竿，把尾端削成鸭嘴形，再在热锅上用沙子炒过，使它成为一把尖利无比的武器。要是这种武器也不能解决彼此之间的纠纷呢？家法上写道："必要时得征求祖宗的同意，而施用小量的刀枪。"

老人们死了，两房的子弟吃着漓江肥沃的水，长大茁壮起来了！他们还是为着无休止的小问题起着争执，用尖头竹竿互相刺戮，一直到这些问题达到合理的解决。先头是大家坐着木艇在江中决斗，后来进步到互相采用突然的攻击：有时是强对弱，有时是弱对强，他们常常乘人不备夜半渡过江去，在对房方的领地上，摧毁谷物、家畜、果园，掳人，劫掠以至烧毁房子。这样的日子过得久了，彼此斗殴便成了大家的习惯。每年当秋稻收割后，必定有一次大规模的击斗出现：据传说，要是没有这一次的击斗，漓江就会干涸，而一切田亩便因之而得不到水流的灌溉。

五百年来，这两房人把这种日子很顺利地打发过去，习以为常，父亲把他的尖头竹竿，在他将断气的时候交给自己的儿子，并鼓励他为族人的光荣，当自己和对方决斗时手不要发抖。儿子照样地传给孙子，再由孙子传下去，一代代地传着。光荣的武器沾着光荣的血，而两房人的仇恨于是也变得更深了！

漓江的水流，清澈如镜，鲤鱼大且肥，但他们却都杂有这大姓子弟的血液，有时长久地使这水流变浑浊了。

农民们吃了这江中的鲤鱼长大，为鲤鱼而起争执，最后便把自己的血流在这江中，并让鲤鱼吞噬着。……

秋稻刚刚割过，鬼子尴尬的步伐就开始跨进这流域了。但陈家大姓的子弟却照样地互下着战书，他们为漓江的鲤鱼决斗。

"有本事的过江来，强房婊子！"弱房的牧牛童，骑在西岸的榕树干上，高声面对着河辱骂。

强房人也不示弱，他们的牧牛童也从草地上赶回来，同样地爬在榕树干上大声回骂：

"一定过去，弱房婊子！"

接着他们又互唱着秽污的歌曲，以污辱对方。当夜色使漓江碧绿的流水，变黯淡了，大人便搬来了木柴，堆在岸边的高地上，烧成火篝，让两岸的火舌在河中互相飞扑。小孩子有计划地轮着班，守住火簝，成夜地唱着秽污歌曲，并以大声的呼喊去污辱对方。大人们虽然没有出面，却躲在树干后悄悄地支持，在某些时候，应该唱什么歌曲，某些时候应该叫骂些什么难听的话，都由他们发号施令。

三天日子这样过去了，叫骂的嗓子变哑，而叫骂者也倦了！

"强房婊子，有本领的过江来！"

"不要逃跑，才算真英雄。"

"只有弱房婊子才做这丢面事。"

火药配好铁珠装在枪筒内，跟着发射过去了。受伤的孩子从树干上跌了下来，温红的血液从创口涌了出来，滴在河岸的土地上。农民们从树干后（他们在那儿等候着，已经好几天了。）忽忙地冲出来，抱住这个垂死的人，蹒跚着跑回村去。他宣称自己是一个正直的人，正从田里回转家来，路过河岸的榕树下，而这个正直的孩子突然无故地蒙受攻击，已经受了不治的伤痕。"虽然只是手皮稍为给铁弹珠碰伤一点点。"接着，他大声呼号道："兄弟，伯叔，姑嫂们：外侮已经到来了！灾难就要临到我们的头上了。"他的眼中溢着泪，把这个"垂死"的人高高举起，巡行于每一条同房村庄。在他后面，趋着的是成群的青年农民和妇女，他们哭号并且用一切恶毒的语言，去咒骂"河对岸"的那些野蛮族人。

他们把村庄掀动着，让舆情非常愤激，于是才到族长那儿去，请求予这个"垂死"者以援助。"垂死"者被放置在祖宗神位的面前，当族长用发颤的老手，去触摸他的伤口的时候，大声地呻吟着，并请求援助。（这都是在事前学好的，差不多已成了一种仪式了。）于是，族长眼中流着泪，跪在祖宗灵位前面，低声地诉说这事发生的经过，并祷告保庇全族安宁。半个钟头后，他用软弱的脚步走出神堂，并在祠堂外的拥挤的族人发着鼓励的演说：

"为了全族人的光荣，青年人站起来，给我们不幸者以实力的援助。……"

在不断的呼号声中，他宣称："我们要向对岸下战书，这侮辱我们已经再也不能容忍了！"他给好斗者和迷信者以满足，于是人们纷纷地散了，准备着战斗。

第二天清早，青年人都离开田庄集中到祖祠内来，他们由族长领导着跪在祖宗前，用针刺破指头，让血滴在一盆清冽水中。最后每个人又用舌头去把这水舔着，才带着他的尖头竹竿、马枪出发到河岸去。

东西岸的战斗就这样开始了。

当沿江北推进的日本兵，窜进了距离这河流中南部只有九十四里的时候，这大姓还在战斗着。河水都变赤了他们不但拒绝当地政府的请求，派自卫团出来助战，并且还拒绝我们的军队驻防在他们的领地内。不久日本兵推至离这儿只有三十五里的镇上，他们知道这儿住着一个大姓，有着多量的壮丁和武装，并且正在战斗着，自己对自己战斗着。于是，他们便派了两个代表，一个走到河东，另一个走到河西，但都不让对方知道。

到河东去的日本代表，对强房的族长说：

"弱房人可恶，非把他们彻底消灭不可，我们是替天行道的军队，愿帮助大家一臂之力。"

到河西去的日本代表，也用同样的口气宣称：

"这是光荣的战争，你们不该退让，强房人持强横行，非加以彻底地打击不可！"

为着表示日本人是真心帮助人家去进行光荣战斗的，于是他们便送来了一些武装。要子弹吗？没有问题，要好多就有好多，送来就是了。族长个人的礼物也收到不少。

不久，两房的族长又秘密被分别用汽车接到镇上日本司令部去，回来时有两大队日本兵已先开进这两岸的村庄。他们说："我们是你们族长请来帮大家攻打对岸敌人的！"

这些日本兵开头还算客气，只问村民要给养，鸡猪牛还有河中的鲤鱼。接着又要他们挂日本旗，组织维持会。最后，要他们报出武装的数目，还要六十个女人。

两岸的战争，因了这个不意的骚扰，突然停顿了。传说日本兵就要没收他们的武装，并在家里随便调戏女人。青年农民没有得到任何人的允许，就从河岸上退下来，在自己田地上藏埋着枪械，带着女人上山去了。他们虽然这样做了，并没有使这些日本兵放弃他们的要求，日本军官在喝完清甜的酒酿，并开始消化瀤江鲤鱼的时候，他们就把族长传来，并拍着桌子对他叫嚣：

"皇军要女人，皇军没有女人不能过！"

于是用剩余的酒泼在这个战栗的老人的面上，把桌子上一切碗碟都推倒在地下。"没有女人！没有女人！不行，我要你的狗命砍你的头。……"

族长退出来回到自己的家里，他对着族中的子弟叹息，并流着泪说：

"我们已遇到了新的灾难了：孩子们，我们已遇到六百年来从没遇到的灾难了！"

说着，他哭了！老泪在眼中像两条河流似的泛滥着。青年们丧气地低着头，他们已失去了许多家畜和谷物了，在田里还发现日本兵追赶女人的事，虽然已经是过了四十年纪的人了。耕牛也越来越少了，日本兵随便可以跑到农民家里去"征发"，而且每只仅仅吃去四只腿，剩下来的随便朝粪坑一丢，让它去烂去臭。农民们心痛着，新的仇恨和不安，在他们间生长！

"我们不能这样下去！"青年们幽怨地、低声地叹息，他们并不埋怨这老族长给他们带来的灾害，他们知道他是受骗的。"我们不能老这样下去啊！"

于是河东的人开始走到河西去，河西的人也走到河东来，他们互相地诉说着心中的不安和悲苦。接着他们流了很多泪，而且跪倒在祖坟灵前哭泣。杂在这些青年中，两房的族长也常悄悄地走到亳山去，礼拜祖坟并祈求早日却除这灾难。有一天，他们在路上碰头了，先头两个人互用仇恨的眼睛对望着，走了好长的一段路后，两个人的心也慢慢地静下去。强房的族长突然用犹豫的态度站住足，向弱房族长招呼并低声地说道：

"弟弟。……"

弱房族长吃惊地抬起头，并迟疑地站住，他有点怀疑他的耳朵，这是可能吗？强悍的仇人先向自己低下头。

"弟弟，我们讲和吧。……"

弱房族长感动地呜咽着：

"哥哥，我们老早就该和了。"

于是两个人都沉默着，继续朝祖坟那儿走去。在他们心中互相地拘消了六百年来传统的仇恨。

在祖坟前礼拜的时候，这两兄弟抱头哭着，他们刚拳头敲打着自己并忏悔不该引虎入穴。现在老虎已经进来了，并且开始伤害了家畜和人。

"这些野蛮人已经吃光我们全族人的血汗了。"弟弟抱着拐杖坐在孤坟前诉苦道。

"我们那儿有一个十六岁的姑娘还被追赶过。"当哥哥的也很不安。接着他们都深深叹息起来。

当他们离开祖坟要回转家去，在田野上却遇到了一小队日本兵正在草地上追赶着一群耕牛，有两个拖住一个十四岁的牧牛女孩，往榕树下走去。

"弟弟，这日子我们不能过了。"当哥哥的说。

"我也这样想。……"弟弟把头低下去，他不敢去看现在他面前的这许多情境。

回转家去后，这两位善良的老年人都失眠了，他们想摆脱这灾难，但是没有一个想得通。几千个青年也在想着，但是他们却想通了，于是他们便彼此间悄悄地传着把希望幻想成事实。"你知道没有？""是不是我们就要用武力把鬼子赶出去？"

"唔，当心给人听到，这不是玩的。"

"喂，什么时候动手？"

"就快了！"

"等到什么时候，我真耐不住了，你看那儿又是一个姑娘喘着气跑过来了。"

"暂时忍耐一下，就快了！"

这传闻从一个人的心传进另一个人的心，从一个村庄传到另一个村庄。终于，大家都以为是事实了，有人悄悄地去"插血"，也有人重新挖出埋好的枪械。最后有几个青年冲进族长的家去，要求他离开，并交出族旗；因为他们已在祖祠内"插血"，准备起义了。

老人的手披着，他说："青年人这把火不是好玩的。"

青年回答说："我们不能忍受！"

老人沉默着，他觉得自己更加苍老了。他是一个罪人，没能力赶走这些鬼子，却替大家招来这许多灾害，于是他走进后堂去，长久长久地不出来。当这些青年走进后堂去探望时，只见他抱着那把族旗跪倒在自己神堂前，而人已经冰冷了。

第二天深夜，两岸的火箭突又在河中互相飞扑了。青年农民带着他们的尖头竹竿和马枪，不约而同地同时扑进日本兵营去，在他们后面招展着那把黑色族旗。

这事发生后，就有一个青年，据说逼族长交出族旗的那些青年就是由他率领去的，代表着这一族人，走了一百多里山路，来向我们请求援助。这时他们已经和日本人沿着河岸战斗了将近二十五天："弹药很缺乏，我们现在只能用尖头竹竿和他们扑斗。"

当天午后，我们就派了一团兵朝河岸推进。刚刚开到，这些农民已先支持不住退出河岸，敌人正紧跟在后面追击，想一鼓把这一强悍的族人消灭。在路上，我们遇到溃下来的农民队伍，他们已疲惫不堪了，见了我们自队伍开到又重新振作起来，自动替我们带路，分两路包抄敌人的左右侧，敌人想不到我们会给他们摽腰一击，于是狼狈不堪地溃下来了，两岸便在这时被我们完全收复。

当我们的部队开进这个破碎的乡村，沿途都能看见农民的尸骸、烧毁的房子和许多敌人来不及搬走的赃物。我们刚扎好营盘农民已经陆续地回转去，带着他们的尖头竹竿，衣服破烂，面孔憔悴，大部分因给养不足或接济困难，而饥饿着。大家默默地集中在河岸的草坪上等待我们的编遣。不久妇女和老人也回来了，她们亲眼看见自己的田地荒芜，房屋变成废墟了而青年人的尸体到处横陈着，却没有一个流泪或号哭，大家默默地集中在河岸的大榕树下，又点点地望着瀣江的流水。

"田地已经荒了房子又被烧毁，你们以后将怎么办呢？"我在这群饥饿的人群中，拉到一个老人问。

"我们很快就会在这片火烧场上建起房子，并重新耕地。"他毫不犹豫地回答，好像已很习惯这种生活似的。

当我沿着河岸走回司令部时，有一群赤膊的年轻人，正在水中摸着鲤鱼，另外有三十人左右正在砍伐河岸的树干，准备重建茅房子。"这江里的鲤鱼不久又会把这些饥饿的农民养肥了！"我肯定地想着。

︱创作评论︱

除了小说，散文、杂文、报告文学，也能体现司马文森杰出的文学成就。如这时期创作出版的报告文学集《粤北散记》、散文集《过客》，就是当年桂林出版的同类作品中的佼佼者。请看当时出版界的评价："大家都以为司马先生只是一个小说家，却不知道他同时也是一个优秀的散文作家，他的文章风格的清丽，情感的丰富蓬勃，早已为一般读者所公认。《过客》是他五年来所写的散文作品的总集，里面充满了作者对于现实的热爱和憎恨，刻画出在抗战中各种严肃的和荒淫的身影，可以说是近年来颇为难得的散文作品。"（1941年9月《野草》丛书介绍）细读司马文森的散文作品，觉得这种评价是确如其云，当之无愧的。

——杨益群：《司马文森在桂林的文学活动及成就》，《广西社会科学》1986年
第4期

湘桂路上

艾 芜

一、车厢中

和我坐在一排的旅客（其间只隔一条人行过道），他一个人就占了两张椅子。其实他两张椅子都没有坐，他只是躺在两张椅子中间客人平常踏脚的地方——这种样子就老是妨碍别人不好去坐。他身上裹着灰色毡子，连头也包着，单是一双又脏又肿的脚，露在外面。那双脚有时蜷到座椅底下，还算好点，有时伸直，伸到人众的

作者简介

艾芜（1904—1992），原名汤道耕，曾用笔名汤耘、荷裳、刘明、岳萌、汤爱吾、汤艾芜等，四川新繁人。自幼家贫辍学，21岁开始离家到他乡异国漂泊。1921年秋考入省立成都第一师范学校。1927年至1931年客居南洋，1932年加入中国左翼作家联盟。1939年1月下旬抵达桂林，1944年6月离开桂林。艾芜在桂林生活工作了五年多，在此期间，他出版了长篇小说《山野》《故乡》《落花时节》，短篇小说集《荒地》《秋收》《黄昏》《冬夜》《爱》《萌芽》《逃荒》，散文集《杂草集》，文学论著《文学手册》，以优秀丰厚的作品为桂林抗战文化建设做出了巨大贡献。1949年后曾任重庆市人民政府委员、重庆市文化局局长、重庆市文联筹委会副主任、重庆大学中文系主任、《人民文学》编委、全国人大代表、全国文联委员、中国作家协会理事等。2014年四川文艺出版社出版有《艾芜全集》（19卷）。

作品信息

原载《大公报》（1939年7月3日），收入《杂草集》（福建永安改进社1940年版）、《艾芜全集第12卷》（四川文艺出版社2014年版）。

通道中间，便讨厌了，竟使每个走过的旅客，都不能不为之侧目皱眉。车停的时候，初次上车的客商一眼看见他那两张空椅，都很快地赶着去坐，但随即见他那样躺着，一大堆污物似的塞在地下，有时还要呻吟几声，便坐一下就又走开另找座位。

我起初想，战时火车的管理，竟然这样糟糕吗？因为我们到底同他坐得太近了，一种不快之感，无论如何按捺不住的。而车窗外面，长有青青枞树的浅山以及萦纡碧绿的湘水，都在眼前一一美丽地掩映过去，这是给人一种何等不同的对照呵！想起有些人竟在美好自然里做了丑陋的点缀，怪谁呢，这是应该思索的。

然而这还不是一般的贫穷问题，因为这位旅客起来坐的时候，他身上却是着有军衣。而这列慢车又正是装着许多半票、全免票的兵士，从接近战区的地方开来的。他的脸发青，眼皮肿，嘴在喘气。当别人伸手窗外去买零食的时候，他就从车座底下，拉出一只提篮来。里面放有碗筷和几块萝卜，——宛然是一副行乞工具，只差一根打狗的棍子罢了。别人吃东西，他并不像乞丐似的贪馋地望，却是半眼也不理地，只是啃他那几块失掉新鲜颜色的萝卜。显然他不是乞丐，他一定是战场上失掉部队生病回来的军人。我们安处在后方的人看明白了这情形，当然讨厌他的心情，马上就消除了，内心上只引起了深深的不安与惭愧！因为使前方作战的兵士，受到了如此的遭遇，每个人都是要负责任的。

晚间经过黄沙河的时候，有两个中年的生意人，走上车来，将好几包货物，挤放在他的身边，大约竟把他的身子也挤疼了，他立刻咕噜起来，要他们移开东西，两个生意人都大模大样地不理他，半晌才讨厌似的问：

"你说什么？……我们不懂得！"

其实哪里不懂得呢，无非故意抵塞他罢了。他们这样说了之后，仍然很神气地坐着，面上更加露出不屑于理睬的样儿。于是包裹在脏毡子里面的他，立即坐了起来大骂一句极丑的话。两个生意人，登时看出他是什么人了，于是这才胁服。只是现出不快的脸色——仿佛碰见了野蛮人而不屑与之讲理似的脸色，他们慢慢拉开他们的东西。

后来两个生意人，移到车厢另一头去坐的时候，他们看见他已经连头包着睡了，便一边走一边小声地说：

"野蛮，简直是野蛮！"

而我却莫名其妙地，竟非常喜欢他这样的野蛮，爱他处到如此可怜的境地，还不失掉他那南方人的倔强性子，甚至连他骂的那句丑话，也出乎意料地觉得并不令人感到粗鄙哩！

二、车站上

车一停，车窗外的小贩，一窝蜂地乱嚷着。同时，一个新修的车站和车站后缺少树木的斜坡，都素朴地露在眼前。而应该不远处就有个城市呢，却一直掩藏在斜坡的那一面，使人禁不住会感到周围准是一个荒凉的地带。——这是东安车站！

小贩好多是远地来此的难民。谢谢他们（或她们），口渴的，从他们的手上得到了橘子、柚子、荸荠。饿了的，从他们的手上得到了面包、牛肉、豆腐干。长途无聊想吃点零食来消遣的，也从他们的手上得到了瓜子、糖果、花生米。他们是点缀在旅途上的亲切的人们，他们是寂寞旅途的真实安慰者。

他们带了许多可口的东西，他们全部客客气气献给他人。而且唯恐他人置之不理或者摇头不要，他们竟为了这，显得十分焦急，一腔不安的心情，时时表现在他们的叫嚷里，同时他们为了一文钱，会欢喜欲狂，又为了一文钱，竟会大失所望，甚至诅天咒地起来。他们真是善感的人类！

一个长衫子长头发的小贩，倘不看见他手里提的小杂货篮子，谁也会把他当成乡里的教书先生的。我见他神情愤慨地说：

"这简直欺负人！……明晓得我们是小本生意！……"

买他东西的旅客，站在车厢门口，穿着并不阔，倒像一个平素会赚钱的小店主，或者领有几百工人的工头，手上拿着一张五元的钞票，脸上摆出非常满足的神气，讥笑地说：

"这不是钱吗？……是张揩屁股的纸！"

小贩求援似的，向着周遭的人，神情悲切地说：

"你各位先生评评哪，一角钱都没有吃到，他就给你五元票，这里又没有铺子……这不是明明要欺负我们做小生意的吗？"

那位旅客截断他的话，冷冷地说：

"不要啰唆了，快找来哪！……你不找，车开了，就不能怪我哪。"

小贩更加愤慨起来，走朝前一步，一面伸根手指，点一点自己的额头，一面眈起眼睛，直对他说：

"你不要看我是小贩，我老实对你说，我在武昌的时候，我是做过队长的，你去问问看，罗 × 卿是做什么的？"（其名中的一音，含糊听不清楚。）

车开行了，小贩还追在窗外吵闹。而那位工头和小商人模样的旅客呢，因在众人环视之下，不禁略微红起脸来做出气愤的神气，自言自语地说：

"真是顽固的东西，连上好的法币，都不肯用！"

于是，揣好纸票，抽出香烟向窗外用力地吸着，脸却很久都没有掉过来，显然他是感到了车厢里某种不利于他的氛围了。

三、警报

在大溶江一截的火车路上，碰着警报了，车便停在两坡之间的路中，好些旅客都纷纷下车躲避。我们因为舍不得一位军人的战地报告，便一直听着，没有离开座位。同时也因为他讲得太兴奋了，那种对警报满不在乎的神气，与乎讲述战争的许多豪言壮语，竟将我们不安的心情，镇压下去了。

他是一位二十七八左右的年轻军官，那种爱讲话的脾气，一谈上劲了，就有谈好半天的光景，是极像一个四川人的，但我也不愿意问个明白，只觉着坐在我斜对面的军人，是当代千万个年轻英雄中的一位而已。

他的话，最令我不易忘记的，是他防守上海大场那些惊人的战役。

他是属于哪一师，他没有告诉我，只是提起大场失利的朱耀华时，他才说，他们退出大场，就是朱耀华那师来接防的。当朱耀华那师要派来接防时，他们应交代的防线，业已失去两道了。因此，那时朱耀华就不愿接防，于是他们没办法，同时也是为了交足防线的荣誉，便只得来个拼死命地冲锋，一直争回原来的阵地，并把一切移交的手续弄个清楚，然后这才困顿不堪地退了下来，他说这次冲锋，真是生平不多见的猛烈，好些应该退到后方去休整的弟兄，都在这回丧了他们的生命。

当朱耀华未接防以前，他们防守大场是常作可怕的拉锯战。他说他曾经遇险过一次，即是队伍被逼退后，他和几个弟兄都落在战壕里面，给敌人的坦克车，赶过头了。他们便只得伏在掩蔽部里，不声不响地藏着。他们趁着照明弹的光辉，看见一队一队的鬼子兵，嘴上留的短胡子，威风凛凛地在别处搜查，每一战壕的阴暗地方，都给三八式步枪抵拢射击。他们觉得出去也死、躲着也死，倒不如同他拼命，多杀几个鬼子，死了也是值得。就这样下了决心，他们便把手榴弹收集在旁边，准备兜头痛击。鬼子的皮靴"体脱、体脱"响来的时候，大家都屏息得没有出气，只把手里的手榴弹捏得更加紧些。起初鬼子在用中国话喊，"老乡，爬出来，就不杀你。"他们都不理睬。哪知距离不远的地方，几么时，还躲一个弟兄在那里，竟懵懵懂懂地爬了出去。在照明弹里，大家都看得清清楚楚的，心想这没出息的东西，竟做出丢脸的事情，真该一枪打死，但枪没有瞄准他的时候，他已然给那些鬼子兵一下收拾了两刺刀，栽倒在地上。这时候，他们都想连人连手榴弹扑了出去，还好，他们都是经过炮火的老兵，这点忍耐功夫，倒还有的。他们懂得要利用优势，才能打击更多的敌人。一直等鬼子兵很挨近他们的时候，这才把手榴弹抛了出来，他们继续下死劲轰击着。不久，部队反攻回来，他们这才活着了。

讲到末尾，他还带着得意扬扬的神气，仿佛科学家在数说他的发明一样地说：

"俗话说得好，做生意要本钱。我们军人的本钱，就'不怕'两个字，有了这本钱，真是可以出生入死哩！"

｜创作评论｜

我们要指出的是艾芜的散文创作并不循成法，他只是根据自己要描写的对象和所要表达的感情，率意而为，少加修饰，不受拘束，他的散文由此而具有洒脱不拘的风格特点。同时，他的散文创作的成功经验，对我们今天，也具有很好的借鉴和启迪的作用。

——张效民:《论艾芜30年代的散文创作》,《自贡师专学报》1993年第2期

艾芜散文的风格可用八个字来概括：柔美秀丽、朴实亲切。虽然写了许多闻所未闻、见所未见、历所未历的奇事，但不给人惊骇，虽然写了旅途的苦难与愁绪，但不给人悲伤，就像闺阁怨情，愈抒发愈能见出少妇的温情蜜意与红颜玉质。又如一个无须打扮而更能显出丰韵的美人，艾芜散文总是朴实无华地呈现在读者眼前。愈朴实，就愈平易，也就愈亲切。因此，秀丽与朴实并不矛盾，秀丽是本质，朴实是外表。

——李味:《艾芜早期散文的史料价值和艺术特色》,《红河学院学报》1986年
　　第2期

乡行一日

艾 芜

　　旧历端阳节的前一天，即六月廿一日，我们一行五个人，到乡下去找房子。预定的地点，是一个叫作唐家村的地方，那里离桂林约十里路光景，属于灵川县管辖的。

　　出桂林城，在小木龙洞旁边，搭船过江，沿漓江上行。路是平坦的黑泥沙路，非常好走。道旁一边是临水的浅草江岸，青碧的流水，以及小船木筏，都始终掩映在我们的眼里；一边是隔有野烟作篱的沙地，其间农作物和村舍，一直展露到远处的山下。途中榕树，枝干横空，荫蔽甚大，算是岭南最触目的景色。南方多产的甘蔗，这时已长有尺多深的青梢了。花生的绿叶，则还不曾蔽满黑色的沙地。

　　江水一直静静地流着，没有波澜，没有声音。长着青青植物的田野，与乎竹树茂绿的村庄，也是静静的。只有雄鸡在送来一声一声的啼唱。天空像要落雨的光景，远山笼有略带愁意的云雾，不知怎的，想着从今天起，就要长住在村中的情景，禁不住很是寂寞起来。料不到城市的骚音，已经占有我们了，将我们紧紧抓住了。

　　起初不大注意的微雨，渐次大了起来，便折进路旁村庄去躲避。我们不客气走进的一家，却是磨豆腐卖的。抱着孩子站在屋门口的男主人，因见我们无处站了，

作品信息

原载《中学生战时半月刊》第8期，1939年9月；收入《杂草集》（福建永安改进社1940年版）。

便冒着雨走到别一家的屋子去。但屋里还剩有六个主人，一个老太婆。当顶的头发脱落了，脸色现着病态，额上有一块拔过火罐的痕迹，她正和一个年青的女人（头发虽没有掉，但显得非常的稀疏的），赤足蹲在地上收检刚刚熏黄的豆腐干。她俩身边，挨壁头放了三四口缸子。缸脚则渍有豆腐汁水，现出腐烂的样儿。在她们背后，右边屋角地上，划出有方桌那么一大块地方，正在烧着糠末熏有许多小块的豆腐，火烟零乱地升腾起来，人初初走进去，眼睛非常地不舒服。另外在进门的左边，横着一口三眼的灶，我们进出去躲雨的时候，火已经没有烧了。只灶上面放着几筛子熏黄的豆腐干，十块一堆地用稻草捆着，若挑到市场去卖，刚好是合价桂币一毫钱。灶门边坐着一个女人，岁数不过三十多光景，但脑顶的头发，却也开始在掉了。她在替婴儿揩去大便，并把木椅的座板粘有粪污的，取了下来，拿足板踏着草纸去拭。拭完之后，她便对着小孩的脸庞，热热烈烈地吻了好几下，看那神情替婴孩去污不但不讨厌，倒反而是她最快乐的事情一样。这是做母亲的伟大地方，人类靠着这样，才能不断地生存下来。她身边还有两个大一点的小孩，一个还穿小型的西式汗衣，说是从圩场买回来的。三个孩子，都在颈上挂有铜牌子，上端做人面样式，相貌凶恶，有类恶魔，俗所谓"吞口"的是。下端长方形，刻有阿弥陀佛四个字。明知是迷信，但也问了，是做什么用的。回答，带了好哪，并向我们的女孩，瞥了一眼，劝我也去买一个，说是今天赶大河圩，闹子上就有卖的，只消两毫大洋就可买到。

她们的房屋，除了作为豆腐的作坊而外，正中还是神堂。供桌是用木板钉在右壁上。位置很高，要上香或献什么东西，非搭梯子不成。这是广西的特殊现象。家族祖宗的姓氏，是文张两氏并排写着，显然两姓人合成的一个家庭。这是在中国不多见的情形。据我推测，如果不是一子承桃两姓，便应该是男子入赘的。

我因怕屋里的烟子，便坐在进门口的门槛上，但屋里的豆腐汁水和门外阶下汇积的污水，气味都一直使人不好受。老中国人的生活，真是太阴郁了。问她们，桂林放警报，听得见吗？躲不躲呢？她们都庄严地说："怎么不躲呢？听得很清楚哪！"

到了唐家村。雨天的乡村巷子，可以闻着热牛粪的气味。朋友韩，是住在一家农民的堂屋内，书桌和床，通摆在里面。苍蝇之多，令人惊骇，它们既在耳朵边上，营营嚷闹，复在脸上手上，乱搔乱爬，挥之即去，不挥便来。这种捣鬼的劲儿，简直使人感到困惑。我见朋友韩，从书桌上抬起来的脸子，很有些睡眠不足似的，大概苍蝇骚扰也是原因之一。真是连做医生的，也把它们莫奈何了。堂屋内部，比在途中看见豆腐作坊，稍好一些，但为火烟熏黑的程度，却也不相上下，屋顶且吊有难瞧的蛛丝隔尘。大约每年只在年终的时候，才打扫一次的吧？这其实还是富裕一点的农家呢！老中国人的生活真是可怕的呵。但以他们能过最低度生活的习惯看来，抗战就打到十年八年，物价就高涨到任何程度，他们也毫不介意的。

新认识的朋友司马是医院里的副官，曾经陪同广西军队参加过上海徐州各地的战争，人极能干，而且灵活。在村中找房子的交涉，便是由他负责的。这次找的房子，是一家榨花生油的地方，工作要到下半年八九月间才开始，所以这时候还是空的。我们以其缺少窗子，里面榨油工具，又放得太多，只好不要。其余更没有空房子，因为这个村子已经容纳一个医院的职员和许多担架兵了（伤兵多已医好，上前线去了）。据朋友韩讲，他们医院职员要农民的房子住，全是司马用口去说服的，毫没有带一点强迫的性质。这是很好的现象，军民合作，应该以这样的方式开始才好。

后来，他们带我们到村中李子园去。园子的一面，挨着人家的土墙，其余三方都是用矮小灌木扎成的篱落，只有一个缺口可以通人，平常则拿一大捆荆棘塞起，简直使人看不出那就是果园的门户。园主是一个贫穷的老头子，脸子瘦削，有着倔强的表情，朋友韩和司马都叫他是堂吉诃德，并在园门口叫他开门的时候，老伯伯称呼之外，还这么叫了几声。朋友韩见了他，就笑着说要替他找一个猴子来摘李子，他现出责备的脸色，不高兴地说："哄人，又是靠不住的。"但一转瞬，又立即笑起了，他实在是个有趣味的老人。他七十三岁了，可是身体还极强旺。园内七八十株李子，每根树脚周围，都用泥来培壅着，现出细心栽种的痕迹。上面则枝柯交横，举目全是绿叶，中间杂着许多红的和黄的果实。天空是不大看得见的。这是他辛苦十年的成绩，也是他现在唯一的财产。他没有房子，只一间茅棚式的矮土屋，活像坟墓似的蹲在李树底下，人进去的时候，必须弓着腰杆。

司马指着一根果实摘光了的李树说，这一树果子才出一元一角大洋买的，真未免太便宜了，想起来真是有些对不起他老人家。后来，老人摘了一篮李子，称起来，老称有三斤多，索价两毫大洋一斤，我们觉得贵了一点。但朋友司马却价也不还地，就给他七毫大洋。并向我们说道，他儿子征去当兵去了，只剩他一个人，年纪又老怪可怜的。这使人感到了现代新军人的可爱。必须先有这样的同情心，才能真诚地对老百姓抛弃了强迫的手段。

吃李子的时候，有个十岁左右的小女孩，背个婴儿走进园来。老人恼怒地对她说，你又来了，我不是告诉过你吗？进来我要捶你的。女孩子没有回答，只是望一望树上的果实。等不一会，转身来看，小女孩的手上，已经拿着四五个熟透的李子了，不消说，这是老人给她的。表情严厉的人，内心却原极仁慈哩。

告别朋友韩和新认识的朋友司马，我们一行人走到大河圩去。圩场临近漓江，在市上买卖物品，可以看见浩荡的江水，并能受到江风的吹拂。市面很少，都是土头土脑的。临时摆设的贩食摊子却占多数。场中修的几列房子，下半截的墙壁，都是用稻草扎成。这一天，因为是端午的前一日，许多乡里人备办过节的东西，即在大雨的淋漓中，市集也还显得相当热闹。除了平常应有货物外，已经有着雄黄艾叶紫苏一类的东西卖了。物价同桂林一样，只是他们使用的是老称，每斤比市称多三两而已。

进圩场的口子贴有大红纸张，上画有两个摩登男女的上身，做出邀请的姿势，文字便是招人去看文明戏，其中戏剧的节目，有一个便是逃难到大河，看来救亡宣传在这里是做得很起劲的了。

天一直落着雨，五个人只带一把伞，要在圩场买雨具，买不着，要搭船回桂林，也不成，只好由我冒雨转回唐家村去，找朋友设法。朋友韩的房主人，一位老太婆，听见朋友韩要找雨具，便赶忙去张罗，那种热忱亲切的样子，使我看出他们军民合作的确是有相当的成功了。我更希望朋友司马实行他的话，当他同我走在村子里时，他说，"乡下太脏了，我们得一点闲，就打算把各处好好打扫一通。"真的中国乡下人的住处，实在太不干净了，单是政府出告示要他们清洁，必不成功，因为他们一则由于习惯，二则由于太忙。最好由驻扎其中的军队，实行替他们扫除一下。借此既可博得居民的好感，并使自己亦得享受了清洁的幸福。岂不是一举两得的好事情。

桂林遭炸记

艾　芜

　　十二点钟后不久，警报呜呜地叫来了。两岁多的珍妮，先前听见了，又见大人慌慌张张的，便骇得要哭起来，连喊"我怕，我怕!"这一天，大家都以近来只见警报，未见敌机，便也不大慌张，所以珍妮，虽也照例喊"我怕，我怕"，但也没有要哭的样子，而且显然还见得有几分好玩似的。我们照例拉上窗板，拿好东西，锁着门便从从容容地走了出去，大家还互相说着安慰的话："不要慌，不要慌!"

　　在二十多天前，我们就搬到乡下来了。出屋外不远，就是城里人来躲敌机的山洞。洞大，光线好，空气也还充足，至少可以容纳千把人。但我们还是嫌它太拥挤一点，便另走一个较小的只容几十个人的地方。桂林山峦的好处，便是岩洞到处都是。前人称桂林山水甲天下，现在应该赞为防空洞甲天下了。同时看见远处坡上，布着高射炮阵地的地方，荷枪立着的哨兵，那种掩映在晴天朗日下的雄姿，也足使人感到格外安心。

　　约莫一点钟，听见飞机的声音。我蹲在洞口瞧着，好一会儿才见东南面的高空，

作品信息

　　原载《星岛周报（香港）》1939年第15期，收入《杂草集》（福建改进出版社1940年版）、《艾芜全集第12卷》（四川文艺出版社2014年版）。

敌机三架一队地，缓缓现了出来。刚刚数清是十八架，我们的高射炮，就轰轰地向它们迎接着了。敌机的近旁，立刻显出一朵朵乳白的烟雾。这于我甚是熟悉，敌机在上海枫林桥轰炸的时候，我就在法租界贝当路，看见过高射炮放到高空去的同样的云朵。不见敌机快要两年了，最后看见它是一九三七年十一月五日苏州遭炸的时候，我在阊门外面，曾见它在街上天空掠去的阴影。

小岩洞内相当潮湿，但大家听见高射炮声外，还有突突突急响着的高射机关枪，便有好多人俯着身子，贴近地面。我对面的两个着制服的公务人员，还用双手蒙着了耳朵。接着送来钝重的轰炸声音，连坚固的岩石，也起着了轻微的震颤。这使好些人都骇变了脸色。唯有珍妮，是个初生犊儿不怕虎，还嚷着要爸爸背她看哩。

敌机未到时，大家谈话，嚷嚷不已，及至来了，都自自然然地平静起来。连苍蝇的嗡嗡声音，也可以听见。近处树上的蝉声，以及村庄内的雄鸡啼叫，更清晰可闻。人们是在这里度着静极了的受难的时光。事后，听见房主人说，他们躲在大洞内，当敌机到的那一刻，外面的人拼命向里面挤，他本人被人挤倒，几乎爬不起来。另外，好多孩子，挤得号哭。看起来，我们倒还算比较舒适些。

敌机去后，警报尚未解除，好些人便走出洞来，他们渴望走回家去，看看他们的房屋，是否安全，但被警察宪兵阻止着，不能随意自由回去，这是对的，倘能敌机折身再来，岂不大受其害。许多小贩，真可感谢，他们在这时候，便挑起馄饨担子、蒸糕担子走了来。躲警报的人，便在洞口，悠悠闲闲地吃着点心。

我抱着珍妮，登上山坡，向桂林城内瞭望，高耸天空的无线电台，还巍然在着；别的建筑，也没有想象中那么可怕，到处燃起烟火。整个桂林城，从远处看来，还是静静无恙的，现出满不在乎的神情。只在独秀峰的南边，有一处冒起了烟子，无疑那里有几处人家，遭了敌人的毒手。想着一生幸福，平白地就此葬送了。这是不能不使人感到极端愤怒的！

警报解除后，约一点钟，我到花桥侧边一家理发店去剪发，静静地听着那些理发师傅的议论。一个手拿索子在拉人造风扇的，正说着几个细人没有炸弹炸着，却给爆炸的声音骇死了的惨事。两三个剪发的师傅便都停着他们手中的剪子、刀子，脸色愤慨地向他看着。只替我在颈项扑粉的一位，却接嘴道：

"这不稀奇，他们原是小人子；今天连大人都有骇死的，那真是怕人！……没搞场，这世人就是吃他娘的亏了！"

说着，他禁不住有些感叹起来。

"为甚不躲呢！真是太拿老保了！"

一位西装汗衣拖在裤子外边的师傅，带着埋怨的神气说，一面把那替客人润湿胡髭的毛巾，使劲地掼在面盆内去。

给我理发的这一位，连忙说，神气仿佛在驳他似的。

"哪里怪他不躲，他是个瞎子哪！"

桂林瞎子是很多的，夜间，有些妇女在门口纳凉，常常叫两个女瞎子来唱故事歌曲。她们两人，总是一个唱一句，另一个便在句尾，唱一声"林乂林"以作歌声的节拍。这是很好听的，远方的来客，不在夜深的街头细细地领略一下，是不会了解岭南人的心情的。我由歌声而感到他们之死，不禁引起了深深的惋惜。

大家沉默，只听见风扇拉得呼啦呼啦的时候，老板娘似的年轻女人，从外面走进来了。很有生气的面孔，给人以活泼的印象。她大声地报告说：

"老人山才炸得凶哩！死了几多的！"

桂林人说话，用这"几"字，是相当于"很"，大约是"极"字的转音。至于她讲的老人山，是我们住在城内时，常常出去躲警报的地方。这在中山公园看起来像中年人，而在法政街望着才极似老头子的山峰，完全是个民众避敌机的场所。那里洞并不大，好些后到的人，都只好坐洞外，全是由于看见人多，好多屠杀几个无辜的平民而已。

"这要是十八个老虎跑来桂林……"

替我剪着发的理发师，突然这么愤愤地说，但还未说完，另一位就抢着骂道：

"娘卖麻×，早就给它捉着，打得稀烂了！"

黄昏时候，我走进城去。在体育场内，看见树下防空壕已炸坏了，许多人走下去看，说是这里炸死几个工人。我见尸体已经不在了，但一些看的人，还是用手蒙着鼻，一面叹息。邻近这个防空壕的一排街房，有一二十家，一楼一底的通炸倒塌了。这些房子，全是做竹器的工作坊。二十多天前，我为乡下房子布置的竹床、竹椅以及竹做的桌子，就都是在这些铺面内买的。那些一面工作一面同人论价的瘦削老板，那些一边破竹子一边拿手揩汗的脏污伙计，我还没有忘记他们辛苦的面孔和勤劳的姿态哩。他们多半是不忍放弃自己的工作，而在体育场内的防空壕躲避的吧？敌机到后方来，目的全在屠杀手无寸铁的民众，这是很明显的。

体育场中间，倒马一匹，已经死硬了，肚皮肿得很大，伤在什么地方，一点也看不见。另外，一个工人躺在担架床上，身上盖着白布，露出的脚，有着血污。他不呻吟，也不叫嚷，只是静静地躺着，眼里透出冷冷的愤怒的光芒。

天暗下来时，我走到一条街去，那是离我旧居不远的地方，街口一家火后修起来的饭店（先前敌机投的烧夷弹烧的），卖着莲子白果酒糟之类的，这回也给敌人炸毁了。门前有着方桌那么大的深坑，瓦砾满街都是。汽车的灯，从马路上扫过的时候，地上一片的碎玻璃块子，发出晶莹的光芒。先前珍妮白天睡觉，错过了吃饭的时间，起来时，我便抱她到这家稀饭店来吃东西。因此，同店里的人，倒不十分陌生，老板头发稀疏，脸子黄瘦，却是一个冷静的幽默家。有次一个做小生意的，吃了之后会账，一面摇头，一面拭嘴说：

"太贵了，卖两毫子一碗！"

老板就温言细语地回答：

"我哪不想卖便宜一点，半毫子两碗！就怕有些客人，吃得太饱了，走不回去。"

这是一位有趣的人物。现在他不见了，只那几个小伙计，在瓦砾堆上翻着东西，周围别的房屋，虽没有倒，但也像强盗抢劫过一样，窗户板壁，都打坏了。正在看的时候，一个拿木牌的警察，正在人行道上，慢慢走了过来。木牌上粘着字帖，说是白桂分局所辖境内难民，速到国民新声两戏院去，以便公众收容。这是很好的！单对这个走在人群中的警察，也不禁生了敬意。

最后还走到省立医院去。这是一个礼拜以前到过的地方，虽然觉得远一点，但也有忍不住去看看它的心情。医院门口，在夜色中看来，还与平时无异，但通进去的走廊，却已压着房屋的残骸了。这次连同病室一齐遭炸的，多是患虎列拉的男女市民。同时也忽然明白，体育场内那个受伤者，为什么还露放在那里。原来并非救护队不迅速抬进医院，而是敌人屠杀手段更凶险、更残酷的缘故。敌机轰炸柳州的时候，先行炸坏各处城门，断绝人民逃走之路，然后就城圈内，大行屠杀，务使男女老幼，没一个幸免的。这种屠杀中国老百姓的狠毒，真是令我民族起着百世之后也不能释然的怀恨！

转来在中北路上，看见成群结队的壮丁，担着空洋油桶子，抬起大木桶，在缓缓地走着，脸上现出工作之后的疲倦和安静。他们是帮助警局救火的队伍，是准备上前线的生力军。今天城内未有怎样大的焚烧，他们不能说是没有功劳的。我以为，在后方城市的民众，很需要更多地这样组织起来！

仇恨的记录

艾 芜

城内独秀峰上放午炮，我们刚听见一会子，警报便来了。根据上次（七月三十一日）敌机轰炸的调查，它的炸弹开花的时候，会平射进岩，因此，这一天，我们便走到更远些的大洞去躲。

洞内有泉水挑出来吃，地上润湿异常，一进去便阴冷逼人，和洞外的三伏天，简直成了两个世界。水滴从岩上点点滴下，近于住在破漏的茅草房里面。好处呢，却是人密密地挤着，空气也还十分新鲜。轰炸声和高射炮声，隐约可闻，但也可以疑成别样的声音。出洞来，倘若不看见西面山峰那边，火烟冲上天空，标出桂林城有几处遭了烧夷弹，简直会使人认为敌机大约还没来过呢。

我们绕着山脚，走回我们村子的时候，才知道村中已经落过炸弹。住处的壁板，有些落在地上，窗子则现出摇摇欲坠的样子。热水壶跌烂了，茶杯打掉把子，别的没震坏的东西，也都离开了它们原来的位置，总之，屋里全现出了强盗光顾过的惨相。其余人家的房屋，也和我们的差不多，下午的时候，听见一片补修门窗板壁的

作品信息

原载《大公报》1939年9月15日，收入《杂草集》（福建永安改进社1940年版）、《艾芜全集第12卷》（四川文艺出版社2014年版）。

声音。房东的房里，钻进一块弹片，打烂好些东西，弹片落在床面前，我去拾的时候，房东周老太太呵呀地叮咛我，摸不得，手要麻哪。她老人家有许多可怕的想头！原来她这天躲在村边山洞里，炸弹声音，震得耳朵发聋。同躲的人，有一个给破片炸伤了，发出哀叫呻唤，简直惨不忍闻。她说着上面经过的时候，脸色还在变哩！她的儿子，先前是在南京军政部被服厂内做事，抗战后，由南京迁到长沙，又由长沙来到桂林，一路所住的城市，都遭着空袭，虽然并未炸伤一次，但却因此骇成病了，竟致医药无效，遂变为敌机轰炸下的间接牺牲者。如今她老人家一提到这件悲伤的事情，还在眼泪含含的呢。

村中落的炸弹，是落在种辣椒、茄子的菜地里，离我们住处，约二十丈远。一共落有两个，其间相距，只三四丈光景。近边一座屋子，虽未炸倒，但板壁都拆光似的，全空了。至于家具什么的，则破破烂烂地变成一塌糊涂。两个炸弹坑，并不大，也不深，只是周围四五丈以内的茄子、辣椒，全像给人割去一般，连茎连叶都不见了。离这炸弹坑南面，一二十丈远地方，有一人躲在橘子树下，颈上中一弹片，便仰天倒地死了，眼睛大大睁开，没有闭着。旁人感叹地说，他才从湖南来的，看他害病的仔，昨天这时候还没到哩，哪料下午送了仔的丧，今天他又脚跟脚赶了去。

村了前边的山下，有些城里人，正想在那里修造房子，好方便躲避敌机，不料刚开始的木工，这天就有一个人炸死了，腰上腿上都流着很多的血。黄昏时候，一个女人坐在旁边，哭得很是伤心。听起来，比村中那些遭受虎列拉悲剧的家属，还要使人格外难受！

村子前面的河边，是我们常常游泳的地方，这天也落了一颗巨型炸弹，草木原是长得非常丰盛的，这样一炸，十丈以内的河边，已全变成冬天也似的光景，树干枝条枯萎，草则不剩一根。不知哪个倒霉的农民，刚好拴一头牛在那里，便恰恰做了可怜的牺牲者了。

黄昏，我到漓江东岸走走，对江城外边的一带街子，更是些做批发杂货生意的，今天都中烧夷弹了，此刻余烬还未救熄呢。那些打铺面前走过，就能看见的荔枝、波罗蜜、香菇以及种种杂货，都是从珠江下游，由炎天下袒胸露腹的船夫，辛辛苦苦，走三二十天运来的，如今都不消点把钟，就全给敌人化为火灰了。

江上浮桥不通，中部正有人在修理。原来敌机屠杀的时候，就一面将受难者可以逃走的通路，也炸断了。这足见敌人存心之毒，处处想把我们中国老百姓，烧杀干净。他们平常讲的什么共同防共呀，什么建立东亚新秩序呀，都是些向外宣传，哄人的屁话！

初夏的山谷

孙　陵

一、黎明前后的谷山，一片寂静

细小的溪流，急促地流过了阴暗的峡谷，水底印着几颗破晓的大星，动着，转着，如同被仙人遗弃了的几块硕大的宝石，在幽暗的山间，在凄清的水底，在晓月的残光之下，在人们的睡梦之中，发射着晶莹的寒冷的光芒。

溪水冲击着岸侧的岩石，从遥远的幽暗的西方流来，一路唱着赞美之歌，淙淙净净地顺从着弯曲的山脚，朝着那透明的流动着白雾的东方溪谷之间流去。

一阵初夏的暖风，轻轻地从森林的梢头吹过。森林切切地诉说着低微的私语，用人们不可听懂的语言，讲述着千万年来流传至今的山林神仙故事的传说。看不见

作者简介

孙陵（1914—1983），原名孙虚生，山东黄县人。1925年随父母移居哈尔滨。1936年离开东北，辗转于上海、延安、武汉等地。1939年秋天来到桂林，一直居住到1944年湘桂大撤退。孙陵在桂林生活工作了五年，经历了抗战时期桂林文化城的全过程，旅居桂林期间主编了《自由中国》《笔部队》《文学报》《文学杂志》等重要文学期刊，创作了数量颇丰的小说、诗歌、散文、报告文学，为桂林抗战文化运动做出了突出贡献。

作品信息

原载《抗战时代》1939年创刊号。

的花草的清香，在缓缓的熏风里荡漾着，荡漾着，发散着一种醉人的气息。

森林、溪流和山谷，一片平明之前的静寂和黑暗。……

渐渐地在东方的天壁上，出现了一团团透明的薄云，在温暖的晨风里轻轻地抖动着，抖动着。……随着一片桃色的弧光远隔白云之后，笔直地射入天空，于是一半深灰色的天空，被照耀得和深秋的湖水一样清澈，一样湛蓝了。山峦开始在弧光之下露出它们的头角，静静地耸立于五月的清空之中，披沐着初曙的霞光刻画出一个个高低不齐的峥嵘突兀的轮廓。在强烈的霞光照射之下，山峦几乎成为一些透明的物体了，从扭结着的群山的背后，透过来一片溢翳的蓝光，配合着蓝的天空，而成为一个蔚蓝的天海。巉岩、森林和家屋，一切都失去了它独立的存在，一切都在这蔚蓝的大海之中溶解了。

山峰的古堡，最先承接了初日的光辉；孤独的碉楼和残败的雉堞，全镀上了一层璀璨的金光，在湛蓝的天伞之下，呈现出一种古铜的颜色。湿粘的白雾，开始往低洼的田坳之间沉落，凝结，缠绕到苍翠的松林上，最后终于消散了。有的还低低地凝贴在弯曲的溪水上，远远看来像一片灰白的发光的毛玻璃。山鹧鸪酬和着银笛似的鸡声，一个低哑地、一个响亮地叫醒了静穆地睡在摇篮里一样的和平的山谷。……

森林间，山坳里，开始冒起一条条白色烟柱；升腾着，缭绕着，没入了清朗的高空。山村苏醒了，人们又开始了一天的工作。男人们挽起裤管，扶住犁把，两脚插进青绿的水田，驱赶着青色的大牛，吆喝着，转动着，耕起米片污黑的黏土。女人们用花布包头，也有的戴一顶竹叶编制的大笠，垫着一层木板，坐在秧田里，用她们的双手，做作刈提杂草的工作。蜻蜓、燕子、花蝴蝶……在秧田上不停地飞着，舞着，呢喃地追逐着它们的伴侣，捕捉着它们的食物。

草纸作坊的水车，也咕隆咕隆地鸣叫起来了。石灰漂浸着经年的粟楷，发散着苦涩的气息。……

小小的山村，一家两家，三家四家，至多也没有超过十家以上的人家的。散处在群山的峡谷之中，弯曲的溪水上，蓊郁的松林里。青瓦屋顶，围绕着黄色卵石雕砌的墙垣。墙外是一片油绿的芭蕉、杨柳、枸块和桐树。树身上、树叶上，爬满了片片洁白的小木香。密密丛丛地一朵又是一朵，以至不知有几千万朵像夜间的繁星一样，林木上缀满了一片闪耀着光泽的银白的花球。那花球忽然又成串地从枝头上垂下来，织成一张豪华的挂毯。下面落着一地粉色的桐花梦似的轻轻地随风飘落着。落进了青青的草丛，落进了淙淙的溪水。……

妇女们织布的木机声咔嗒地传送了出来，和着咕隆咕隆的水车的声音，响成一种不和谐的合奏。老人们无事可做，穿一身蓝布裤褂，飘动着银白的胡须，在村头搭起一座竹帘小棚，出卖土产的烟叶和苦茶。炉灶旁边是一座土坡，用铲拖进去不到两寸厚就出现了乌黑的煤苗。用一铲拖一铲，没有争夺也用不着积蓄，这山林就是一座自然的仓库，用什么取什么，用多少取多少。就这样过着一种单纯的、不知愁苦也没有忧虑的生活。

我们自从黎明之前，走过了这狭隘的山谷，到前方的师部去，离这里就有几十里路的途程。山群扭结着，满山满谷都是郁郁苍苍的松林。溪流躲在山底低低地吟唱。熏风一阵一阵地吹来，荡漾着花草清幽的香气。水车咕咕地转动着，小牛仰头接着车齿翻下清冽的山水。又不时得意地叫几声哞……哞……

这些一切，都幽美得像似一首诗，一幅画，一个纯静朴素的少女。

……

二、敌人的飞机，如五月的苍蝇

大洪山的最高峰，在三十里的云雾中发射着辉煌耀目的蓝光。峰尖高高地刺入天空，如同是一座撑天的支柱。均水从高峰的一角，蜿蜒而下：浩浩荡荡，流成一条雄伟的大河。河两岸丛生着细柳和芦草，另外也生长着许多绮丽的山花。覆盆子，金银花，野栀子，小木香，野玫瑰……纷的，白的，黄的，紫的，和其他不知名的各色各样的花草；也许像一只覆过来的小花碗，也许像一盏挂着的小灯笼，也许有点清香，也许有点苦涩。……

披着彩色鸽毛的水鸟，成群地在浩荡的河水上欢快地得意地鸣叫着，飞翔着。自由自在地啾啾地交换着它们亲昵的私语。这儿是水鸟们的乐乡，同时也是我们作战的前线。陆军第 ×× 师司令部，就扎在这山峡的河岸上。师长公 ××，正在殷勤地招待着我们的午餐。

"你们看吧，"师长得意地向他的客人夸口道，"这有上好的白糖，简直就是雪呢。还有上好的洋面馒头，你看它的皮有多细，这些东西都是前天才从河口运到的呢，你们算是有口福。但是可惜，就缺少一只鸡子，这儿的鸡子已被军队吃光了。"

同来的那位矮小的军长没有说什么，只是细心地嚼着，吃着。"却有这么一条大鱼呢。"我说道。

"鱼是不值钱的，鱼是不值钱的。"师长连连地谦虚说。"这鱼是勤务兵自己从着河钓来的呢。"

"啊，"我们同声地赞叹着，心里道，"原来火线上还有这样好玩的事情。"

师部是一所高大的红色的土房，有都市里的二层楼房那样高。本是向百姓借用的，迎门的中堂还供着一张红纸，上面写着"天地君亲师"的牌位。两边还有两行小字，一边是"东厨司命，"一边是"历代宗祖"。门外是一片广场，广场上点缀着师部的工兵在空闲时候自己建筑的两座精致的六角亭。于今，守卫的士兵们，便在那两座六角亭下站立着。房后是一座小山，山上做着轻重机关枪的阵地。

"敌机来了，"我心里想到，"这倒是出色的目标。"

其实，我们是没有一个惧怕飞机的。本来在后方的时候，我的胆量要算最小了。厉害的时候一听到飞机的声音心就不由自主地跳起来。然而自从出发到前线来的第一天起，忽然胆子便大起来了。而且还生出一种顽固的感觉，觉得便是让它往我的头上扔炸弹，它也是炸不上我的。因此听到敌机的声音，心里总是非常坦然，而且还要细心地算着它的距离和机数呢。

嗡嗡……

心里想着，果然敌机就来了。想不到竟来得这样频繁呢。一餐中饭的时间，敌机也不知道来过多少次。三架五架，一架两架，总是不停地翔翱着，盘旋着，寻找着目标，扔下小炸弹，轻轻地传着爆裂的声音。

我们照旧地吃着，谈着。这地方的敌机太多了，就像五月的苍蝇，已没有一个人怕它。卫兵们也照旧在六角亭下有说有笑呢。

三、战士们的生活，是一首诗

饭后，师部的一位少校作战参谋对我说：

"走吧，我同你到大河里洗一个澡去。"

这位参谋的名字叫梁开纪，本是云南人，讲武堂毕业以后，曾经当过一次营长。后来因为替他父亲复仇，曾杀死一个有名的劣绅，以后便逃跑出来了，再也不曾回家去过。

"你看，我们的生活多有趣味呀。"

他一边走一边不住口地赞美着。

"你们住在后方的人，做梦也不会想到我们的生活是这样有趣。是不是？我知道的，在你们想象中的前方尽是些飞机、大炮、坦克车、流血和死亡。……其实并不，除去了这些以外，还尽有更多有趣的事情。比如我吧，"说着，他拍一拍他的胸脯，发出来一种阎阎的响声，"每天一个澡，把身体锻炼得像石头一样。别人呢，有的钓鱼，也有人去打鬼子，……其实，只要你来到前方之后，便是飞机大炮也不怕了。"

我并不回答他的话，我只是默默地走着，眼前的景物吸住了我，我唯恐在听他说话的时候，分去了我欣赏的注意力。

我们走在一条沙子和碎小的青石铺砌的狭路上，炎热的太阳从路旁稠密的树荫中射下来，碎成一片发光的斑点。鸟儿们的叫声响作一片，分别不出那竟是些什么鸟，小蛇成群地在路旁爬行着，空气中流溢着馥郁的花草的清香，我们在这条路上走不多远，便就到了河边了。眼前是一片细细的银沙，在太阳底下，发着蒸人的热气。几条棕色的战士们的身体，纵横地躺在岸边的树荫下，身旁晒着刚刚洗过的白色的汗衫。他们都是师部的同事，彼此打一个招呼，这位作战参谋便第一个脱下军服，手枪扔到一边，跳进水里去了。

河水浩荡地奔流着，碧立一条反射着翠绿的光芒。水下滚转着一群群青色的小螺和一个个雪白的河蚌。战士们得意地泅泳着，两脚击打出一片飞腾的浪花。将脑袋伸进水里，捕捉着从身旁穿过的游鱼。

我因为不会游水，只在浅水的地方轻轻洗一下，分享了一点他们的愉快就又回到岸边来。这时对面的沙滩上，正有一队士兵在练习打靶，乒乒的声音震响着大河和山谷，混杂着浩浩荡荡的流水的声音和鸟儿们的喧噪，战士们从水里发出的一阵阵的欢笑，和那不时从头上飞过的轰轰的敌机编队群，还有时时从火线上传来的隆隆的大炮的吼声，还有时常可以见到排着队形全副武装的战士们，唱着雄壮的歌曲开到了第一线上去。……这些一切，简直交织成了一曲伟大的战地交响乐。

那位作战参谋回来了。披散着头发，带着一身水珠；像穿了一身珍珠似的，一闪一闪地发着光。我们都没有说话，只默地坐在草丛上，将双足伸在清浅的流水里，身旁的几树野栀子，也将它们一片片又白又大的花朵映在清清的溪水里；水流动着，花影也跟着微微地流动着。

"你看！"

那位作战参谋指给我看一件东西，在不远的山坳间，一丛小林，树叶上涂了油一样发着亮光，野草在下面轻轻摇摆着；我还来不及看清楚什么，他就往那地方一枪打去，訇地一响，随着是一只长着花花长鸽的大鸟，呱呱随叫着飞去了。看样子很像工笔画着的凤凰，原来是一只山鸡被他打跑了。

之后，一切重归于寂静。河水在脚背上轻轻流过，花影在水底微微地动着。突然不知什么地方，飘来一阵悠扬的歌声，像一阵暮秋时节的凉风，凄清地吹送着黄昏的细雨，轻轻地飘落在萧疏的枯黄了的残林的叶子上，诉说着迟暮的零落和无尽的哀怨。又像似一股呜咽的清泉，低吟着流向苍茫的远方。眼前的一切景物，仿佛都为之寂然了，太阳失去了它的光热，歌声给带来了一种秋风落叶的萧瑟和黄昏细雨的轻愁。身旁的几树野栀子仿佛也沉醉于那歌曲的旋律之中了，如同睡梦一样，将那又白又大的花瓣，一片片地，轻悠悠地，落到了清清的流水上，打几个旋，便随着流水去了。就这样了结了它寂寞的身世。……

这简直是一首诗，一首哀怨的动人的诗。我不住地赞赏着。

"我知道的，我知道的。"

那位作战参谋连连地说道。

"这是××边区政工队的女同志唱的。她们不但能唱歌，更能耐苦耐劳地工作呢。冬天的时候她们都赤着脚，穿起草鞋，在风雪中和士兵一同工作着。

"一个月四块钱的生活费，你想想看，谁在家里还不是娇生惯养出来的，还不都是有了抗战才到这儿来；可是，"突然，他睁大了眼睛，看着我说道，"人家说她们思想不可靠，又是'左'倾又是右倾的，她们快被调走了。对于我们这一师的军民工作可去掉了一个好的帮手。……"

歌声忽然停止了，秋天过去了，一切重又恢复了夏天的闷热。那位参谋摸了一下他额角的汗珠说：

"这才不愧中国的儿女呢。"

四、到了第一线，敌人就开礼炮欢迎了

马奔腾着，一个一个跟着一个。马蹄击打到山石上，发出了噼里啪啦的声音，急促而乱地喧闹着。两山的峡谷之间，扬起来一片蒙蒙的黄雾。在夕阳下，空中飘着一片垂丝的金尘。

到达了一座小山山顶的时候，在我前边的那位矮小的军长呼哨了一声，先跳下马来。随后我们便都下了马。一共十多匹马我们都交给了随来的马夫去看管。他将它们牵在林旁的草地上，在晚风里，迎着将要落山的又红又圆的夕阳，顺着蹄，呦呦地嘶鸣着。

这是一个团部的所在地。团长出来殷勤地招呼着我们，就在团部对面的一个小公园里坐下了。公园的门上扎着几个大字，"爱民公园"。这是多么漂亮的名字呀，

竹枝编就的篱笆，园里栽满着丛丛密密的小松，在竹棚下面放着一张盖了白布的长方桌。桌上放着茶水、胡琴、笛子、留声机和几堆杂志小册子。在火线上有这样幽雅的小公园，真是令人想象不到的。师长急着在太阳未落以前拍一张照片，留作纪念。我忍不住连连地称赞这小公园的幽美。团长却夸耀着似的向我说道：

"你往前看吧，像这种小公园，营部连部都有。这是专预备给弟兄们无事时娱乐一下和作为教育士兵们读书识字的场所的。就是第一线的战壕上也有呢。"

"啊，我倒要见识见识。"

我们在这里没有多的话说，照完了相，便又匆匆地往前边的阵地出发了。

太阳已经沉落了一半，还剩下半个在西山的背后发散出鲜艳的霞光。山头的松林，简直被照射得像琥珀的一样了，红红地反射着透明的亮光。周围的山谷，也都浮起了一层灰蓝的烟霭，在山头上轻轻地浮动着。

我们在一个半山地方跳下马来。这山的名字叫作五皇顶，然后又爬上山巅。到了山巅，似乎周围都平坦些了。有些小山都已隐没于高峰之间，显不出他们的形角来。

山头一个连着一个，在苍茫的暮色之中，看不出边际，见一排一排的山群和一层一层的烟霭。天空布满了霞光，山形上是连绵不绝一个一个隆起的堡垒和一条条弯曲的红土挖成的战壕。我们的战士们就住在这些工事里，把守着这大洪山下的第一线。

在不十分远的地方，隐约传送过来机关枪的断续的声音。敌人的大炮，这时正在轰着我们附近的一个山头。我们很清楚地听着轰的一响，炮弹从敌人那边打过来，大约经过几秒钟的时间，隆的一声便在附近的一个山头上爆发了。随着扬起来一股黑色的灰尘，冲入玫瑰色的清明无翳的晚空，被风一吹，便就飞散了。

大炮不停地放着，我们都不理会它。因为在别的战线上，我们已看惯了这种大炮了，并且我们把这种炮叫作敌人的礼炮。因为我们一到前线来，敌人便开炮来欢迎我们。

我顺着一条壕沟，爬到了工事的前边去。对面，隔着一条平原的山上，便是敌人的阵地。这时正有一个十五六岁的小哨兵在工事前边守着他的岗位呢。

"你是哪儿人哪?"

我拍拍他的肩膀，问道。

"河南。"

"多大年纪啦?"

"十六啦。"

"你家里是做什么的?"

"种田。"

他的每一句话，都是这么简单。像是不好意思的样子，眼睛总是望着灰暗的前方。在他的身旁，还放着一个五寸多高的小竹板凳。

"你是征兵出来的吧?"我又问他。

"不是的。"他摇一摇头。

"那你为什么要来当兵呢?"

"报国呀!"他毫不犹豫地这样说了出来，而且说得理直气壮的。

我真料想不到，这句话他竟说得这样简单而有力，我被他感动得说不出来一句话。不错，为了报国，他一点也没说错，可是，另外又有多少人为了逃避兵役而做出了那么多的无耻的事呀。

师长却在一边讲述了另外一个故事。这是今年二月间，就在这五皇顶下曾经轰轰烈烈地打过一次仗，这山头本来是敌人占据着的，经过那次战斗才由我们夺了过来。

"那一次打得真厉害呀，"×师长说道，"机关枪和步兵炮干脆一天一夜没住气，战事了结之后我曾把这山上的几百棵松树检查了一下，嘿，简直个说吧，没有一棵没负过伤的。不是擦去一块皮，就是树枝被打断了。也有连根拔起来的。……"

这时敌人的大炮已经停止射击，×师长停一下又说道：

"还有一个传令兵，刚刚十四岁。你看那小家伙，他一年到期总是笑着。那天为了传达命令，上午他的左手指负伤了，但是他不肯进医院，只是照旧地笑着传达命令。好，午后又第二次负伤了，这次他的肩部被一个子弹打穿了。将他送进医院的时候，因为流血过多，脸色已经发白，可是，他的嘴角还是那么天真地笑着呢。就像没有苦痛的样子。……"

"现在呢？"

"已经送到后方医院去啦。"

"还有，"×师长说道，"那一次我们打死两百多敌人，他们都未来得及将尸首拖回去。只是将官长们的脑袋矶去了，兵士们便矶一只手回去。那些尸首就在夜间偷偷地在这山下掩埋了。"

晚风不停地吹着，夕阳已经全沉落了。我从工事中爬进后面的掩蔽部，果然也有一个一丈见方的小公园。几个士兵正在黑暗的暮色里拉着胡琴。

军号的响声，清脆地从远方的山形上飘起来，月亮还未升起，路侧的山林是一片窈黑、如同一群群鬼怪的影子。山背掩蔽部烧起一片一片的火光，天边挤出几颗一闪一闪的星星，马蹄下冒出一点一点的火花。……在黑暗中，时显时灭地闪耀着它们的光亮。

回到师部来，这山谷中的一日算是结束了。

| 作品点评 |

一九三八年五月，孙陵经历了抗日战争史上有名的随枣会战。敌机四十多架轮番轰炸，就好像是"五月的苍蝇"那样多。孙陵在《初夏的山谷》里述说了他当时的心境。

——丘立才:《抗日时期的孙陵》,《中国现代文学研究丛刊》1987年第1期

桂林日记（节选）

宋云彬

1938年12月29日

下午一时半，闻警报。一时五十分，紧急警报。二时零八分，隐约闻机声，移时敌机盘旋上空，向市中心投弹多枚。余躲行营后山洞中，甚安全。三时零五分，警报解除，即与鲁彦等出外视察，时正大风，全城黑烟迷漫，天日无光，沿城南行，至桂林中学，晤唐锡光等，忽又谣传有警报，急越城墙而走，颇形狼狈。五时返行营政治部。七时许，与朱光暄等沿桂北、桂中路南行，火势已杀，在桂中路见一危墙倾圮，尘烟蔽目。至《广西日报》《扫荡报》接洽元旦特刊事，返寓已十一时矣。

作者简介

宋云彬（1897—1979），浙江海宁人。作家，文学史家，著名编辑。1920年代曾编辑《浙江日报》《黄埔日报》，1930年在上海开明书店任编辑，参编《国文讲义》与《中学生》杂志。1937年在武汉军委政治部第三厅工作，1938年底从武汉到桂林，1944年秋离开桂林。宋云彬在桂林生活、战斗了近六年，在此期间，参与筹备中华全国文艺界抗敌协会桂林分会并先后当选为文协桂林分会的第一届理事和第二届常务理事，担任桂林文化供应社编辑和出版部主任，参与编辑《野草》，在《野草》《文化杂志》《文化生活》等刊物上发表了大量的杂文。1949年参加全国第一届政协会议。历任华北人民政府教育部编审委员会编辑，出版总署编审局和人民教育出版社编辑，浙江省政府委员、文联主席，浙江文史馆馆长。

作品信息

日记写于1938年12月18日至1940年8月2日，连载于《新文学史料》2000年第2期、3期，收入《红尘冷眼：一个文化名人笔下的中国三十年》（山西人民出版社2002年版）、《宋云彬日记》（中华书局2016年版）。

接胡愈之自重庆来信，谓生活书店决设法扩充，颇望余加入，但恐余目前未能摆脱行营工作云。

1939年2月19日　雨

上午七时三十分，出席扩大纪念，白主任主席，报告五中全会开会经过。十时后大雨倾盆，四时后渐止，且放晴，风大作，滴水骤涨二三尺，流甚急，水东门浮桥被冲散。夜与光暄饮于美丽川菜馆。欲渡河返东江路，无渡船，未果，而两足已沾湿，狼狈返部，廖体仁留有空榻，即和衣而睡，仅覆薄被一，无褥。因忆数年前为朱雅林（后更名朱新繁、朱其华，近又更名柳宁，在西安，专以破坏抗日联合战线为事）所卖，拘押上海市公安局，其情形盖相仿佛云。

1939年8月4日　晴

上午办公。十一时半，赴东江路七十二号寓所，为便于躲警报也。十二时三分，果来警报。躲七星岩大洞，拾级而上，挤轧特甚，衬衫为汗湿透。但洞中特凉爽。安坐吸烟，不闻炸弹声。约二小时，始出洞。遥望城中及东门外火起。甫下山，见数百人向七星岩反奔，则亦随之而奔，如是者凡二次，初不知其为何因也。至七十二号寓所，登露台望，见科学印刷厂排字房附近有白烟，疑已被炸。四时半，至九良上街江中洗澡。还开明，问科学印刷厂排字房消息，则言人人殊，或言全部被炸毁，或言只震倒铅字架，盖皆未经目睹也。潘雁声自渝来函。寄重庆家信，附复雁声信。

1939年8月16日　晴

近防空司令部规定，敌机入省境，则在独秀峰点红灯一盏，敌机有袭桂模样，则悬红灯两盏。寓所适对独秀峰。中午，张梓生偕其二子来，愈之亦来，而余等于十时前吃午饭，彼等来，已饭尽菜光矣。未几，见独秀峰悬有红灯两盏，亟与梓生往七星后岩躲，而警报始终未发，愈之大引为笑谈。季平来。

1940年2月12日　阴晴

上午照例开工作会议。彬然来，余以愈之之言告之，彼亦踌躇，拟暂不进文供社，仍在两江教书。余自迁入开明书店，颇觉清静，可多多写作，乃自南路战事吃紧后，柳州疏散人货，开明柳州分店运书百四十包来桂林，余乃不得不迁回五十八号。同居朱光暄，自余迁出后，亦大感舒适，见余迁回，颇为不悦。晚在开明书店小酌，汪少奶奶亲制鱼圆，大佳。今日天气大暖，宛如初夏，而潮湿特甚，归途经九良街，满街泥泞，且多水潭，穿布底鞋不能走，只得跣足而行。寓所附近蛙声阁阁，饶绕意趣。桂林天气变化甚快，今天这样和暖，明天只要一起风，就变为寒冬气节矣。不仅天气如此，政治环境亦可作如是观。

1940年4月26日　晴

上午四时雨犹未止，起，篝灯写文章，约成千言。七时半，彬然来，出一函交余，里面写道：

"云彬兄：想起了'晏平仲善与人交，久而敬之'的话，深切觉得最近对你'半真半假'地开玩笑的态度不行，并且深感不安。然而这种态度发生的根源，却是为想给好友一种劝告。就今天的争执而言，问题不在谭某、宋某（指宋扬），而在你平时'足以使人误会你看不起人'的那种态度。你一无城府，自己并不知道，可是却自此得罪了不少人，这于公于私，都是有损无益的。还有你看人，有时候，往往以别人对你个人的态度而别好恶，而且必见之于辞色，也是很吃亏的。这是一点。其次，你以自己目前的趣味为中心，而没有理会到'旁人'，没有理会到'事'，没有理会到将来，不能够吃苦，也值得注意。这一些态度，若在太平时代，也许不但无损而反是可爱的，然而现在却不行，而且危险的。

"自己无一技之长，至今把握不住一定方向，然而却希望朋友们个个都上进，对学问、事业有成就。对于你，总希望能用一点苦功对中国历史有一番系统研究，我断定对社会一定有很大的贡献的——此外，对于祖璋，希望他专心于生物；对于秉珍，希望他专心茶叶，勿再改变。我自信对每一个朋友都很忠实，不带一点敷衍的手段与态度。

"要说的话似乎很多，每次想当面规规矩矩地谈，然而不知为什么，总是说不出口。这样简单地写了一点，同时希望你能回给我一个严厉的批语。"

读了三四遍，使我非常感动。平生就缺少这样的诤友；同时我离群而索居，亦已久矣！晚应蒋本菁之召，饮于潇湘酒家，忽有一中年妇人闯席，与蒋大起交涉，可谓煞风景矣。

1940年5月17日

大雨不止，狂风时起，所有浮桥板桥尽冲去，低洼处尽被水淹，江水暴涨，龙隐岩附近省党办事处几被淹没，附近居民，纷将箱笼搬入龙隐寺。晚饭后，偕光暄、云卿涉水绕后山，过马坪街，凭花桥看大水，又去江边，但见人头攒动，语声亦庞杂，遥望江中完工之桥墩上，有一工匠蹲踞着待援救，江水滚滚下，无人敢往援，警察亦作旁观。有人索代价百金，旁观纷纷议论，亦不能决。据人言，此工匠，自中午起，因船覆，即避墩待援，已历六小时，饥寒交困，今晚如无人援救，不溺毙，亦将冻饿死矣（今日天气骤寒，余穿卫生衣裤，加毛线衫，尚觉冷也）。回寓后，念之不置。

往来桂东南

韩北屏

一、当作楔子

我因为业□的关系，近一年来，差不多尽是往来于广西东南部。这里与广东毗连，是华南战场的"第一线"，已经算□战区了。可是，这里绝无慌张，一切都走向有计划的途径，所有应该做的部署，大都完成。从这条线上来往，可以得着意外的胜利的保证。

作者简介

韩北屏（1914—1970），原名韩立，曾用笔名欧阳梦、宴冲等。江苏扬州人。诗人、散文家、小说家。1930年代曾编辑《江都日报》《菜花》《诗志》等报刊，1938年参加江都县文化界抗敌协会宣传队，并任《全民抗战》（武汉版）周刊记者，1938年冬抵达桂林，1944年秋湘桂大撤退时离桂。到桂林后曾和胡明树、鸥外鸥、洪遒等人合编《诗》杂志，先后任《广西日报》战地记者、中华全国文艺界抗敌协会桂林分会理事和记协理事等。1949年前著有诗集《江南草》《人民之歌》、小说集《荆棘的门槛》《没有演完的悲剧》、报告文学《桂林的撤退》、文论《诗歌的欣赏与创作》等。1949年后，曾任中国作家协会广东分会副主席兼秘书长，中国作家协会对外联络委员会副主任、代主任，亚非作家会议中国联络委员会副秘书长等职。著有长篇小说《高山大峒》等。1997年花城出版社出版有《韩北屏文集》（上下卷）。

作品信息

原载《全民抗战》1939年第93期。

当然，不见得什么都好到令人满意的程度，这里也有些令人不快意的事情存在。不过此种不快意，一定会给今日与明日的群众的大力所廓清的。

还有，在大河两岸，有特种民族存在着，苗瑶人生活在他们自己的田中。有太平天国诸王的故乡，人们津津乐道着革命前辈的遗事。我记得也许不周到，但是我有一份好心，我想把今日的桂东南，详尽地描绘给大家，看看在这一角落的种种，再与别的地方比较一下，究竟我们动员得怎样。

二、静静的漓江两岸

漓江上流与湘水同源，下游是在梧州与西江合流，是广西的一条航行民船的河道。往时，是由梧州进口输入桂林一带的重要交通路线，可是现在为便捷的公路与铁路运输，夺去了它的地位，只落得静悄悄地躺在那里了。

从桂林乘民船沿江下驶，经过阳朔、平乐等地。风景之幽丽，实在令人流连。我们都知道两句话："桂林山水甲天下，阳朔风景盖桂林。"从这两句话里，可想见阳朔是一个怎样漂亮的地方。可是坐汽车，走陆路，都不能领略它的美好，唯有坐着小民船，轻悠悠地飘荡在清澈见底的江面上，看日出，日落，月亮上升，看山的脸色一天几变，有时在江面上，正对你有一座山峰，你总以为是去路被阻了，可是船淌到山脚，甚至从山的悬崖底下，又很自然地顺流转弯了。这样来欣赏阳朔风景，才真使你心醉。

但是，静静的漓江两岸，并不就是风景宜人，更使你惊讶的，却是此地民众组织的坚强和抗敌情绪的高涨。尽管是在江的两岸，尽管是冷静的村落。只要找到了一个民众，小孩子也好，你问一问关于抗战的事情，他会很快地答复你，而且他还会告诉你，他哥哥已经出发前方了（广西征兵是公平而普遍□实行了）。有时，船行到最冷静的山崖边，远远□看到一面变灰了的白旗，下面坐着一两个人，其□不知道是什么，等你走近一看，旗子上有两个大字：□旗。坐着的两个人，一个背着一支步枪，一个握着一柄大刀，都是穿着褴褛的农民服，我望着他们笑笑，他们也很天真地望我笑笑。我感到一阵愉快。他们是多么忠实于他们的任务呵！在每一个冷僻的角落里，都有我们执枪的卫士，还怕什么敌人呢？所以广西全境流行一句口号："怕日本鬼子的不是广西人！"这不是狂妄的夸大，而是有把握的自信。这种自信是建筑于民众的有组织、下层机构的健全与上层领导的开明。

三、大河流域的荼毒

从梧州向西到龙州，这一条江水，在广西叫作大河；实际上他是西江的上游，下游是直流到海里去的。这是一条极其重要的河道，无论从军事上、政治上……看。现在，在大河流域，我们有坚强的防务，有雄厚的兵力，可以做南路各线的策□；而且这条河，在战时运输上，□尽了它应□的力量。——这是我们应有的部署，可是，却招致了敌人的仇视。

于是敌人以疯狂的姿态来屠杀。

一年来，敌人不断地轰炸，从梧州直到龙州，所有的城市差不多都遭了毒手。

梧州昔日的繁荣，本来已随广州陷落而向西移了，此刻复经不断地轰炸，连仅有的繁荣也受到打击，有一条马路整个毁灭，有一处河面上的船只，受到烧夷弹的袭击，焚烧了有一里长。平南、藤县，受到轰炸，桂平接连被炸，白天很少行人；贵县的广西糖厂在去年就被毁，现在市区受到损害；南宁是敌空军主要的目标；龙州则经常沐浴在火焰中。总之，大河流域的城镇，没有一个幸免。

可是敌人得到什么呢？

以我们不设防城市做目标，以徒手的平民做目标，而军事设施完好。现在连我们徒手□民□□毫无损害了，敌人浪费着炸弹，仅能破坏一点房屋。而民众的愤怒，跟随瓦砾的增加而增加着。——这是一个不能摧毁的建筑。

现在，在轰炸中，这些城市又都活跃起来，废墟上又有了新屋。

四、边境的启蒙——田中的拓荒者

桂东与粤西的毗连处，尽是些大山，从地图上看那是叫作都庞岭山脉的，可是问当地土著，他们并不知道，只会用些很怪异的名字称呼那座山峰。至于那些山岭，说来虽并不伟大，可是因为是广东广西两省的边境，平时太少有人注意；甚至很少有人来到这带地方，所以山中的情形实在是荒凉，够凶险，而且也很落后。同时也因为是两省的边境，往往造成了民众特殊的强悍与狡猾。因为这样，所以在抗战以后，军队开到这里，起初很遭遇不少困难；而当地学生组织的救亡团体，在工作上□常受挫折。

在我们初到信都县时，真感到当地党政机关过去太不努力。信都县城是不如南京下□车站大的一个小城，但政府却未能把民众团结或训练起来，街道又是那么污秽。还有一次，我们到了怀集县的坳仔乡，那里离广东省境只有半里路，真是到了边境了。地势很险要，山多而复杂，并且山上满植竹子，想从山下爬上山，要是不由正路走，因为竹根阻塞与竹叶油滑，很难爬上去；公路在山间蜿蜒着，重要的路口，只要一挺机关枪，便可以完全封锁公路，现在已彻底破坏了。

可是这里的一部分民众，对军队却无好感；尤其是一班土著的绅士，更加刁顽。记得□师□团有一营士兵开到那里，任务是保卫广西边境，开到以后，营长出外找宿营地，那些有大房子的地主们，不但不接纳，而且恶声相向，甚至会说："我们让你们驻扎已经很客气了，你们还要选择房子！"好像军队驻防是要得他的允许似的。

真的，在怀集县的南区，那里的地主们是有这个权利的，他允许你住，你才可以住，否则他很可能搬出机关枪来和你对抗一下。

这些现象也有其根源的。他们在过去受了军阀（那是十几年前的事了）的恶劣印象太深，以为军队没有一个好人，这是历史的残酷遗留，近几年来，那里根本没有到过军队，民众只有自己来保卫自己，又加一些工作团体从未□那里工作，因此养成他们的山寨王的风习。这些现象当然不能让它保留下去。

于是驻军的政治部、广西学生军等政工团体，皆用全力来做这个拓荒工作。

我们在坳仔时，用至诚的态度，各事皆注意礼貌，不乱取一物，不随便走入人家，在大风□演戏，在烈日下面帮他们做工，几天之后，却换得一个崭新的态度，请我们吃饭了，吃茶了，临走时还依依地送到山边。我们把他们这份好意，统统移交给驻军，并希望驻军用行动巩固这份好感。

不仅在感情上征服了他们以前的顽强，而且也理智地教育了他们。现在，边境的山中，早已布满了有坚定意识、娴熟训练的民间斗士了。

五、广州湾的走私

广州放弃之后，南路出海的地方，除去由龙州往安南，或是出北海（经敌人骚扰后，往来不便），最便捷的还是出广州湾了。

广州湾现在是西南主要的一条进口。公路已经破坏，每天这条路上，连续不断地走着挑夫，全是把货物由广州湾挑到玉林，再由玉林用汽车装进内地。货物当中，有我们最需要的东西，也有着大批敌货。

贩运敌货的商人，他们□赤坎（法租）接收了货物，马上把敌货的商标除掉，改装上国货的商标，实行做改头换面的勾当。商标换了以后，于是大模大样地向内地挑了。据说做这个买卖的商人，他们有自备的运货汽车，无间歇地向大后方运送。

关于贩运敌货这件事，经桂林救亡日报首先予以揭露，现在广西当局已把敌货的商标品质等发给下层，叫他们注意查缉。而中枢最高当局，也有命令叫彻查这件事。本来广州湾的往来，是为了便利我们运输，而现在却变成敌人经济侵略的一个门户，说来也真令人伤心。

我离开南路时，像贵县玉林等县，市面有很多物品，真是低廉，花样又好，只是质料太坏了。这不是敌货是什么呢？□□□□□却充斥市面。

1940 年代

南国草原上的恳亲会

胡明树

去年的夏天，我们的部队驻扎在浔城附近。初到浔城不几天，开了一个军民联欢大会。又不久，浔城的妇女抗敌后援会组织了一个缝补队到我们部队来替我们缝补衣服鞋袜等。因此我们又开了一个恳亲会。

会场是在田间大草坪。

日初出，我们就列队到大草坪集合。缝补队也整队而来，入了我们的阵围之中。我们全体也跟着指挥官的口令，立正向她们致敬。

她们包括了县政府、县党部的女同志，中学、小学的女学生，钟连科鞋厂的女工，还有几位据说是发动者的广西学生军的女战士。

大会就这样开始了的。先由×军长致开会辞之后，双方都有人演说。一位女战士的演词中，最末一句是：我们要和××军的武装同志永远系在一起！我们的弟兄也公推了一位出来致答词，他是受过一个月的政工班的训练的，他的答词中的最末一句是，我们要用战斗、胜利来答谢你们今天的敬意！

歌唱也开始了，她们唱一个，我们唱一个。她们的歌多，我们的歌少。我们究

作品信息

原载《笔部队》第2期，收入《胡明树作品选》(漓江出版社1985年版)。

竟是军队，不能学得很多歌的。所以唱完歌就宣布休息。学生军的女同志是带有许多布画来的。她们解下脚绑把画幅系挂在树枝与树枝之间，好像是开了一个露天展览会似的。

钟连科工厂的女工已经开始为我们补破鞋，其他的女同志也开始为我们补破衣。

隔了相当时间，小学生又来一个歌。

场面相当的大，数千人的心在跳动。有的行，有的坐，有的睡，有的交换着话语。这样的场面是动人的，罕有的。南国的初夏，阳光烧得人们的心更跳，血液更沸腾。有的已经在流汗了。

在树荫下，一针，两针，她们在缝补破旧的戎衣。而我们的工作呢，不正是和她们相同吗？我们是军人，我们的任务不也是正在一针两针地缝补着破碎的山河吗？

大家渐渐地又拢了来。各种的表演又开始了。

士兵们轮流地打着拳，舞着凳子。

学生们提议要 × 军长唱一个故乡山歌，但军长是过了几十年的军队生活，故乡的山歌都忘记了，所以派了一位参谋做代表。那位参谋唱得太好了，使人以为他是一位农夫。唱完了大家都鼓掌，掌声在草原上啪啦啪啦地响。

这次是轮到 × 参谋长的身上了。学生们提议要他也唱一个，但他却女孩似的不肯站出来。约三分钟后，她们齐声呼喊道：

——请！

再过三分钟，她们再喊：

——再请！

参谋长被叫得不好意思了，于是就出来，说了抱歉话，并表明自己不会唱山歌，但也不想请"代表"，只得用故事"代表"山歌。故事说得太美了，使人想到他是一位故事专家。他说完了，掌声彻天，啪啦啪啦地响。

其次，是一位同志的表演口技。他学牛叫，像牛；学鸡叫，像鸡；学婴儿哭，像婴儿；学小狗叫，学大狗叫，都像。……大家都笑了，掌声啪啦啪啦地响。

……

阳光从天顶直垂下来。树木的阴影也缩到最小的范围了。几桶的茶水，由成十只碗不断地消耗了它。

有的在看表，已经过了十二时。

会场是从早上六点钟就开始了的，已经热闹了半天了，但都不愿散去，可是大家负有工作，时间不许可我们继续玩下去。况且大家都没有吃早饭，肚太饿了是会使人记起尚未进餐这回事的。

双方都列好了队伍，我们武装同志围成了一个有缺口的圈子。她们做了我们的核心。我们互相高呼万岁。

垂直的阳光晒得每个人的脸都变成了通红。人影也缩成了最小，踏在自己的脚下。

她们一个跟一个地向我们阵队的缺口走出，我们全体跟着指挥官的口令，立正向她们致敬。她们也举手到帽檐向我们答礼。

"各位同志，好走，好走！"参谋长说，"不送，不送，有空再来！"

"我们要和 ×× 军的武装同志永远联系在一起！"

她们齐声唱着，远了，远了，看不见了。

一边说要永远联系在一起，为什么一边却离开我们了呢？是的，她们有着别的工作，不得不离开我们，但是她们没有离开我们，我们双方的精神是联系在一起的，而且永远地！使我们联系在一起的，是什么呢？是国家，是民族，是生长我们的可爱的土地！

一九四二年

寂寂昆仑关

韩北屏

第一次踏上昆仑关时，我的感觉是：紧张。那时昆仑关刚刚克复，前面高地还有敌人，因此，昆仑关是最前线，有着一切火线上应有的氛围。炮弹像被鹰鹫所迫的小鸟，急急地惨叫着从头顶上飞驰过去；机关枪像穷嘴的婆婆，不断地饶舌；漫山遍野不见一个兵，实则漫山遍野都是兵，他们用树枝树叶伪装了自己，用壕堑掩藏了自己，用坟土山石遮蔽了自己。这里充满了紧张，不容许有一点儿犹豫，一切的行动皆须机警果断，而弟兄们用沉着应付随时可以袭来的动乱，用沉默监视着随时可以爆发的叫喊。

第二次再去昆仑关，我们的队伍已向前推进十几里。这里是前线的后方了。准备接防的部队散布在四处八方，他们休息着，烧着饭，准备在天黑以后开上去。弟兄们好像并不疲劳，有的在山洞底里汲水，有的坐在掩蔽部里休息，有的靠在山脚揩拭枪支，……那些掩蔽部，原本是敌人构筑的，所有的枪眼都是朝着我们这一边，而现在给我们加以改造，都变成我们的休息室与防空壕了。远方的炮声隆隆，这里却是乱哄哄，唱歌，说笑，无不十分大声而放肆。——这是热烈的，

作品信息

原载《野草》创刊号。

热烈的昆仑关。

后来，敌人由清水河开始后撤，一退便是一二百里，我随着我们追击部队之后，第三次又走上昆仑关。

这时，从清水河边起，凡是有过敌人的地方，必有不幸与死亡。公路两侧尸体狼藉，腐败的尸臭，使人嗅到死者的悲惨与敌人的残暴。沿路除去繁忙的通讯兵之外，没有民众与士兵来往。静悄悄地，愈使你感到睡在路侧的死者之冤抑。

踏上昆仑关，我为如此之静默所骇：繁复的山，完全赤裸，树木与茅草给枪炮的硫黄火烧光，以前山上是焦黑的，后来给雨水洗刷，剩下难堪的斑驳与光秃。村落毁坏了，像一丛刚被掘出的古代的遗物。田里无庄稼无牛羊，显得荒芜而且寂寞。无人声，无犬吠，连飞过的鸟雀都没有。一片死寂，一片广漠的沉默。敌人自己毁坏的工事，那些铁丝网，短木桩，黄禾草，破烂的纸头布条，在风中轻轻飞舞，很神秘也很惊心。地上散乱的敌人食具用物，会引起你一串的联想。我由公路上折入小路，沿着山径向昆仑关走去。

小径一边是山沟，一边人工削成山崖，在先也是有工事的，崖壁上有炮弹痕，也有枪弹痕，现在是坦然不设防了。向右一转，便是直去昆仑关堡垒的宽阔甬道。昆仑关的石额，无言地望着来客。甬道上清洁而清静。早春的桃花灿烂开放，替壮大的山间添上一层妩媚。第五军歼敌的纪念碑，被击碎了，但又给拼起来放在地上，这大概是给敌人击碎的，可是又由我们的手给完成起来。走进关口，关门早就没有了，在阴暗的圈门中，我诚心地祷祝守护昆仑关的雄魂平安。关里的三五人家，残破依然残破，一阵阵硝烟味夹着霉湿气味飘来，这是荒凉的气味，而这里正是经过猛烈搏斗的战场。走到这里，我想起前两次的紧张热烈，因此我试想听听有没有雄壮豪放的声音，我试想接触有没有令人炙烫炮火，没有！一切是静，静。

我不能忍受这样的静，于是迈步由山后出来。斜坡上有早春夕阳的微光，铁蒺藜的影子射在乱竹的新叶上，旁边有一顶破日本钢盔，一块微高的土，那里一定是渡海而来者的宿地。

走上公路，一个衣着褴褛的农民，在毁坏的工事中找零碎，打算拾回去重整家园，像一只被占去窝巢的温善的鸟，又在含拾寸草只叶，重行建设了。

远处，我们的部队正尾追着敌人，打算赶他下海去。……

六月二十六日

顽强的孩子

曾敏之

"……这些都是平凡而简单的：是不是？但在我艰难的生活的日子中，我记得这孩子的勇气——我感谢他！"

——高尔基《孩子》

一九三 × 年的深秋，穗城的红棉在烽火中摇落了。

马路上，在沉寂中开始了疏散的迁移，每一个人，都绷着紧张的脸，在人类恶魔的屠杀武器的轰炸下来往着。

在长堤，在广三广九的月台上，黑点点的人海中浮起了无数座的山丘，——那是逃难者的行李。

凉月从珠江南岸凄清地悬照着，市中心区远远地传来爆炸的声音，这如水的月光不但失掉了离人诗意的留恋，从无数次惨痛经验的累积中还怨恨它帮助了敌机的夜袭！

偌大一个都市的心脏在震动了，遥望着巨影的建筑物，苍翠地笼罩在灰暗白光

作品信息

原载《中学生》1940 年第 17 期。

中的观音山，我和 K 默然地匆遽地通过警戒线。

我们手上只能携带着一个小藤匣，这是逃难者唯一的东西，里面，有几本心爱的破书，它伴着我们过了长久的苦难生活，我们不愿让它被炮火焚毁。

虽然只是小藤匣，但它的沉重都像装满了三四年来在这儿生活所经历的酸辛和快乐的渣滓，我们穿过了两条马路时，在沉默中和 K 却无意中交换了处理这小藤匣的意见，于是我们就挑着走。

到达广九站时，第一次快车已在准备着开了，时候是午夜十二时三十分。

离黎明还远呢？在黑暗中我们躺在那些山丘上疲困地等候一个约好要来和我们送行的友人。

笛声呜咽地划破了夜的寂寞，我们感到不安的烦躁了！

"怕不来了罢？"

K 低声而带忧郁地自语着。我无法使我的解释取得他这样性急的人的信任，只是不同意地看了他一眼。

人已在陆续上车了，K 拉我要一同上车，他说：阿曼是不来的了。

坐在车上，我伸着头向外张望着，我要睁大眼睛看月台上时钟走到我们开车的最后一刹那，两年的相处，我是完全了解阿曼的！

笛声已在做第二次的催人了，远远地，爆炸声仍在不断地传送。

K 突然在车内拍着我的肩，有兴奋地嚷着：

"阿曼来了！"

由月台的进口处，一个圆圆的小面庞，红润的眼珠，凌乱的头发拂着前额，童军装束的阿曼出现了。

我们激情地嚷着，他连跑带跳地过来握手，他的手冰冷。

"你们走了……"他眼睛闪着使我们不敢看的光。他的声音有些战栗。

"我的祖母不给我冒险来送你们，可是我终于来了。"

"阿曼，和我们一道走吧？连你的祖母。你为什么了，总不同意我们的意见呢？"

几天来，为了时局的紧急，我们曾再三邀他暂时离开这里，但是他没有肯定的答复。

"我了解你们走的苦衷，你们不是胆怯。但是我们不要紧，敌人的大炮未攻破虎门，我们还是要在这里的，必要的时候可和祖母到乡下去！"

他的话没有疙瘩的余地，他才十岁的小孩子，他了解我们这次离开他要逃的苦衷！

我们沉浸在离情别绪的怅惘里。想到两年来在一起的情形，想到他这样倔强的个性，不禁爱恋地不舍起来。

是的，阿曼有着代表中国抗战姿态的倔强性格，他的倔强是使每个人在最初接近他时也许会感到他是讨厌的，因为他爱撒野，他爱播弄人，当我们最初搬到他家里住的时候，我们曾经下评语，说他是一个毫无教养的孩子。

这评语并不是说他有祖母溺爱，我们不奈他何地对他无法施行报复，而是他自动地播弄人的行为，使人太过难堪，所以在愤然之下对他常常取着敌对的态度。

他没有朋友，他虽然在学校读书，但回家时就剩下了他孤独地生活着，由于孤独的刺激罢，在正当活泼的童年，他却变得沉默近于暴戾的小孩子，顽皮，做出的事使人无法加以推测。

他在寂寞中也许感到单调，他在每天放学回来的时候就哼着歌，但是歌声是那么抑郁，我们听了都觉得不顺耳。我们又下评语说他一定短命。

《义勇军进行曲》是他的拿手歌，他顶爱唱。每当我们工作之余需要静静躺着读点书的时候，他回来就站在床前拉着我们的手，抢着我们的书，嘶着抑郁的喉咙——

"起来！不愿做奴隶的人们！……"把我们闹得不得不起来为止！

有时候，我们到别的地方去了，他在家无聊之故，往往由窗格上爬到我们锁着的房间去，把我们的书台弄得一塌糊涂，他曾拿过K一件白衬衫画上一个乌龟，在乌龟旁写上"不和我玩的是乌龟"这样的字样。

由于他这样地撒野，我们曾想过推制他的对策，就是：不和他说笑讲话，再不然另找房东，搬走！

这对策在良心上未免受罚，但在当时却不得不如此。

他在我们这样对策下渐渐改变态度了，从一九三×年四月起，他和我们在时间的教育中打成了一片。

但是态度虽改，倔强性是还在的。

未抗战前，日本帝国主义停泊在珠江的军舰上的水兵，有一次曾到中山纪念堂去参观，阿曼为好奇心驱使，曾尾随他们去看，当那些兽兵踏进纪念堂的门槛而傲然不脱帽的时候，阿曼在后高喊"脱帽"的口令，他这口令代表了伟大民族庄严不可侮的正气，博得了那些兽兵感动的掌声！

从此后，我们深深地敬佩他这倔强的战斗性了。

在一个炎热的长夏，我们曾和他一道去游荔枝湾，垂杨拂着，绿色的画船，碧波泛起激激的荷钱，我们泊船在柳荫深处，他在这时温柔地唱着我们教他的《蕾梦娜》，他忘情地靠着我的左腿，他告诉我们关于他祖父在加拿大经商的故事，他说他的父亲留法学成归国后在中央经济委员会做官的情形，他的爸爸曾打算接他去南京读书，他舍不得离开祖母，他说舍不得离开他们，他不去。

我们对着这温柔的天使，感动得不能说出什么可以代表内心所要倾诉的话来。

从此后，我们又为他这或然的温柔感到他天真的可爱。

但是他的倔强是还在的。

"八一三"抗战的烽火燃烧到华南后，敌机的屠杀开始把穗城的市民从甜梦中怒吼起来，阿曼也参加了童军救护队，他的祖母非常担心，事实上，每次警报过后，残肢断骸的惨痛教训不得不使他的祖母担心，然而，阿曼却坚持他的工作。

南京失守之后，有一天我们正从外面吃饭回来，一进门，就看见他的祖母披发跌足在抱头痛哭，看这情形，使我的心冷了半截，问那些来劝慰他祖母的邻居，才知道是他的祖父在加拿大病逝，刚刚接到海外的电报。

我们正要找阿曼回来看他的祖母，K却发现他躲在一个门角里呆然不动。K问他，祖母哭得如此伤心，阿曼为什么不滴一点泪？

一干邻人围起他来。

他睁着也如今晚上这样红润的眼珠，喑哑地说：

"人已死了，有什么办法呀？我的祖父算死得其所哩！"

一干邻居曾为他的话惊讶他是一个麻木的孩子。

其实，那些邻居何尝听懂他的话呢？

在敌人残酷的屠杀下，千千万万的同胞都卧倒在血泊中呻吟着，他在救护队是亲眼看见的，他祖父不幸抛骨异国，他当然悲痛，但比较起来，他是觉得他祖父这样的死，已是最好的安息了！

他就是这样的孩子，今年才十岁！由于他已往的倔强和他天性的流露，使我在和他相处的日子中了解了他的做人，虽然他还是小孩子。

今夜他冒险来送我们，他又说出这样谅解我们所以要逃的苦衷的话，我不禁紧握他的冰冷的手流下泪来！

汽笛已在做最后一次的吼叫了，我们拥抱在一起，这将生离难见的一刹那！深秋的雨在扫射着铁轨外的郊原，凉月秋星像在下泪，车轮蠕动了，列车开始缓慢地走，阿曼颓然地下车，握手中他红润的眼珠看着我们：

"祝福你们平安，愿不久仍在广州相见！"

激动中大家坚决地举起拳头，高喊：

"在广州再见！"

我们伸头望他，他呆立着挥手相送，渐渐地，我觉得他已变成巨人，在冷风黯淡的星光下，在南国沃饶的野原上屹立着，直到我倦入梦中。

和他别后的岁月中，我时刻都在想念他，也曾辗转探听他的行踪，忧虑着他的安全。

出乎意料地，在一个山城，正当我变成了完全孤苦无依的一个内心充满了创痕的人的时候，却接到他由 × 地寄来短短的一张信片，他写着：

广州沦陷后与祖母逃到乡间。我在今年五月参加了北江的儿童抗战剧团了，工作太忙，不能早写信给你和老K，但却常常想知道你俩战斗的近况，我近来很好，望你们努力，大家在明天回广州见面！

交渗着惶愧与不安，我的心碎了，我拿什么报告这位战斗倔强的朋友呢？在愧喜交集下，我伏案写了几个字：

我愿将热炽的心告诉日军劳苦大众，反抗法西强盗的侵略，不只是我们这一代站起，后一代也站起来了！

一九三九年十一月在桂林

今别离（二章）

司马文森

送征人

你那样匆促地来，现在又要匆促地离开了。来时像一条缥缈的影子，去时也一样悄然无声。不同的是来时你还带着瑰丽的服饰，装着像一个过了多少享福生活的人的样子；而现在你却已背起了征人的背囊，面向征尘，走着最艰难的道路。

这道路是那样的艰难崎岖，沿途会撞出来万千的野兽豺狼，它们会截阻了你的去路，并且把你伤害了。有多少人在这样的路上默默地走着，又默默地被伤害着倒下去，无声无息地死了，难道你不曾想起了他们那流着的血，不曾因那血腥而轻微地抖索起来？

"要不然，你为什么一定要选择这样的一条道路，你尽有更多的路可以走啊？"

"我就只喜欢这一条道路，因为它是一条战斗而又自由的路。"

你不怕那路的艰难，战斗而自由的人啊！但是，你也一样地不爱惜自己吗？我知道你看重你自己过去的生活，看重你身上的每一件东西，比之自己的生命还要贵

作品信息

原载《野草》1940 年 10 月。

重，难道现在眼见着留在头上细丝般的头发被剪短了，看见那一套曾跟随你多年的淡蓝色服装，将永远也不能近临你身，看见你那高贵的舒适的生活将被整个地撕毁了，一点也不会动情，弹起恋旧的调子？

"为什么我应该要那样，为什么我非脆弱到那样田地不可？过去的已经是过去了，老朽的已死亡了，新的会生长起来代替了它。你觉得我会担心穿在身上这一套灰色的大兵衣是难看的吗？担心我没有那勇气去迎接新的生活？不，你错了，我很感到自己有过这样生活的机会为荣，因为它就是战斗和自由的标志。"

就是这样，你觉得你非走不可，我们就别离。各人走向一边，而会期又是那样遥远缥缈的。难道我们不该滴点别离的泪，互道着"珍重"？

"不，这泪是要流在战斗的祖国的土地和被侮辱与损害的人们身上的。"

这就是你要说的那些话，没有一点留恋和惆怅的情绪？

"没有，这是今别离啊！"

家　信

你家里来了一封信。

可怜的老年人，用着多么叫人感到惨愁的抖索口气，对你诉说着他们苍老的哀情。

信里说：

日子是更加艰难了，米九十五元一担，牛肉一块三毫钱一斤，猪肉一块六，煤油已在很久以前就买不到，植物油也大大地涨价。

由东洋鬼子带来的灾难，到处地落在善良人的身上，上月份来轰炸过三次，死了八百多人，十五天前又想靠近海岸强迫登陆，但是给打跑了。幸而家里人都好，谷子今年是丰收，已经收到了一千三百多担。至于大家生活也过得很好，像从前一样地安静舒适。

不过你妈是更加老迈了，她时时在怀念着你，你爸也是一样。可怜的老年人，每到入夜时分，当他们都按照家规坐在自己的桌位上，准备进晚餐的时候，他们总是先拿那一双昏老的眼睛，在不甚清明的灯光下，从这一个人面上看到那一个人的面上，从这一个人年青愉快的笑声里，转到另一个人上面，好像是在寻找他们久已失去的东西。

家里的生活照例是愉快舒适的，不管是在任何时候，任何场面，都是这样热闹的，他们叫着笑着，要用一切可能的机会来娱乐这两个忧郁的老年人。但是，他们的内心依然感到孤寂。这儿所有的一切，还是和你在时一样的完全美满，虽然是鬼子打来了，物价涨价了，人口也增加了，但是这许多都不能影响这一座地主府邸的安静舒适的生活。只是那两个老年人的内心变空虚了，他们好像时时感到有点什么的，那就是你，一个多年离开了这个温软的家的你啊！

可怜的、忧郁的老年人，他们常常在搜索不到你的影子的时候，就会感伤起来，喉里哽着呜咽气息，连饭也吞吐不下去；要是再有人不细心地提起你的事，他们就同时地呜咽着，同时地滴下泪。那苍老的感伤的泪啊！像断珠一样地滴到他们面前的酒杯里去，然后又一口一口地被喝下咽，大的小的一家人，看见了他们的样子，也一样地受了感染，于是大的哭了，小的也莫名其妙地跟着。

老年人一面抹着眼泪，一面劝解了大家，他说："不要那样啊，让我快活罢。"但是谁还会快活呢？大家的心是受伤了！于是他们哭得更响更响了，哭得把老年人的忧愁也忘记了，于是他们就带着软弱的口吻来责备你：

"叛逆的女儿啊，都是你一个人不好，把一个快活的富裕人的家，把一个和平秩序扰翻了！

"家里的生活还不够舒适快活？你要吃的就有吃的，要穿的就有穿的，要用的就有用的，为什么你要那样的无情，一个人谁也不告诉地，悄悄地溜走，抛弃了父母，离别了家园，空着袋子，穿着污烂衣服！凭着两只不健康的小腿，到处地流浪奔跑。你知道，这事该会叫我们年老人多么地伤心啊，因为他们只有你这一个独身女儿。

"陕北有什么好，而你却愿意用自己享福惯了的嘴去吞咽小米稀饭；大学堂多好啊，有洋房住，有外国教师教，要什么，就有什么，你不去进却愿意住窑洞和下流人混在一起过日子；日本鬼子多凶恶啊！我们到处听见了他们带给人的灾殃，远离着他们，躲在更远更远的后方不是更好了吗？为什么你反要渡过黄河深入敌后，参加那些下流人去战斗啊！

"叛逆的女儿啊，你真是有福不知享，你真是作践，叫老父母在这儿为你伤悲，为你伤悲……"

老年人责备了你的一切，一直到饭也吞不下去了，于是他们就离开大家，互相地搀扶着，关在那房里去长久地长久地哭着。

我知道你对这封信是不感兴趣的，但是我仍愿意告诉你，他们写给你的最后一段：

"你难道就这样永远把我们老年人忘记吗？你不再想我们这一个家和祖宗遗留下来的丰富的财产吗？不然，你为什么不给我们知道你的行踪，不给我们写一个告诉平安的字？……"

战场月色

严杰人

一、古庙一宿

车子把我们带到了昆仑乡，便被前面不远的一道被破坏了的桥梁所阻而遏止下来了。驾驶的同志对我说道："不能走了！"于是，我急急地把同车的《大公报》记者金戈君叫醒过来，他刚从车厢里面伸出头来，便也急急地问我："昆仑关，到了？"待我把事情给他讲明白时，他懊丧地摇摆着头，冷笑一声，吁出一口长长的叹气，便又钻进车厢里去，让身子裹在车厢里面，沉沉睡去了。我和驾驶同志扑扑征衫上的风尘，互相以疲倦的目光凝望对方的眼睛，默默无言地守望在路边，两个孤寂的

作者简介

严杰人（1922—1946），原名严爱邦，笔名特克、什究、弃市等。广西宾阳人。1935年秋考入广西宾阳县初级中学，1939年春考取广西省立桂林高中，1939年底考取《广西日报》内勤记者，1940年春加入中华全国文艺界抗敌协会桂林分会，1941年秋到南宁任教于黄花岗中学并任《曙光报》副刊编辑，1943年秋返回桂林，仍任《广西日报》记者。1944年秋桂林疏散，离桂赴渝，任《正气日报》副刊编辑。抗战胜利后，到香港任《华商报》文艺副刊和《文艺三日刊》编辑。1946年病逝于烟台。一生创作了大量的诗文，著有诗集《南方》《伊甸园外》等。

作品信息

原载《抗战时代》1940年第1卷第11期、12期。

影子，颤动在冷冷的缺月洒下来雾似的朦胧的月光中。

山间的洞水，奏着好像积蓄了许多仇恨而又喷射出许多愤怒的歌，残冬的寒风，呼啸地毡卷而来，播送过来一阵阵刺痛鼻子的腐臭的和血腥的气息，呼吸几乎被窒息了。金戈被这股难闻的恶臭，从甜蜜的梦乡中被驱赶出来，揉一下惺忪的眼睛，不能抵抗这股腥臭的气息的袭击，像中了喷嚏性毒气似的，接连地打了几个喷嚏。

月亮不能冲出云团，云团倒反地把月亮淹没了。跟着下了几点疏疏落落的雨，雨点滴在我们的脸上，使人感到空虚的冷意。我们乘的是一部无篷的三轮车，遇雨，是最倒霉的了。里驾驶同志怵于过去途中遇雨的痛苦，慌慌忙忙地催促着我快点上车，打转回到后边去找一个所在躲避一下夜来的风雨，金戈动也不动地躺在车厢里，表示极不愿意撤退的样子，后来经过我再番地劝告："且到后边去歇歇吧！"他终于答应下来，于是，我们又让车颠簸在风雨的欺凌中，回到后边不远的一间破了的古庙去。

古庙的墙壁，凿坏了许多的窟窿，冷风从洞外的黑夜偷袭进来，惊扰了我的睡眠，于是，我索性披衣走出古庙的门槛边去，和那直挺挺站着的卫兵攀谈起来。

我轻轻地拍着他的肩膀："同志，干吗这庙子凿坏了这许多的窟窿？"他故意不立刻答复我，迟了一会，才在黑暗中翘动他的嘴巴，慢吞吞地说："嘿，那讲起来——可就话长呐！"话语里好像包含着许多秘密和许多惊人的了不起的事情似的。

"怎么？"我不觉惊奇了以这样尖锐的声音问他。

"低声！不要扰乱人家的梦了！"他摆出守卫者的架子来，干涉我说话的鲁莽，跟着又把嘴巴紧贴在我的耳边，絮絮地叙述这间庙子的故事和这窟窿的来历。

这间庙子是从什么朝代建筑起来的？宋朝。到如今有若干个悠长的岁月了？——他在黑暗中摇晃着他的头，表示不懂这个。

宋朝的时候，南蛮王侬志高犯边，狄青带领人马，南来征伐，攻打了几月之久，仍然没有攻下昆仑关，后来到了元宵节，狄爷在营中夜宴，与兵士共庆元宵，南蛮王探马驰归报讯，遂也命令蛮子热闹一场，没有提防狄爷这里，却派了一支敢死队，以急行军来偷袭昆仑关，一下子就把这一座崇高险峻的昆仑关夺过来了。探马飞报营中，客人犹未散去，偷视狄爷醉态蒙眬，不禁惊心动魄。——他起劲地讲完了夜夺昆仑关的故事。跟着又说，这间古庙就是纪念狄爷夜袭昆仑关的事迹，叫"征蛮庙"。如今，在庙子的斑驳的墙壁上，不知是谁留下的一首诗，开首的两句，随着墙泥的剥落而不见了，末后的两句，倒还可以从尘灰和蜘蛛网的掩盖中，模糊地映出来："营中同庆元宵夜，昆仑关上狄爷旗。"

"干啥庙子凿了这许多的窟窿呢？"那个问题得到满意的答复之后，我又换上这个问题，催促着他的答复。

"这些窟窿吗？"他的惯于在黑暗中透视远近的一切的眼睛和他的手指，一齐盯住那些张开喉咙吞食外面的黑夜的窟窿，向我惊问之后，跟着又自己做着答复："前次我军攻击昆仑关，鬼子一个小队在这儿守着，因为害怕我们的弟兄的夜袭，害怕我们的弟兄偷营，所以特地凿坏，这许多的窟窿，准备我们的弟兄来摸营时，从这些窟窿钻出去，一溜烟地逃去。"这就是这些窟窿的来历。

"曾经有过一个夜晚，"他侃侃地讲下去，"我们的弟兄像旋风一般卷到了这间庙子，把这间庙子包围起来，鬼子从梦中醒来，慌慌忙忙地乱钻，我们的弟兄闪在每个窟窿的旁边，把第一个钻出来的鬼子刺死了，堵塞了所有一切的窟窿，收尾鬼子一个也逃不了。"

"哈哈！哈哈！"我不能捺住从心底涌上来的笑声，随它缥缈在黯黑的月色里了。

"不要惊破人家的梦了。"卫兵同志又摆出架子来。

我拖着疲倦的步子，跋进里面去。金戈刚刚停止了沉闷的鼾声，辗转翻在铺了很薄的禾草的地上，张大痴呆的眼睛，望着厚厚的揭不开的黑月，守候到黎明。

冷风从洞外的黑夜偷袭进来，带来一阵阵的刺痛鼻子的腐臭和血腥的气味，庙子里面欲尽的烛光，被冷风所鼓舞，晃动着壁间的人影。

二、夜登昆仑关

四更天，月色褪了黯黑，渐渐地烘托出黎明之前的曙色了。

一位副官因为受了山地的蚊疟和虫子的夹攻，周身感到痛痒，甜蜜的梦境也被扰乱，再也不能入梦了。抬头从天井望上天边去，查看朦胧的月色，猛然从地上爬起来，揉也不揉他那惺忪的眼睛，颠颠倒倒地走出去，催醒那些带着一颗热情的心从后方赶来的某慰劳团的同志，趁着没有大亮的时候，赶上昆仑关去，举行昆仑关战役的阵亡将士纪念碑的奠基典礼。那些小伙子们正在睡得最甜的时候，管他妈的睡得死也似的，拖也拖不动弹。他们的团长因为怕鬼怕贼还怕敌人，一夜没有入睡，在这天还没有大亮的时候，更不敢徒步在黑暗的山路上了。他问那位副官："现在几点？"

"三点！"副官走到被那残烛的光亮侵入的地方，掏出表来。

"那还早呐，且待天亮再说！"团长说话的时候，大有愤愤不平的气概。

"团长，因为前线炮火正紧，要是天亮才上关去，恐怕受了敌人的飞机侦察和大炮轰击的危险，还是现在出发妥当一点！"副官苦心□心地解释，耐性好好地体贴他们。

那些小伙子们起来，叽里咕噜地乱闹，没有洗脸呀！没有吃饭呀！甚至因为路坏不能舒舒服服地坐车呀！七嘴八句地诅咒起来。我们倒反满不在乎，战地生活分明是艰苦的，比不得后方，可以大吃特吃、大睡特睡一顿，我们跑战地久了，吃得，饿得，跑得，睡得……习惯了。

昨天晚上，我们原来就想立刻赶上昆仑关去的，但是被阻于骤来的风雨，又回到这后方的古庙来。一个长长的夜晚，没有入睡，眼巴巴地倦坐在草地上，守候到黎明。这个时候，听到副官的催促，立刻满心欢喜地跳了起来，尤其金戈君更高兴得了不得，一夜的守候，已经不能再耐烦下去了。

雨点还是疏疏落落地打下来，我们踏着泥泞的路出发，道路很滑，故意地和我们开玩笑，一个同志一不留神，跌了一跤，倒在泥泞里，羞愧地爬起来，两个屁股墩子已经沾污泥浆，跟着小伙子们哗啦哗啦的笑声，就震荡在山谷，笑声播送远去，碰到山峦，又被阻碍了行进，送回来一阵阵轰然的回音。

"不要胡闹，恐怕路上哨兵发生误会，危险！"副官说话的时候，声音弄得很低，越说下去，声音越低，事情便越发显得严重，好像在火线上射击时一般的紧张。

越向前去，越被山峦重重地包围了，偶或碰着公路破坏的地方，就得□打深深的谷底绕过，谷满满地生长着草莽和荆棘，路是极其崎岖的，有时前面被一条长带似的小溪阻拦了去路，小溪静静地流着山间的两点汇成的涧水，我们在黑暗中做着猎人的姿势，一跃而过。一个女的团员，眼见个个都顽强地跳了过去，而且胜利地得意地笑了，她惊慌了起来，她没有勇气跃过那条小溪；也许她是有力量可以跳跃过去的，可是她为眼前一条在黑魆魆中静静地流着的小溪捆住了自己。

副官偷偷地对我说："这样的一个小姐，也配到战地来！"话语里包藏着许多愤懑和鄙夷。

转过一个黝黑的山头，突然从山上掉下一声严肃而紧张的口令，副官立刻答应一声："杀敌！"然后才继续向前行进。那些小伙子们不懂这套，早就被吓呆了。我翘首仰望山间，只能看见峰峦起伏的波浪，划破刚刚扯白的天空，后来，渐渐地才可以辨认出一个黑魆魆的人影，矗立在山岗上，他的枪口和目光，都监视着黑暗中的一切，他旁听着骤风飘来的一切的音响，他庄严地瞩着遥远的前方。

沿途有我们的哨兵，他们以严肃的紧张的盘问，来迎接我们，又以愉快而轻盈的微笑，送我们走去。山脚下，有着许多的一个一个的洞穴，我们的弟兄就困在那里面，因为附近的村落，炸的炸，烧的烧，毁的毁，已经不堪栖止了。偶或劫剩的几家屋舍，敌人也把他们屠杀的死尸、残剩的畜生的尸身，塞进屋子里面去，让它慢慢地腐臭，酝酿出瘟疫的病菌来。

我们身上披着朦胧的月光，脚底又踏着朦胧的月光，行进在荒幽深谷中。

三、巡礼

沿着被破坏了的坎坷不平的汽车路进行，在一个山坳停下来了，左边蜿蜒去的一条小道，像弯曲着的纤弱的手指，在向我们召唤，我们就是打算从那条小道迂回上关去的。

昆仑关骄傲地矗立在崇高险峻的山峦的峰顶，挺直直地刺着高远的天空，俯瞰着蜿蜒在脚下的险道，任什么鸟也不能张开翅膀飞越而过，任什么人也不能漏过它的监视。

关前的一株梅树，正在灿烂地开放妖艳的花，在黑暗中微笑着，我们借着朦胧黯淡的月色，可以辨认出那欣欣的姿影。那个副官像投诉一件秘密的事情似的，低声地说："在这株梅树底下，竖着一块石碑，上面刻着一个团长所咏的一首竹枝词，叫作'梅花灿，樱花落'。是在前次昆仑关大捷时竖起来的"。

一道苍老的城墙，围绕着破旧的房屋，城墙被敌人的大炮轰击和我军进攻昆仑关时的大炮的轰击，崩溃了，房屋也倒塌了。断垣从颓败的瓦砾场中，矗立起来，几乎没有一壁完整的墙了。

关口就是一个城墙的拱门，上面就是一座庙子，拱门顶上镶着一块石碑，从朦胧的月色里模糊地映出"昆仑关"三个大字。我们踏着生长着苍苔的阶石，步步走上庙去，庙宇的墙瓦，因为大炮的轰击，漏了许多的洞穴，从惨淡的月光里，可以隐约辨认出壁上的行吟诗人吟咏的诗篇。

伫立在庙子上边眺望，远近都是峻峭的山，庙子在高山的峰顶上，庙子上面还有耸接天边的山，啊！昆仑关，山上是山，山下是山，群山屏障着南国的原野，群山阻挡着来犯的敌人。

从昆仑关下来，我们又向着距离昆仑关三里许的×××高地前进，在这一段路上，满布着破坏的坑，满布着重重的密密的铁线网，走路感到非常的艰难。

□□□高地矗立在昆仑关前，是昆仑关争夺战中反复争夺的一个险要的据点。如今，它高傲地矗立在昆仑关前，使敌人望而瑟缩。

我们到了□□□高地，每个人的眼睛都仰望上去，可是仰望着倦了颈子也找不着一条上山的路。后来终于仗着一鼓的勇气，从荆棘丛中，攀接上去。到了半山，大家都气喘喘的，像不胜于负重的老牛，歇了一道，才一口气爬上山顶去。

我们的弟兄恰巧正吃饭，看见我们走来，都投射着一□奇怪的眼光，一个班长惊问我们打从什么地方攀爬上来，当我们把事情告诉他，他大大地吃惊了，说道：

"危险！危险！"

"什么？"我追问他。

"就要你们爬上山来的地方，埋着一个地雷，要是触发了它，你们统统完了！"他说话时，满心感慨似的。

这样一来倒给那些慰劳团的小伙子们吓坏了，个个都歪着头，伸出舌头来，样子多么难看。

那位班长对我们感到非常的兴趣，七嘴八句地问长问短，后来倒给我们拦住了，把他围拢起来，要求他讲故事，他也非常乐意，扯了一顿：

"上次昆仑关大战，我们的弟兄守住这个高地，敌人的大炮轰呀轰的，整天整夜，老是轰个不休；炮火真是厉害的呐！后来我们的军长叫了一个木匠，依样画葫芦地，造了一架木头战车，晚上叫人抬上山来，第二天的早晨，敌人看见木头战车，乱喊：'中国军队的战车真的厉害，能够爬山！'于是，大炮轰呀轰的，瞄准着那部木头战车，不停地轰击！消耗了敌人不少的炮弹呐！"

"哈！哈！消耗战！消耗战！妙极！妙极！"一阵哄笑。

"还有，这个高地落在敌人手上之后，我们计划反攻，攻击几次，牺牲太大，没有法子克复过来。因为敌人在山边遍地埋了地雷，想要通过，一定需要付出很大的牺牲，后来还是我们军长差人买了许多头牛，浇油在牛身上，燃起火来，驱赶到敌人阵地去，统统把地雷触发了，我们的弟兄像疯狂似的冲过去，才把这个高地抢夺过来！"说完，他自己首先得意地笑起来，大家也一齐跟着笑了。

慰劳团的团员集合在一个阵亡将士的坟前，祭吊阵亡将士不死的灵魂，并且举行昆仑关大捷阵亡将士纪念塔的奠基典礼，他们要在昆仑关的峰顶上建立一座崇高的纪念塔，向那来犯的敌人示威，他们要在塔上镌着响亮着历史光辉的赞文，镌下已死的阵亡将士和未死的功勋将士的光荣的名字，让我们世代的子孙，朗诵这纪念塔上永不凋褪的赞文，朗诵已死的阵亡将士和未死的功勋将士的光荣的名字，让昆仑关大捷的光荣历史，流传到后代去，像今天我们传颂宋将狄青征蛮的故事一样。

月亮沉西去了，曙光渐渐地泛汐在山地的黎明，我们爬到山下，已是光明的世界了。这是遍体鳞伤的山野，青绿的山草灰黑了，苍郁的松林枯黄了，满目是残留着机关枪的炮壳和未爆炸的手榴弹，以及染着血渍烂斑的军服的碎片……群山都被烽烟烧得焦黑了。我们从山顶爬到山脚，俯视自己的衣衫，也都被草木的余烬的黑炭所涂抹而污黑了。

一个敌军旅团长中村正雄的墓，掩埋着一个冤屈的灵魂，寂寞地躺在山前的溪边，□谁来凭吊这死在异国的灵魂呢？只有溪水沉郁的流水声，来做这枯寂的灵魂的伴侣了。

在风暴中微笑吧

穆木天

沫若，他现在是五十岁了；从他开始他的写作生活起，到现在已经是二十五年了。一个同他做过了二十多年的朋友，而且是同他在一起做着文艺工作的人，在现在，是会起着什么样的感想呢？我想，如果有人向我提出这个问题的话，我对于他的回答，在最初，恐怕只是一个"沉默"。

有多少话像是都可以说，然而，却是一个字都说不出来。我的心里，在现在，像是充满着欢喜，同时，却又像是充满忧郁：祖国到处充满着光和暗。我感觉到，诗人，在二十几年间，不断地，在光和暗的里边生活着；他的运命，是如同他的祖国的运命一样，好像是祖国的运命是被他时时刻刻地在背负着似的。

好些人会以为我关于沫若有好些话可以写，实在说，我不能够，而且，我也不

作者简介

穆木天（1900—1971），吉林伊通县人。著名诗人、文学翻译家。1926年毕业于日本东京大学，回国后曾在中山大学、吉林省立大学任教。1931年加入中国左翼作家联盟，从事诗歌创作和新诗运动。抗战爆发后，在武汉任中华全国文艺界抗敌协会理事，主编诗刊《时调》和《五月》。1940年10月，随中山大学由昆明迁往粤北坪石。途经桂林，暂住数月。1942年抵达桂林，任桂林师范学院教授、中华全国文艺界抗敌协会桂林分会理事。1944年秋，随桂林师院撤往贵州平越、贵阳等地。抗战胜利后，随桂林师院迁回桂林。1947年离桂赴沪。

作品信息

原载《诗创作》第6期。

愿意。写二十几年来的友情么，我觉得最能表现友情的，还是工作，而不是话语。让我写一篇关于他的作品呢，我在数年前已经写过，而且，到现在，意见还是和数年前没有什么改变。

沫若的写作生活，已经是二十五年了，这是说明了在中国新文学运动已经有了二十五年以上的历史。虽然我们对于这二十几年的文学工作的成果并不能够感到十分的满意，可是这二十几年的成果是斗争出来的，而且现在的文艺界中确不寂寞，这是谁都得承认的。至于诗歌方面呢，全国到处，现在，都有诗歌工作的队伍，也是一件铁一般的事实，这样，我们可以晓得，沫若，二十五年的工作是有什么意义的。

"五四"诗歌，由胡适开始，而由沫若完成：这是我在过去论沫若诗歌时的结论；这个结论，我始终认为不错。沫若的浪漫主义的诗歌，使"五四"青年，在感情上得到解放。他的洪亮的喇叭吹醒了当时的多少时代的青年，后起的诗人们就是要学习他的大刀阔斧的精神，就是要更洪亮地吹起自己的喇叭，要更有力地激动起我们的时代青年，使他们在感情上得到更进一步的解放。

沫若，他在暴风雨中生长，他在暴风雨中来去！他自己也是风暴的卷起者。后起的诗人们，就是要学习他用诗歌怎样卷起风暴，他怎样在火里更生。

沫若，暴风雨中的诗人呀，二十五个年头，在暴风雨中度过去了！今后，还是在暴风雨中生活着，而且在暴风雨中，今后，是要有无数的新的英雄，共同工作在风暴中微笑罢！

｜创作评论｜

穆木天的散文精致优美而又浅显易懂，似一股清泉流过人的心田，很容易激起读者的共鸣。在现实主义理论指导下创作的散文，依然保持了诗一般的韵律美、节奏美和意境美，可谓声情并茂、情景交融。

——段静：《象征与现实风格的转变与传承——穆木天散文的语篇分析示例》，

《文教资料》2008年第3期

光荣的勋章

孙　陵

紫豆花蔓爬满了灰色的石墙，墙头上是一片青葱的豆荚。

黄色卵石铺出了一条弯曲的狭仄的过道，卵石上落着一片紫色的豆花。过道尽头，在半个石碾上，坐着一个失去了左手的残废人。

他非常地爱惜他那只残废的手臂，像雕塑家对于一件成功的艺术品，像猎人对于他得意的枪支，像儿童对于他心爱的玩具；他总是用右手触弄着摩抚着那半截光裸的肘骨，像似回忆，像似痛惜；但当着人们经过他的面前的时候，他却又变成骄傲和夸耀了。

"你们以为我是生出来如此的吗?"他环顾了一下周围的人们说："不是啊，不是的。"

这时秋后的太阳在一排柳树后边辉煌炙人地照耀着，原野上春雷一样从远山那边滚来一阵一阵动人的隐隐的炮声。眼前是一个大湖，湖水上着了火似的开放着一片耀眼的荷花。微风吹来一阵阵醉人的香气，人们在柳荫下围绕着他就地坐下，听他诉说那一个伟大的故事的片段。

"你们知道台儿庄吗?"

作品信息

选自《突围记》(创作出版社1940年版)。

说起台儿庄，他那土色的脸上显出了得意的光辉了。

"那真是一场惊天动地的大战哪！"

他动情地回忆着，叹赏着，不断地摩抚着那光秃的肘骨。

我们的大炮和敌人的大炮，无昼无夜地响着；那时我入伍不久，你家知道我是抽壮丁抽来的？那时许多抽中签的壮丁都逃了，但是我不逃。我的哥哥——就是你们住他客堂的那个老头——他劝我说：

"你去吧，兄弟，国家到了这个地步还有处可逃吗？你去了你的家小有我来照管，只要有我一口气，侄男侄女们用不到你担心。"他是读过书的人，还中过末榜的秀才，披过红，游过泮水。我信他的话，所以我就去了。

"那战事什么时候开始的我一点不知道，什么时候结束的我也不知道。我只知道那大炮无昼无夜地响着，就像大雨天的急雷，要打得天崩地陷一样。那一排一排的炮弹，又像是千万把无情的扫帚，想要把大地上所有的东西——人啦马啦，鸡鸭□犬，飞禽走兽，房屋也好，庄稼也好，山也好，城也好，……总之是大地上所有的东西，它都要一扫而光！什么也不留，打扫得干干净净。

"这时我们的团长却给了我一件好差事，也不要我冲锋，也不要我打仗，只要我蹲在掩蔽部里去计算敌人大炮的发数。这可将我难住了，发数那么多，叫我如何记得住？

"于是我们团长又给我想出一个好办法，给我一些纸又给我一支笔，听到一下点一点，听到两下点两点，于是我就照着点起来了。我一听到隆！就赶紧在白纸上点它一下，隆隆！就是两下，有时一连串地隆隆隆隆！……我就跟着点它五六下或者十多下。

"这样第一天我就点满了八张纸，一数足足八千下。第二天九千，第三天点到三十五下的时候，忽然不响了，我急了，就跳到外面看；恰巧就有一个炮弹落在我的身旁，于是那第三十六下的点数，就只好由别人去点了。"

这时他那哥哥从一边走来，他脸上的光辉渐渐消逝了，最后变成了一种非常忧郁的口吻说：

"我去年三十五岁，点到三十五下就完结了，也许是寿数的朕兆吧？这样，唔，今年是该……"

他的声音渐渐模糊，没听清楚他下边说的什么，他的哥哥却说：

"你是为国家流过血的人，死了也值得了。"回过头来他又向周围的人们打了一恭说："你们看他那只手！"

他仍然什么话也没有，只是不停地摩抚着；像是回忆，像是痛惜，又像是光荣，像是夸耀。……

"不错，"我想，"那确实是一只值得夸耀的光荣的手啊！就像一块光荣的勋章；那光荣是花钱买不来，强权也夺不去的。只要他在，那光荣便与他长在；他不在，那光荣也将留给他下代的子孙，不会被别人夺去的。……"

太阳在树后辉煌地晒着，野原上滚着春雷一般隐隐的炮声；花在笑，水在笑，一切在笑。……

┃作品点评┃

《光荣的勋章》的主人公虽然的确是台儿庄战役中英勇负伤的英雄，但他的参军是受哥哥的鼓励，负伤后的讲述也需要哥哥来"拔高"，这倒折射出许多抗日军人思想质朴的实情。

——张中良：《孙陵与〈突围记〉》，《抗战文化研究》2016年

春　祭

孙　陵

十里以外是敌人。

火线上的炮声，正在隆隆地响着。

十八架敌机编队群，两小时以前从这里飞过了；在城里投了炸弹，现在还余下几缕被燃烧过家屋的黑烟，在朦胧的战野上，在隆隆的炮声里，在鲜红的夕阳下，荡漾着，回旋着，没入了渐渐昏暗的远空。

就是这个时候，就在这个地方，随县城厢的七千群众，正在开着热烈的军民联欢大会。会场上挤满了人，兵士们排成了队伍，一队队地从远方走来。民众也连成了群，扛着板凳，提着灯笼，老人们扶着拐杖，孩子们跳跃着，呼啸着，在狭狭的田塍上，接连着，拥挤着，也都一群群地走了来。黄刀会的好汉，都在身上斜披一条黄巾，手拿铁打的长柄大刀，活动在深绿的原野上。夕阳下晃耀着闪闪的刀光，在四十年代的今天，几乎使人想到那便是些《三国演义》里边的人物。

黑乌鸦的人头从高地上画出一片广大的天然会场，会场的一端，有一座早就搭好的戏台，台上有×师长和他的幕僚，还有在豫鄂皖三个省份据说能号召十万子

作品信息

选自《突围记》(创作出版社1940年版)。

弟兵的菩萨。默念，读际文，一切的仪式完毕之后，军民联欢的叙餐又开始了。

在高地的草原上，一盆盆的菜蔬冒出腾腾的热气，油脂的香味和酒香，以及花草的香。庄严的祭礼过去之后，像阴雨后的一个晴天，每人的脸上都显出欢欣明朗的笑容。

黄刀会的英雄们，一手拿了大刀，一手擎着白酒，彼此大声地说笑，喝下一杯又是一杯。学生军的男女同志们团团地包围着×旅长——一个十分勇敢而有趣的战将，人家都叫他作中国的夏伯阳，跳着，笑着，这位"夏伯阳"时时被人们抬到空中又放下。老太太和留着白髯的"老乡"们，也都戴上他们的花镜，悄悄地靠拢到师长身边，搭讪着家常，一边细细地瞻仰师长的风采。师长觉到了这个，就回敬他们一个亲切的微笑。

夜来了，人们都已有了几分酒意。戏台上先响起锣鼓的声音，几道煤气灯的白光照亮了沉沉的黑夜。锣鼓声停止了，学生军——这群为祖国的解放而贡献出了青春的儿女——便唱了一个歌。人人都屏息了声音，一群群小蛾在灯光下翱翔着，会场四周都已安置了武装的哨兵，百姓们还不断地从附近的村庄里走来。在黑暗中的田塍上，动着一闪一闪的灯光。

随后是一幕幕动人的短剧在台上演出了，戏台的边沿上，也站着几个武装的女兵。简单的道具，耀眼的灯光，站在高的地方，被灯光照亮了七八十人的头顶，构成一幅象征着"力量"的图案。一边是枪口，一边是亮亮的大刀。在刀上，飘着黄巾。

在台上一幕幕短剧演过了，随着剧情的转变，配合着动人的歌声，在台下也时时激起了小声的诅骂和低微的叹息。另外也有人流下泪来的，眼圈潮湿着，轻轻地用衣角去擦那流下的泪水。

黑暗的原野上，时时飘来一阵阵花草的微香，追逐着晚风，打一个旋便又向别处飘去。……

十里以外是敌人。

火线上的炮声，正在隆隆地响着。

　　《春祭》描写师长、旅长等官兵参加的随县七千人规模的"春祭"，实际是军民联欢，作品的开篇与结尾均为："十里以外是敌人。火线上的炮声，正在隆隆地响着。"愈加显示出民俗力量的强盛与中国军民的信心。

——张中良:《孙陵与〈突围记〉》,《抗战文化研究》2016年

船

孙　陵

　　将生命比作一叶扁舟，在人生的大海上到处漂游。至少它应当有一个终古不变的磁针，作为它在黑暗中行驶的领路人吧。也有人望着天上的星子，决定它（那一叶小船）行驶的方向的。

　　不知从什么时候起，忽然我也在那弥天阴霾的夜空，发现了一颗明亮的星子，凭着它，我才有勇气驾起这一叶扁舟，在惊涛万丈的大海上漂游。多少年来，它一直晃耀在我的面前：照着我漂泊的心，照着我漂泊的生命。

　　至于我这船上的搭客，却是平淡无奇不足称道的。既没有豪华富贵的金钱财宝，也没有如人心愿的世故人情；有的仅只是母亲给我的一颗心和朋友们给我的一份生活的信念。那信念是忠实地生活，热烈地爱人。……还有，书本子教给我的善良、纯洁和坦白……

　　在这渺小而卑微的小船上，我找不出一件值得骄傲的东西，若果定要和虔诚的教民一样，必须胸前画一个十字，才能表示他可以面对神明的话，也许这便是那几个仅有的搭客了。

作品信息

原载《新文艺月刊》第1卷第1期。

是谁说的多情的南国是四季皆春的？然而我却在风和日丽的花时经历了一次从未见过的风暴和雨雪。云雾封锁了海洋，小船触到了隐藏在欢笑着的浪花下的礁石下，就在这时候在我面前晃耀着的那颗明亮的星子也同时陨灭了。

一切都完结了，我绝望地等待着这一叶小船的解体和毁灭。

于是我想起我的母亲来，请你将我这颗心收回去吧，我不要它了，朋友们啊，请将你们给予我的那个生活的信念也收回去吧，我也不要它们了。我知道这一叶小船已碎身于卑污的礁石之上，而就将在那阴谋与险害的海洋中沉没了，那海水是不清洁而龃龉的，我不愿让那肮脏的海水玷污了你们给予我的这些宝贵的礼物（我所引为光荣的那几名搭客）。

我祈求，我呼号，但是没有理会我。我的母亲，我的朋友，你们都离得我远远的，我知道你们给予我的早已成为我自己的，而且生根在我这小船上，你们是不能够再将他们取回去的了。

我这一个挣扎在风雪中的水手，只能眼看着那小船一寸一寸地往下沉，往下沉……逐渐解体，逐渐沉没，虽然知道即将全部毁灭了，但却只能眼看着它的毁灭不能救它。

我不知道在水里淹没了多少时候（仿佛做了一个很长的噩梦），忽然又记起一个朋友的亲切话来，如同受了仙人的指点，于是我又浮了起来了。

那朋友并没只是叫我爱，并且他也教给我怎样恨的。他对我说："要爱那需要爱的，恨那摧残爱的。……"于是我便又浮了起来，收拾好了几片破碎的船板，合拢起来。痛恨着那一度撞毁了我这一叶扁舟的礁石，向前驶去。……

还要经过几多世俗的礁石啊？才能驶出这黑暗的人间。

把住你的舵盘吧，人海中的航者。

随军散记

陆 地

  为了检查连队的教育工作，我从旅部下到驻在黄河西岸的某团。刚到不两天，该团就要参加"百团大战"去了。在没有月亮也没有星光的夜里，我随着队伍，被送上木帆船横渡波涛汹涌的黄河。

  过河后，我们就用双脚去改变敌人的足迹。我们的宣传员就在敌人贴过告示的墙上，刷上石灰，写上鲜红的标语："武装保卫秋收"。我们就在每天的午夜或拂晓，

作者简介

  陆地（1918—2010），壮族，原名陈克惠，曾用名陈寒梅，广西扶绥人。1935年初就读广东省立第一师范学校，1937年在广州《民国日报》发表处女作《期考的前夜》。1938年9月奔赴延安，进入抗日军政大学。1939年1月考入延安鲁迅艺术学院文学系，毕业时留校任创作员。1941年11月调延安部队艺术学校任文学教员。1943年初在延安部队生活报任特派记者、编辑。1945年6月参加八路军南下支队，离开延安，后又转赴东北，11月初进入《东北日报》编副刊。东北时期，边编报边创作，1947年出版首部短篇小说集《北方》。新中国成立后，历任广西梧州市委宣传部部长，广西省（区）委宣传部秘书长、副部长等职，是中国作家协会广西分会首届主席。其间，还先后挂全国政协第三、四届委员，全国文联第三、四届委员，中国作协第三、四届理事，第五届中国作协全委会顾问，第六、七届名誉委员等头衔。代表作有长篇小说《美丽的南方》《瀑布》和短篇小说集《故人》等。2018年12月，广西师范大学出版社出版陆地百年诞辰纪念版《陆地文集》（八卷）。

作品信息

  1942年6月23日写于延安，收入《陆地作品选》（漓江出版社1986年版）。

捣毁敌人的交通线和碉堡。

这样，半个月过去了，我们在离敌人稍远的村庄休息下来，我的本身任务到这时候才开始。为了下连队去，每天得翻两三架大山，走二三十里地，有时把道走岔了，有时虽然走到了目的地，而队伍却突然转移了，因而很少能在预想的终点得到休息。

这一回，虽然没有走错道，连队也没转移，偏偏遇到连里的战士到山沟里洗衣服去了。连部只有一个文书闷声闷气地爬在沾着油腻的小桌面上，填写什么表格。他好像顾不上跟我讲更多的话，我只好一个人到村里去逛逛。

一个人走着走着，总觉得有点无聊。刚巧在村子东头有个关帝庙，旁边还围绕着几棵枣树，我就在枣树底下坐下来。

枣子已打尽了。树根铺满了黄叶、枝条和稀疏的影子。间或在石头下边和草丛里发现一两颗被忽略下的枣子。

山野是寂静的。单调的蝉声把人催得昏昏入睡。

突然，高粱地发出嚓嚓的声响，高粱梢也随着摆动。我凝神一瞅，两位大高个的老乡从庄稼地钻了出来，蓦然站到我跟前，使人不禁迷惑。

他俩一个穿的是蓝色军衣，腰间挂一支土造的盒子枪，枪柄系着一条红缨，裹腿打得挺结实，个子挺魁梧。另一位，胸前插着两颗晋造的木柄手榴弹；看那神气，好像三天没有睡好觉了，眼皮都抬不起来似的。

他们毫不迟疑地在我旁边坐下。

"同志抽烟吧！"穿军衣的把烟袋给我递过来。

我说不会，谢绝了。他们各自吸起来。

这样，我们开始拉起闲话。他俩是游击队小组的，穿军衣的是组长。刚从敌人据点附近侦察回来的。

"敌人可真吓坏了。这一下子给咱们闹的白天也不敢露出他的乌龟壳了。"

穿军衣的人，得意地对我讲。他说：这次"百团大战"，鬼子怎样的狼狈，他们游击小组配合八路军作战怎样的活跃，这样那样说得活灵活现。

"今天晚上我们打算再去搞他一家伙！"他敲一敲烟袋，然后吹了吹，放回挂包里去。

我仔细端量着穿军装的小组长；瘦长的脸，鼻子两旁堆积着一层尘埃，两只眼角大概因彻夜未眠，结有眼屎。我正要问问他的游击小组的活动情形，他却已经站起来，说是要到村公所开会去了。

他俩走了，我直瞅那小组长的后影，终于，枣园的绿叶把他遮住了。然而，他那盒子枪的红缨，那结实、魁梧的身影，却在我的脑子里留下很深的印象。

夜间，听到有人来报讯：说是附近三十里敌人的碉堡着火了，不知是哪一个部分的队伍干的……

"谁呢？"我有点诧异。

"还不是我们的游击队闹的。"

连长不经意地说了一句，报讯的人刚一走，马上又打起呼噜来了。

我却因此怀着诧异的心思，脑子里老是出现盒子枪的红缨和那结实魁梧的身影……

第二天早晨，我到一个小学校去看看。学校的教员正在门口贴一张"百团大战"的捷报。我也就凑上去瞧瞧。蓦地，我的肩上被拍了一下，转回头一看：原来是昨天见到的那位游击队小组长。他头上还蒙着一块白布，盒子枪好像从来就没离开过身似的，依然在腰间挂着，红缨依然那样耀眼，裹腿也一样打得扎扎实实的，只是多沾了泥土。

"到我家去吧，走！走！"他拉着我的袖子，就像对一个老朋友一样亲热。

他的院里跟凡是遭受敌人蹂躏过的院套一样：那些破水缸，那些烧了半边的木器，那些羊骨头和那些鸡毛……乱七八糟搁在一堆，屋檐下堆积着好些鸽子粪。

"那天夜里，咱们又烧了敌人一个乌龟壳！"他让我走进屋里，招呼我坐好了，然后，一边得意地谈起他的英雄的故事，一边拿着一只陶瓷碗盛起满满的一碗鲜枣，真情实意地递到我的面前。

"吃啊，别客气嘛，咱们都是一家人！"

他发现桌子上凌乱得不像样，赶紧把一只南瓜搁到腌酸菜的缸上头去，将散乱的筷子和碗收起，把那面倒下的镜子挂上墙壁的木钉上，然后，伸着脖子吹着桌面上的尘埃。

"我很少在家，婆娘嘛，也天天开会，家里什么事都顾不上。呃，吃嘛！"他自己也拿了一颗半青半红的枣子往口里咯嘣咬了一口。

"你家有几口人啊？"我问。

"就是我跟婆娘两口，有娃娃可麻烦了。"

他对家庭的事不感兴趣，只管叨咕着昨晚烧碉堡的故事。完了，他望着我眼睛问：

"你没打过游击吧？那才好玩呢！只要你两条腿走得动。你的鞋——"他发现我穿的鞋小指头已经露在外面来了。于是，把话头一转，说："你们部队的鞋子快弄到了，妇救会眼下正为这个事忙着哩。唉，你也知道：饿一两顿没吃的还行，没有鞋穿，那，可是一里路也走不动呵。妇救会眼下正为这个忙着呢！"

我们谈着，谈着，过一会，他说马上得到抗救会去商量慰劳咱们军队的事情。我也就站起来要走了。他索性把那碗枣子往我口袋里倒，说：

"带回去吃，别客气呵！"

我们走到院套门口，碰见一个上穿青色衣裳的妇女走回来，是个圆圆脸，短短的头发油得发亮，手里拿着一支没有纳完的鞋底。她对他微微地笑，可是不讲话。

"会开完了吗？回去把南瓜煮上。真饿坏了！"他对她说。

"是你的婆娘吧？"我问。

"你看她怎么样？"他对我开玩笑地问一句。

"蛮好！"我说。

"哪里，坏透了！"他含笑着说。

"噢，怎么回事？"

"唉，你说吧，怎么不坏呢？我就为了她，要不，我也早该是'八路'的了！"他带着快活的神气，笑着说。

"她扯后腿？"我问。

"不，不，可不是她……唉，我，我自己有点……"他脸红了。

此后，我在连队的几天里，时常见到他，由于他的性格开朗、豪爽和憨直，我们彼此产生了友谊。

他说他不是纯粹的庄稼人；十多年前，因为弄死了地主一匹牲口，怕赔不起，逃跑了。跑到一个军阀队伍去当了勤务兵，后来又转到太原兵工厂当工人。直到"七七"抗战那年冬天，日本鬼子打来了，才跑回老家来的。他说他曾经拿着别人的"良民证"，伪装个做买卖人混到城里去探听过敌人的消息；有时还到大同去买手枪……

"我的故事可多啦，明几再扯吧。"他常常用这样的话来结束他的故事。

不两天，我忽然得到团部叫老乡送来一封鸡毛信，急急忙忙回团部去了。当时曾经为着离开他这样一个朋友，心里着实有点儿舍不得的。

隔了一个星期，部队要打仗了。那天晚上，我和一位副官，照着政治处的指示："到离火线五里地的一个村子去动员担架，负责照顾从火线下来的伤员。"不料，那个村子只有三户人家，一个老头给我们拉风箱煮稀饭，另外一个孩子帮我们招呼琐碎的事情，剩下的就是一位六十来岁老太婆，哪里来的民夫啊？我们心里很焦急。

"年轻人都当'八路'去啦。哪能住得下这鬼地方。鬼子三天两头来一趟，哎！"老头向我们诉苦呢。

"那怎么办呢？我们的任务……"我对自己承当的任务顿然感到沉重起来。

"那有什么办法，那只好怪民运科的人，事先没有调查好。现在已经快一点半了，两点钟就要结束战斗，你说怎么办？"副官看看手表，抱怨不迭。

枪声，手榴弹的爆炸声，在宁静的夜里震响。屋里很静，这时，传来狗叫的声音，公鸡开始啼鸣。

不一会，屋檐下一只狗，警觉地嗥了一声，跳到院中心去，附和着邻家的狗汪汪地叫起来。一会，脚步声、人语声越来越近了。老头停止拉风箱，沉着气在谛听。

"出去瞧瞧，看是谁？"副官对小孩说。把盒子枪上好了子弹。

"你们干啥来的？"小孩对着门外，高声地问。

"干啥来？来抬担架嘛！"来人回答。

副官立即惊喜地走到院子里去，问：

"什么？你们来抬担架？介绍信呢？"

"咱们是自动来的，没有介绍信。"

这个声音，听来耳熟，可是一下子又想不起是谁。

"那，先来一个人说话。"副官说。

大门"呀"一声，小孩叱责狗的狂吠。

"你是哪个村子的？"当他们走到门口时，副官问道。

"附近这几个村都有，我是宋家庄的。"

进来的人个子挺高。在被水蒸气迷蒙着的灯光里，我还没认出他是谁，他却猛然抢过来拽住我的胳膊，眼睛露出惊讶和喜悦。

"陈干事，你也在这……"他几乎喊叫起来。

我这才端量他。一会，我对副官说："他是宋家庄的游击队小组长，在九连我们见过。"

随即我问他："带来多少人？"

"二十三！"他豪爽地回答。

"叫他们进来吧！"我对副官说。

副官同他出去，招呼老乡们都到隔壁的房子住去了。等他们转回来时，屋子里充满着欢笑。副官竟乐得哼起小调儿来。小孩也跟着问这问那。

我看了看小组长，这时，他腰间没有那红缨的盒子枪，只有一个草黄色的挂包。

"你的枪呢？"我问。

"你还是外行啊，来抬担架带枪干啥？放在家给婆娘带着啦。呃，你别小看娘们，如今时势变啦，她们打起枪来，怕你还赶不上哩。"

他把蒙在头上当作信号的白头巾拿下，随即把它塞进胸膛和腋窝去抹着汗，自己喃喃地说。

"咱们怕赶不上，大伙都拼命跑，流了一身汗。"

副官给他一支纸烟。他把它看了一下，珍惜地噙在嘴里凑近灯光燃去。

外面的枪声稀疏了。下弦月洒下朦胧的寒光。公鸡唱第二遍了。

"该走了吧？"副官看一看表，问我。

"就走吗？我得吃东西才成。你们吃不吃？我这儿有馍馍。嗯，真饿坏了！"

他从挂包里掏出好几个小米面做的黄色馍馍分给我们。接着又说：

"我晚饭还没赶上吃哪，只听说你们打仗去啦，我就打这跑去找人，找绳子，找门板什么的，在路上猛跑。"

他一边吃，一边叨咕。

老头给他端来一碗烫热的稀饭。凑近他面前时，两人互相对看了一会。老头仿佛做梦似的，迷惘地喁嚅着，问道：

"你？是……"

游击队小组长，猛然想起来了。连忙说：

"我是——你是树春的……啊，对对，李伯伯！我从前跟你的树春来过这儿。不过，好像不是这间房子了？唔，树春现在当'八路'可好哩，捎信来没有？"

老头告诉他说：前个月接到他儿子一封信，说是在部队里一边学习，一边下地种庄稼。首长和弟兄们可是像　家人。口了过得挺好……

"好！'八路'可真是呱呱叫！"他一边吃馍馍，一边说，话语说不清楚。

等他吃完第七个馍馍，又喝干了那碗米汤，随着就拿起白头巾蒙住了脑袋。转回头来对副官说：

"走！"

他跳下炕来，大步跨出门槛。

听见他在院子里和民夫们说话，好像是个惯于率领队伍的指挥员，话说得挺干脆、有力。

等他把民夫们都带走了，老头对我说：

"他有能耐，咱们这儿方圆百来里地谁不认识他呀！他就是胆子大，天不怕，地不怕。有一回，也是这时候了，他跑来把我的树春打铺盖里拉起来。两个人出去不多一会就割了敌人十来斤电线回来。真是，人也一代比一代强了。”

一会，民夫们下来了。这回仗打得好，伤员少。这位游击小组长，只背了一支刚从敌人手里夺过来的三八式步枪。枪尖上一把雪亮的刺刀还没有取下来。他喜爱地抚摸着。

天色快明了。当我们走了十多里路时，一路上的村子就出现一些天真活泼的孩子，善良的老太婆，他们都提着一桶一桶、一罐一罐的开水、米汤，来到路边等候着我们。

“辛苦啦，老乡，喝碗开水吧!”老乡们亲热地招呼着。

“敌人的乌龟壳给拔掉了吧?”

“拔掉了!”

“唔，这回该安心过日子啦!”

“当‘八路’可是带劲啊!”游击小组长给自己讲似的，喃喃地说。

“您也来参加吧?”我问他。

“唔，来! 就是……? 可是你们啥时候走呢?”他问。

我告诉他，什么时候走，可没有准。要参加的话，到处都有“八路”的。

沉默了。不知他想的啥，我却疲倦得懒开口了。等到爬了一个山头，休息下来了。他才又冒出了一句，问:

“当‘八路’不兴带婆娘，是吧?”

我对他讲了些八路军的规矩。他迟疑了一阵，但马上高声地对我笑着说:

“那么，你也没有婆娘吗? 不能吧? 哈哈。”

一个月又过去了。

我们完成了“保卫秋收＂的任务之后，“百团大战”胜利结束了。终于把队伍拉了回来。那是已经下着薄霜的秋夜。月光或明或暗，几颗寒星在稀薄的云层闪烁。黄河的涛声凶猛地呼啸。鸡叫一遍了，我们团司令部的人员才最后一批上了船。

正在船夫要开始摇橹、开始放开嗓门呼喊吆喝的时候，突然，岸上有人大声地叫唤，一阵风似的奔来:

"喂！慢点，我来了！"

随着岸边就出现一个魁梧的人影，头上蒙着白布，两只手焦急地招摇：

"我参加'八路'来了！我……"

大家都感到愕然。警卫员却机警地端起了枪，直盯着来人。

"谁？"团长问。

"他是宋家庄的游击小组长！"这时，我认出是他来了。

"对对，是他！家伙，他真的来了。"副官也乐得连声说道。

"可以让他来吧？"我向团长请示。

"让他上来吧！"团长点点头，立刻对船夫说："喂喂，停一停！"

岸上的人等不及船往岸上靠去，已经把衣服脱光，放在头顶上，跳下河里来了。

船上的人都鼓起掌，欢呼着迎接他。

┃文学史评论┃

陆地就是在革命的摇篮里成长为现当代著名的少数民族作家的。延安时期是陆地走上创作道路的开始。虽然陆地在小说创作方面成就最高，但他的创作却是从散文开始的。《乡间》和《参加"八路"来了——一个游击队员的故事》（又名《随军散记》）是陆地延安时期创作的最重要的两篇散文，初步显示了作家的创作风格；东北时期，陆地又创作了一组散文《农村速写》，收有《爬犁》《豆油灯》《子弹》《小姑娘》《宣誓》《打离婚》《称呼》等，集中反映了东北解放区新型农民的精神面貌。

——徐治平主编《广西散文百年》，民族出版社，2004，第19页

┃创作评论┃

陆地的这些散文，对于青年朋友们来说，不啻是一批精神食粮。他向青年朋友们展示了一个边疆青年"心忧天下"的博大胸怀；那种与国家、民族、人民声息相通的危机意识与忧患意识；那种不折不挠、锲而不舍的对理想的执着追求；那

种置官职、爱情等个人幸福于不顾的高尚情怀……它们献给青年们一颗心——一颗炽热的、热爱祖国、追求光明的心!

读陆地这些散文,既是智的启迪,又是美的享受。它写得质朴无华,写得流畅而真挚。

——周鉴铭:《论陆地的散文创作》,《广西师范学院学报》1988年第4期

永恒的希望

孟 超

怀着颗破碎而翼翼的心房，像发掘古物似的整饬着破旧的衣服。从箱口翻到箱底，又从箱底翻到上边；所有的物件都翻到了，最后，在箱子的底层找到了三年前瑷自北中国寄给我的一封信：

××：

五月一日的信收前了。

洞门口外正纷落着梅雨，……无限欢欣交织着无限凄怆，晶莹的泪儿洒在绿色军服上！是喜悦？是悲伤？抑是情感超出理智范畴而奔放？……目前虽然你我天南地北，各走着各人的路子，……但是，只有你能体谅到我内心的哀曲，

作者简介

孟超（1902—1976），山东诸城人。1928年，参与组织"太阳社"，提倡革命文学。1930年加入中国左翼作家联盟。1939年夏，从鄂北来到桂林，直至1944年秋湘桂大撤退时迁往贵阳、重庆。孟超在桂林生活、战斗了整整五年。在桂林期间，曾任国防艺术社总干事、中华全国文艺界抗敌协会桂林分会历届理事、常务理事兼组织部部长，参与编辑《野草》，主编《艺丛》。1944年春，西南剧展举办期间，他是剧评团"十人团"的成员。孟超在桂林创作了一批杂文、散文，对桂林文化城的繁荣做出过积极的贡献。

作品信息

原载《协导》1941年第27期。

也只有你能够了解我，最为深刻，最为透彻。……

　　这里的生活是艰苦的：吃的是小米饭，穿的是粗布军装，住的是窑洞。但我们的工作是紧张的，严肃的，愉快的。……同志们的战斗姿态在荒原上出现，面对着广漠草地，流着自己的血汗，除草……翻土……播种，把希望都寄予在将来的收获，没有一个会偷懒叫苦。因为我们确实知道怎样去争取最后胜利，并且还真正看到光明的未来。……

这是我到"勘察加"后你写给我的信，想不到第一次竟成了最后的一次呢！

以后，我写给你很多信，平信、快信、航空信，分明是没有错了地址，但都退回了。

于是，我愕然了，疑惑了。

一月两月，一年二年，三年过去了，仍如石沉大海。

我想你是否尚在人间，过着艰苦的生活，走着你愿走的路？……

记得三年前相遇在陇海车中；那时正值北方吃紧，车上满了难民、伤兵。

天很阴沉，飞着雪花。北风刀割着受难者群。你高亢着铁喉，不是歌唱，而是怒吼：

"……我们要为爷娘复仇，我们要为民族战斗……我们走上战场，展开民族解放的战斗……"

之后，在军中，在前线，在任何工作场合，我们都生活在一起。

五月的鲜花，开遍江汉间山城原野的时候，我们曾经检讨过工作的得失，计划参加建设武当山、大洪山的文化堡垒。——为了掀起江汉狂涛去吞噬敌人，我们走遍了古色古香的山城和乡村。但不久，一切都静寂下去了。

你终于受不了空气的窒息。为了健康，为了活下去，活得更为有意义。你越过千层山、万道水，投入了那辽远的黄河之滨。我默默地送你去了，又孤寂地翻到巴山之阳。

而今，三年过去了。我仍健在，只是因了生活煎逼较前消瘦了些。

听说你"打回老家去"了，又听说你已为国难而捐躯。传说纷纭，莫衷一是；我期待着你有力的答复。

瑷！这或许是我的一种希望吧？——希望你能够答复我，也只有这一点希望了！

怀　想

孙　陵

　　半个月来我每天都想到你！想到你那慈祥的面容，想到你那和善的声音，想到你一切的动作和说笑，怎么你竟会死了呢？

　　我认识你不过一年，但是却像多年的好友。这是你本身为人的侠义吸引了和你相识的人们，使他们能够和你"一见如故"。我说你侠义，这并不仅是我自己的感觉，在你未来桂林之前，就有朋友在信上这样说过你的。

　　我见到你最初的病象只是感冒和咳嗽，这种病应该不会有生命的危险，后来那位香港名医诊断你是肺炎，他说服他的药，一个星期包好，但是一个星期过后，我们竟永远不能和你见面了。过阳历年，你还和我们一同吃年饭，当时都希望着到春节你的病能够好，我们可以愉快地过一次旧历年，谁会想到在旧历除夕那一天，你竟孤零零地一个人，永远睡到郊野去了呢！

　　前天我到你的坟前去看你，坟上的野草，在春雨中不久便将把泥土遮蔽了。我不知道你在坟里睡得是不是安适，或者，你已经去到我们所不知道的地方了吧？

　　我每次和朋友经过中正桥，总有一种感觉，觉得身旁少了一个人。"为什么我

作品信息

原载《宇宙风》第131期。

们这次进城少了一个人？"我的感觉时常不止一次地这样追问我。在我的心里，同时便有另一个悲痛的记忆回答说："他已经和你们永别了！"

你究竟去到了什么地方？没有人可以回答我。我的心去问桥下的水，去问穷冥的天，它们也都不能回答我。永远是和从前一样流，天边是和从前一样蓝，只有你，将永远不再回来了！

四　季

韩北屏

伪　爱

在阴湿幽暗的卑湿地，蚊虫们愉快地游戏着。可是，当打开窗户放进阳光，给他们以较好的光线与空气时，他们却惊慌地逃遁了。

然而在黄昏，蝙蝠的黑翅带来了暮色，蚊虫们却嗡聚在檐前窗口，歌唱着，舞踏着，赞颂光明的逝去，赞颂黑夜。不过，他们所摆出的姿态，却像煞是在凭悼光明。

丑陋的尖嘴，在黑夜肆行贪欲的吸血工作，到得晨鸡报晓，他们又想逃遁。带着饱胀的大肚子，蹒跚着蹒跚着……终于暴尸于微笑的阳光之下。

四　季

我爱笑，我喜欢快活，我常常狂放地大笑。因此我不喜欢三四月的天气，梅雨

作品信息

原载《文艺生活》第2卷第5期。

季节，一片灰云，一场微雨，一阵阴冷的风。

但是我有忧伤，我也敢哭；哭过之后，我仍旧会健康如平素。

天有四季，人的心理也有四季。天的四季有定序。心理的四季则有太多的剧变。天的四季，我爱夏与冬，心理的四季我憎恶微温与忧郁。

愤怒，就得像暴风雨，过去之后应该雨过天晴；最怕缠绵天真如小儿女似的春雨，幽怨凄凉如哭泣的秋雨。

一个人能哭能笑是幸福的！

木　工

隔房有木工在工作着。

锯木的声音，单调而喧嚣。我起先给这种不断的噪聒打扰，感到极度的烦厌。后来却渐渐习惯，终于陶醉在它单纯的音节里面，感觉到工作者的任劳任怨的酣畅的呼吸。

尤其在一段木头被锯断以后，琐碎的锯齿声骤然停止，跟着木块坠地，一声坚决的音响，我和木工皆畅快地舒了一口气。仿佛在烈日暴风之下工作的农人，待到收获时，拭拭汗，早忘了烈日暴风之下的辛劳。

只有不惜辛劳，才有收获。然而多少厌倦于开始的劳碌的人，却希望不劳而获的收获。

木工锯齿声又起了……

工　作

设边台于树梢，你是不是想捕捉来往的风声？

这是徒劳的。别一意以为蜘蛛可以结网于屋角，须知它所捕捉的是力量不足挣断黏丝的虫豸；即使擒获一翩翩的蝴蝶，也要另外更设下困惑的营帐。现在，你当知道模拟是不成的了。见过学人言的鹦鹉吗？最多是庭园中的趣味而已。

努力是不应讥笑的，便盲于眼，盲于手指的动作，多少是可怜的。灯蛾便如此火葬于灯花。

用大力击碎水面的太阳，于成就又有何补？

夜　行

在孤独时才感寂寞。而在夜行时才感到孤独。

夜行人在夜行时必找寻同伴：用陌生的同行者的足声，用月亮，用风声，用蛙鸣，用土地拆裂的声音，用照耀在远方的北极星……

夜行人在昏夜中，常常哼出轻声的歌，吹起无韵的口哨，有时甚至是大叫几声。这是他为孤独所苦了，因而用叫唤来试验自己的存在。

夜行人并非绝对孤独的，他有他自己的影子。

不过影子依属于自己，却常常在欺骗自己。太阳底下有影子，月亮底下有影子，油纸灯笼的微光中也少不了影子……光明越强时，影子便越与自己贴近。等到真正希望他来做伴，他却与无边的黑暗搂抱到一起。

夜行人实在是有伴的。

试放眼向远方看去，微光常冲破凝冻的黑暗在天边闪耀。

夜行人为什么不结伴而行呢？

镜　子

自己看不见自己，自己却想看见自己。

于是，古代有铜做的，近代有水银与玻璃做的镜子。人遂能看清了自己。

然而作伪也从此开始。

敷粉涂脂，企图掩饰丑。露做作谄媚的姿态，摆出狰狞的面目，在练习如何博取人家的欢心，如何争取人家的惧怕。

镜子果真是忠实的吗？那因为你自己在看自己。

别人的眼睛才是锐利无情的。假如从别人的瞳仁中发现自己无愧的真形，你才可以真正无愧。

否则，揩去白的粉，红的胭脂，再在镜前小立片时，你能额上不泌出汗粒？

纹

树的年龄记录在一圈圈的年轮上，人的年龄记录在一条条面额的皱纹上。

说皱纹写出的是衰老，或者竟为这些衰老而忧伤，真是笨伯的多余之举。难道说永远要平整光滑？试想一想：当额下有须时，面颜仍如十六七，将是如何可笑。

且不必担心这些年龄的记录。

再问一声：你的生命的历史上是否有了记录？还平整光滑，一无可记吗？这不是可笑，简直可悲。那么对面颜的皱纹，将有惭愧之感了。

望

台前又有雨水了，池塘好像受屈似的呜咽起来。

看着远山被埋葬于轻烟细雨之中，我的思虑也被窒息于低气压的云层。一切都是那么迷蒙阴暗，视线被灰色所欺，其实在雾气更多丑恶。

跋涉在泥泞道上的人，手足，甚至全身都有了泥污。触手皆为寒冷与阴湿，木石与金属也分泌出疲倦的汗液。

春天不能为淫雨所剥蚀的，阴寒正酝酿温暖。

不久太阳就要庄严而愉快地出来了。

楼　居

曾敏之

　　搬到这小楼上来生活，已有一个月的光景了；有一半时间我用在深夜中寂寞地沉思，还有一半时间我用在瞭望小窗外浩渺的江水的舒流和摇摇载走了旅客一缕缕遐思的列车，同时更以传教士所具备的坚忍，我观察着一个和我同居的老人——这楼房的看守者。

　　我用以跨过这段时间，使我改变了喜欢扰攘的性格的楼房，是矗立在惯被风雨浪花侵袭冲击的江畔。它已经是很古旧的了，从架在屋脊梁上的几条褪了色的红柱子上面，还模糊地辨认出那是记着它的诞生以至如此衰老的岁月，而碉堡式的建筑，也很容易使人追想到百年以前的主人，是以骑士胸怀来建造似的。石砖到顶，非常牢固，但楼上楼下的两个房间却异常阴暗。砖壁的西面，一律开着如在狱中常见的小窗，天色一近黄昏，江面的晚风就送来了薄薄的暗雾。在这时候，同居的老人便以颠踬的步履走上扶梯，替我掌上油灯来了。

　　初搬来的那几天，我颇感到不惯。这楼房太高了，我有点不安于它卑视伏在它

作品信息

　　原载《文艺生活》第2卷第5期，收入《曾敏之散文选》(百花文艺出版社1991年版)、《空谷足音》(新世纪出版社1998年版)。

脚下许多平房人家的态度。半个月后，我更发现了它的缺点：它似乎想躲避尘世的污浊，离开那歌声嘹亮逢夜皆春的特察里（注：妓女所居的区域。），隔着一条僻静的小巷，而蹲踞在这距离江岸咫尺的一个角落，在午夜，在深宵，以一种幸灾乐祸毫无怜悯的心情，屹立着，迎接小巷那边传来的断续的带着血泪的歌唱！

不只是两次想搬走了，但每次都为看守楼房的老人劝阻。我也曾以赫拉（注：见希腊神话。）的妒忌，去憎恶那吵扰我不能入睡的歌声和那彻夜闪眨着媚眼的红灯。有一次当那老人手持油灯送来给我的时候，我以沉重的语调向他说：

"老伯，今晚上我打算不要灯，让我好好地过一夜。"

"什么，先生？漆黑里怎能挨过呀？"老人投给我以惊奇的眼光，右手的油灯战栗着。

"没有灯，胆越壮，等到灯油将尽而我又不能入眠时，反觉得这高楼阴森可怕了。"

"唔——"老人用轻微的叹息表示听到了我的答复，但他并不照我的话去做，他以嗫嚅的动作把油灯安置在一张长不够三尺的小桌上，然后，移动着颠踬的脚步，在我的床沿坐了下来。

"先生，一个人感到孤独的沉闷，不妨到特区去荡荡吧！我的女儿也在那里，她是愿意招待的！"

"老伯——"我有点惶惑了，"你的女儿会招待我吗？这是什么意思？"

老人露出脱落了一半的门牙，发出一种被榨出来似的笑声，用那在灰白的睫毛下的一对失神的眼珠盯住我：

"什么意思？这是生活呀？三年了，从沦陷区逃出来，从北方辗转流离到了南方。为了生活，我忘记了过去的一切，什么都得做。伴着寂寞，看守这间房子，忍着耻辱，她晚上去接客，这有什么关系？这是真正的生活呀！"

"你老是？——"

老人不让我问下去，他右手食指指着他的前额，额上皱纹一折折地显得更深了：

"我吗？知书达礼的人家。你先生不要有成见，以为我们过的是下流生活。我觉得，我们这样做法，是比那些把米囤着发酵，把钞票用来引火吸烟的人来得有趣哩！活着反正是这么一回事。这世界你如果专从正当着想，你再搬迁几个地方，依旧是找不到干净的住处的。"

"这样说来，你的女儿是养活你的人了？为什么我搬来以后，从没有见过她？"我感到昏昏然地迫问。

老人却不回答，他微笑地立起身，要下楼的样子了：

"安睡吧，我劝你长久地住下来。只要你不猜疑我，你一个人在黑夜里呆坐，我是不会来侵扰你的。"他抚摸着我的头发，显得如慈爱的父亲对他的孩子一样，他留下灯，拖着轻缓不稳的步伐，走下扶梯去了。

经过这样一个晚上的对谈后，我真的接受了他的话，决定住了下来。半个月的时间，我的耐力帮助我克服了和他之间的陌生，我们成了忘年的朋友。

他的女儿我还没有会过面。每天我伏在楼房的窗沿，俯瞰着小巷中稀落的行人，我希望能有一个艳妆涂粉的女人走进这屋里来，我想赏识一下这个灵魂纯洁的女子。十天过去了，看不到影子，我怀疑这老人欺骗我，故意卖什么玄虚，于是便趁一个晚上他送灯来时，便很严肃地向他质问：

"老伯，要是你不猜疑我，你应当告诉我关于你女儿的行踪。"

老人见我如此认真，也着急了，从贴身的衣衫里摸出一张纸条来，递给我看，那纸条上写着潦草的字迹——

> 我匆匆地跟老方走了，这次决定到××去，也许一个月后回来，留下的钱，足够维持你老人家到我预定回来时间的生活。如感到寂寞，不妨常与楼居的××先生会面，我们是知道他的。

> ××从××脱险回来路过此地如没有川资，可押当我仅剩下的一支玉镯吧……

我念完了，老人看着我微笑。我也向着他点头，内心激起一种异样的感情，我意识到他们对生之执着的精神太伟大了，我开始厌恶那些以欢笑为业绩鸣鞭自诩的人了。

"老伯，我沉默下来跟你学习，好吗？"我交织着惊喜的激情恳求他。

"唔——"老人改变了叹息的声调：

"沉默就是反抗。你可以好好住下去，这楼房的生活于你的健康是有助的！"

楼居的生活过去一个月了，远方的讯息却渺然。我惦念着那远去的纯洁的灵魂。老人的双瞳近来显得阴暗了，一和他接触我就感到有所忧伤，于是以一半的时间我用在深夜中寂寞地祈祷与沉思：

"生之执着的旅人啊！祝福你有一天能愉快地归来看看你的两鬓斑白的爸爸的时候！"

一九四二年一个春雨之夜写于小楼

｜创作评论｜

《楼居》写"我"寓居漓江边的小楼，常常凝望着窗外的江水深思，而楼房看守者的不幸遭遇更让"我"揪心不已。这位沉默寡言的老人从北方沦陷区辗转流离到这南方山城，三年来"伴着寂寞"，看守房子，生活仍无着落，其女儿迫不得已"忍着耻辱""晚上去接客"。某日，女儿留下字条，说是跟她所爱的人到某地去了，一个月后再回来。然而一个月过去了，远方讯息渺然。老人只有沉默，只有忧伤，双瞳显得更无神了。"我惦念着那远去的纯洁的灵魂"，常常在深夜中寂寞地祈祷与沉思，祝福远去的旅人"有一天能愉快地归来看看你的两鬓斑白的爸爸"。

——徐治平：《文传碧海　千秋功业——论香港作家曾敏之的散文创作》，《广西广播电视大学学报》2003年第4期

别离歌

严杰人

海

你与海同名，且有海一样宽广的胸怀，海波一样的微笑，海涛的呼啸一样的歌声。

你是纯洁的天真的活泼的海。

在风暴的日子里，你蕴积着痛苦的胸膛，不平地掀伏着。你的眼睛，闪射着仇恨的光芒。你那像海岸边的椰子林一样郁绿的头发，愤怒地竖立着，而你的白浪般的皓齿，永远地诉说着不幸，愤愤地诅咒着旧时代加速的死亡。

看啊！新生的太阳从你身边升起来了，它用充满情热的手，摩抚你，拥抱你。它用芯香的嘴唇狂吻你。

啊！受难的海。啊！负伤的海。对着新生的璀璨的太阳，你的脸上应该泛起□的波纹来了，你的胸膛应该鼓起澎湃的汹涌的热情来了。

作品信息

原载《文艺生活》第2卷第5期。

别离歌

> 少年别有赠，
>
> 含笑看吴钩。
>
> ——杜甫

你要走了。你要到那个写远的地方去。

那地方本是我梦中的乡土，我常常在梦里走到那个地方。每次从梦里醒来，我便要提起行囊，向那地方走去，可是，我终于没有走成，而现在你却先我而去了。

在长长的旅途的面前，等待着你的是些什么呢?! 这是不难想到的。一重重的封锁线像爱者的臂膀一样张开在你的面前，刽子手的刺刀像情人的舌头一样伸出来要接吻你，而监狱也像恋人一样要把你攫在它的怀抱里。它们都是那么亲热地，并不生疏地接待你啊。

我曾经看过一个俄罗斯老头子给我们写的一个故事，说是一个叫作苏菲亚·柏洛夫斯加亚的俄罗斯女郎，站在里面是浓密的暗雾的一所大建筑的门槛前面听着从建筑的深处透出来的一个缓慢重浊的声音：

"啊！你想跨进这门槛来做什么？你知道里面有什么东西在等着你?"

"我知道。"女郎这样回答，她愿意忍受寒冷、饥饿、憎恨、嘲笑、轻视、侮辱、监狱、疾病、死亡以及一切的痛苦和打击，她准备去牺牲，不要人感激，不要人怜悯，也不要声名。于是她跨进了门槛里面去。有人在后面嘲骂她是傻瓜，有人说她是一个圣人。她真的是个傻瓜吗？不，她实在是一个圣人。

你正是这样的一个女郎，你正是这样的一个圣人。

那么，去吧！到那地方去参加建造人类新的伊甸园的工作，为新的伊甸园的奠基，加进一块坚固的砖石。

给佛的子弟们

我不入地狱，谁入地狱！

你们害怕人世的尘土的玷染，遁迹于荒山古寺之中。

你们朝出看云，入暮听泉声。

你们把年岁消磨在撞钟击鼓，唱偈诵经里面。

可是，你们可曾知道？你们的佛祖——至圣的释迦牟尼，在他的童年时代，随着他的父亲游行田间，熏风像一个醉汉摇曳在田野上，随手掀翻一波之穗浪，他和父亲踌躇地走在田塍上，恰似游泳在绿色的海涛中间，他们走得困乏了，就憩息在田野尽头的岭坡上一株苦楝树下，那株苦楝树以它的繁密的枝叶，撑开在苍穹底下的低空，像巨掌般遮蔽了热带炙人肌肤的溽暑阳光，以一片沁凉的浓荫，□洗他们染上了疲惫的身躯。释迦牟尼坐在一条矮凳似的树根上，极目伸展在岭坡下的田隘，看见终年劳苦不得一顿温饱的农夫，在那里劬劳耕耘。看见从泥土里爬出来的虫蚁，被鸟雀用长嘴啄食，遂从心的深处潜流出慈悲之液，深深悲悯众生的疾苦和伤残。

你们又可曾知道？释迦牟尼和他父亲看见一只豺狼追逐一只白兔，那只豺狼眼睛里燃烧着残酷的火，嘴里流着贪馋的涎沫，旁边的霸髭愤愤地竖直在后面，舍命地追逐着，而那只善良的白兔，眼里充满着畏惧，两只尖细的耳朵，惶恐地紧贴着脑袋，在前面急不慌路地逃窜。释迦牟尼看着，他的心为那白兔的危殆的命运而深深地悸动了，就迂走过去，拿着一柄犀刀割下自己腿上的蛮肉，掉在路上，那贪馋的豺狼看见了丢在路上的肉块，立刻就咬了起来□吃，抛下那只善良的白兔远远地逃奔去了。

释迦牟尼当日看见鸟啄虫死，心里就流出慈悲，看见豺狼追逐野兔，就割下自己的蛮肉去搭救。而今天，祖国正像那被鸟啄食的虫蚁，祖国的子民正像那被豺狼追逐的白兔，被侵略者恣意蹂躏，烧杀，奸淫。你们是释迦牟尼的虔诚的弟子，你们还能在灾难旁边观望，还能过着朝出看云、入暮听泉声的生活吗？

今天，祖国正像一个无边的苦海，祖国的子民沉溺在苦海里，已经听见死的呼唤了。你们既然自称为渡人的船筏，就应该渡他们到和平的岸边去，引导他们□登人类的涅槃！

鱼的受难

生长在江河里，河底的暖崖有着它们的家。

或者一群群地在繁茂的荇藻间游戏。或者一只只地沉到河水的深处去幽会。偶然也露出嘴来，吞食河面的浪花，看着河岸边的杨柳枝上，一双眼角流露着贪婪的翡翠鸟戛然飞了过来，它们又沉到水底去了。

它们的日子是自由的幸福的。

然而，今天，它们也受难了。一个罪恶的炸弹落在河的中央，它们遂翻着惨白的肚腹，漂浮在河面上。

上流的鱼群游来了，用嘴触动它们同类的遗骸。

莫道鱼儿是冷血动物啊！它们的泪使江水泛滥澎湃了。

| 作品点评 |

《别离歌》首尾圆合，以到那个地方去开头，又以到那个地方去工作结束，前后照应。结构十分完整而谨严，思想内容上更是无可挑剔。

——黄泽佩:《青年革命家严杰人散文诗赏析》,《阅读与写作》1996年第8期

银　霜（外二章）

司马文森

银　霜

昨天晚上烤了半夜火，上床时虽然没听见刮大风，但是躲在被窝里，还是要索索地感到寒意。大家都说：南方是四季长春的地方，可是到这时，使人也不禁要想起，虽是在长春的地方，只要季候会变化，也免不了要过冬夜哩。

近时来，日短夜长，早上五时半听见起床号，爬起床，连忙赶向旷场去升旗，看看天空，也往往还在朦胧的微明中。自己在这几年来，因为夜工做得多，白天因之也起得迟了，自然像这一类晨光稀微的景色，也就无法领受。现在生活变了，工作岗位也调换了，且又不得不暂时从城里迁到乡下暂住。在集体生活中，往往由不了自己的意志来支配生活，因之便也不得不日日在晨光稀微中，被动地随着号声起床，杂在一千多个青年男女中，踏着不甚坦然的山林的道路，从小屋中跑向旷场去。也许由于在晨光中的景色的逗引，也许由于日来的感触特别多，我总喜欢在这个时候，在晨曦弥漫的旷场中独步，并且回想着许多可慨叹的事。

作品信息

原载《中学生》第53期。

今天，号声又把我从床中唤醒了。和往常时一样地，我仓促地穿好衣服，循着曲折的村道赶向旷场去。但是，我去得太早了，旷场上还是一片灰蒙蒙的雾气，一切都在静寂中。不过，我却也不愿打转头，因此，我就在这旷场上，独自一个踯躅着。

我漫无目的地乱走，我发现自己已经走到一片松林前面。我很喜欢这儿的松林，树不高，却很浓密。当夏天来到的时候，我曾孤独地在这松林中度过好些时日，且常常把飘落在地上的枯萎的松针搜集成一堆，拿作褥子垫铺在地上，仰天卧着，静听丛林间深处发出的鸟语。可是一到了秋天，我就和这片松林绝缘了，我已不再常到那儿去了，至于为什么，也许是由于季候改变的关系吧。这时，我看见一片灰白的雾气，正罩在松林上，又使我禁不住想起了夏天那一段记忆，于是我就信步地走向松林中去。

松林还是老样子，只是枯萎的松针更多了，它盖满了地，并且还染着银霜。成片灼白的银霜，铺在枯黄色的干松针上，更加显得清楚和触目了。

我在松林中，踏着银霜向深处走去，可是正走了近四五十步远，我却出人意外地，发觉到从树枝上，从针缝间有白光漏下，一直泻在地上的银霜上面发出了反光，难道在这不平常时，天体也出了奇象？我想，抬头向上观望，却在我意中，在天际斜向大石山那边，看见一面镜子似的银光闪闪的月亮。多么洁净可爱的月亮，我站着，看住它，忘记了自己是为什么到这儿来了。

慢慢地，我就觉得有一股刺骨的寒气，从脚底下直冲上来，我摸一摸手，手是冻僵的，而两足则似木头一样地麻木了，等到低下头去看，才知道鞋子上已结了霜珠。

我又动身走了，是继续走向深林中去的。林中没有路，就是有路也给霜珠铺满了，黑色的布底鞋，踩在冷霜上发出唑唑的响声，像是有无数条蛇用它们的鳞片擦过干枯的地面。我走过，再掉转头来看，只见在银霜上，一路传来了连续不断的黑色的足印。

但是不久，我突然又把脚步止住了，原来在我面前的去路上，正挡住一座高大雄伟的古冢，冢上的圆堆，铺满了银霜，冢前有一片耕地，看它那土色，看它那新从地面上浮起的痕迹，都可以充满地看出，它还是新被开辟出来的。那新被辟就的土地上，也照样地铺满了银霜，可是在那冷霜之下，我却依然能够看见有许多初被播下的幼芽，在茁长着。那鲜绿的颜色，像有无数朵花蕊，倔强而勇猛地，从满盖着冰霜的地面上伸出了头来，像是在窥伺着，太阳何时得从地面上浮出来一样。

我在那块新地上，站着，徘徊着。不久，就从林外悠悠地传来了升旗号声，等到我从松林中循着旧路走出时，太阳已经升上来了，旗杆上，旗正欢笑着，在阳光中招展。

十二月十五日

红　叶

有几个住在城里的朋友，跑了很远的路，特地赶到乡下来看我。

我说："你们有什么要紧的事吧，为什么忽然跑到这儿来？"

他们一致地回答："没有什么，我们是来看红叶。"

"红叶还没有红，"我说，"还要等到冬天。"

于是，他们怅然而且感叹地回去了。

"停车坐爱枫林晚，霜叶红于二月花，"这大概是江南的风景吧；我不仅不曾特地去观赏过江南的红叶，连这里的红叶也不曾观赏过。但是，从城里搬到乡下来了以后，村里人却这样告诉我：在我窗外排列着的那一列大树，就是红叶树。慢慢地，我倒也把这些树注意起来了。可是它却没有使我达到忘情崇拜的地步，我只觉得它也是平常的，并不能比松树更使人寄以幽情和追想。以我自己说，宁愿夜半静坐在松林中，倾听松叶的低诉，却不愿听在风雨中的红叶树的鼓噪。

可是，从入冬以后，雨季也跟着来了。我枯坐在室中，从洞内可以看见窗外有连绵的无休止的雨丝在飘飞，同时也看见那一列大树，枝丫上的翠叶，慢慢地从苍绿变黄，转红了。当雨滴缤纷时，坐在室中傍着火盆凝住纸窗，看红叶飘落，固然也别有一番滋味，可是日子一久，次数太多，倒也慢慢地感到乏味了。

有一个晴天，我枯坐室中，窗外的草坡上，满地都铺着阳光。这是一个至为难得的天气，从入冬以来，我差不多有一个半月，只听见雨声淅沥，偶尔也能听见几声篱巢被风吹落的归鸦的哀号，却从没看见像这样明媚的阳光，我凝望着它，禁不住失神了。

无意中在山坡下，看见一对青年男女，两个人都是时髦打扮，女的撑着遮阳伞，男的则在胸前挂着照相机，慢慢地一步一步地朝我窗前走来。"该不会是来看我的吧？"我想。"要是来看我的话，为什么这两个人都是陌生的呢？"正当我在迟疑时，那个女的忽然尖叫了一声，像是无意中给人在屁股上戳了一刀似的。这叫声连我也给吓了一跳，于是，就连忙抬起头去看，只见她正离开了那个男人，飞速地朝前跑着，扑在一堆红叶上，两足跪着，爱不忍释地从地上捧起一堆红叶来，凝神地注视着，像是就要把它放到嘴巴上去亲吻，一边回过头去动情地说：

"红叶！红叶！"在她说着这话时，我能听见她的声调是含着多么欢慰和兴奋啊！"我们找了那么久，走了那样远，你看，红叶，红叶终于找到了。"我相信她的眼睛是含着泪，也是一种兴奋而愉快的泪！那男人也走近来，他们就都跪在地上，捡拾着从树上飘落的红叶，低声而又殷勤地，诉说着关于红叶的故事。到末了，我相信他们就要抱着红叶映相，但是我没等着看见他们这样做，就把头从窗口缩转来了，我想着：要是红叶也有眼睛，它看见这幕情景该会多么骄傲啊！然而这却又是一种多么可怜的骄傲！

第二天，我给笑声吵醒。睁开眼，阳光已经斜进纸窗了。

"又是一个清明晴朗的天气。"我想，一面披衣起床。不久，我且已站在窗下了。当我推开室门，向外看时，只见一群中学生，在那枫树底下，团坐着，阳光从半天斜泻在他们身上。在他们那由四五十人环成的圈子中，站着一个中年男子，他手中正拿着一片红叶，在对他们讲解着。至于他所讲的是些什么，我却没有听清，只听见他满嘴"红叶，红叶"地在叫着。我想：他们一定是从城里什么地方，远足来看红叶的。

那一群青年男女，在我窗门外的树底下，直闹到下午，并且架起锅灶，烧起野餐，对着红叶欢歌颂祝，等到他们的游兴足了，才满身装满红叶回去。从此，我再也不能在房里安静地坐着做事了，笑声，追逐声，以及对红叶的赞颂和哀叹声，成天地围绕着我，使我多么地不能安静啊！我厌烦了，我暗自打算着，要从这个地方搬走。

又是雨，接连着近两星期都没有停过。等到阳光重新露面，已经是严冬了，红叶也萎残地失去了它那鲜艳的颜色，随着寒风悄然飘下。在窗外，现在留着的，仍是和从前一样的凄然景象，偶尔也有些村童，拿着"竹爪"在那儿扒着枯叶，装进背篓，"他们是拿它去当柴火烧的，"我想着，不禁黯然了。我感叹于红叶枯萎之神速。其实人世间，一切富贵荣华又何尝不如此？

这个窗洞是太狭小，太平凡了，但是我却能意外地从它上面，在极短时间中，看见一个繁荣的生命，绮丽的梦幻，如何在成长和消失。从此我就不曾再把纸窗打开，因为我害怕看见，那光秃的枝丫，在寒风中发出悲凉的叹声。

十二月十六日

塔

在离开我寓所不很远的地方，有一条狭隘但很深沉的江，人家叫它作小东江。

小东江水色很深蓝，流动也极缓慢，远远看去，就像静着不动。它弯曲地流过一片近六百亩地的平原，流过好几座石山。在离开我寓所不远的那一座石山上，还有一座砖砌的宝塔。这塔，就我所见的，在桂林还是第一座。

这石山原本就长得奇怪，再加上这座塔，就使人有另一种新鲜的感觉，但是使人迷惑于这一带景色的，却是浮现在小东江水中的塔影。游客到此，为这新奇的塔影感叹了，我也曾在那儿消磨过不少个黄昏。

在这江岸上，看黄昏的景色，多么美丽，深红的晚霞，嘈杂的归鸟，更夹着流水的喘息。然而我却爱看那倒悬在水中的塔影。

塔，在我的脑中，是有太深沉的记忆的。小时，我留在故乡，故乡就是一个塔的城；它那里有东西并立高至百丈的石塔，有托塔李天王手中托着的，但是后来却下凡到我们家乡一个寺庙里的宝塔，有泥塔和木塔，有各种各样的塔。我爱塔，从少就已养成了习惯。到后来，我大了，曾经到一个石塔中去探访因政治关系被幽禁的朋友；曾看见，一个被侮辱与损害的少年女郎，因为要洗刷自己的贞操从九层宝塔上跳下自杀的尸首；曾看见因暴动被割下悬在塔尖上的成串的农民们首级。最后一次，是在大前年，我还没离开战地时，所听见的，关于塔的可怖的故事。

那时是在十月天，我们的队伍，正奉命开进一个被克服了的村庄。路经过一个山坡时，忽然看见一座被用汽油焚毁过的石塔，大家都觉得奇怪了，说敌人为了实行他的恐怖政策，曾焚毁过农民的茅屋村庄，那倒是事实，没有什么可奇怪的，可是，他们却用了大量的汽油，来焚毁这一座石塔，又有什么作用，难道是想来破坏风景不成？十几个人都坐在山坡下，没有一个能够理解。就在这时，走来了一个从山上回来的农民，我们于是拉住他，问他的话，他就告诉了我们这样一个故事：

"官长，你们觉得日本仔用汽油烧塔，是一件奇怪的事吗？这个说来却一点也不觉得奇怪。

"原来是，当我们这一带被包围的时候，这儿还住有一连我们的军队，他们在这儿已经住得很久了，但是因为敌人实在来得太突然，来不及撤走，于是只好准备着和敌人死拼；能够逃得脱果然好，逃不脱也能从敌人身上讨得相当的牺牲代价。

"就这样，战事起了，而且打得很激烈，这是我有生以来，第一次看见的最可怕的战斗。足足有一天一夜都没有停止过。等到枪声慢慢稀疏了，我们的部队也已经打得差不多，剩下来的只有五六个人的样子。他们揹带着给养，带着受伤弟兄，离开阵地，走向山坡上去，不久就把自己关进石塔内，并且把出进门填住了。

"日本人曾经企图用种种方法去向他们劝降，他们曾叫汉奸用扩音机向他们广播过，曾答应他们种种便利的条件。但是那群战士，却始终不动摇，于是战争就在这山坡下继续着。……"

"敌人也真笨，为什么不调炮队来？只要一炮，他们便什么都完了。"

"听说那个日本司令官，也曾这样打算过，但是结果还是没叫炮队来，因为他们现在的炮弹也已经没有像从前那样的充裕了。"

"后来呢？"

"后来，他们留下一队兵，守住这座石塔，把大部队调走了。他们相信，只要稍过些时日，这些中国兵的给养断了，自然会出来投降，不投降也得活活饿死。哪儿知道在石塔内，他们早囤有给养和水，看样子是饿不死的，且不时向外开枪，这一小队日本兵的死伤，因之便一天天地增加起来，只在三天中，听说就已有十五个人在山坡下被杀伤。这叫小林那队长人丹胡子都翘起来了，他摇着指挥刀，暴怒地命令他的部下封石塔冲锋，用手榴弹去攻击。但是这样又有什么用？攻击不但无效，且又给他们带来了十二个新的死伤。那日本队长为这事失了眠，他想了许多方法，想调炮队来攻击，想开地道用地雷去炸，甚至于想叫飞机来投弹，可是这些方法都迟迟没有实现，原因是困难太多了。到了第六天，听说才有一个兵曹去献一个好计智。他先附在那队长耳中如此这个地说了半天，那队长只听一半，就乐得连胡子都抖了起来，他连连拍着手，并且称赞着道：

"——好，大大的好！

"就这样，在一个三更半夜中，正乘神不知鬼不觉的时候，大半日本兵都荷负着木头汽油等引火物出动了。他们先悄悄地绕到石塔底下去，绕着那石塔把木头堆起。等到这些木头给灌着油，点起火来的时候，石塔内的弟兄们才发觉，但是他们已经发觉得太迟了，火在那塔的周围狂舞着。

"我们成夜都看见那火，它把周围五里内的许多村庄都染红了，在火焰燃燃中，还配有着枪炮声。到近天亮的时候，火焰是稍稍地低弱了，可是却有人听见一阵《义勇军进行曲》的歌声，从塔的那边飞出。这歌声是那样的雄壮、激扬，随着破晓的晨光，悄悄地爬上周围五里的村际。

"——听，那是什么声音？逃匿到山上去的农民，这么彼此探询着。

"——那是歌声！

"——从什么地方来的歌声？

"——从塔那边来的，看，塔那边！

"于是，他们随着手，朝塔那边看去。火焰还在那儿飞舞，但是已经逐渐地低弱了，正如他们所听见的歌声一样。等到火焰熄了，黎明的足印踩在塔尖上，歌声也消失了。

"当敌人离开这儿以后，我们还曾到塔边去看过，塔虽然还没有伤损，但是藏中塔中的生命，却从此含笑地长眠了。"

讲的人唏嘘着，听的人也叹息了。

这故事，虽然久已成了历史的陈迹。多少日来，人事纷纭，生活烦琐，我也早已把这事忘记了。可是，现在面临着这倒悬的塔影，倒又使我记起了那般悲壮的故事。

有人用塔来排斥异己，有人用塔来自杀，有人用塔来装潢，现在又有人用塔来创造人类的史诗。我只知道在我的生活中，忘记不了塔的忆念，我只知道爱塔，却不知道塔还有这么多的用途。

十二月十七日

村里散文钞

彭燕郊

敲土者

秋来，晚稻已收成。田亩被翻耕过了。牛拖着犁把它耕过，拖着耙把它耖过。接着，像甲虫那幼小的、谨愿的农人，持着杵槌，出现在大野上了。

地肤裸露着，呈着庄严的黑色。土肌绒软而有弹性，像黑种的美女。敲土者弓身向着她，"扑，扑，扑……"，一杵槌、一杵槌地，钟表的嘀嗒般，再现了时间本身的寂静。辽阔的原野，没有回音。那寂寞的声音，就像一朵朵小小的星华，闪烁着，时生时灭。

那是秋天的跫音呵。

作者简介

彭燕郊（1920—2008），原名陈德矩，福建莆田人。七月派诗人，1938年参加新四军，1939年开始发表作品。1940年6月到桂林，1944年7月避难荔浦，之后又回到桂林，抗战胜利后离开桂林。在桂林期间，当选为中华全国文艺界抗敌协会桂林分会常务理事、创作部副部长、诗歌组组长，参与《力报》副刊、《半月新诗》等刊物的编辑工作，参与西南剧展宣传工作，同时创作了大量的诗歌，也写了一批杂文、散文和评论。

作品信息

原载《力报副刊·半月文艺》1942年第22—23期。

像是发自大地的几千里下的奥底，叫人沾念到秋天，这失怙的孤儿般可怜爱的秋天，那么惹人引起乡愁的、淡淡的、微稳的、沉着的跫音呵……

"扑，扑，扑……"

农人们那谨严地工作着的姿态，叫人想起觅食的鸦雀。听哪，那自足的、守分的声音是跟他们的灵魂一般寂寞的。从那声音，潜越的希望和苛奢的欲求，都是不可能的。

而他们的生命，也正像这洒进在地上的土末般，仅仅是微小的颗粒，仅只大地的肉身的一小部分。

在那单调的、素朴的敲土声里，哀求和控诉，都听不出。那钝拙的、沉重的音调，是跟大地本身一样顽强而坚倔；是跟他们的家畜一样，善于忍受鞭挞，在施鞭者之前，永远木讷不语……

"扑，扑，扑……"

秋天在四处巡行着。农人们埋头向地，□动着杵槌，像在为大地梳发修容，把沙砾和抢草除去，像要跟大地亲吻，那么情恳地弓身向着她。

待到红花草、蓿苜和燕麦，□豆长满田□时，农人们的寂寞的敲土声将不再为我们听见，他们的劬劳的姿影，也将和与他们相依为命的旷野暂时暌隔了。

他们将退休到他们的贫陋的家居里去，整饬他们的农具。从他们的堆满稻垛的门口经过，我们所听见的，将是凄厉的，磨着刀和锄头的声音了。——他们在准备着把归来的阳春迎接……

乡 女

乡女们结队从村落里出来，走在迎向墟集的路上。桂花油和鸭蛋粉的香味，银足环和耳坠的玎玲声，吸引了在田间耕作的年轻人。

走过有几株合抱大的高山树和途中树的小山岗，走过那番□□的教堂和学堂门口，走过一条清冷的、无多店铺的小街，她们到这圩集的繁华的中心了。

她们都□带着一个小小的、染红的布袋。在街上□颜地，妮地走，花花绿绿的街，嘈杂的街，叫她们害怕。

再也没有比乡女们的发辫更精巧的意匠了。蓬松的、油亮的如云的乌发是那样得体，相宜地被编束成合适的、雅气的麦穗般丰满的一绺，在背上轻轻地摇舞着。再也没有比乡女们的发辫更有东方的美的人。怎能禁止那些镇上的纨绔子和轻薄儿们不向她们指手画脚地评头品足呢。

早晨，圩集是热闹得很啰。她们怎样感到局促地在一些店铺间穿来穿去呵。看她们是多么急于要说出话呵，吵嚷着，真只有一阵小鸟才比得上。那些叫你看得眼花的货物在招人中意。那些布庄，苏广店，打银铺。可是，她们老只能带来仅够剪一张土织布匹的衣料的钱币，名叫阴丹士林和纳富妥的洋布对她们已经是太豪侈了，而她们又老把所□的雪花膏都叫作雅霜，把什么牌子的香水都喊作双妹花露水，让那些狡猾的伙计□做话柄来取笑她们。只有头上缠着一条精瘦的、花白了的辫子的，那个老戴着老花眼镜的打银匠的花样是她们最熟悉的，一片最小的银片，都有它自己的好听的名目，而且都为她们所熟识，尽管在外边已经是过了时的，旧式的。

她们轻易不到镇上来的，来到了又要忍受多大的诱惑，又要感到多大的失望的痛苦啊。她们默默地较算着，估量着……金钱是像石头一样笨的。那些新鲜的、发光的、有洋派的香味的货物不能归他们所有，却那么可憎地在逗弄人……

乡女们走在市镇的街心，她们都低头向地。小心地，压抑着惧，从眉梢和眼角，去偷窥那些吃着香烟的、把金牙齿露出来的镇上的游冶郎们。在心里低低地反复咒骂。

遣　嫁

老人坤六叔叔赶着他的牝牛去屋后的山坡上放牧，这是最后一次了，老人心里异常地难过。

两天来他一直没有好好睡过。自从他在那要命的契约的最末一行："恐口说无凭，特立此据为证"的下面，颤抖地画过图号，他就不曾笑过，连茶饭也无心了。

现在，是最后一次了。坤六步步热切地想把这牝牛再仔细端详一遍。是的，她是一匹好牝牛，乳房结实，后腿也硬朗，站□着就像两根铁子竖在那儿。毛色是光鲜的，有一对温淑的、动住人的眼睛，而且，微微地发散着她的少艾的、处女的性感的体臭……

新的主人来了。坤六婶婶沮丧地，依着后门的土墙问他绝叫。是的，马上就要让旁人牵去了，还喂什么呢？那可爱的畜生无趣地吼了一声，像这很解人意，声音里满含惜别的惆怅。

交叠着腿，那个买主坐在屋里抽着在水烟□，不在乎地和坤六叔叔打哈哈："真是男大当婚，女长须嫁呵！"老人赔着笑点头，心里却在诅咒："人畜都分不清，就靠几个臭钱神气！"和那勾魂使者般的客人坐在一堆，实在找不出话说的呵，再也不愿意夸耀这匹牲口的好处了，想起生育□因这匹可爱的小犊的母牛，心境更为难堪了。坤六婶婶从耳房里拿了一方红布来，郑重地系在牝牛的玲珑的发亮的角上。那畜生惊慌着，跳了两下，老人心里感到一阵剧急的肉痛……

坤六婶婶又舀出一釜米浆让牝牛喝了。心里在祈祷着盼望客人快些把它牵走，在大儿子回家以前把它牵走，要不，父子俩又要吵架了。谁还敢去想呢，没有了牲口，我们用什么来□庄稼？

直到客人把牝牛鞭了几下，靠了坤六叔叔的帮忙，才把它牵上路。老人一直怔住着，一句话也说不出……而在耳房里，他听到了，那老太婆已再也忍不住，在呜呜地啼泣着了。

归 乡

凤 子

一

由于轿夫沉重而单调的脚步的节奏把我们引进过去的回想；现在正是夏初的四月天，南海的风吹不进这偏隅的山谷，浓绿盖过了春天里的一切彩色，望不尽的稻田铺满在山腰山坡山谷里面。说是山，并不十分高，像古美人的眉，没有峰尖。望上去绵亘起伏，如若平静海面被风逗起的微波，有一种安逸畅适之感。稻禾刚长到尺来长，阡陌纵横，大地像铺展了一条绣毯。这环境已不是幻想了，我已从数千里外回归到这尚是陌生的家乡。

作者简介

凤子（1912—1996），广西容县人。1912年出生于汉口，1926年进入武汉女二中，1932年考入复旦大学中文系，加入了由洪深等组织的"复旦剧社"，参加了剧社的话剧演出。毕业后继续参与话剧演出，同时也开始了文学创作和编辑工作。凤子多才多艺，她的一生是演员、编辑、作家的三位一体。演出过的剧目有《委曲求全》《雷雨》《日出》《原野》《前夜》《祖国》等，主编过的刊物有《女子月刊》《人世间》《剧本》等，创作涉及小说、散文、杂文和评论等，出版长篇小说《无声的歌女》，小说散文集《八年》《画像》，散文集《废墟上的花朵》《旅途的宿站》《人间海市》，戏剧评论集《台上台下》《舞台漫步》等。

作品信息

原载《人世间》复刊号，收入《画像——凤子小说散文选集》（北京出版社1982年版）。

念着归乡这两字，对自己不禁有一种近乎苦涩的讽笑。这里面有许多的回想，我耳朵里似乎还听到隆隆的炮战声，从炮声里眼前现出了一幅幅悲惨的地狱似的画面。仿佛忘去了的一些遭际，猛然忆起，尚有余悸。我居然没有死。我居然从魔网里，从腐臭了的尸骸中跑了出来。我失去了一切书籍、衣物和一点点宝爱的纪念品，但掳回来的却是一颗被压得沉坠了的心。这心被仇恨烙印上一些可以记载的故事，这些故事也就是这一次旅途中唯一的行囊了。

香港沦陷，改名易服，尝千万辛苦，冒千万危险终于靠了归乡一个名义，通过敌兵防线，算是平安地回到了祖国的大后方来。巧幸地父母寄住的故乡也就近在咫尺，勉强摆脱了一些事务上的羁绊，再搭上老牛似的汽车奔向Y县，家还在离Y县四十余里路外的村子里，虽只是四十余里路，而过度的疲劳，我无以逞英雄，只好雇了乘轿以代步。

襁褓时曾睡在姐姐的怀里在乡下住了一年，刚学言语便又随了父母跑向外省。孩提已无记忆，故乡只有在幻想中装点出一些楼阁。说是××楼占了多少亩地才建立的，这老房子里住了多少代的人，借祖上的福，子子孙孙有吃不完的稻谷。石林乡周围有数百里，同宗有叔伯兄弟又有若干房。家乡的风物，家乡的特产，使我历年都向往着。

我终于回到故乡来。轿夫指点我前路的方向，我渴望眼前立现一所青砖瓦楼房，那楼房里住着我的最亲的人，每一个人在这次香港炮火前后四个月，为了我的消息阻隔不知流了多少眼泪，担了多少份心。我居然活着回来了，这也仅仅是自己可能献给暮年老人的一点安慰。

在这次炮火中，不仅是由于阅历增广了见识，可贵的是自己懂得了些真的人情世故，懂得了什么才是是非真理。我要拿我所知的告诉家人，这些视之与生命有相同的价值。

……

是伤心，还是欢喜，我终于伏在母亲的搭脚凳上，抚着她那瘫痪了的手脚，不能遏止地哭了。

"不许哭呵，说过了的。"装着笑容的父亲，声音里掩不了哽咽。

二

这一所村子有数千户人家，同一个姓，住在××楼的都是同高祖的叔伯兄弟和子侄，仿佛本分地过着日子，日子却过得那么平静，仅仅半月时间，我尚未能分清每人的面貌和称呼，也未有走完每一"房"的门户。因为自己这一"房"亲属都住在××楼侧面，新盖的一所小小瓦屋内。母亲是外省人，父亲也一直在省外宦游，因了语言关系，生活也自然隔膜起来。

"恭喜您呵，婶婶！您的姑娘居然回来了。"

许多白发婆婆的老人来了，都这么地安慰着母亲。这些安慰却并未使得病人添点喜悦，我很奇怪母亲为什么在同族人聚谈时，总抹不去脸上的一层愠怒。

"我的女儿是戏子，是下流坏子，丢尽了我的脸，还累我在病中着急，生气，有什么可喜的呢？"

在×伯娘面前，母亲借端开了口，我才明白所以使母亲不悦的原因，仍然是这些使我已疲于解说的一些旧的观念。我不怪母亲，我的这种野马似的生活，累得做母亲的在家里受许多非议，我应该向她抱歉。但在这么一个因袭了旧的生活圈子的大家庭里，野马又上不了闩，自然只好让流言随风散去。许多次我静默地听取老人的唠叨，我同情老年人为了儿女所忍受的种种委屈。

"不怪你妈生气，假如你这次逃难真的有个长短，同族中有人会拍手称快的。"

"理那么多呢？我不是回来了吗？"我想告诉老人家一点什么，终于缄默了。活着回来就是最大的安慰。每天傍晚我总在凉台上守望着星星出来，夏天的夜是最富于幻想的，我半在回忆地告诉家人一些珍奇故事，故事的主人翁都是平凡地活着的人，例如农家孩子，汽车夫，救火队员，机关枪手，以抢劫为生的土匪，我有我们的敌人——日本军人，这些人，都有一些可以传述令人感泣的故事。故事讲完了，父亲不免擎着旱烟杆，沉沉地叹口气，瘸子哥哥，已是四十余岁的人了，却还孩子似的问："后来呢?"

"后来的事我也不知道了。"

我的任务只在让家里人多知道一些外面的世界，多少人在为正义，为真理，流着血斗争着，多少人流着血倒下了，但并不是死去一样地，生命完结就什么都完了，他们的血给后来的人指出一条路，一条走向真理、正义的路。我深知这些话同一些蛰居乡里的人是无法说个明白，但，多听听这些动人的故事，可以把眼界引向得远一点，那么，便可以间接地想说服母亲的固执，帮助她多少了解点她的女儿，为什么老是野马一般上不了闩。

"你究竟在外边混些什么哟，是个男孩子也可以图个名利；你总这样老不归家的，混，混，日子混掉了，什么都没有留下，除了……"

"除了一个坏名声——戏子!"

我故意顽皮地打断了母亲的话。

我想告诉母亲，我是怎样生活着的，但，我又怎样地向她来解释我的生活圈子和我们大家生活着的这个世界是怎样的，我为什么要工作，为什么要向外边跑，老不归家。同一位七十岁的老妇人——受着旧礼教熏陶的人谈这类问题，徒然引起一场纷争而已。何况，我也不忍心将这些她们近于生硬的观念名词和问题，拿来搅扰病人的安静。

"阿妈，为什么总不把我当个男孩子看? 不过，我就是您的儿子，我也不会赚钱，或是骗个好名声来讨您的欢喜。"

"妹……"瘫子哥哥故意插入喊我一声，想打断我的话，可是，母亲已经在赌气了：

"好，好，我让大家来笑话吧，我的女儿本来就是我的报应!"

许多次，谈话就这么无趣地结束了。此后，我只有更其沉默，除了帮助哥嫂侍候病人的起居饮食之外，我老是寂寞地站在露台上望着天，天也是平板的。从早晨到黄昏，只有田岸对面的土岗上一座小学校传来儿童的嬉笑或诵读声，使得这小小的天地内回荡出一片生气。

从土岗回望到左边，覆盖在荫绿的龙眼树后面的××楼，天色更晚，炊烟都已淡远，住在这么一所大屋子里的人们都在准备安息了。铺在古屋前面的是一片广阔的田野，稻田随着时序从容地换着衣裳，从耕田下种以至到割稻打谷，一切神圣的工作都交给了佃户，以此一年四季就坐望收成。官宦的子孙能这样守分打发日子，似乎已未便厚非了吧。做祖宗的留下了田地、房产，随着田地、房产也留下一个希望，希望子子孙孙世世代代安分守己地过日子，逢年过节，或是先人的忌辰在庄巍的祠堂里烧一把香火。祠堂就在小学校土岗的后面。我入过祠堂，拜过祖父母的神位，看一看那数不清的木主牌子，我不禁向往于历代祖宗创业时的荣华光景。

暮色遮去了一切画面，我也疲乏地倒在一架躺椅上休息着。烦躁的蛙声抖乱了夜的寂寞，"又是一天过去了！"日子逝去得没有记忆，我不禁惊服住在××楼里的男女长幼所禀赋的坚忍的生存的力量。这样的耐性，活到世界里来，讨房老婆，养几个儿女，便又无言地钻进土里。世界是个什么样子，国家到了什么地步，都可以不去闻问。活着也没有过分的贪心，除了一张嘴爱说人闲谈以外。等到知道自己要死了，却又舍不得咽最后一口气。我听到一位嫡堂叔叔要死了，他是因了戒除嗜好，体力不支而病危的，得到病危的消息，父亲去看他，他却拉着父亲的手流下泪来。因了这几滴泪，父亲原谅了他这一生中做人上的缺点。就这么一些生生死死的故事，就像飘在蓝天上的云朵一样，已经引动不了这些生长在乡村中人的注意了。

然而，远山、白云、田野和烦躁的蛙声，却引起我许多遐想，在繁星闪烁的夜里，不自己地动了兴致，同家人聚坐在露台上，开始了漫无目的的夜话。

三

许多次谈话里，我渐渐明白乡居四年余，父亲也并未能安逸地享受他分内的清闲。母亲突患瘫痪是一个原因，此外乡里间一些极细微的事，都得要他分心去解决。

"我老了，不中用了。但比我年轻的兄弟子侄和侄孙们却有不少顽固不化的分子。"

随着这句慨叹的后面，他告诉我一些事情。半年前为了平抑谷价这一个问题，他发起组织一个本村粮食管理委员会，谷租多的人，出谷子，没有谷租，或谷租少的人出钱，于是再调查本乡真正的穷人和不够粮食的乡人，让他们以最低的价格来买粮食，或是不花钱来领取粮食。这个办法真正的贫农可得实惠，而出钱出谷的人也是量力而出的一件义举。实行半年来，最令他头痛的还是最近支的骨肉，虽然在老兄长面前不便反对，背后却有不少议论，使得父亲要花费许多时间与精神去劝说。

"谁叫我是这一族的老哥子，我就得管这么多的闲事。往往政府来了一纸法令，也得我出力来办理。"

这是事实。我就见到最近政府实施的土地呈报这一个命令，父亲颇费唇舌地向每一个族人解说。乡村离省会太远，一切消息都很隔膜，反之一切宣传工作似乎尚未达到那么一个偏僻的地方。对于政府任何一件举措，都认为是政府法令繁复，先不明白内容，就感到平民负担加重，于是意见也特别多。土地呈报是我们自己分内的事，打仗的时候，我们应该帮助政府，那么我们自己分内的事未必还要政府派员来，——劝说然后再去办理吗？

一天，我陪父亲上五坪坝去看几位叔祖和本家哥了，还是早上七点钟，住在城里的人有些还在梦里。而几位叔祖父却早已下田工作了半晌了。等到十七祖叔放牛归来，远远望见四头牛，牛后面跟着一位五十多岁的农民，父亲便招呼道：

"好勤呀，早上就做完了工了吗？"

"没有呀，这个姑娘是……"

"排第十的，我顶小的女。"

当父亲同十七祖叔谈话间，我跟着走进到院子里，院里有两排土墙瓦房，院子里农具很多，这一家人工作极勤勉。他们的子女也有在附近城里读中学的，家里已是中产可过的人家了，但，田里的事还靠自己一双手。关于这一家人，早就有一些传奇式的传说，不知从哪一位祖宗起，想从穷困中翻个身，靠着一身气力跑去了南洋，海水隔不断乡思，凭气力换来的钱帛，终于在故乡治了田产，做祖父的说：

"在自己土地上凭自己的气力总有饭吃，我不希望儿孙再喝海水，我的骨头将来也还是要埋在故乡的土地里。"

这句话传给了儿孙，到了叔祖父这一代，已经是同族中拥有最多的田产的一房人，然而，那位十七祖叔仍然早夕忙于田事，就是已近七十岁的三祖叔，两只脚和腿上永远釉上一层黄土，精神似乎比我父亲健朗得多。

我听着父亲和他们谈论着本村里一些问题，他们非常谦虚地听着别人的意见，态度是那么和蔼，诚恳。生活基础建筑在自己劳力上的人，思想也简单，纯朴，可爱得多。关于土地呈报这一问题，从他们口气中听来，是没有问题，应该遵办的事。

几位祖婶殷勤地留我吃"朝"，我谢了。在乡下留吃一顿饭看起来是一件大的花费，我不忍心叨扰他们。

从五坪坝出来，我一直兴奋着。我想多了解一点这一房人的生活。那土屋，那竹林，那些耕牛，那一片田野和那几位老人诚恳坦率的谈话，这一切一直在我的脑子里萦回不已。眼前这一幅安静和平的世界，不就是他们所享有的吗？

每天从早至晚不少的族人在我们家中出进多半是有了难解的问题，来找我父亲帮忙的。一个裁缝的儿子被征兵了，但这个孩子确实是个残废，左手瘫痪了的，因为保甲长方面手续不清，那孩子骇得躲藏起来。裁缝来找我父亲设法免征。

"为什么要设法呢，废疾本来免征的呀？"

"乡里人到今天还是不明白，你们号称做宣传工作的，你自己看看吧，宣传工作究竟做到了什么程度？"

对此质问，我只有俯首无语。

族人的职业很广泛，做手工业的不少，裁缝，木匠，泥水匠，此外尚有开杂货店的，小学教师以及屠户。最可笑的还有一位和尚。

"和尚也是职业吗？"

做和尚也未尝不可当之为职业，有这么一位本家，在广东什么山上当了两年和尚，储蓄了点钱，回乡来便买田治地，跟老婆过起日子来。我母亲病，和尚来兜生意，拿去二百元，说是替病人念经。谁知道他念了经没有，至于念经的作用在那里又是一问题。病人在精神上有那么一个安慰，也就是金钱难买的了。

母亲每日念叨她自己的病，病本是难治的，年岁大的人更经不住病痛是事实。她希望在活着的日子里，把自己身后事多多料理一下。家人已为她看了一座山，又在找好了木料做寿材。为儿女辛苦了一辈子的人，老了还受病的折磨，对于自己身后这点打算，我们还忍心笑她痴愚吗？

"你看，这几十粒珍珠，我留着那一天缝在帽子和鞋子上的。我不给你了，你丢了我许多好东西了，我不望享你的福，只要你记着妈疼了你一辈子，你得替我挣个好名誉。"

话题又转到我的身上，我嚼味暮年老人的辛酸，我只有忍着自己的哀痛。因此，我决意不再向家人谈到我的问题。我是不会放弃我的工作，我将一辈子背着"戏子"这个受尽诽谤的牌子过日子，虽然我永远也忘不了病中的母亲为了我而受到种种讽笑。

……

不是农村里长大的孩子，回到农村里来，完全如同废物，不辨粟麦，不懂稼穑，望着门外的一片稻田，至多只有一副欣赏的心情，久之，连一点点欣赏的心情也变得呆滞了。无所感，无所动，一日二餐，饱食醋睡。渐渐地，我压抑不了波动在心底的那股烦躁，我享受不了这份安静，我学不了××楼里的男女，整日嚼着别人的是非来消磨日子。五坪坝里的叔祖父们的勤劳辛苦，使我愈感惭愧。一个尚是年轻的人，不应该把手脚交给别人。我得工作，我应该回到我自己的工作圈子里去。

我答应了母亲在短期内再回一次家，替母亲拭着挂在脸上如泉涌般的泪水，心也自然软服了。我自己也明白对于这个诺言有点近乎哄骗，终于带着歉心哄着老年人泪眼里映出了一分希望的光。我应该责备自己吗？老年人心情犹之是一个孩子。她的希望是单纯的，然而在某一点上，她却那么固执，我耳边反复着她的叮嘱：

"不要太野了，你要为我挣个好名声呵？"

我能跳出"戏子"这块木招吗？我估量两个时代间的空隙，是怎样地牺牲也填不满的，终于连最后一句哄骗的话也给咽住了。

不能满足暮年老母的最低的一点希望，当自己坐进离乡的轿子里时，也禁不住流下两行热泪来。

┃文学史评论┃

她的作品既是一个演员进取人生和艺术的真实记录，又是一位女性争取妇女独立人格和尊严的心河呈现。她创作生涯同她演员生涯紧密联系在一起。

——盛英主编《二十世纪中国女性文学史》，天津人民出版社，1995，第440页

┃创作评论┃

凤子的散文，大多记述个人生活的经历和感触，从中可感受到战争年代的不安气氛，窥见某些动乱景象。她的散文中较出色的部分，是那些状物绘景中体现出较高艺术价值的作品。读凤子的作品，可以体味到，她具有一定的美术素养，并对美术有着某种偏爱以至崇拜，她甚至常常是被美术创作的法则操纵着去写作。……文辞优美，意境深邃，在抗战时期的散文小品中，显露出别具一格的魅力，可视为抗战时期美文的经典。

——李建平：《抗战时期桂籍作家的文学活动与贡献》，《广西文史》2005年第2期

小小的土地庙

彭燕郊

这是一座小小的土地庙，小小的，在中国什么地方的乡村委，都可以找到的土地庙。

是的，这是小的、玲珑可爱的建筑。说起来是怎样无奇，是怎样平凡的小小的建筑呵。

而它惹起了我的乡愁了。

一路来，行军所经过的地方，山间也罢，原上也罢，江边也罢，只要是村庄，总是很快地、很亲切地会遇到这些朴素的、小小的土地庙。而今天，在这儿，在这绿的平野上，我又站在它的前面了。

而它给予我以怎样多的感触呵！

这是什么样的一座土地庙呵！兵灾与战祸，我们身受过已不晓得有多少次了，而波及我们的神圣的、小小的土地庙，却实在很少的。现在，在我面前的，这是一座什么样的土地庙呢，破烂而冷落，被践踏得快要成为一堆瓦砾了。被□□得就像一个破了底的壶，一片散成碎片的席子那样的。人会说在这些日子里就连平日最为

作品信息

原载《野草》第4卷第6期。

我们尊重的建筑，像桥梁、凉亭之类的，也都不可幸免地受了损害了，人会说就连平日起居出入的生息之所——家宅，今天也不得不让位给蜘蛛、鼬鼠、野鸟去享受了，更何况是一座这样不足道的、小小的土地庙呢。庄严高大的庙宇，也还不免要给敌兵的马溺、女人的尸体所污秽，虽是神像也倒了，香火也断了，也还总算免受一些脏气了呵。

而，想起了这些，我便禁不住要为一些可向往的记忆所陶醉。……

这小小的、朴素的土地庙给我的感触是很多的。童时的记忆此刻先来到我的回想里，最先我想起的，是那时候——何必讳言呢，就便是现在，有时我也免不了还要这样子想呢。——我所拥抱的一个怪异的想头。孤僻的孩子往往是好离群的，在那些日子里，我是多么想独自一个人，素居到像这样一个小小的、玲珑的屋子里去呵！能够离开那充满着虚伪、阴谋、血腥和哭泣的世界，而悄悄地，不受人侵犯也不求助于人地，在一个可爱得如小小的土地庙这样的所在居留下来，那够多么好呵！

可是，很快地我就发觉，我这样子想实际是错了。而且，错得多少厉害呵！而今天，当我以感慨的目光凝望向天外，背倚在这小小的土地庙的仅有的一片雅致的白墙上沉思之时，我忽然想起，在这儿，不管我是怎样低能，怎样软弱，我所穿的，依然是直接地与战争发生关系的人所穿的灰色的军服呵！

就在匆匆的行军途上，遇到这些卑微的、小小的土地庙时，我也会频频地回头来看望两次的。这些小小的土地庙，都和我们乡里的怎样相同呵！人住的房屋，人死后住的坟墓和神住的庙宇，随着地域的不同，比起家乡的，大同之中仍有着小异。而这些小小的土地庙，却如此之貌似，如此之类同。我一直没看到过什么过大的、油漆得太五彩的土地庙，都是一样的朴素、一样的小巧。

在我们乡村所供奉的神祇之中，除了那终年熏着油烟的司命灶君和他夫人之外，最懂人情，最和我们接近的，怕就是这两座小小的庙宇的主人——土地公公和土地婆婆了。就使是追随在他们左右的，那只花斑美好的猛虎，也一点不凶恶，一点不可怕呢。简直柔顺得就像一只猫那样。

　　我是个爱看戏的人，土地公公出现在戏文里，总是在主角危险到极顶，使观众都替他出一把冷汗的时候。而，就在这时候，土地公公来了。——出现在台上的土地公公，够多和蔼和可亲呵，除了西洋人的圣诞老人之外，再找不到可以比拟的了。总是戴着略带乳红的、笑眯眯的假面，穿着大红袍，扶着拐杖，白须子飘着，真叫人想跑过去捋他一把呢。

　　我是讨厌蛇的，不但讨厌，而且简直是深恶痛绝的。而据说土地公公的拐杖，除了帮忙他老人家走路之外，还兼有惩戒这狡猾的魔鬼的职责。土地公公不但降伏了百兽之王的虎，且还监视着诡计多端的蛇。谁说土地公公老了，谁说他不中用呢。

　　并且，似乎也只有好脾气如他老人家这样好的——想想吧，女流如天后娘娘，座下也摆有两位青面獠牙的赳赳武夫：千里眼和顺风耳呢。对于既没有法术，也无缘成仙得道的我们乡下人，都不能不算是个威胁呵！——才有兴趣来管这些婆婆妈妈的、零零碎碎的琐事：谁家走失了两只母鸡啰，谁家晒在门口的衣裳裤子给贼偷去了啰，谁家的菜园里失掉了几个南瓜啰，谁家的孩子发热惊风啰等的这些小事。堂堂大庙宇里的大菩萨，是无论如何也不会管的。而我们这可爱的老人家所要的报酬也总不会太高，许愿的人即使发现了自己的祈求已经见效，却就连杀一只鸡去还愿也很少有。（呵，乡人们是怎样会说嘴的呵，他们总说是土地公公老了，牙齿已不行了，鸡呀鸭的他是吃不动的了。）而他老人家却也并不会因此而倦勤。反之，若要是在那些威灵显赫的城镇上的庙宇，架子十足的菩萨们，对于沐恩弟子，都是那么样苛刻，动不动就要你唱一台戏来热闹一下，宣传一下呢。

　　但，这也有例外的，要碰到那些赌鬼们来许愿，情形就不同了。他们往往吹牛得无天无地，一下子就许下两台文武戏的事也是常有的。因为事实，是只要他们赢了钱，就会如约地给我们肯帮人忙的土地公公以应有的孝敬。但这总算是少有的事，冷落的村口上，或者菜园边，一下子唱起两台对台戏来，总好像是太大的殊荣。而看样子，助长这些不肖的游荡子们的气焰，他老人家也大不愿意似的，所以，这些类的事情是非常之少。

　　土地公公还有一点好处，在乡村里，他还兼做和事佬呢。吵了嘴的，打过架的妇女和孩子们，只要双方同意，一起到他老家面前赌过咒，就大事化小事，小事化无事了。在小时候，我的一个同伴就常常是这样的，总是给人家吵了又咒，咒过又吵的。

曾经有人说过，土地公公的职务，就像我们现在的保长一样，（在前清就应该说是地保。）唉唉，说这话的人有多么浅薄呵！说他是个天天来收捐税，天天都想敲诈我们的恶棍吗？！无论如何，关于这，我总是向人解释的。虽然我也说不出所以然来。……

这些断残的小事，但我绝不会淡忘它的。现在，我生活在这新的地方了，我不知道，这儿的人是怎样子敬奉这位位卑职小，居然穷鄙的□□的，只有"风"给他"扫地"，以"明月"为"灯"的，和农人最亲近的神。

来到这儿，是秋收才过不久的时节。家家户户都陆续地到田埂上、河沟边、石桥头、山坡下和什么地方的土地庙上祭祀。这样的习俗，在我们家乡也有的。叫作"尝新"，春秋两季收谷时，都例行的。在厚于人情的农人们的意思，是叫土地公公"尝"一下新收获的作物的滋味。这，是怎样可爱的习俗呵。就是这些可爱的习俗，使人感觉到人生之可留恋，人世之可流连的……

当清风之晨，明月之夜，踏露披霜，我总不能忘情地，总爱到这小小的土地庙旁来徘徊。而且，想起在无知的童时，居然曾经因为晓得他是和善的、年高的神，而欺侮起他，曾经朝他的神像撒一把沙，或且偷去香案上的一把香枝，而深深地忏悔了。

这，都是些多么可笑的行径呵！作为一个无神论者的现代人的我，在与死对面的铁与火之间，居然还想得起这些。这些，该都是多么多余，多么不必要，多么可笑的呵！

为什么不呢？——请不要嘲笑我的固执的农人性格吧。在今天，当大敌以比我们强蛮数倍的兵勇压境而来的当前，即使是敌国的一片花、一叶草，也没有不令人眷眷然的！更何况是这样可爱的、富有人情的、我们的小小的、朴素的土地庙呢。

宽阔的蔚蓝

彭燕郊

花的守护者

我们的生活是暗淡的。

我们生活着，忍受了多少不能忍受的屈辱和伤痛呵，贫穷与困苦，时刻不停要压迫着我们。而，我们没有怨嗟。

在这个城市里的人，这使罪恶有光，使无耻发香的鬼地方呵！——我们生活着，快乐与权利，都不属于我们。没有温暖，没有饱餐。没有多情的愿望，没有巧笑，没有新衣……破烂而又寒碜。而，我们却没有怨嗟。

在这个城市里——这里，愈无耻的愈得势，愈得势的就愈暴虐——我们忍受了一切不能忍受的，没有来由的恶笑，不由分说的抢夺，儿戏般的杀伤。是已经没有再可以受伤的地方。而我们生活着，我们兀立着却没有怨嗟。

我们的生活□暗淡的，我们的惊讶的眼光，探究地看着世界，而是为那些□□恶劣的丑行，而流下了痛心的眼泪了。

作品信息

原载《现代文艺》第6卷第2期。

白日和黑夜，没有休停地，不可数地多的罪行，在加速地进行着。在这里发亮，喷着，阔步着从街上过去，出入于堂皇的大厦、厅房。他们的摩擦牙齿的音声，涎湿的舌头舐着攫物的声音和打饱嗝的、伸懒腰、擤鼻涕的声音，……他们的挥手的姿态，夹皮包的姿态，用手杖敲打路面的姿态，牵巴儿狗的姿态，使眼色的、追女人的、打巴掌的姿态……光怪陆离地错综着，闪烁着，交奏着。

让妖异的花朵，开得更灿烂吧！让邪道的香味，熏得更浓烈吧！凡是金钱所能收购到的，都把它囤积拢来，凡是欺骗可以得到手的，都把它骗来吧！使这儿成为人世的天堂、沙漠上的绿洲、地狱里的仙宫、水里的月亮、镜中的花朵那样地，成为奇迹般的存在、魔术般的存在吧。

加速地进行吧，向着豪当的极顶呵！

和这较量，我们的生活是暗淡的，而，我们没有怨嗟。

我们看着，而且，我们想了。

我们想了，而且，我们骄傲着！

让那些暗哑了的声音，去竭力装作是响亮吧！让那些发臭的去洒香水，让那些非人的姿态排场成威严或且潇洒，让他们努力去，更尽心，更刻意，更起劲！

让那些建筑在沙滩上的花楼和绣阁，更美丽吧！让狗们头上的铃铃，响得更动听吧，让刀叉在盆盘上，敲击得更清脆些吧，让宠妇们的谎话，说得更缠绵，更温柔，更动情吧。

我们生活着，我们是骄傲的了！

我们生活着，我们忍受着……

让一切恶意的诽谤，和那些妒忌者发出的流言和蜚语，和低能儿的中伤，和白痴的梦呓，和醉汉的大言，和谣诼，和私议……去喧嚣，去嘈杂，去发言得更热衷些吧！让凡是应该过去的在没有过去之前，尽他们的气力，去活跃得更紧张些吧。

愿人性的光辉及早照射出来！愿爱的光辉，歌的光辉，都没有故障地远远地照射出来！愿盲者也有光，愿哑者也懂得歌唱，愿被弃者也有爱情吧！我们是生活在暗淡里——心，是光明的呵！

我们生活着，我们是寒碜的——呵！愿那些今天窃笑人的明天就害羞后悔吧！——我们是困苦的、穷酸的。而，我们却不是枯黄的、衰萎的。

我们准备着开花呵！

我们受苦着，我们受难着，我们被指摘，我们被嘲笑。而我们生活着，蚯蚓一样地，穿行在阴暗的地下，没有怨嗟。冬天的草木那样地忍受着寒冷——

我们是花的守护者呵。

感伤的恋

恐怕是谁都免不了的吧——对人生有着强烈的爱，而得到的却是冰冷的拒绝。世人的心愈是急切，失望也就愈大。这——应该是一切痛苦之中的最痛苦的，为着这而终宵长叹的人，恐怕不止我一个吧。

爱是执着的，没有比这更富有神秘的力量的了，没有比这更使人向往的了。正由于这，交付出去的热情是饱满到时时都要爆炸的——爱人者同时也希望着被爱，这是至人性的。忍受了种种不幸而生活着，总不外是为了等待那不知几时到来的爱抚吧。

什么时候，能成为被爱者而感到喜悦呢？

人生的恋，竟永远是这样感伤的吗？

使人中夜不寝，而潸然流下失悔的泪的，总是这永是感伤的人生的恋呵！

对于爱者，我是只有忧伤，而没有憎恨的。即使常常，回答你的爱的，是欺骗；回答帮助的是中伤；回答热心的，是猜忌；回答真诚的，是虚伪和敷衍……即使这样，我也不想记着而且不想去憎恶，去仇视。在那中间，我是用尽了我的仅少的智慧，去祈求似的企图发掘，能够有一点点的体贴和温存，关心和照应，鼓舞和安慰，吻和笑，就会使我由衷地感激，一至于此——不自禁地流下泪来了。

然而没有——即使有，即使是那么悭吝的一点点，人们也作假得那样不自然呵！

人生的恋，难道永远是这样感伤的吗？

常常，我自己要想，而且要责备起自己：我是孱弱、平庸、无能、不肖！常常，我忧虑着，我不是可爱的人，我是不配被爱的，所以我孤单了！

常常，我被一种莫名的、无限大的空虚的寂寞感擒住了。人生真的是这种暗淡的吗？没有歌、没有光、没有美、没有花，也没有爱。人生的恋，真的是这样痛苦呵！

而然这样的恋，却是热着的。

即使永远是感伤的！……

是的，我是不中用的人！多余的人！我是孱弱、平庸、无能和不肖！一如那些最值得诅咒的人。

就为了这，使我永远没有平和的安静的夜间，没有了睡眠，没有了冥想和遐思，没有了——甚至于，连自信和勇气，也都没有了……

等待着那无情的宣判吧！人将在我的品质里发现些什么呢？将不是良善、向上、仁慈、勇敢等的美德，而是商人的自私、屠夫的残酷、教士的虚伪、政客的丑恶……是最恶劣的和最不可救药的！

爱我者呵！痛骂我或且毒打我吧！不要沉默，沉默是使人难堪的……

人生的恋，竟是这样无常的吗？如那些厌世者所说的。

人生的恋，不全是这样凄凉的，我始终相信！人生的恋，虽是充满了绝望、挣扎、苦恼、忌恨！……但不也充满了热心、美梦、毅力和狂欢的吗？而这不可知的、莫测深的力量的源，是从那里流出来的呢！

人生的恋，不会中止。

人生的恋，还是要生长。

生长在痛苦中，生长在绝望中，生长在斗争中。

人生的恋呵，还是要生长。

少年的悲哀

我又想起莱翁·托尔斯泰的话了："自然，凡是过于熟习我们的人，是不会爱我们的。"对他自己，这位绝代的圣者，这样的话，无疑地不过是一个自谦。而对于我，这却是一种警惕，使我战栗了。

有时候，我不免要灰心失望，厌倦了一切而诅咒起来：在上帝的造物之中，最丑恶的——是人类！而人类之中，最丑恶的——应该是我了！

有一天我和一个朋友闲谈，使那个朋友大大地惊奇了，而且不满："你对一个人的要求，太苛刻了呵！"

是的吧，"太苛刻了！"在我看来，我自己也是——极其地疮痍满目的……

不是厌烦到要喊出"完全，或且宁无！"的绝叫的；在我以为，我所要求于人的，其实是至微末的：像乞丐一样呵，伸出了颤抖的手，向每一个行人哀诉着……

自从很小的年纪，我就开始在茫茫的人海之中，求乞着温暖了，从另外一个世界里，我所带来的，该不是过冷的心，而是对于温暖有过度要求的性格吧。我常常想象：我——是不容易熔化的，但我却希望着能够在爱情的圣火里熔化。我寻求过炽的温热，我要熔化！

就是到今天，我也没有厌烦过。"太苛刻了！"那样的话反而壮了我的胆。为什么不？随便是任何人，都可以向我要求全部一切，凡是我所能够献出的！为什么不能够向他们要求一点点的温暖呢。

唉！温暖吗？

这里是没有温暖的，温暖在遥远的别处。也许这里也有，藏在谁的心底，在谁的灵魂的深处吧。也许这里有，但我没有发现过它！

而我寻觅着，人会把我看成怎样好笑的傻瓜呵！人会用怎样刻薄的话，在背后去谈论，说我是怎样贪婪、好利、品质低劣、厚颜无耻的！人会用怎样难听的话痛骂我呵！

我寻觅着温暖。而人们却要从我这里寻觅逢迎、世故、手腕、利用……和比这更愚昧更低劣的奴隶性格。而当他们失望了，他们就开始谩骂我，揶揄我了。

我又记起另一个人的另一句话了，是乔治·桑说的吧："初恋是最理想的，但也最痛苦了。"是的！好久以来，我就生活在痛苦的初恋里了，而这样的痛苦还在生长，不会有止境……

由于不祥的命运的差遣，住居到这个城市，已经快两年了！而，是多么可怕的发现呵！在这中间，我变得苍老得多了！麻木得多了！衰萎得多了！我已失去了天真的心、无虑的心，没有了爱的勇气，没有了面对未来的勇气了！

是怎样大的罪行呵！人们杀害了我的□心。使我变成厌烦的俘虏、市侩和掮客，向我喷吐着涎沫，以他们的无耻侮辱了我！还反骂我，"你无耻的人！"想想看，如果一个黑人嫌你生得太黑了，你怎不会感到更甚的侮辱呢。而他们就是这样子来的！

而我还在寻求着温暖，总相信着，好的太阳要出来的，要驱散头上的阴云。痛苦地恋着是要继续，以最强烈的最强烈的韧性！

好久以后，我就频繁地经历着失望的痛苦了。"日子过去得像口里的一根头发！"我甚至有了这样可怕的感觉。但我很镇定，在痛苦地支撑着我自己，还是要向前走。可是，不管怎样，在人生之漫长的旅途中，这样巨深的悲，我想，是一定要产生出极大的坏影响的。我自己走错了路吗？不是的。要生活就不能不和他们发生交涉。重要的是，没有好好地防备过他们……

悲哀还是要生长的吧，伴随着痛苦一起。悲哀——像我的年龄一样少年的，我害怕，到我的年纪更大的时候，他要变得怎样狰狞的呵！

但自然，他们不会理解，那关于我的心的隐秘的私衷——我的失败了的对人生的初恋……

宽阔的蔚蓝

看那宽阔的、蔚蓝的天空吧。

秋天又回来了。阴湿的雨季已过去，让我们的烦忧的日子，也过去了吧。

到那宽阔的、蔚蓝的天空底下去吧！

原野宁静地、无言地伸展着，一直到那群山所包围的边极上。是多么肃穆呵！

土地是红色的，树是黬绿，山是黛青，一丝云也没有，仰望过去，尽都是那么宽阔的、蔚蓝的天空。

走尽了最后一条冷落的、破败的脏污的泥街，我就到原野里来了。把那些在都市里身受到的一切屈辱和侮害，都变作记忆吧。现在，我又回到原野里来了。

像这原野上的岗丘、松林、山峰一样，我是宁静的。悄悄地、轻轻地走着……不要出声呵，想想吧：现在是秋天了，在秋天，愿我们有一段新的、美好的日子吧。

看那宽阔的、蔚蓝的天空吧！

当我走到原野里，我便要感到那种不可抗拒的、强烈的诱惑，是怎样有力地在召唤着我。在这样清亮的、明丽的天空下，人还有什么不可以满足的呢！呵，能够远远地离开那喧腾着利欲与酒色的都市，离开那些低压的屋檐、狭小的巷道，拥挤着叱斥和喝骂的街，进行着欺骗和谋杀的街，魔鬼们的乐园的街，到这些宁静地、端庄地微笑着的山、丘、树和谷物之间来，有多么好呵！

让我的烦忧的日子，早速地过去吧。不要去为那些苦恼人的恶事着急，不要记起那些阴险的奸人们的藏刀的笑和包着糖衣的毒药吧！看那宽阔的、蔚蓝的天空吧！日子虽然是暗淡的，愿我的心，也永远能够保有像天空这样永恒的、纯真的青色！

让我去吧，让我向成长得壮实了的树们，向发香的、发亮的谷粒们，向在水塘边偃卧的牛群和游泳着的鸭鹅和唱儿歌的村童们敬礼吧！让我也享有一些喜悦！虽然我自己没有收获，但，谁能不感到喜悦呢！在这里，人们创造了怎样庄严的、肃穆的乐曲了呵，那高奏着人生的崇高的意义的！

不要去回望那些：让无耻者继续他们的无耻的行径吧！让所有该灭亡的都尽情跳他们的最后一次的舞蹈吧！不要记起他们的忘形的姿态——凡是属于丑恶，就都不要想起他！他们是不会为忏悔禁欲的，而我们，人类之中的善良者，又为什么要迁就他呢。

不要记起他们，看我们的原野，有多么肃穆呵，看我们的宽阔的、蔚蓝的天空吧……

现今原野是浸沉到更冷峻的、更严明的静默里了——所有的小丘、树棵、峰峦、草叶和谷实，所有的一切全灵魂，都进入到一种隆重的仪式里了。让我的痛苦的灵魂，也在这样美好的、有奇异的力量的日子里，受一次洗礼吧！看那宽阔的、蔚蓝的天空吧！

当我行走在原野上，我的心——这为烦忧的城市生活所颠簸的可怜的肉中的肉，我的灵魂的躯壳，已不复跳得那样焦急了。他已渐渐地归于平静，而且是，渐渐地变得很可爱地，很可爱地明朗起来了。

看那宽阔的蔚蓝的天空吧！连禽鸟们也都不飞翔了，连云朵也都不飘动了。它们都停息着，在静静的天空和静静的大地之间，它们在进行着最虔敬的祈祷……

全体都进入到那更冷峻的、更严明的祈祷里了，向着那圣洁的意向，向着她欢呼——要随着她呵：

那样宽阔！

那样蔚蓝！

一年容易又秋风

孟　超

一年容易又秋风，酷热的暑夏，总算是过去了，晒焦了皮肤和臭虫咬，蚊子伤的痒着，□□□□□的存在着，让我以回忆的感伤来抚弄这些创痕；但，酷热总有过去的时候，似乎可以自慰，于是秋来了，而秋也并不顶好受，且不说"九月衣裳未剪裁"，冷雨扫在身上，使人想到酷寒，又何尝不可怕呢？又加秋风秋雨，带着一曲凄凉的琴调，连秋虫都战抖了，而况人的心弦，是正被时序的万华林的弓子所拉动着呢？人有感情，就会被了外界激动而起反击。人不是废物，不能无动于衷。我常想最好是雕塑，但又要作为活生生的生人，这两者不能调和，那就只能耐住骚动，作为人而看着那些无动于衷的雕塑的存在，——这是欣赏，而不是馈羡。——所以，秋来了，后有别的，只是再咬紧一下牙齿罢了。

家槐兄从柳州来，与他在桂林的聚合，又是一年了。记得还是去年双十节左右，也是秋风起时，我们曾饮过美酒，吃过川菜；躲飞机，卧在防空洞口草坪上，谈人生，谈写作，一直谈到恋爱与做人。他说我并不有中年人的世故与心情。我说，还预备再年轻地过几十年下去，让斑白头发自己去衰老好了。转眼，又是一年，又是

作品信息

原载《野草》第5卷第1期。

秋风来时，他也来了。幸喜两个人谁都没有秋意，没有感伤，——秋自然还在使劲地拉动着它的弓子！——一握手，暖煦煦的，似秋阳轻晒着的一般的温意，谁都没曾减少了热力，虽然经过了一个夏天，还和去年一样，这是两个人同样地道慰着的。

一同去访秦似兄，谈起《野草》，大家算计了一下时间，从创刊到现在不觉得已经两年了，家槐兄恳切地称许着似兄支持这一刊物的毅力，而尤其对那一贯的作风的保持，他说是多么可喜可爱的。是的，有一分热，放一分光，腐草化萤，虽然不过是一种传说；然而，这一束碧新色的叶儿，它不会腐，它却放着萤光，小虽小，它有着它的热力的。而况，叶绿体是会消化了吸取的碳气，而呼出了氧气；一个有修养的园艺者，他不只为了花开，他也为了叶子的成长，至于叶子的多寡，长短，可以放散多少氧气，盖不须计论；这又是但求耕耘，不问收获了。秦似兄之于野草是这样的。

秦似兄近月来，是肥胖了许多，面圆圆的，有似于华透。迪士尼卡通画上的小猪，我几次这样调笑他；问其致肥之道，他说，受气吃亏，也可以长肉生肌。他是研究生物学的，恐怕也找不出论据来；但这两年来，因为《野草》，我是深深地知道他在各方面受到了无数的困难，满肚皮里压下了无数的闷气。每当受着折磨的时候，也会叹一口气，发几句牢骚；可是，气叹过，牢骚发过，还是不声不响地又去在计划《野草》的编辑上的事了。我常说，如果真把这一刊物当成一堆小草看的话，那么，在培植上，他所卖的力，所受的艰难，真比一个农夫种二三亩田还要劳瘁得多哩。这并不是说他力有不逮，事实告诉我们，在蓬蒿之中，岩瘠之地，种一株草，是比在肥土壤里种几十亩谷禾，须要费力得多的，也正因为这样才显出可贵来。当家槐兄慰藉他的时候，我想，他回想一下这两年的辛勤，也会自慰吧。

记得还是前年，也是一个秋天，我在夏衍兄那里会见他。那时，《野草》虽然还没入地下种；但这一□辛恳，最适宜的园艺家，是早已使我未曾见面而先认识了，因为在报纸上，时常看到他的杂文，而为我们大家互相称许的。后来，《野草》的创刊，也是由于夏衍兄对他的鼓舞，给他了很大的勇气与助力，才播下这草种到土壤里边。秦似兄谨愿有如其文，尤不善于在这种复杂奇出的社会中，八面玲珑地到处作揖应付，或者掉枪花，玩世故，耍手段，因此也就常常被人看成懦弱，其实别看他肌肉肥，他骨头却和秋天的老树枝子一样硬呢。也正为了这点，才似乎有许多不必要的侵凌，打击着他。可也同时因为他的个性所赋，而《野草》才能有他一贯的作风，才能经得起日晒雨淋和霜雪的不断地袭来，却愈显出他那葱翠的颜色临风不偃的神韵的。

又是秋天了，说快也快，《野草》从下种到今天，它是经过三个秋天了。我曾亲眼看着树头上几度谢落，几度葱郁；也曾亲眼看见秋雁几番的来去，长鸣着划过了中天。而这小小的草，却不曾在谁的践踏之下委顿；不曾被太阳晒焦，显出了枯黄；受着风霜雨露，而伤损了草根草叶。更不曾移进了温室，变成案头清供。他不打哆嗦的，依然地秋风中直立着，我爱《野草》，而我是知道这园艺者对他如何地培植的。可是，正因为我爱《野草》之故，我应该正告他，他的下种是在秋天，已经度过了两个秋天，而今，是秋，秋之后，仍有冬，还有以后的秋的到来的。

家槐兄说："秋应该是我们所欣喜的，秋天是收获的时候。"对的，两年的时间，《野草》是有了他的收获，即使是放射出只是极轻微的草香，即使是只植下了一颗种；而他的叶是永远青着的，我想，这不能不向秦似兄举一举杯吧。

至于我自己，人已在中年了，在秋天应该有点秋意才是，然而，不；或者也许是反常，自己□想在秋风里多挣扎一刹，可是视秦似兄之辛勤，是追不上；视家槐兄之爽直，尤其追不上；又哪里不悲哀呢？

"一年容易又秋风"，秋更深了，我们要更加一□鼓舞才是！

雨雪之怀

彭燕郊

　　雨雪的日子里，我常常怀想起一些小事。就便是这些小事吧，也会叫我深深地感动的。

　　这些时，我们一直就在乡村里。乡间的路是泥泞的，到雨天就更泥泞了，此刻，我忽然想起一条路，有一次，在我们所驻扎的那个小村旁边，有一条小路，靠近着河沟，那是条倾斜的、平滑的、光坦的路。晴朗的日子，人走在那上面是惬意的。可是，糟啦，连下了几天雨，我们要出发了。谁也捡了特别粗的草鞋穿上，也还总在担心着怕会"坐汽车"呢。一上路我们就这样担心着，走过那条路——它应该有它的名字的，可是我记不起来了——要是跌跤了下来，可不大好呵，那是会一下子跌到河沟里去了。然而不然，当我们走近那条近乡的坡路上时，才发现了——是多么可感动的发现呵！在那条倾斜的、平滑的、光坦的路上，已经厚厚地铺着稻草，厚厚地撒满了沙粒了。

　　还有一次，是在冬季，天落雪了，我们行军到一个小村子上。这个小村，给雪封得几乎不像个村庄了，烧好午饭，就要走了。而匆匆间我们竟发现了，到山坡上

作品信息

原载《野草》第5卷第1期。

走的那条路上的雪，早已扫得干干净净，而且，要上山的那地方，还用锄头挖了梯级。走起来不用再怕冻，怕滑了。

这使我们记起来当我们初进这个小村庄的时候，村里的农人们都唏嘘了，对于我们的太单薄的衣衫和即使是这么大的雪也还光赤着脚的冻红的双足，农人们流下他们友爱的泪了。

再有一次，在一个小小的港湾上——在江南，这样的岔错的港湾是很多的。我们机动地退却了，没有遭到大的杀伤。不幸的是，有一个受伤的同志，因为是架着腿走，支持不住了——路是滑的，多雨的江南的春天的路差不多都是滑的。他跌落到田堤埂下去了。敌人和我们都走过了之后，邻近的农民将他救起来了。在那个小村里他休养了一个月，直到伤口养好了，才由村里的人替他找到部队，送了回来。这故事是他回来时告诉给我们的，——这使我们多么高兴呵！我们早就以为，他是做了牺牲的了。而当他说着这个故事的时候，我永远记得，他是怎样压抑不住地、频频地擦着眼泪呵。

当我在一个山村里休养的时候，我也曾遇到一件使我不能忘却的事。也是在多雨的春天，村旁的山溪暴涨了，不知道是从什么地方飘来的，那么多的柴木呵，桌椅呵，门板呵。而可叹的是，这一天竟漂来一具死尸，是一个乞丐吧，或者是散兵也说不定。这，马上使全村的农人注意了，高年的长者立刻就发动打捞——不像城市里的人那样，在这种场合，只会幸灾乐祸地去打捞柴木桌椅之类的什物，相反地他们对这些却想也没想过——之后，乡里募集了买棺木的钱，找人收殓了，还烧了一大堆纸箔。

这都是一些多么小的事呵。但就便是这些小得几乎是不足道的事深刻地感动了我。每逢到雨雪的日子，我便会更加神往地想起了这些，想起那些休养雨的、封着雪的村庄，那些像土地一样古朴的农人，深深地对他们起了信赖。而对那些衣冠楚楚者流，又怎样愤懑地，感觉到"愚蠢""麻木"之类的辱写，是应该拿来反骂他们，倒适合得多呵！

看见酒壶就发抖……

彭燕郊

刚才，我在塘埂沟上的一个农民家里乘凉，和几个地方干部谈天。夏夜的风很清，大家的谈锋都很健。说来说去，不知怎的说起许多怕老婆的故事。这些故事，在我觉得，都是非常之有风趣，非常之诙谐的。而听起来却决不难堪，鄙野，下流。就使是个怕老婆的人吧，听到这些故事，也决不会讨厌的。

最先说的一个故事——是那位健谈的阔嘴巴施才有说的，简直是很美的一个故事——据说，从前（或且现在）有那么一个怕老婆的家伙，朋友请他吃酒，而他害怕了：

"我，我看见酒壶就要发抖……"

一边说，一边就真的发抖起来了。

朋友追问他到底是为了什么，这个诚实的人就说出了他的隐秘：

"是这样的呵，当我的老婆骂我的时候，他总是一只手叉腰，一只手指着我，那样子，可真像一只酒壶呵！"

这故事大大地使我们发噱了，和我一道的女同志 F 笑得前仰后倒，气都喘不过

作品信息

原载《野草》第 5 卷第 1 期。

来，真像要笑破肚皮似的。

接着是老实人汪荣富说的一个了，汪是个口才不好，拙于辞令的人，但故事依然说得很好——在适当的地方开始，在适当的地方结束。

故事是这样的：

有一个非常怕老婆，而又非常之爱说大话的人，一次，和两个朋友在家里饮酒，也像我们刚才似的，谈起来怕老婆的事。不知是因为一向就爱吹呢，还是吃多了酒。当他们说到附近有一个农民，怕老婆居然怕到要给迫着去替她倒马桶。于是我们的大言者简直就生气了，拍着桌子发脾气了：

"他妈的，有这种样人！要是我嘛……"

"要是你就怎么样呢？"

真的就像天上掉下来的，他老婆一下子跑了出来了，一下子就插进了这么一句话。显然是在背后听得非常之久，而且非常之不满了。

"要是我嘛，不用人家迫，自己就晓得去的。"

我们的有急智的主角马上这样机巧地回答了，惹得大家（连我在内）没有一个不满意地大笑了。仿佛我们就是有权威的、受恭维的那位专横的太太。

和这个相同的故事还有两个， 个是那位□□的，无多年纪的小伙子李明生说的；一个则是好久以前，在家里的时候，我的叔叔说给我听，而我转说给大家的。那是些短的、小的故事：

有一个怕老婆的男人，他的胆小使太太的权力伸展到无限了。在家庭里，就简直像王在皇宫里一样。服侍她的这位胆小的家伙，不但要供她使唤，且要时时留神，别让她打了。可是，就如同上面的故事所说的那样，胆小的人偏偏有夸大的习惯。也像上一个故事那样，当他和几个朋友在自己家里闲谈的时候，不知是他自己露出了局促的样子呢，或且人家故意要送他玩笑，大家都说他是个怕老婆的，对于这个不光荣的称呼，他不满了，声言是：

"我怕老婆吗？哼！我的老婆看到我，就像看到老虎呢！"

凑巧得很，这话也被他太太听到了，马上吼起来，威吓地、驳斥地说：

"做什么我见到你会就像见到老虎呢？你说呀，你这不要脸的！"

我们的主角依然没有失去他的急智，像平时那样——依我想，这一类事情，他是遇到得太多了——就很爽利地说出了奉承的、讨好的话来了，也不管方才听过他的大言的朋友都还在座：

"当然是的啰，我是老虎，你就是武松呵！"

我们的可怜的英雄的狼狈的下场，惹得大家几乎是同情似的笑了一大阵。

最后一个故事是我说的。真的，我自己也不晓得，为什么临时会想起这个故事来：

有一位怕老婆的家伙，真的就像老虎遇见武松那样的，要常常挨老婆的揍。有一天，这位爱打人的太太忽然妙想天开，不想用家里所有的棍棒之类的物件来打（也许是用厌了吧），还命令着要挨打的人自己到邻家去借根扁担来。

这位胆小的男人，虽然迫于威胁，不得不从命前去。但，由于害怕吧，或且是由于不服，当跨出门槛的那一刻，竟也发出了一些怨怼的嘟哝。

不料这样微小地动一动嘴唇居然都被他的女王发现了，喝令着要他退回来，而且追问他刚才说了些什么：

"不，没有什么，我不过是说：像扁担这样的家伙，我们家里也该买条才方便呢。"

这样出奇的可怜的下场，当然地，又使我们笑了一大阵。

最后，大家要求女同志 F 也来一个故事，但是她说不出来。就连女人怕丈夫的故事也说不出来：

"女人挨丈夫打的事多着了，引不起人家发笑的。"

是的，在这些有风趣地、诙谐地、成见地处理了男女关系的故事里，是依然闪烁着妇女们的凄然的泪光的。在我们听到故事而笑起来的时候，想到那些勤苦的、苍黄的主妇们之时，对于挨骂和挨打的男人，是没有抱不平的心思的。

因为，谁也想到的，在我们这里，一种新的生活场景是在展开着了。在这以后，我们所要说的，所要听的，将是一些新的、与现在异趣的笑话了，在那笑话里，再不会闪烁着妇女们的泪光了。

遥　寄

何家槐

卡尔曼先生!

也许你记不得我了，可是我却很记得你：记得你在曲江的讲演，记得你唱俄文的《祖国进行曲》，记得你住的那只小艇，记得你那爽朗的笑声和热情的谈吐……

如果你想得起你住的小艇中，忽然在一个多雾的黄昏，走进了三个浙江青年，想得起那位曾在欢迎你的大会中独唱《嘉陵江上》和指挥齐唱《义勇军进行曲》，你曾笑为小姑娘似的□妮的孙慎同志，想得起那位曾为你画像，也曾为你们的贤明领袖斯大林先生画像的郁风小姐，那么你也一定可以记得一个曾经送给你一本《战斗中的一年》的高而瘦的青年；而这青年就是现在寄信给你，曾经不止一次地怀念

作者简介

何家槐（1911—1969），浙江义乌人。1932年加入中国左翼作家联盟。抗战爆发后，参加战地服务队，从事抗日救亡工作。1939年后在柳州第四战区长官部任职，做统战工作。他常往返于桂、柳等地，参加桂林抗日救亡文化活动。1944年10月离开广西，1950年后，曾在中国科学院文学研究所、暨南大学中文系工作，"文革"中受残酷迫害含冤病故。在广西工作生活五年多，在此期间，在《野草》《文艺生活》《创作月刊》《诗创作》《救亡日报》等刊物发表了大量散文、评论、小说和翻译作品，出版了杂文集《冒烟集》，为广西的抗战文化工作做出了巨大贡献。

作品信息

原载《文艺生活》第3卷第4期。

起你来，并且特别写过一篇文章登在《新华南》上的人。

卡尔曼先生！很多人一定会取笑我写信给你，因为我们是这样的生疏；连你自己也许会觉得奇怪，因为我们确是这样的生疏——生疏到也许在想起了孙慎同志和郁风小姐以后，你还是回忆不起我来，因为我既不是音乐家，也不是画家，却只是一个寻常的公务人员和在文艺界打打杂差的青年，而那本我编的《战斗中的一年》，虽是几个政工人员的心血结晶，却实在是浅薄幼稚得很，而且印得又都是那么四四方方的汉字，在你匆忙的战斗生涯中，当然是更容易忘却的。

可是，人的心有时就是这个样子，并不足奇怪，更没有什么好笑。昨天我刚刚看了一遍契诃夫的《三姊妹》，其中有段安德烈讲的话，老是萦回在我的心头：

假若你坐到莫斯科的大戏园，你谁也不认识，谁也不认识你，而你并不觉得你是异乡的人。可是在这里你一切人都知道，一切人也都知道你，但你是异乡的，异乡的人……异乡而且孤独的人。

当然我们现在的情形与此不同，不能相提并论，可是我总觉得自己的周遭缺乏一种活力，缺少新鲜泼刺的空气，总觉得和一望所谓"熟人"之间还有一些隔阂，往往感到深深的寂寞……因而更怀念起远方的，甚至不大认识的，如你似的友人来。

国际友人，在我的周围并非没有，但像你似的既是作家又是摄影师，全身充满着战斗热情的艺人，这几年来，我却一直没有机会再见到。几位贵国派来的顾问，也只在请他们说话的时候才能远远地偶尔"一瞻丰仪"，无从晤谈和请教；现在就连这种机会也是越过越少了，因为据说他们的讲演姿态并不"好看"，他们所讲的更其平淡，毫无什么"出奇"之处云。

因此我尤其怀念起你来……

记得在曲江时，你所讲的也无非只是回忆西班牙民众反法西斯的战斗，只是赞扬我们的抗战，这在有些"聪明人"听来当然也会厌烦，觉得"毋煞稀奇"和平淡，你并不是什么出名的演说家，姿态之类当然也不会怎样漂亮好看，自然难免给"聪明人"批评甚至憎厌。可是我在那时却确实是听得非常兴奋，非常感动，现在如果再听到，也一定会同样地——不，也许是更深地感动，而且自信将来也不至表示冷淡，觉得厌倦，因为你所报告的话语虽不出奇，但那包含在话语里面的事实和精神，却绝不是平凡的。

卡尔曼先生！记得你到曲江的时候，德国侵略者还不曾完全撕开狰狞的面相，你们的国土上还没有发现希特勒匪军的魔爪，但是现在你们却已经进行了两年多的神圣战争。在这两年多的艰苦战争中，我们虽没有通信，而且你也许早已忘掉我，可是我却随时随地留心着你的行止，知道你已更积极地投身在保卫祖国的战斗里，不但写报告文学，拍摄战争的影片，而且更做着其他的很多工作；这使我感到骄傲和光荣，尤其感到羡慕和另　种无法写寄的特别的心境。

你们的国家是个伟大的国家，你们的民族也是一个伟大的民族。记得幼时听说你们的彼得大帝竟不惜以九鼎之尊，降身化装为工人，微服到荷兰学习造船，就曾觉得十分地钦敬和感动；而事实上却是："如果圣彼得算是伟大的象征，那么列宁就是伟大的本身。"现在的斯大林先生，也同样是"伟大的本身"，绝不是彼得或者其他历史上的人物所能比拟。最近我看完了一本《苏瓦洛夫元帅》，愈增对于你们胜利的信心。"……我们像迅雷，像暴雨，像闪电，像山洪，从山地，从森林，从炭坑，从沼地，向他们扑过去……"这段你们那位曾经进军柏林，占领伊兹密尔，居然通过天险的圣哥达隘口，如果不暗遭内奸出卖，一定能够超越阿尔卑斯山歼灭法军的老将苏瓦洛夫所说的豪话，难道不正是为你们那些在高加索和斯大林格勒血战，无敌地向纳粹匪徒猛扑过去的勇士们写照的吗？……

我们的国家也是伟大的国家，我们的民族也是伟大的民族，虽然有的地方还是很落后，虽然有的人还是麻木不仁，老是沉醉在"稀奇"的幻梦里和躲藏在"好看"的外表中，可是我们坚持了五年多的抗战和艰苦万分的建设，已经充分地证明了我们确实是能彻底解放，得到最后胜利的。

卡尔曼先生！几乎忘记告诉你：除了读过你的几篇零星的报告文学以外，我还看过一次你在曲江时拍的电影——那上面有很多我们的忠勇健儿，有曾经保卫浦东和大武汉的著名将领张向华先生，还有各种我们前后方的战时活动。这次放映引起了我们很深的感奋，有些官兵同志看到自己的战斗姿影被摄入国际友人的镜头，活生生地在银幕上出现，因而回忆到过去的激烈战斗——这样的老战士我们这里还有很多，竟高兴而且感动得偷偷地擦起眼泪来了。

一转眼就是三年多，卡尔曼先生！在这时期中我们的变化很多而且很大，就连我自己和几个朋友合办的，前面提到过的那份《新华南》杂志，也早已停刊，和你也曾见过的它的主编人石辟澜君，在经过了无数风浪和香港之战以后，更不知漂泊何处，是否平安……但我们并不颓丧，反而在一切磨难和困苦中愈益坚强起来，这也许是最足以安慰像你这样的友人的吧。

今天还只是十一月的二十五日，离开新年还有一个多月，但因为我们的精神虽很接近，我们的心声虽然相通，可是隔离我们的路途还是十分遥远，不得不提早寄出这封短信，寄出这封你也许一辈子看不到的短信，祝贺你们贤明的领袖，祝贺你们英勇的红军，祝贺你们伟大的胜利。亲爱的卡尔曼先生！你当能想象得到当我写下这些简单却是神圣的祝词的时候，我的心简直因为充满着欢喜和希望，充满着珍贵的友情而紧缩得几乎痛苦起来的情景——但愿你自己也因为新年将开始新的胜利而更其愉快和健斗啊！

你的中国友人之一何家槐。

英雄的丕变

韩北屏

二十七年初春，我随着军队过豫东。那时津浦中段的会战刚告结束，皖中的局势突呈逆转，作为中原交通联络的豫鄂皖边区的几个城市和几条公路，显出了特异的繁忙，也显出了特异的慌张与动乱。

在某一天傍晚，我们到达固始。固始，那时正被战争的浪潮所冲击：敌机因为它是接近前线的第一个补给站，成日地来侦察轰炸，市民差不多逃空了，我们可以随意走进任何一间住屋而不受到阻挡，屋主人慷慨地献出了他的屋子给往来的军队，同时也是可悲地舍弃了祖代相传的产业给战争。固始，和许多将要毁灭的城市一样，商业完全停顿，而小吃馆和街头摊贩却异样繁荣，这是冒险的居留民唯一糊口的生计。

我们以一天九十里的速率，接连徒步了四天，傍晚到达城中时，居然也给街边的灯火（真正是街边的灯火，因为没有一盏灯一个食摊不是设在屋檐下的）引得兴奋起来。等宿营的事项安置妥当，我约了两个同志去那些小食摊上寻找一夕的"陶醉"。

时候是初春，天气依然寒冷。大别山屏障在固始的东南，西北风的势力盘踞这

作品信息

原载《野草》第5卷第3期。

里不去，入晚更冷。我在豆油灯的闪烁的微光下，在木炭的烟阵中，徘徊很久，总找不到一个座位，那些座位统给武装同志们占去了。后来，偶然在街转角发现了一家半掩门的饭店，推门进去，里面的油香菜香使我们大喜过望，原来这店家还是营业的。

走进店铺里面，中间圆桌上已经围坐了一群人，我们在屋角的土坑边坐下。室内的□□的空气，使我的眼镜玻片上起了一层雾：而中间圆桌上的猜拳饮酒声，使我感到这小屋子里简直充实得无法回旋。

少饮了一壶酒，我们的精神振奋了起来。我这才开始注意起中间圆桌上的客人。客人们是军人，当然不用说明，在这种环境里，"老百姓"是不会到仅有的饭馆来吃饭的；但是这一班军人却引起我的奇怪。他们一共是六个人，每个人的服装都是同等的污秽与破旧，每个人都有一支短枪，胸前也各个摆着四颗手榴弹，他们没有领章，没有武装带，从他们的服装上分别不出他们的官阶。但是坐在靠近房门口的一个瘦长子，腰间的皮带是宽的，还背着一个方形的皮图囊。说话的神态也和其他的人有些两样，我猜他是一个军官。

"去那！饮，再饮一杯！"

瘦长子将放在长板凳上的长腿向地上一蹬用广东话举杯招呼他的同伴。

"营长，你饮得呒少了……"

"丢那！这一点点算乜野！饮！"

营长的气□倒并不是因为他是官长而更□□威风一点，而是他的豪放压倒了他的部属。军人是不会□酒多的，他们于是又叫茶房添酒来。他们饮酒愈多，谈话愈高声愈热烈。从他们的谈话中间，我整理出一个大概的线路，他们方自徐州突围出来，正向后方找他们的部队，以便报到归队，他们这几个人都经过几场恶狠狠的战斗，从濒于死亡的边线上跑步过来的。但是，他们的情绪毫无一丝颓废的痕迹，依然是那么兴奋：

"丢那！只要这些小兄弟在身边，"一个肥胖的家伙，拍拍腰间的手枪说，"行到天边我都不怕！"

"伙计，今晚□行呒行路？"另一个说。

"行！"营长下命令似的说，"今晚赶到××！我要快点赶到信阳，找到师部报到！"

后来，他们又说了些关于过去战斗的事情。当他们较为冷静了一些的时候，营长很诧异地看我们一眼，也许是因为我们太沉静了，所以引起他的注意。当他再向我们看时，我向他点点头。

"过来坐！同志！"营长突然很斯文地招呼我。

我于是走了过去。和他们谈话的结果，证实我先前的估计完全确实。我就把我猜想的结果告诉了他们，营长首先笑了起来：

"丢那！老子的相貌改不了的！"他改用普通话说，"谁都看得出！"

"那么，你看我们呢？"

"政工人员！"营长简述地断言。

"为什么看得出？"我故意地问。

"为什么？你们这种白白净净、文文雅雅的样子，明明白白告诉人家了。老实讲，军队里有三种人是文雅的，参谋、军医、政工人员。政工人员一见人家的面，总爱问长问短，所以我一猜就得了！"

离开那家小饭店时，差不多快十点钟了。他们把军装和武器重新整理了一下，很自觉地排列在门口，等营长出来。营长出来后，向我们招呼了一下，发了口令，便向城门口那边走去。走了几步，他回过头来：

"再会，同志！"

那晚偶然的会见，我留下了一个很深的印象。我时时想起了那位瘦长的家伙。

一年后，我被调到×××师政治部工作。在一次全师军官会议的席上，我发现了他。他似乎对开会不感兴趣，靠在桌子边动也不动，翻着大眼睛直瞪着说话的主席师长。我刚发现了他，我感觉有些面热，还不能确定究竟在哪里见过他，后来才记了开始的"晚会"。散会后，我约他出去吃晚饭，我问他记得我没有？

"面熟得很！记不清了！"

我告诉他，那时你是只有五个兵的营长，连夜赶路地向信阳去，他用力地在我肩头一拍，两只手拍得很响，笑得弯下腰来，嘴里说：

"丢那，丢那！你的记性倒好！伙计，我们又遇到一起了。"

再后，我又被派率领一批工作同志到团部去协助训练新兵，靠了这一点关系，营长给了我们很大的帮助，使政工人员和军官佐的关系弄得很好。

但是，在实施训练计划时，他却和我发了极大的争执。他的训练偏重于实用，他坚持在战争的时期中，一切的训练要求马上兑现，他主张士兵可以不必学基本的烦琐科目，只要教他们射击，准确地射击。至于政治科目，他尤其反对我们的小组训练和政治课程。因为进度的拟定是由上层发下来的，他不便反对，可是，在实施的时候，他总有他那一套"急就速成"的理论。我赞成他的战斗技术的迅速灌输的主张，但是我也坚持头脑武装的重要，尤其反对他的放纵管理，每次讨论，他总是给我们说败。他既然无法替他们的理论辩护，只好笑着说：

"太慢了！太慢了！你们这些家伙总是按部就班地做，现在是抗战的时期，什么就要求迅速，军事更要求迅速！不能慢来的！"

我们如果再追得他紧些，再向他采取"说教"的方式时，他便用回避的方法：

"你们去做点民众工作好了！"

每次讨论，总在笑声中结束，事实上是他屈服了，但是他总不服输：

"好，让你们试试！不过，我的训练，你们可不能妨碍！"

这位豪放的营长，他的训练方式略带点"原始性"，但是以他的真诚与坦白，以他对于下属的关怀与爱护，他获得了下属的绝大的拥戴。他这种性格与军队的性格是十分调和的。因此，不但我们的工作很好展开，而且这一营的新兵训练的确也算是最好的。

四个月后，我因病离开部队，临去时，他特地来送行，说起这次送行，那是一种惜别的意味也没有的，他仿佛来责罚我似的，说我不应该"逃亡"（这是军中流行的一句术语），意思就是说不应该为了个人的舒适而回到后方去。我打算向他辩解，他双手像一只墙似的堵到我面前说：

"你总有一套理由，我不听！"

我也向他提出，叫他多多注意自己的进修。这是几个月来我不断劝告他的事。每次他拗不过我，总勉强答应我读书，实则他拿也不拿书本的。这回我又向他提出这个要求，他同样说：

"读书，我一定读书。"

"你是在我面前读书，回去就是书读你了！"

"丢那！我真的看到书就想睡觉。我们这些老粗，要的是打仗不怕死，不像你们要卖嘴！"

接着我同他起了争执，我提出很多理由，迫得他像往常一样地屈服。我要他亲自承认说的话不对，他也接受了。

自我离去部队之后，他们就参加××保卫战，他这一营人和地方民众的关系搞得极好，曾经立下几次辉煌的战功，他和我通信说起，他在作战时才知道士兵不单要枪打得好就行的，政治训练的重要却更加重要。他不再说"太慢了，太慢了！"。我回信告诉他，砌高楼大厦要一块一块的砖头垒起来，造木板房子是马上可以竖起来的，但根基不固是挡不得狂风暴雨的。他回信只用了"领教领教！"几个字，由这几个字，我仿佛面对着他似的，他那"丢那，丢那"地笑着屈服的神气，活现出来。

一个礼拜之前，他突然到××来，住在旅馆里打电话找我。我赶去和他见了面，他还是很瘦，一身褪色的草黄军服，一条横皮带，一双和柏油马路不调和的胶底的布鞋。这时，他已被调升为上校代理团长了，这身服装，是朴素得令人惊讶的。

"为什么到后方来？"我问他，"做团长以后的工作忙不忙？"

"忙倒不忙！不过，团长的做法跟营长大不相同了。打仗之外，还要有些……丢那！有些……"

"有些设计工作要做！"

"丢那！对了，设计工作。"

"怎样呢？"

"老弟！做了团长才知道学问不够了……"

"哦！"我十分诧异。

"不瞒你说，我近来拼命看书，丢那，脑子太笨，总看不进去。这回，我要求进陆大去！师长已经批准了！"

"哈哈！"我大笑起来，"你不嫌太慢了吗？"

"丢那！你笑我？这有什么好笑呢？"

这位瘦长的上校先生，严肃得使我不好意思再笑。而他，倒是坦然的……

一九四三年十二月十一日

某村及其居民

韩北屏

生活在乡村中——虽然这个乡村和一般的所谓的穷乡僻壤还有着不同，但是，住久了，一种城里人惯有的寂寞之感，还是很经常地会发作起来。每当在我感到寂寞单调的时候，我就只好以两种方法来排遣无聊：一种是遐想，另一种是仔细观察活动在我周围的人们，那些自得其乐和终日辛劳的人。

是的，我应该先将这个与其他乡村不同的乡村介绍一下，免得你们以为凡是乡村，大都是一样的，几间茅屋，墙壁上挂着牛粪的圆饼，麦场上有稻草堆，屋内阴暗，空气和阳光仿佛害怕屋内人畜杂居的烦□，所以绝迹了。再有，那里的居民，一般都是憔悴的，而且也是粗野的，女人笨手笨脚，会当着生客的面前，拉出皮口袋似的两只大奶子喂小孩；小孩子呢，一定是拖着黄浓鼻涕，上身穿着大棉袄，下面却光着屁股，瘦得像猴子，滑得像泥鳅。

可是，我所要说的乡村，却绝对不同。——也许不是乡村不同吧，至少是我所住的那个村庄不同于其他的村庄吧？

说是庄村，实在这个庄村的规模与繁荣，却令很多号称为县城的城市感到寒碜。

作品信息
原载《野草》第5卷第5期。

我走过很多县城，其中有些简陋渺小得简直使我不能相信它是县治的所在，它们的面积比不上一所普通的省立中学，站在十字路口大声一呼，会使四个城门口树上的鸟雀惊起，抽一支烟卷，可以绕城两周。然而，这一个村庄，它的宏□与宽广，也常使我不能相信这仅是一姓的庄园。

这一个村庄的面积，我无从正确地说出，但是以散步的姿态绕行一周的话，必须要半小时以上；倘若连环绕和附□于它的一些小村落计算在内，那必须以三小时以上的快步，方才可以访问完毕。

我现在还是单单叙述这一个主人似的大庄子吧。

在庄子外边，有三条护庄河，河面大约有一丈多阔，河上都有吊桥，入晚就拉了起来。靠近庄里的两条河内，全都插有尖刀，只有靠近河面的二三寸是无碍的，这样的设备，目的是为了预防有人泅水而过。庄内的墙垣，也有防御工事：墙头上有玻璃片直立着，墙上有枪眼，而且有土炮的设置。有一次我偶然沿着墙壁绕行，走到转角处，披开蔓草，却见一根乌铁管子伸出墙外，我吓了一跳，却原来正是庄内的重武器——土炮。从这样的布置看来，的确够得上称为森严的了。至于走进大门之后，却使你更觉到十分神秘。屋子的建筑并无太特别之处，但是房屋的回廊与甬道，却是短而且多弯曲。屋内的门更是特别繁复，一间房有两个门的算是最普遍的，所有的屋子总有三个以上的门，甚至在一面墙上开有两扇门。据他们告诉我，房屋开了这样多的门，全是为了防匪。根据他们的经验，假如土匪渡过三道河，攻破了大门，闯过了回廊与甬道，他们走进了任何一间屋子时，面对着如许多的门户，他们也将彷徨起来，同时每一扇房门后面，都可能有一个守卫者，换句话说，闯入者踏进每一间房，立刻就遭遇几个无从防御和计算的危机，这样，他们不是被狙击，以至伤死，便是退缩出来。主人们用这样的工事，曾经几次奏过凯歌。然而，当这个庄子的新客人们踏进时，见到这样曲折的过道，这样众多的门户，总会引出很不少的幻想。我便是其中的一个。我曾经在傍晚的时候，踏进一间客堂去找是房主人的我的朋友，就在我站到房屋中央时，有三扇房门同时拉开，一阵哎呀的声音，使我手足无措起来。还有，这些多门的房屋里，往往在墙角的地板上有一块活动的木板，可以拉起。我有一夜在睡梦中，听到我床前地板上有响声，睁开眼睛看时，一个扛枪的庄丁慢慢地从地下走了上来。……

这样来叙述这个村庄，似乎是在夸张，实在说来，我的描写，还不能将那个村庄所具有的神秘完全说了出来。

我应该补充说一句：造成这村庄的神秘的，不单是那些古怪的建筑，还有一些不调和的洋式房屋，也是令人有讶异之感的。譬如，在一排土墙茅草盖顶的仓房之后，忽然会有一幢有钟楼的古罗马式的圆顶洋房，而在洋房的侧面，居然又是一座飞檐的六角亭子。又譬如：一个有大玻璃窗户的客厅旁边，是一座三层的□□碉堡，闲暇和紧张贴邻而居。

这村庄另有一个特点，是树木的特别繁密和葱茏，松树和银杏，像英雄似的矗立在各式各样的树木之间。假如我们能升□作为□的□，一定会以为房屋的顶是悬浮在绿色的海中。可是，当心一点，走在树林之中，应该注意到拉扯在树干上的铁线，因为那是警铃的线，不能随便拉动的。再有，你如果偶然发现一棵松树的树干异样的光滑和平直，因而用手去抚摸它，仰头做进一步欣赏时，你一定会遇到在离地一丈多高的树丫间，正有一个人低头对你微笑。你不必害怕，这是主人派他们升高瞭望的　　是村庄的哨兵。

自然，说到这里，我若是再不说明这村庄位置在什么地方，又为什么要如此戒备的话，你们将以为我是在构造一个离奇的场面、故事来□动别人的听闻了。

一些也不是构造的，这个村庄的确是如此之森严壮丽而又诡谲莫测的。村庄的先人们，在百年前曾随着李鸿章打过"太平天国"，他们都是"淮军"的主要人物。当满清的主子"论功行赏"时，他们不但受到"加官晋爵"的荣耀，而且还受领一块"封地"——这便是我上面所说的那个村庄的由来。现在，这个村庄仍旧在江淮之间的那块沃野上。

应该说是我的遗憾吧，当我来拜访这堂皇的村庄时，它的堂皇已成为古路上的一块金瓦，□□而且褪色了。我所看到的是那些给历史的烟□熏黑了的建筑，以及和建筑同样□□了的人们。一切都是褪色了的，只是幽深的气氛更其幽深了。

仅存的一个老主人，是那做"征洪"的将军的儿子，现在像幽灵一样地蜷伏在他的卧室中，慈祥，他的快乐与愤怒，还是可以使全村的子孙们高兴与害怕的。这位老主人，轻易是不见人的，我只是在他们家族的大宴会中，看到过他一次。他苍白的脸，花白的□□，高而瘦的身躯，摇晃着有如风中的枯树，颤巍巍地走了出来。我从他的形体上，读完了他们家族兴衰史的重要的一页。老主人有一个怪癖，喜欢在半夜里去到他的卧室的对房，常常走进房去，关上房门，独个儿在里面喃喃自语地经过几个小时，到天亮了才泪眼模糊地走了出来。家人都说他是去诵经的，子孙们并且以此赞美着他。我却有点怀疑，因为那房屋子里面没有佛像，没有经文，设置一如旁边的卧室，只是无人居住，而且老主人不许任何人走进那间房，窥视是绝对不宽恕的。我由他的曾孙的□□，曾在一个清晨冒险去侦察了一次，他那叛逆的曾孙告诉我，这是一个家族之间的秘密：老主人在五十年前，就是在那间屋子里，杀死过他的长子和他最爱的一个小妾。这自然是一个绝大的创伤，五十年的光阴却没有冲淡他的记忆。我听了这个故事，想象在半夜里的喃喃独语，对那间古屋不禁生出畏惧来。

还有一个屋子，在后园隔墙的地方，像孤立似的□□在全个庄宅的位列之外，屋的四面尽是树，短墙外是护庄河，河那边是高大而多姿的紫薇山，真□□，并且宁静。我曾向主人提出要求，希望能进去。但是主人用有礼貌的态度劝阻我，说他不愿意客人受如此冷落的款待，而且安全也是他所不能不顾虑到的。又是那位叛逆的曾孙告诉我，那座独立的屋子是"惩罚的屋子"，一切触犯了家规的人，一切□□□□不能满足主人或者管家心意的人，都得送到那里受惩罚。其实是刑场，因为有许多人的生命是因此而结束在那里的。的确所听是遥远的，呼喊不易穿透墙壁，更不易透过茂密的树林。我看到那些被蔓草封闭的小径，我知道彼端有一所凶屋。

庄内的居民，他们有一个值得喟叹和值得怜悯的德性，他们太容易满足，他们的痛苦很短暂，因此他们都快乐地陶醉在任何一件细小的幸福中。譬如像年长的主人们，有些在茶与□的伤害中寻找乐趣，有些在鞭挞咒骂别人中得到发泄，有些以多得一担谷为满足，有些在渔获妇人中消耗自己的生命。女主人们，以多听好话为荣，以嚼舌和嫉妒来滋养日渐枯萎的生命，以责备别人而自己却放浪形骸为高贵。这许多人，和这一个村庄的气息是一般的灰暗。

然而，幽灵似的祖父，只能在半夜喃喃独语：古老的建筑不比青山更能持久，时光也使他衰老了。在这□□草□萤火虫似的村庄与居民中间，一些愁苦的灵魂在受着煎熬。他们憎恨，□□□□□□作态的怒目而视，他们企盼着火、风、木、水，以及一切可以毁灭掉这村庄的东西，自然也有些愿□首先毁灭掉自己的善良的灵魂。

那叛逆的曾孙，应该是这村庄中最幸福的人。他说从来不愤怒，从来不悲哀。他为了证实他说话的诚实与有理，他领我到大厅上去看一件东西。那是一块匾额，是那位□□的"大清皇帝"的恩赐，上面叙述了这村庄祖先怎样为帝国服务，又怎样为皇上所依赖，匾额的当中是四个大字，用金箔贴成的四个字。我们看过这块匾额，他告诉我：村庄的命运正如同这块匾，金箔脱落了，就显出它的寒碜。而这种命运又怎能逃过呢？

抱歉得很，当我离去这村庄时，我回头抛下一个祝福：愿意走出来的就走出来吧！其余的让它和村庄的毁灭一起毁灭！

一九四三年四月二十日于桂林

野祭张曙

孟超

张曙生前我和他并没曾见过一次面，我听过他作的曲子，因为他精于用中间情调的旋律，使我倍加亲切地受到了他的感动。我又听到许多从事新音乐运动的朋友们告诉我说，他生前在音乐工作中留下了不少的劳迹。然而，他死都不能瞑目地在抗战尚未完成、新的艺术须待开展的中间，竟遭受了肆虐的敌机，在狂炸里断送了他的生命，给中国艺坛上留下了不可言喻的损失，在魔掌下做了悲惨的牺牲。

他死后，起初埋葬在将军桥以南凉水井的郊野，那里是靠近了某工厂的附近，以后因为工厂建筑房舍，将厝葬的许多坟冢，都另外地觅地迁移了，我还记得在文协开会的时候，在音乐界许多朋友的闲叙的时候，曾有好多次提到为他迁葬的事，也几次地有人专为等觅他的葬地，想对他这凄零的孤魂做过一番沉痛的凭吊；然而，南郊的旷野荒山，几番地是被踏遍了，又哪里能找到这一抔土，这赍志以殁、不甘长眠的羁灵呢。

大约是去年十二月间，天气还不冷，阳光暖煦煦的一个上午，田汉先生约同了我约章东岩兄，说："趁我们都还健在，都还留在桂林，应该寻觅到这旷代艺人的

作品信息
原载《大千》第1期。

坟墓，哪里能让他常远地离开我们，哪里能让他死后的尸骸也都迷失了所在！"东岩兄是他生前的知友，而我，虽无半点私交，但他的惨死是使我愤怒在心头，他的歌曲是激动在我的脑中，我们两个人都不徘徊地愿意和田汉先生一道，再做一次的探寻。

出了南门，走过了将军桥，遍野的荒地，许多突起峥嵘的山头，彼此地对望了一下，谁都说不出口来，心里想，又哪里去找呢？东岩兄在某工厂里有几个朋友，他去询问了一番，似是有些眉目，于是，西行，跨过铁路，奔到一个小岭的脚下，哪里有半堆土，有一堆坟呢？我们又茫然了。这样，来回地逡巡，观察了许久的地势，几乎连我们自己都迷失在这里了。大约有两个多钟头的工夫，才从一个姓水的乡农口里打听到被某工厂迁出的坟墓，都在大山头那边；然而去那里的路是要经过好多周转，又要迂回过几个庄村，我们怕还未必能找得到的。我们把死者的情形，向那乡农述叙了一遍，他也感动了，他正工作着，但不思考地，放下了农具，愿意做我们的带路的人；我们也真像在茫茫的大海里的飘行者，得到了一个指南针一样的心情，是多么愉悦的，随着他重跨过铁路，再东行，过了占着铁路东西两面的夏家村了，远远看两个山头并列着，乡农告诉我们说："就在那里！"我们加紧了脚步，田汉先生使出他比平日更快的健步，首先地到达了。

那里，山脚下，有两片坟场，我们先从北面找起，找遍了，没有。再往南边，坟更多，一堆堆，都像排列着的馒头，三个人分头地每一个墓碑都看过了，还是没有。这时，大家沉闷的、最后的失望，几乎使我们连浩叹的音声都发不出来；然而，还不放心，忽然，田汉先生惊喜地喊了一声，我走过去，看他默然地、一声不响地，站在一片断碣的前边，碑是一半埋在土底下，露出了"曙父女"三字，因为与他同遭惨祸的还有他的几岁的爱女，也厝葬在一起。碑是郭沫若先生写的，写时田汉先生在场亲眼看见过，不然，怕还会当面错过了的；可是，碑石已经毁成两段，字也被泥土涂污得看不清爽，那种衰颓的景象，是更增人凄凉之感的。东岩兄已经落泪了；田汉先生自始至终是一声不响，只痴痴地怅望着，我知道他漫淫在无限的感怀里边，他是追想着这伟大的艺人的音容举止，更曾想到他那一曲热情的歌，他那未尽的工作。极悲痛的哀感沉潜在最寂静中，我也讲不出话来，更无从□想他的生平，在山边只听见这漠漠无人的荒郊中，一阵轻微的风吹动着悉悉的细草，鸟雀们叽叽喳喳地哀叫着，都好似唱出了"安眠吧烈士"的悼歌；然而，我们的烈士，我们的为抗战而努力的艺人，死在九泉却没曾得到安眠呵！

待了多会，东岩兄才从怀中掏出他的日记簿来，很清晰地记好了地名，画好了地形，更把路径记得清清爽爽，低沉地说道："我们应以为他迁葬之责自任，在今明年中，当使其移厝七星岩下，栖霞寺旁，使他靠近浑融和尚的灵塔，让一个明末匡复未遂的奇僧，一个现在力图救亡的艺人，地下相伴，不会再有寂寞之感，在月朗风清的中宵，足资来者的凭吊，在这巍峨巉岩的群峰之下，让他俩共同地永留下民族的光辉的！"

归途中，我们还计划着如何筹措营葬费，如何勘觅适当地点，甚至于如何地开坟，如何地移枢。统统都想到了，虽然是在架空地虚拟，但大家都好似心安了许多。

虽知今年春间东岩经商失败，亏损忧伤因而致疾，不久即随张曙撒手西去。在临终的前几日间，缠绵床榻之上，犹殷殷以迁葬张曙之事为念。所以我在悼东岩兄的挽语中，曾有"遗恨未移张曙墓，伤心怕读屈原诗"之句。当时似有非难者，以为在今日，在东岩兄，其主要之事业，其不能瞑目者，当不以此区区之迁葬之事为重；然而，在我个人想，敌氛还在嚣张，抗战还严重地需要着文化艺术来加强推动的力量的时候，而能让我们的文化运动者、艺术工作者，生无片瓦，死无立锥，灵魂流浪荒野，骸骨被人践踏，又谁能说不值得重视呢？

三月间，新中国剧社假国民大戏院开音乐演奏会，节目中有徐炜女士独唱《丈夫去当兵》，徐女士是张曙生前得意弟子，她的声乐曾得过张曙亲自传授和指正的，而这曲更是强曙根据她的嗓音谱出的，他的曲和她的歌声，也曾几次地在黄鹤楼的脚下、汨罗江的岸边，博得了许多的好评，唤起了无数的抗战军人家属的兴奋和鼓舞，张曙死后，徐女士对这一曲名歌，是有着人琴之哀，而不轻于演奏的，那晚，抑扬的、柔婉的、激越的声调，她是加倍地激动起了自己的感情，而观众一样地也是加倍浸淫在她的真挚沉痛的歌唱里，一曲才罢，而掌声已经雷动了。田汉先生在人丛里寻到了我，告诉我说："迁葬张曙之约，仍当努力行之。"可是，才几何时，一同寻觅他那坟冢的人，又伤折了一个，我虽然没有个人生死忧怀之思，但深深地觉到事是不能再加停待的。然而，我知道东岩兄死后，什物书籍散佚无存，而那本记着路径坟场的笔记簿，已不可复得，将来重吊艺人埋骨之处，又须重费一番思考矣。

很难得的，入秋以后，抗敌演剧四五七队都相继地来到了桂林，张曙的同学而兼工作中的知友林路兄也从武林辍教归来，不但使这里消歇中的演剧及其他艺术运动得到了新的力、新的触动，而这一件久搁的遗憾，也在许多朋友中热烈地被提起了；尤其是演剧五队，是和张曙有深深关系的，这队是他手创的，不久就要离开这一个音乐家凄死的伤心地，远去到另一个新音乐运动的开路者——聂耳——埋骨的故乡工作，他们以不能已止的感情，决定了在队伍离开桂林的前一天，去到大山头边，为他招魂野祭，看一看那一坯荒凉的土堆，滴几点伤悼的眼泪。

在那一天的清晨，大家都集中在体育场的司令台。演剧四队的临时队部，除了三个演剧队，少青团，音乐界的朋友以外，还有方外巨赞法师，评剧界李玉良、王仲英，画家郁风……一共一百二三十人。我一到那里，田汉先生一把拉住我说道："今天的向导，是靠在我们两个身上了！"听了这话，心里的确悚然了一下，因为自己平日记忆力是最坏的，虽第一次觅找他的墓地，现在已经快一年了，路径的影像，已经十分模糊了；可是更想到才一年间事，东岩兄已经亡故，而张曙坟上的草又一度荣枯了，我们的抗战，已经与国际及法西战争汇合成了总流，我们的胜利更加逼近，然而更需要鼓舞，更需要新的音乐，来准备着凯旋的铙吹，也更不能不痛惜地想到这一个重大的损失——他的惨死，而愈加地悲哀了。

在路上，虽然没有成为行列，但前边执着几只花圈，后边大家跟着慢慢步行着，谈着他的死时的情形，谈着他的生平，谈着新音乐运动的战果与前途，一出了西门，——因为大家都说走西门比走南门方便些——我站在铁道上面东望了一望，当时的情景又重浮上脑际，而路径也依稀在目，我毫不犹豫地走在前面，过了几个田埂，过了几个村庄，转过了山角，一切都和去年一样，我心里想，人事无凭，山川如故，在今天怀着子期伯牙之戚的，就不止一两个人吧！

坟头的草，疏疏的，略看出了微黄的衰意，然而，墓中人的精神，是永远不会衰落的。一群黄牛，从容地踯躅在群墓的左右，有一位演剧队的朋友笑着说道："张曙死在黄泉，也是在那里对牛弹琴的。"这句话在他是有着无限的感慨，事实上，他的歌唱在许多人的口里，他的歌是兴奋了无数的有良心有正义感的真正的中国国民。至于那些还在以靡靡之音，浪词淫曲，或成见的闭门自封的乐匠们，他们只能去取媚有钱有闲的阔人，做他们的清客帮闲，或者在高贵的学院里顾影自赏，博取"高雅"的浮名；广大的民众是有正确的听觉的，他们不会是牛，真正的民众音乐，绝不会《广陵散》，而伟大的艺人，也正如生公说法，顽石尚能点头，而况大众并不是牛的。

在坟前里摆好花圈，祭点，燃上香烛，炸爆声噼噼乒乒地响起来了，牛们并不惊讶，慢慢地离开了坟地。虽然是在旷野里，一刹间充满了肃穆的空气，唱了追悼歌，大家静默地，向他致上了敬慕与悲悼的敬礼。

田汉先生讲话了，除掉叙述他的生平、他的成就和他的惨死之外，特别提到他精于利用民歌的情调，是一个最能了解民族形式实际应用的人；而他不但是走稳了，新音乐的正确的步子，而且对旧的乐器、旧的乐理，也有深刻的素养，也正因为这样，他才能抓紧了中国风格的优美的传统，而从这中间说变到新音乐的道路。最后，他半感慨半勉励似的，说道："音乐是讲协和的，而我们的音乐工作者，应该在我们逝去的同伴的灵前，抚心地自问一下，我们在工作中间，已经达到了精诚合作没有，更不能说到和声了……

是的，这针砭是多么中肯的，不能精诚相见的，又岂独是音乐界，相重实是相轻，门户之分，泾渭之别，倾轧，猜忌，推挤，诬陷……文化的园圃，充满了荆棘，净洁的坛苑，几同于市尘，在抗战文化的各部门中，这种现象，又何止一二，这支投枪，没有戮空；这种唤醒，在今日仍是必要的，我深感于这一指出，我恨不能让一切从事文化工作，而怀着自私和利欲的人，到张曙的墓前，听一听这一席话，而洗涤一番他们污秽的心的。

林路兄报告他的过去，他平时唱男高音的亢亮的声线，今天也低哑了，□呜的，使人像听到了午夜的洞箫，心也随他在凄楚着，大家全都黯然了，有几个人，更背转头去拭着自己的泪痕。谈到他和他的友情的时候，是早已断续地不成声了。他悲凉说在他死后，几个月来，都似在梦中，是失掉了他的雄健的力的凭依了。林路兄不但提到迁葬，而且以搜集他的遗作自任，一个艺术工作者，他的遗产，就是他的著述，等到遗作编印成集，我想，他长眠在地下，也就不会感到身后萧条了吧！他说到他最后遗作，是《难民战歌》，开首的一句是："十二月里喝凉水……"而他殉难之日适在十二月，其初厝葬之处又为凉水井，过后思之，几成语谶，其实，他在人间虽然遭到了尸首的碎断、血肉的模糊，死后一再地迁移，然而，"十二月里喝凉水"的滋味，不会尝得到了！

田汉先生也要我说几句话，我既不能述叙他的生平，又不能谈论音乐运动上的见解，我能说什么呢？可是我知道向着在场的艺术朋友们疾呼：在寥落的中国的艺苑里，我们是不能死的！一个人都不能死的，抗战到了如今，一个艺术的士兵补充，比普通战斗兵，还要困难；而法西斯的野兽要我们死，然而，我们偏要活下去，顽强地活下去，为了我们祖国的自由与幸福，为了我们的艺术与文化，我们不能死，决不能死；张曙是死了，我们大家补充上去，对于一个战友的死，虽然是使人衔不住泪的，但血的刺激，在我个人的心里火一般的，是因怨成愤，因愤而咬紧着自己的牙齿，这点，我想每一个站在坟场上的人，没有一个不是和我一样的。

以后唱了他遗作的歌曲，再放过了鞭炮，这一场音乐祭，才终止了。

我们在离开这坟场时，大家都再看一看那里的一草一石，每一个山角，谁都有着无限的依依之情的，有几个人还抚摩那断了的石碑，在大家走出之后，才慢慢地拭着泪，拖着懒懒的步子，离开了那里。我在归路上看着这许多的朋友，还念念讲说着他，还谈到音乐上和艺术运动上许多的问题。再想到第一次访墓时的冷落的情形，那时，三个人垂着头在一种沉郁的空气中包围着，无言地走回去，——而且，今天三个人中是又折损了一个，这前后是有着冷暖不同的感觉的。墓上撒满了鲜花，花圈、炮灰布满了墓的左右，想墓中人也会接受人间的暖意，而惨惨地微笑起来的。

石兰芬、郁风提议回路中便道过无线电工厂休息，那里，有着最华丽的厅堂——抗战后我第一次踏进那么华丽的厅堂。主人殷殷地接待着，开了不少西洋名歌的唱片，我们听过《浮士德》，听过《迷娘》，听过《蝴蝶夫人》的序曲。主人请我们中间的音乐家们播音，首先由田汉先生站在播音器前，向着全市的民众呼吁出今天是去野祭了一个民族的音乐家，而这个音乐家是被狂暴的日本法西斯暴徒残害了，到如今还浮厝在冷落的荒山里！林路兄和郭可谌兄也唱了张曙的遗作歌曲，郁风唱一曲《丈夫去当兵》，这几曲使人不能忘怀的歌由扩音机发出去，听四面的山壑，都涌起了不断的回应，做了这可纪念的音乐祭的尾声。

电工厂的主人派他的交通车送我们回城，车扬着烟的灰尘疾驶着。我的心沉了一沉，忽然间想到西洋乐坛的另一个名家——被称为音乐的神奇的莫扎特。他的声名虽然现在是洋溢在世界的每一个国度，但他生前是困顿在辛苦中挣扎了半生，在弥留的时候，还伏在榻上呻唔地试唱着他的最后的遗作，《镇魂曲》，这样的勤劳。而死后入葬的日子，在大风暴中，只有零落的几个亲族赶到墓场，把他和今天的张曙一样，胡乱地被埋葬在许多义冢丛当中，经过许多年后而后有人过问，没有人能够指出他的棺柩，如今矗立在维也纳的纪念碑，只是站在一座空坟上边。他的骨灰，早已不知道埋没在何处，他的凄零，一直凄零到身后，翻开音乐史，又有谁不为他放声一哭呢？

如今，是在时代的暴风雨中，张曙所努力的虽与莫扎特不同，可是身后的萧条，今古并无二致，他的成就也是比美于莫扎特的，然而在今天的墓场上，有这许多人前来凭吊，虽然骨骸未尚迁移，大约也是不久的事，许多人在他墓上落泪，许多人在他墓上唱他的遗作，许多人在他墓上自誓去继续他的遗志，新的中国，新的中国的音乐运动，是已经露出光辉朕兆，我想，他死在地下，是不会再感到寂寞了，大众在，新的艺术自在，我们是不会让他寂寞的。

张曙的悲惨的灵魂，我想是可以安慰了！

┃作品点评┃

孟超的《野祭张曙》（创刊号），文中记述了他与田汉、章东岩寻张曙墓以及后来跟演剧四、五、七队野祭张曙的过程。

——李建平:《桂林文化城期刊简介（下）》,《广西大学学报》1981年第2期

秋的感怀

孟　超

据说桂林是没有秋的，因为秋老虎过了之后，便就快到了冬天了；可是事实也不尽然，在八九月间，一阵热雨之后，到了晚上，也总有一些滋味和夏天不同的凉意。

你走过长街上，麻布汗衫在身上利落了许多，觉不到汗黏，倒也蛮清爽的。蒲扇是不合时宜了，用过了这么长久的暑季之后，在秋风起时，自然会把它捐弃了，手里边去了一些累赘，也许感到轻松了许多。

当你走到树底下，也照样地飘下了一两片树叶，虽然用不到猛然地一惊，但秋的感念多少是存在的。

除此，街头上，庭院里，我也找不出秋的征象了，这大约是那些人认为是没有秋的原因吧。

记得在上海时，秋一到，马上路口里就有敲着木梆的卖白果的声音，它像候鸟一样，才准确哩，那声音真使人有说不出的寂寞之感啊，尤其是热天还没有过完，大商店、小商店、百货公司，都挂出"秋季大减价"的市招，触目惊心，使你任管

作品信息

选自《未偃草》集美书店1943年。

怎样的热中，总不会不觉秋是在心里哆嗦的。

北平，我也曾去过，秋更是容易感到的，且不必说西山的红叶、北海的残荷；就是东西来顺，便宜坊等处的涮羊肉、烤鸭，都按时上市了，即使天气还热燥燥的，那你能说它不是秋天吗？

我的故乡——青岛，更是一个最好秋的圣地。那里，山，在初秋，被翠绿的草色点染得更加清秀妍丽，遍山的爬山虎的叶子，红得像胭脂一样，不用三杯两盏也就心醉了。自然海浴场是阑珊了，软沙的轻梦，也快到了醒的时候，但晚间山高月小，秋涛击着岩石，南海沿人迹还不冷落，在煦煦的余温中，临着海去听秋声，的确会使人心情奔放的！

那都是抗战前的事，不谈它也罢。

不过，有人告诉我，在关外，秋高马肥的时候，听到了一声旅雁的唳声，总有一点苍凉之意，那情景是介乎悲爽之间，很可代表了秋那种使人捉摸不定的味道，可惜我没有到过关外，还得留待失地收复之后，再去领略吧。

抗战之后，我也曾在初秋的夜晚，在大别山做过随军的长征；我也曾在黄鹤楼头，对着秋的江流，做过夏口汉阳的远瞩；我也曾突破敌寇的包围，登过武胜关，偷越了鸡公山的脚麓；我也曾在襄江的古渡，看过落日，吊过三国的遗迹……然而，那些时候，秋似乎不在心上似的，虽然也倏忽地过去了，可没曾留下了凄凉的感觉。

桂林，不似上海，不似北京，不似青岛，更不似皖鄂各地，画家虽也曾画出了"漓江秋渡"的画意，但我站在中正桥头，感不到桂林同别处哪里有什么不同呢？

往年秋天一来，总要举行一次筹募寒衣大会，那可使我们觉到秋天到了，壮士衣单借以作为秋的表征的，但今年还没开始，更使人觉到秋意薄了。

秋天，只低回于欧阳子的《秋声赋》，那总不免使人气短的，抗战已经四个年头了，不但我们的力量，应该愈磨愈壮，而且心情也需要更健强些，哪里能受了时令的摇动呢？

让我来模拟一下吧，新谷是在收割中，无边的大野，撒下了遍地的黄金；农夫农妇们，纷忙在田亩里，都辛勤地露出了笑脸；没有作战的部队，也放下了枪杆，帮助着他们秋收，田垄中嚷起生产的歌声，收割的歌声，这是多么自然的、美妙的、使人兴奋的、抗战中的欢愉的画面呵。

再想下去，秋收之后，食粮是充实了，人民生活是安定了，士气也增加了，抗战是在无形中添了不少的劲儿，我不能卑薄秋，而满怀的喜悦，正为着秋而鼓舞哩。

这样，这样，我飘飘然地赞颂着秋的来临！

可是，不知道为什么，心稍微一沉，又似乱梦被打破了一般。到处都闹着米价的高涨，正如秋潮般的汹涌，物价也像与米价竞赛似的，只见它不断地升起，没有低落的希望，大家都皱着眉头，喊出了困苦的呼吁，秋没曾使人悲感，人倒使秋添上了不少的苍凉了。

今晚，踏着凉月的影子，想到秋，也感到秋了，但心实在飘不起来，生活下坠着，气压铅样般地低沉着，紧压着，不知为什么忽然记起了鲁迅先生一句旧诗"曾惊秋肃临天下"，反复了多时，以后的是什么，却记不起来了。

| 作品点评 |

文章以秋为依托，紧紧扣住"秋"这条主线进行回忆、想象、记叙、议论，表达了作者对时局动荡不安的担忧和对抗战胜利的信心。

——林逾静：《形散神聚　对比鲜明——〈秋的感怀〉赏析》，《青苹果》2010年
　　11期

忆李叔同先生

傅彬然

　　从报纸上看到了高僧弘一法师已于十月十三日在福建泉州圆寂的消息。法师俗家名李叔同，字息翁，是笔者师范生时代的老师。看到了这一个消息，引起对于先生无限的哀悼与许多旧事的回忆。

　　先生原籍是浙江平湖，早岁寄居天津。曾游学日本，肄业东京美术专门学校。绘画、音乐、文学、戏剧以至金石、书法，造诣无不深邃。清末执教浙江两级师范学校，创办美术专科。民国成立，师范教育制度有所改变，先生仍在该校的后身浙江省立第一师范学校任教。有一个时期，并还兼任着南京高等师范学校的艺术讲

作者简介

　　傅彬然（1899—1978），笔名彬然、秉仁、逸文等，浙江省萧山人，著名的教育家、编辑出版家。1920年毕业于浙江省立第一师范，曾作为学生代表参与《浙江新潮》的编辑出版工作。1931年经夏丏尊介绍到上海开明书店任编辑，与夏丏尊、叶圣陶、丰子恺、贾祖璋一起编辑《中学生》杂志。1937年，回萧山做救亡工作，1938年到武汉，同宋云彬编辑《少年先锋》杂志，同年10月自武汉撤退，11月到达桂林。1944年秋离开桂林。在桂林期间，傅彬然曾任广西省立桂林师范学校教师，《中学生战时半月刊》编辑，任桂林文化供应社编辑部主任等。1949年后，傅彬然先后担任出版总署编审局四处处长、图书期刊司副司长、文化部出版局副局长、中华书局副总经理兼副总编辑的职务，1978年在北京病逝。

作品信息

　　原载《中学生》第61期。

师，每隔两星期得到南京去跑一趟。先生舍弃艺术家兼教育家的生涯而去做佛门弟子，记得是民国七八年间的事情。

笔者直接受教于先生者大约有两年之久。先生教授的是图画和音乐两门功课。说来惭愧，自己的艺术天资未免太差了，就这两门功课而论，从先生那里实在并没有得到什么。可是先生的学问和人格，先生的生活态度，却给予笔者毕生忘记不了的印象，并且从而得到关于教育上的许多启示。

先生平居不多言笑，常衣灰布大褂，宽大而整洁，总见得到挺直的褶□。先生的仪态，平静宁谧，慈和亲切，但望之又庄严可敬。上课时所说的话，似乎是北方话，说得不大顺口，同学们实在不很听得懂。教图画，着重于木炭写生，静寂而明朗的画室里，先生在杂乱的书架间挥来挥去，看到同学们构图有什么不对的地方，就教同学让给座位。他先用木炭测量石膏像在画面上所要处的地位，然后擦这□一笔两笔而去。教唱歌，着重于音韵练习，音调或拍子有些微不合拍、不和谐的地方，非得重唱过不可。教弹琴，多在课外的时间；初学时特别着重于基本的指法练习。指法有一点点错误，拍子有一点点不准确，先生就轻轻而和悦地说："蛮好，蛮好，明天请再弹一遍。"一定要达到完全准确的地步，才得"通过"。先生的施教，实在谈不到什么方法，也从来不向同学们多说什么话。可是在他高尚的人格和深邃的艺术熏陶之下，全校四五百个同学，凡是怀有艺术天才的，他们的天才无不被充分发挥出来了。

因了李叔同先生，又使笔者联想到当时母校里别的许多情形来。当时学校里各种的设备，都相当完备。音乐、图画上，有特建的音乐教室和图画教室。音乐教室建筑在花园里；有供写生用的许多不同种类的石膏像，有钢琴，有三五十架的风琴。黎明薄暮，课余饭后，歌声琴韵，洋溢于全校。在民八五四运动以前的时期，所谓"学生自治""民主""自动""自觉"，以及"发展个性"之类的新名词，还没有流行，然而学校里的种种措施，却多与这些名词相吻合。校长孙子渊先生，主持大体，琐细小节，他从不过问。有校友会的组织，全校师生共同参加，各种课外活动及自治活动，均由校友会来处理。教师中与李叔同先生最相得的是夏丏尊先生，他做舍监，处事很廉正，丝毫不肯苟且；然而对学生的个人生活却很关切。其他学问深湛的教师很多，有几位国文教师，如单不庵先生等，原来应蔡子民先生之聘，到北京大学里去担任教课，都不失为名教授。当时候一般办学校的人，对于艺术、体育这一些功课，都看得很随便。我们的母校，即对体育亦甚着重。淳朴、勤奋、自由、和谐而又有规律的校风的养成，笔者回想起来，实在与艺术陶冶及体育锻炼有着很大的关系。又因为是师范学校，学校里教育空气相当浓厚，大家对于教育事业，都有相当深刻的信心。一班一班的同学毕业出去，分散在社会里，直到现在，似乎仍还以在教育文化这一个圈子做事的为多。虽然没有看见他们做出什么轰轰烈烈的大事业来，可是大多数人，都很踏实负责，假使有人说他们都是社会里的中坚分子，那实在可以当之无愧。由此足见当时的教育是成功的！

"为政不在多言"，教育之道亦不在多言。教学过程中最主要的条件，应该是教育者本身的学问与人格。学问深湛，人格高尚，学生自然会信从，自然会跟着好起来。否则，即使有精纯熟练的教学技巧，即使上起课来口若悬河，亦是徒然的。——作者并非主张教育可以不要方法，这里只是说教师的学问、人格，实在比教法来重要。其次，所读的不是教育则已，如果办的是教育，那么在学校的门墙之内，自由与和谐的风气，应该要看作与我们日常呼吸着的空气同样的重要。他如学生自动、自觉的精神，无不需要加意去培养。有许多用"兵法部勒"的学校与狭义近视的功利主义的学校，确实培植不出什么像样的人才来的。笔者做师范生的时代，距离现在已经快三十年了。社会应该是进步的；然而就我们的教育□地来看，比从前进步的地方固然很多，反而不及从前的地方，却也着实不少。原因究竟在哪里呢？这似乎是值得大家深长玩索的。

把话扯得太远了，回头再来谈李叔同先生的事情。先生出家以后，笔者曾与同学丰子恺兄专诚到杭州西湖玉佛寺去访谒过。先生的态度，依然是那么宁静、慈和而又庄严。在笔者当时的心目中，除了看见先生披着一身宽大的袈裟之外，好像并觉不出□以前做教师的时候有什么不同的地方来。先生做和尚以后，怎样苦行修持，勇猛精进，夏丏尊先生曾经有几篇文章记述过。抗战以后，常常从子恺兄那里得知一些关于先生的消息。廿八年秋，子恺兄与笔者同客桂林。子恺兄的书画里，悬挂着一张先生的相片，面容清瘦，有如深山古木。今年春天，笔者有渝、蓉之行，道出贵州游义，宿子恺兄寓一宵，午夜在微弱的蜡烛光底下，见到了一帧先生的近影，面容似乎反比三年前所见到的丰满一些，颇感到一点喜悦。子恺兄还告诉我，假如去年太平洋战争迟发生几天，先生也许已经去新加坡讲经了。因此在报纸上突然看到了先生圆寂的消息，一时颇为之愕然。先生世寿六十三岁，临终时遗书夏丏尊先生，并附一偈云：

> 君子之交，其淡如水；执象而求，咫尺千里。问予何适，廓尔亡言；华枝春满，天心月圆。

竟把死看得这等自然！有虔诚的宗教信仰的人，对于死的看法，自可以与俗人不同。人，原与众生同属于生物；正与众生一样，也同受于自然律的支配。对于生之执着，生之恋，都属人情之常。然而到了不可避免的时候，无论其为病死，老死也好，为成仁取义而死也好，则也就无所用其留恋。这一点，在常人似乎有点难能。然而古今来忠义革命之士，到了紧要关头，亦莫不能视死如归。对于宇宙及人生正义的了解，宗教家与忠义革命之士，自然不大相同，可是他们在最后一瞬间，把死看得十分自然，了无恐惧，了无□□的一种境界，恐怕彼此是全无二致的吧？

影　子

司马文森

我常常做梦。

梦见最多的是一些什么呢？是一个影子。这影子，穿着黑色衣服，披着散发，露着獠牙，伸着毛手，时常驾着乌云在天空游荡。

有一天晚上，月光很皎洁，我梦见，我在月光下走着。在我面前是一片无边的平原，在平原上零落地散布了几座小松林。松林里静悄悄的，偶尔也传来了几阵夜鸣鸟的长啸声。

多么柔的月光啊，多么幽静的树林，还有你，那悦耳的夜鸣鸟的啸声啊！

我循着这鸣声，朝树林那边走去。月光透过松针，饰落在地上，织成一幅天然的银色的图案。我在地上坐着，仰望那天上月亮，月亮瞪着大眼，向我痴笑。我很快活，我想飞，但是浮云却在这时迅速地把它盖住了我的心，被冻结住了。

于是我就离开那儿，继续朝松林深处走去。

忽然我听见一阵喁喁的说话声，我站住了。

我用眼睛去搜索，就发觉在更深处，有一幢茅棚，在那棚前是一片草块，有一

作品信息

原载《青年文艺》第1卷第3期，《文艺春秋》第2卷第2期再次发表。

条小小的泉水，呜呜地蜿蜒地流过。

我定睛去看，觉得那一阵喁喁的声音，就是发自那儿。"那么，是有人在这儿住了？"我想。

于是，我又动足走了，朝着那发出人声的地方。当我慢慢地走近去，当我的足步逐渐地靠近了那片草地，我就看见了，清清地看见了：在月光下，有一个年轻而健壮的汉子，裸着赤铜色的上身，露出了那一身像是浮雕的、结实的筋肉，在草地上躺着，甜适地睡着。在他旁边，就跪着一个白布、披发、赤足的女郎。她是美丽的、沉静的，正用她那羞怯的眼睛，盯盯地瞪视着他。用手轻轻地去抚摸他的面孔、头发和那结实的胸膛，低声地，用韵文似的声调，对他唱着催眠歌。

他们是快活的，在这诗一般朦胧的自然的景色中，忘记了一切。在这单纯的田园式的生活里面，只有一个东西，紧紧地把他们结着，那就是爱，彼此间地爱着，对自然，对人生爱。

我在他们的茅棚后，潜伏着。倾听着那白衣女郎夜莺也似玲珑的歌声，我觉得我也很幸福，因为我也已经被这爱情的呼唤陶醉了。

就这样，过了很长的一段时间。

突然，月亮黯淡起来了，这变化来得实在太快了，以至于使我吃了一惊。当我抬头上望，只见一朵乌云正疾速地在飞驰着。在那云块之上，那影子又飘动着黑色衣裳出现了。它的眼睛闪着绿光，露着獠牙，咻咻地啸着，暴怒地一直扑向这片草地来。随着这一个影子出现的，是一阵猛烈的暴风雨。这阵风雨也是来得太快了，以至于一时使我来不及逃开，我于是缩瑟地蜷缩着，闭下眼，让风雨过去。

风雨果然很快也就过去了，等我重新睁开眼，月亮还是和先前一样的皎洁，树林依然是寂静的，但是在草地那边，那两个青年男女已经不见了，茅棚也被风雨刮去剩下只有一个棚架，在棚上吊着一对男女尸骸，他们是裸赤的，但是神情却依然端详而沉静。

我看着他们，我恐惧地抖索起来了。而周围的一切景象也好像突然地荒凉了起来。

我不愿意再逗留在那儿了，我要走，要走出这树林，于是，我在自己的胸前画了十字，离别了那一对影子的牺牲者，我又在平原中出现了。

在平原中，我游荡了很久，忽然，我又发觉到自己是站在一所透出了灯光和人声的房子前面。这时，我觉得十分疲乏，很需要休息休息，但是到哪儿去呢？我想到这座透出了灯光的房子，可是没等我上前去叩门时，我发觉到已经先有人站在门边了。他用着沉重的手势，在捶击着那一扇坚实的大门。我觉得奇怪，我集中了精力去探索，想看清这到底是怎样的一个深夜来访者。

但是，当我看清了这是一个什么样的人时，我不禁深深地为恐怖所制了，原来我所看见的不是别的，就正是那一个可怖的影子。

影子把那扇门敲了很久，它敲不进去，那屋里的人，不但没所恐惧，反而笑得更大声了。影子发怒了，它跳叫着，又咻咻地呼啸着，我想："暴风雨，也许就会来的！"于是，回头又走了。

我急速地走着，爬过了几个小丘和一大片森林，不知道怎样就到一片荒凉阔大的墓地来了。出现在我前后左右的，尽是些坟墓和没有掩埋的死人，这些死人大半都是断头拆臂，他们有的在呻吟着，哀诉死亡的可怖；有的却慷慨激昂，说要避免这不幸的死亡，就只有推翻地狱制度，而人半却都是在那儿无声地饮泣着。

这情景太凄惨，太恐怖了，我提不起勇气再逗留下去了，于是我就闭着眼，掩住耳，奋力地奔跑起来。我奔跑着，奔跑着，像飞了似的，好容易才走到一个岭上，且发觉有一个人在前面掮着一具什么东西，慢慢地走着，走着。我胆壮起来了，因为我觉得我可以有一个同伴了，可以天不怕地不怕地走我的夜路了。于是我就用力地追上去。哪儿知道正当我快接近那个人的时候，我又被新的恐怖攫住了，原来那个人不是别的，又正是它——影子！它吃力地用左右两肩抗着两个青年尸骸，一边正咻咻地笑着。

我重又退下岭去，飞速得像飞了一样。这样，不久我便仍旧在平原中彷徨着了。后来，我觉得倦了，就坐在地上等着，可是，我在等什么呢？——也许天一亮，就会见不到影子的！

劝　菜

王了一

中国有一件事最足以表示合作精神的，就是吃饭。十个或十二个人共一盘菜，共一碗汤。酒席上讲究同时起筷子，同时把菜夹到嘴里去，只差不曾嚼出同一的节奏来。相传有一个笑话。一个外国人同一个中国人说："听说你们中国有二十四个人共吃一桌酒席的事，是真的吗？"那中国人说："是真的。"那外国人说："菜太远了，筷子怎么夹得着呢？"那中国人说："我们有一种三尺来长的筷子。"那外国人说："用

作者简介

王力（1900—1986），广西博白人，字了一。不仅是杰出的语言学家，而且是著名的翻译家、诗人和散文家。1914年高小毕业后在家自学。1924年赴上海求学。1926年考入清华大学国学研究院，师从梁启超、王国维、赵元任、陈寅恪等大师。1927年到法国留学，获巴黎大学文学博士学位。1932年回国后任清华大学教授。1937年10月，在长沙临时联合大学任教。1938年2月到桂林，在广西大学任教。1938年暑假，离开桂林前往昆明，在西南联合大学任教。抗战胜利后先后在中山大学、岭南大学等校任教授。1954年后任北京大学教授，同时担任中国文字改革委员会委员、副主任，国家语言文字工作委员会顾问，中国科学院哲学社会科学部委员，中国语言学会名誉会长。1979年加入中国作家协会。王力从20世纪30年代开始发表作品，一生著述浩繁，出版学术著作40多种。他在抗战期间写了一批散文小品，1949年结集为《龙虫并雕斋琐语》。

作品信息

原载《中央周刊》1943年5月，转载于《初中语文一点通》（2014年第9期），收入《龙虫并雕斋琐语》（上海观察社1949年版、中国社会科学出版社1982年版、商务印书馆2003年版、北京联合出版公司2012年版、中华书局2015年版）。

那三尺来长的筷子，夹得着是不成问题了，怎么弯得转来把菜送到嘴里去呢？"那中国人说："我们是互相帮忙，你夹给我吃，我夹给你吃的啊！"

中国人的吃饭，除了表示合作的精神之外，还合于经济的原则。西洋每人一盘菜，吃剩下来就是暴殄天物；咱们中国人，十人一盘菜，你不爱吃的却正是我所喜欢的，互相调剂，各得其所。因此，中国人的酒席，往往没有剩菜；即使有剩，它的总量也不像西餐剩菜那样多，假使中西酒席的菜本来相等的话。

有了这两个优点，中国人应该踌躇满志，觉得圣人制礼作乐，关于吃这一层总算是想得尽善尽美的了。然而咱们的先哲犹嫌未足，以为食而不让，则近于禽兽，于是提倡食中有让。其初是消极的让，就是让人先夹菜，让人多吃好东西；后来又加上积极的让，就是把好东西夹到了别人的碟子里、饭碗里，甚至于嘴里。其实积极的让也是由消极的让生出来的：遇着一样好东西，我不吃或少吃，为的是让你多吃；同时，我以君子之心度君子之腹，知道你一定也不肯多吃，为的是要让我。在这僵局相持之下，为了使我的让德战胜你的让德起见，我就非和你争不可！于是劝菜这件事也就成为"乡饮酒礼"中的一个重要项目了。

劝菜的风俗处处皆有，但是素来著名的礼让之乡如江浙一带尤为盛行。男人劝得马虎些，夹了菜放在你的碟子里就算了；妇女界最为殷勤，非把菜送到你的饭碗里去不可。照例是主人劝客人；但是主人劝开了头之后，凡自认为主人的至亲好友，都可以代主人来劝客。有时候，一块"好菜"被十双筷子传观，周游列国之后，却又物归原主！假使你是一位新姑爷，情形又不同了。你始终成为众矢之的，全桌的人都把"好菜"堆到你的饭碗里来，堆得满满的，使你鼻子碰着鲍鱼，眼睛碰着鸡丁，嘴唇上全糊着肉汁，简直吃不着一口白饭。我常常这样想，为什么不开始就设计这样的一碗"什锦饭"，专为上宾贵客预备的，倒反要大家临时大忙一阵呢？

劝菜固然是美德，但是其中还有一个嗜好是否相同的问题。孟子说："口之于味，有同嗜也。"我觉得他老人家这句话有多少语病，至少还应该加上一段"但书"。我还是比较地喜欢法国的一谚语"唯味与色无可争"，意思是说，食物的味道和衣服的颜色都是随人喜欢，没有一定的美恶标准的。这样说来，主人所喜欢的"好菜"，未必是客人所认为好吃的菜。肴馔的原料和烹饪的方法，在各人的见解上（尤其是籍贯不相同的人），很容易生出大不相同的估价。有时候，把客人所不爱吃的东西硬塞给他吃，与其说是有礼貌，不如说是令人难堪。十年前，我曾经有一次做客，饭碗被鱼虾鸭鸡堆满了之后，我突然把筷子一放，宣布吃饱了。直等到主人劝了又劝，我才说："那么请你们给我换一碗白饭来！"现在回想，觉得当时未免少年气盛；然而直到如今，假使我再遇同样的情形，一时急起来，也难保不用同样方法来对付呢！

中国人之所以和气一团，也许是津液交流的关系。尽管有人主张分食，同时也有人故意使它和到不能再和。譬如新上来的一碗汤，主人喜欢用自己的调羹去把里面的东西先搅一搅匀；新上来的一盘菜，主人也喜欢用自己的筷子去拌一拌。至于劝菜，就更顾不了许多，一件山珍海错，周游列国之后，上面就有了五七个人的津液。将来科学更加昌明，也许有一种显微镜，让咱们看见酒席上病菌由津液传播的详细状况。现在只就我的肉眼所能看见的情形来说。我未坐席就留心观察，主人是一个津液丰富的人。他说话除了喷出若干吐沫之外，上齿和下齿之间常有津液像蜘蛛网般弥缝着。入席以后，主人的一双筷子就在这蜘蛛网里冲进冲出，后来他劝我吃菜，也就拿他那一双曾在这蜘蛛网里冲进冲出的筷子，夹了菜，恭恭敬敬地送到我的碟子里。我几乎不信任我的舌头！同是一盘炒山鸡片，为什么刚才我自己夹了来是好吃的，现在主人恭恭敬敬地夹了来劝我却是不好吃的呢？我辜负了主人的盛意了。我承认我这种脾气根本就不适宜在中国社会里交际。然而我并不因此就否定劝菜是一种美德。"有杀身以成仁"，牺牲一点儿卫生戒条来成全一种美德，还不是应该的吗？

一九四三年五月，《中央周刊》

┃文学史评论┃

王了一是通过自己饱尝的苦难去探索人性和诉说人生的，他的题材遍及了普通人生活的各个方面，身处相对封闭的后方而没有对社会的动荡、人民的困顿失去敏锐的嗅觉，而独立的人格与大后方的政治条件恰好造就了他独有的审慎敦厚与幽默隐讽结合的个人风格，并以自我为抒写中心，道出朴素而深刻的人间万象。

> ——黄开发主编《中国散文通史·现代卷（上）》，安徽教育出版社，2013，
> 第269—270页

正是在否定性思想表达的喜剧化方面，王力先生的《龙虫并雕斋琐语》同林语堂的幽默小品、梁实秋的《雅舍小品》等，虽在题材风格上有相近之处，诸如一般不直接触及尖锐的政治问题，谈论的大都是衣食住行、风俗习惯、兴趣爱好一类的日常生活琐事，然而，在内在情感的向度上，在处理人文知识分子的心理轨迹与民族国家的历史命运之关系上，《龙虫并雕斋琐语》显示出了难能可贵的忧患意识与悲剧情结。

> ——徐治平主编《广西散文百年》，民族出版社，2004，第40页

‖ 创作评论 ‖

正因为理性思考、冷静观世，王了一虽然对中国长期延续下来的小农经济土壤以及与之相适应的政治秩序直接束缚、压制、扭曲人性的现象认识较深，也渴望政治改革，但往往止步于婉讽，而不是展开更激烈的抨击，所以他的小品文多采用曲笔、反讽、声东击西、旁敲侧击等表现手法，需要读者细心体会，方能领会其深层含义。

> ——范卫东：《抗战时期学者散文的自由诉求》，《南京师范大学学报》2009年
> 第1期

这些"小品文"，我把它们叫作"学者散文"，这倒不仅因为作者是学者，而是它们具有较鲜明的学者性，即是具有较强的知识性，或者曰"知性"。它们主要不是用来"表情"，而是用来"达意"，它的主要表现手段不是抒情、写景、叙事，而

是说理和议论。它无须像一般的抒情、写景散文那样以情动人，而是要以理服人，以知启人，因此，它要有极强的逻辑性。但它又不是论文，因为它的说理议论不是枯燥的三段论法，而是艺术的谈笑风生，具有极强的幽默感。

——袁良骏：《王力先生的文学贡献（三）》，《语文建设》2012年第19期

▎作品点评▎

在这篇作品里，作者通过"劝菜"这一日常现象，批评了国人因极端好客而带来的极不卫生的陋习，他的那些精彩的比喻式幽默充分显示出他的人格智慧，不过他的幽默虽夸张滑稽却是宽容善意的，这为他的作品增添了不少情趣。

——陈剑晖：《论散文作家的人格主体性》，《文艺理论研究》2003年第5期

这种"多人同食"尚不足奇，奇的是"食中有让"。起先是"消极的让"，就是让人先夹菜，让人吃好东西；后来就发展为"积极的让"，也就是"劝菜"。此风以"妇女界最为殷勤，非把菜送到你的饭碗里去不可"。开始，有"劝菜"资格的是主人，发展到后来，自认为主人至亲好友的人也取得了这种资格。于是乎，"劝菜"之风愈演愈烈，"有时候，一块'好菜'被十双筷子传观，周游列国之后，却又物归原主！"这样一来不要紧，一块好菜就可以沾上八九个人的唾液。如果其中一人有传染病，同席者便都休想逃脱。这究竟是一种美德还是一种陋习呢？有这种陋习四处蔓延，欲求中国人健康长寿，岂可得乎？抑恶扬善，鞭笞国民劣根性，这是20世纪中国文学中的一个大课题，梁启超提倡最力，鲁迅表现最深。王力先生的上述篇章，也做出了自己的卓越贡献。

——袁良骏：《王力先生的文学贡献（三）》，《语文建设》2012年第19期

说　话

王了一

　　说话是最容易的事，也是最难的事，最容易，因为三岁孩子也会说话；最难，因为擅长辞令的外交家也有说错话的时候。

　　会说话的人不止一种；言之有物，实为心声，一謦一欬，俱带感情，这是梁启超式；长江大河，源远莫寻，牛溲马勃，悉成黄金，这是吴稚晖式；科学逻辑，字字推敲，无懈可击，井井有条，这是胡适之式；嬉笑怒骂，旁若无人，庄谐杂出，四座皆春，这是钱玄同式；默然端坐，以逸待劳，片言偶发，快如霜刀，这是黄旭初式；期期艾艾，隐蕴词锋，似讷实辩，以守为攻，这是冯友兰式。这些人的派别虽不相同，实有异曲同工之妙。普通喜欢用"口若悬河"四个字来形容会说话的人，其实这是很不恰当的形容语。泼妇骂街往往口若悬河，走江湖卖膏药的人，更能口若悬河，然而我们并不承认他们会说话，因为我们把这"会"字的标准定得和一般人所定的不同的缘故。

　　应酬的话另有一套，有人专门擅长此术。捧人捧得有分寸，骂人骂得有含蓄，

作品信息

　　原载《生活导报》第33期，1943年7月18日，转载于《语文教学与研究》(2013年第6期)、《秘书》(2014年第8期)，收入《龙虫并雕斋琐语》(上海观察社1949年版、中国社会科学出版社1982年版、商务印书馆2003年版、北京联合出版公司2012年版、中华书局2015年版)。

自夸夸得很像自谦，这些技巧都是可以意会，而不可以言传的。尽管有人讨厌"油嘴"的人，但是实际上有几个人能不上油嘴的当？和油嘴相反的是说话不知进退，不识眉眼高低。想要自抬身份，不知不觉地把别人的身份压低；想要恭维别人，不知不觉地使用了些得罪人的语句。这种人的毛病在于冒充会说话，终于吃了说话的亏。我有一次听见某先生恭维一位新娘子说："人家都说新娘子长得难看，我觉得并不难看。"这种人应该研究十年心理学，再来开口恭维人！

有些人太不爱说话了，大约因为怕说错了话，有时候又因为专拣有用的话来说。其实这种人虽是慎言，也未必得计。越不说话，就越不会说，于是在寥寥几句话当中，错误的地方未必比别人高谈阔论里的错误少些。至于专拣有用的话来说，这也是错误的见解。会说话的人，其妙处正在于化无用为有用，利用一些闲话去达到他的企图。会着棋的人没有闲着，会说话的人也没有闲话。

有些人却又太爱说话了，非但自己要多说，而且不许别人多说。这样，就变成了抢说。喜欢抢说的人常常叫人家让他说完，其实看他那滔滔不绝的样子，若等他说完真是待河之清！这种人似乎把说话看作一种很大的权利，硬要垄断一切，不肯让人家利益均沾。偶然遇着对话的人也喜欢抢说，就弄成了僵局。结果是谁也不让谁，大家都只管说，不肯听，于是说话的意义完全丧失了。

打岔子和兜圈子都是说话的艺术。打岔子往往是变相的不理或拒绝。"王顾左右而言他"，梁惠王就这样地给孟子碰过一回钉子。兜圈子往往是使言语变为委婉，但有时候也可以兜圈子骂人。兜圈子骂人就是"挖苦"人；说挖苦话的人自以为绝顶聪明，事后还喜欢和别人说起，表示自己的说话艺术。但是，喜欢"挖苦"的人毕竟近于小人，因为既不大方，又不痛快。

说话的另一艺术是捉把柄。人家说过了什么话，就跟着他那话来做自己的论据。这叫作"以子之矛，刺子之盾"，往往能使对方闭口无言。不过，如果断章取义，或故意曲解，也就变为无聊了。

上面所说的打岔子、兜圈子和捉把柄，相骂的时候都用得着。打岔子是躲避，兜圈子是摆阵，捉把柄是还击。可惜的是：相骂的人大多数是怒气冲冲，不甘心打岔子，不耐烦兜圈子，忘了捉把柄。由此看来，骂人决胜的条件是保持冷静的头脑。泼妇和人相骂往往得胜，并不一定因为她特别会说话，只因她把相骂当作一种娱乐，故能"好整以暇"，不至于被怒气减低了她平日说话的技能。

说话比写文章容易，因为不必查字典，不必担心写白字；同时，说话又比写文章难，因为没有精细考虑和推敲的余暇。基于这后一个理由，像我这么一个极端不会说话的人，居然也写起一篇"说话"来了。

| 作品点评 |

《说话》一文，把日常说话分为六种，条分缕析，井井有条。四是运用多种多样的修辞方式，比喻、对仗、反语，大词小用，排比重叠，都运用得恰到好处。特别一些方言土语的运用，更充分显示了语言学家的功力。

——袁良骏:《王力先生的文学贡献（三）》,《语文建设》2012年第19期

百色回忆录

梁上燕

"你到百色去干什么？当心那恶性疟疾、大颈病、水土不服、可怕的放蛊、放箭，以及现在尚未停息的真性霍乱。你去干什么？那真正是自己走上危险的道路。……"

我去年夏间离桂林，回到我离别了四五年的故乡——南宁，转去百色的时候，一般朋友都这样告诉我，当时确是把我吓了一跳。于是，赶快打了霍乱的防疫针，买了奎宁丸，硬着头皮到百色去。

入乡问俗，在船上遇到一位百色人，我就问他百色的情形，他的回答却是妙极，他说："你说怕吧，百色的人没有死完。你说不怕呢？过去满清时代来做官的人，都是红灯笼来，蓝灯笼去，这就是水土不服，死在那儿的……""……你初到百色，不可从大码头上岸，到了第二天，最好拜拜陈三爷，这样人自□平安□□……"

我听了他的说话，实在不耐烦，因为我总是觉得答非所问的。不过我是抱着恐怖的心情向百色去的。但到了百色之后，始知道过去的所说，实在是一种"谣传"。经过了将近一年的居留，现在又重来桂林，在我的回想中的百色，它是可爱的。

作品信息

原载《基层建设》1943年第4卷第8期。

百色，在抗战中建设

百色的街市，大部分已开辟了马路，除了少数小巷之外，交通必经的街市，已完全开了马路，我听说，有好几条街的马路，是某卫生大队长率领士兵修筑的，兵工政策的加惠于民众，实在很大！

有人说百色是疫区，其实是因为气候的变动太异常，医药卫生不讲求，所以死亡率很高。医药卫生的设备，比别区更为需要。省立百色医院病舍建筑，今年夏落成，地址在梨园村，那儿竹林丛密，树木掩映，□江在望，而远离市区，无车马喧闹之声，真是一个疗养的好地方。这一个医院病舍的建筑，是由专员陈寿民先生、院长袁业鉴先生、商业巨子赖星辉、廖建藩等任筹建委员。在未建筑成功时，我们时常到那儿去看建筑工程，大家对星辉说：你捐许多钱，应该留一个病房给你医酒风手。——他系百色有名的醉汉，常患酒风手，我时常很为他的酒病担心。

师管区建筑司令部，地址在专员公署右邻，建筑工程，大部是补充团的士兵负担。这在医院比较，是百色的两件大建筑工程。

靠近专署城墙后的私立行健初级中学，由校长胡万钿先生的领导，运用学生的劳动服务，把一个山坡开为运动场，工程也是不小。

遵义镇中心校长张烈斌，向各界募捐，把学校校舍改建。工程虽然是不算大，而在于生活压迫之下，薪俸几十元，米二三十斤的校长，还是热心努力，任劳任怨去为教育事业而努力，实在是难得。

还有，驻在近郊的田武师区的补充团，在司令刘清凡、副司令黄慕石两位先生领导之下，在各村落的清洁卫生弄得很好，道路交通开辟很多，也算是一件建设。

总之，百色的建设，在抗战中生长，不能不说是当地长官领导有方！

百色公务人员各方面的活动

百色的机关很多，而公务人员的活动也很活跃。在组织方面，陈专员曾发起组织了公余生活社，里面组织很大，其中的活动也很多。比方，书画展览的举办，为百色少见的事。而几次游艺会公演粤剧，给予民众娱乐的机会。而诗社的组织，竟有防空副指导官陈树森将军在内，陈将军曾在前线和日本鬼子打过硬仗，而百色人多尊他为生张飞。但是，这一个生张飞，作诗很好，对人古道热肠，而有侠士风。并不是张飞式老粗。笔者离开百色时，陈将军赋诗以赠，其中有"今日忽惊抛我速，去年翻恨识君迟"之句。

公务员的生活，还有一个很有益的活动，就是打猎。保安副司令封赫鲁先生，大队长廖平波先生，都是其中的好手。我和电报局局长杨载琦兄及赖经理星辉，几乎是每逢星期都去做此活动。火药、枪械的供给，还是老友谢超政为多。

公务人员待遇薄，而要做些生产活动，其中，专署有民生农场的组织，防空司令部大规模养羊，都是有意义的活动。而养羊的成绩很好，正好俗话所说"养羊种姜，本少利长"，真是不错。陈树森将军时常对我们说："明天请你们吃羊肉。"可见养羊有成绩。不知此刻请了没有？朋友们向他追问吧！

百色物价贵于重庆，公务员生活苦，人多瘦。商人生活好，人多肥，心存、日辉、王田诸兄以及吾家志超等，可为代表。而公务员之瘦者为载琦、居敬及我可为代表。此亦百色人物的素描之一。

英雄的造型

孟　超

　　在桂南战事中间，出现了一个农民英雄陈高和，他曾提出了"卖牛买枪"的口号。聚集了附近三十几庄村的壮丁，占据了十万大山中的一个峰头，扼住了山麓的碉堡，敌人围攻了半年多，攻打不下，而且十几次出击，偷袭过敌人的防地，夺获了不少的枪炮辎重；最后在收复南宁的时候，他号召起大河以南的农民渔户，带领了山上的弟兄，截堵着敌人，使那残败的日本强盗兵，几乎失掉了归路，退不到海口，这些事实。曾轰动过一时，在流传在南方的抗战民间故事中，成了最动人的传奇；报纸上有着不少的赞扬他的记载，官方的文件上也常常看到他的名字，连敌人的广播中都讲到这一个不驯的顽民，有的人谈起他来，更把他比作苏联革命时的夏伯阳，依照着富尔曼诺夫的小说和影片上的雄伟粗豪的姿态描绘的，模拟地传说着。

　　演剧队里的朋友丫君从南路工作回来了，我因为要知道新收复的失地中的景象，约他在一个小茶馆里叙谈，他很仔细地告诉我；敌人的残暴、军队的英勇和战后一切亟待解的问题。我问了他工作的情形，他也谈了不少，后来忽然想到那被宣传一时的人物——中国的夏伯阳，便好奇地问他："你见过陈高和没有？"

作品信息

原载《当代文艺》第1卷第2期。

他兴奋地笑了一笑："不但见过，而且这中间还有一段最有趣的经过，你不提起，倒使我几乎忘记了。"他端起茶杯，润了润喉咙，又笑起来了。

我有些急不能待，眼直瞧着他，等他的话的开始；他呢，却慢吞吞的，慢条斯理的，像是故意地延宕时间，来制造一个秘奥的气氛，不想使我容易地探取到他的珍闻一样。不过，也好，能使我趁他的不讲话中，尽量地驰骋着我所有的想象力，把夏伯阳的故事在脑中翻转出来，把看过的影片使劲地追想了一番，夏伯阳瞪着沉着的大眼睛，翘着深浓的短胡子，那一个健壮的影子站在我的面前，只等他使他动作起来。

可是，他还不十分爽快，一直把那杯茶饮完了，又轻轻咳嗽了一声，才慢慢讲下去。

以下应该是他原原本本的叙述：

在我们的队接到开往南路工作的命令之后，大家都兴奋极了，谁都想实地地去认识一下这一片被践踏过被耻辱了的土地，谁都想以无限的热情去谒慰一番那些受难的和英勇的抗拒过敌人的广大的南方民众；尤其是觉得到刚刚收复的失地，在工作上是万分的重要，有许多亟待解决的新的问题，须要摸索着试验着求得解答，而这次的出发也是一个多么新颖的课题。

同时，在全中国来讲，大城市的收复，这还是第一次；这样的工作，过去是没有前例可以追寻，所以我们是更加小心的，勤谨的，想在这次开创出一个新的纪录。

你是晓得的最清楚了，我们的工作方式，从来都是机动的，配合着环境去决定的；演剧队是用戏剧去反映问题解答问题的，那么我们首先决定应该带去新排的剧和产生出新的剧本，——自然，到那里之后，更应该不断地采取新的题材，但那是以后的话。

我们为了这一次的工作，指定了几个同志专于搜集材料，编辑剧本。在流动工作中，不允许有那么充分的时间，让我们先把剧本写好，再决定导演，再选定演员，所以在制作剧本工作中，早已包括了写作者、导演和主要的演员参加了。

我也是被指定的一个，我担任搜集材料。没有材料，写不出剧本来，这是第一步，所以我比谁都发急，可是比谁都重要。

我先搜集了好多份报纸，从南宁失陷一直到收复后，那么一大沓，摆在我的床头上，从头地翻下去，翻不到几张，总有一段关于"陈高和"的：有的是消息，有的是报道，有的是人物素描，字向我眼里跳，他的名字——这三个字像有说不出的魅力，老在我眼前里打转，总不自觉地引动着我的注意，慢慢地，印上了我的脑子，横一个"陈高和"，竖一个"陈高和"，他在活动，他在我的想象中的确占据了一个重要的位置。

可惜报纸上没有印着他的相片，使我没有办法冥想他是高的或是矮的，他的名字也没有形象可寻，只能想到他出生在农村，一个农家之子一定是健康的，有着一身钢筋铁骨的体格：至于长着一脸络腮胡，或是有一副紫靛脸，可就想象不下去了，那太没有根据了，这样，就只像轻烟一般影影绰绰地在我脸前里飘着。

然而，无论如何我都好似寻获得一件异宝一样，向大家夸耀地提出了这一个值得采取的题材；而且，我很着重地说："这是一个中国型的农民英雄，从他身上可以表现出抗战中的中国农村是如何地在跳动着，在发挥着他那不可侮的坚毅的力量。"

"对呀！"大家都哄然地同意了我的话，谁都觉得他的确是一个戏剧中的英雄，而且是充满了教育的意义，不应该放松的。

有一位曾把夏伯阳读过两遍，对于富尔曼诺夫笔底下的英雄故事讲述得烂熟的小吴，他舌头翻着波浪，口水直喷，滚滚地直说不完那露亚土地上产生出来的武装农民领袖；他的战绩，他的举动，在小吴口里复述出来的，是够形象化了，活现得不能不使每一个动容。夏伯阳固然不就是陈高和，但谁都不知不觉地受了他的影响，把这两个人似乎合一了，而小吴讲述得也愈加带劲，这一个夏伯阳研究专家，就被每人所折服了。

他向王大个儿肩膀上一拍，说："这个角色在外形上，我看非你不可，你个儿高，胖胖的，却很结实，而且带了不少的农民味儿。"本来王大个儿他是一个北方人——河北山东靠通的地方，长得粗手粗脚的，全身肌肉像石膏雕的一样苗实实的，小吴再加上一句："你在心情上动作上好好地揣摩一下，准，保险你成功！"这样，又把王大个儿鼓舞起来了，他也读起"夏伯阳"来了，——他平日很少读文艺书的——现在不但读，还照着镜子，对着书里的插图，一天不晓得模拟过几多次哩。

设计化装的李芳，他倒明白夏伯阳到底是夏伯阳，陈高和到底是陈高和，中国农民是与俄国农民不同，可是他也一样地以为应该是健壮粗豪的，他画了几张图，都是从许多农民中那些顶壮顶粗的中间抽出他们的特点强调地设计出来的。他把图先交给了小吴看过，再交给王大个儿，很自信地说："这大约对你有不少的帮助吧。"王大个儿高兴极了。

从这时候起，每一个人脑子里都有一个陈高和的影子在跳动，而每一个人的想象，都离不开夏伯阳，更跳不开了王大个儿。

在流动中，一切的工作进行得都是非常急剧，补充材料，起稿剧本，在停止下休息和吃饭的时候，就开始讨论，或者结构上，或者剧词上，都曾经研究过好多遍，也修改过好多遍，差不多大体上可以说是完成了，小吴便做了导演，自然主角是王大个儿，他扮演了陈高和——中国的夏伯阳了。

更使我们兴奋的，是沿途上愈往南走，所听到的关于他的传说也愈多，知道他不但是英勇地领导过战斗，不但在抗拒敌人时施展过他的力量；在桂南收复后，他在农民里边的信仰也更加提高了，据说为了发救济金，曾惹动了群众间不少的纠纷，经过他出来同大家谈过一次之后，那争端马上便迎刃而解了。自然这类的事，我们又补充进剧本里去，而且却觉得这人物，这题材，确是不能放过的，如今已经抓对了——针对了现实中群众的需要，而更容易激起群众的同情和热爱了。——不过,因为还没深入到桂南,经过的地方所遇到的人,还没有谁认识他,还不能从谁口里刻画出他的模样来。

我们的剧,是一面上演,一面修改,几乎可以说没有定稿,在不定地实验着,但每在一处,无论是圩里,无论是镇上,总受到了观众狂爱;所以,也就给我们增加了不少的信心了。

在离南宁尚有几十几里路的一个镇市上,举行了一个民众大会,人,黑黝黝地像蚂蚁一样挤满了一广场,每个人心头上都充满了热火似的情绪,看到了祖国的军队,受到了胜利的鼓舞,从笼子里飞脱出来的鸟儿都没有那样的欢快。五月里久阴的梅雨天气得到了新的阳光,没有那么喜悦,会场里的程序次第地进行着,只听得一阵欢呼,又一阵的鼓掌声音,这片被耻辱了的大地是复苏了。

最后报告了会开过以后紧接着就演戏,在广大的群众中更涌起一阵激昂的欢动,人显移挪着靠近了临时搭起了的木板台子,数不清的眼睛,直照着未启的剧幕,主席又继续报告说:"今天演的戏是陈高和和游击队怎样地打鬼子,怎样地帮助军队收复桂南。……"

群众听见"陈高和"三个名,好似怀疑地唬唧喳喳私议着:"陈高和吗?""陈高和怎么也上了戏了?"主席再重复讲了一遍,大众知道不是耳朵里听得有错,才愣了一下,这三个字有说不出的力量,引动着掌声雷一般地响起来了。

幕开了,和在别处一样,受到了欢呼,受到了热爱;但陈高和是还没有出场,而满场的观众都伸直了颈子,像许多的鹅向着舞台,等待着他们的英雄。

后台里王大个儿已经化好妆,来回踱着,心里想更靠近南宁了,在自己的表演上更应该加重一些,才能够在观众中收到效果,但没有言语,像在鼓着一股子暗劲,只等到台上来表现出剧中人强壮的雄伟的力量。小吴很担心他的,走过来,拍一拍他的肩膀,叮嘱了一句:"老王,今天更要多卖点气力,更英雄一点呵!"

"是,错不了!"王大个儿自信地这样回答了他。

一会,有人走过来催场了。王大个儿还没有走出台口,先把胸脯向前一挺。

两个肩膀使劲地往上一端，接着再咳嗽了一声，把喉咙打扫得又亮又宽，神气十足地摆了摆架子，沉着地走出去了。

可是，奇怪得很，观众的反映倒比别处不同，在别处，陈高和一上场，掌拍得特别厉害，欢呼得特别响，尤其是他那慷慨激昂的台词，几乎每一句都博得一个"好儿"，而王大个儿也每演过一场，全体都出过一身大汗，他的情绪与观众是同样的紧张的；而现在，他的气力和精神比以前每次都加重了，观众呢，却像泄了气的皮球，反而没有一个日本兵，一个别的角色，出场时那么热烈了。

沉压地待了好几分钟，那么大的一个广场，真和走了劲似的，台上的王大个儿才有点摸不到头绪了。忽然，正在"陈高和"向许多农民发挥他那"卖牛买枪"的理论时，台词是多么通俗易懂，人又是多么热情地，清清楚楚地，一个字一个字地在沉重地吐着；然而，观众有几个人却哧哧地笑了。

他想，也许这里的观众比别处不同，他们表示他的最热爱是用那遏止不住的笑声吧，这样，效果是出来了，他盘算着，再把胸脯一挺，两个肩膀更端高了一些，喉咙再放大放响一些。调子大约够"B"调了，而且有些力竭声嘶，心里以为还可博得满场全彩了：可是观众嗤得更加厉害，渐渐地哄堂大笑了，从这种笑声中已经明显地听出来，并不是同情，相反地都是嘲笑，却是卑薄，却是喊着倒彩，王大个儿手足无措地，慌张起来了。

小吴站在幕景后边，隔着一层薄薄的布，拼命在喊："声音放低些，动作再松弛些！"后来，几乎大声地："别那些紧张了，老王，注意观众呵！"老王心里明明白白，可是他失掉了表演的依据，他想不出丝毫办法来了。

好容易这一场完结，紧接着这一幕也完结了，王大个儿像一个残兵败将一样，失神地拖着两条长腿下场了。

"怎样一回事？"他奇怪地，一把拖住小吴，急忙地问他。

"我也不晓得，我和你一样呵。"小吴沉了一沉，"我看总归是不对劲！"

我寻思了半天，也不能断定这个原因，走到他们两个前边说道：

"我看为了下次演出的修改起见，还是派人混到观众里边，听了他们的意见吧？"——告诉你，这种工作方式，以前我们也是常常用的；因为我们知道真正从观众中间反映出来的意见，才是最正确的。

"这么办也好，除此还有什么办法吗？"小吴和王大个儿都只好这样地说。

这样就派了两个同志，埋伏在观众里边，然后，下一幕开幕了。

这次，临到"陈高和"出场时候，王大个儿没有那么带劲了，整个的戏也松下来了，但观众却比上一幕笑声是减少了，虽然，有些时候，还不免嗤上几声。

无疑问地，这次，这一戏，是严重地失败了，大家再没有那么兴奋，草草地终场，结束了这次的工作。

开幕以后，混在观众里边的那两个同志回来了。

大家围紧了他俩，催促地询问他们：

一个说："听到一个人在问另一个人说：'这怕不是我们这里的陈高和吧？'另一个说：'你没听见他口口声声讲的是南宁吗？不是这里的，还是别处的吗？'……"

另外一个说："一个老头自言自语地在说：'这是陈高和吗？骗人，扮得不像，不如不扮。'他说完了，还似乎有些生气哩。"

这时，我们更证实了在这剧中，处理这个人物是有了违背现实情形的地方，但究竟错在哪里，因为没有从观众中得到口风，确也没准。

有人提议赶快修改剧本，纠正王大个儿的发音、动作和表情，但不要他这样做，又要他怎样做呢。

大家议论纷纷，除掉埋怨王大个儿以外，连小吴和我都受到了指摘，但我们虽然诚恳地承认，却也无从接纳这些和刚从蜂房已捅出来的蜂子一样的，乱哄了地各执一词的话。

后来，队长才坚决地决定了一个彻底的办法，就是没有把事实弄清楚以前，没有真正见到陈高和本人以前，暂且放弃这剧，不去动手修改，不去上演他。

我们沿途工作着，终于达到了南宁，谁也不能忘怀于"陈高和"剧上演的失败，大家都急急地想探求到此中的谜，得到一个正确的解答，然而经过一番调查，才知道他并不住在南宁城里，离南宁还有二十几里路，而且是平常不大进城的。

我们决定对他做一次访问，并且决定小吴、王大个儿和我三个人同去。

那时，还是严冬天气，风飕飕的，在经过兵火之后的乡村，都露出颓败萧条的景象，加上在战事中间留下的断垣废垒，烧毁的房舍的遗迹，使人虽在胜利的欢情之下，也不免有些凄清之感。我们去时，是在下午三点多钟，走了没有好久，天气已渐暗淡了，一抹夕照的晚霞返照到丛林的梢头，血点儿的红，正像告诉我们这里是曾经有浴血的战斗似的。

在路上我们三个人沉默着，我知道谁心里都在想象的，虚拟的，对那个渴怀的人物，而且一个一个的大的"？"在脑边扩张着。

走到了他的庄口，还是冷冷落落的，街头上并没有几个人，靠着山脚边有一座碉楼，在几列矮小的房屋中间，正和一个巨人一样在那里兀立着，虽然有不少剥落洞穿的痕迹，但还似乎有一种不属的傲意，遥远地俯视着南宁的城堞。除此，再没有什么特殊的记号，让我们可以回想起这里是民间武装萃□的地方，这里有一个令人怀念的英雄，曾经领导过不少次民族自救的战斗，而使骄纵的日本皇军在这不重要弹丸的土地上，曾经惶惑地遭受过意外的失败，而不敢轻视这小小的角落。

我们脚步轻轻地踏进村去，家家都紧闭着门户，一只野狗从远处奔来了，向着我们□□的直吠了多时，才有一个十几岁的小孩子走过来，看见三个穿军服的人，回过头去便跑，我们喊都喊不回来，后来把他拦回来，脸上还露着惊恐的颜色，我们向他解释了多时，说明了来意，他才明白了，不再失措地笑起来。

我们问他陈高和的住处，他用手一指，说："他就住在那边，那个小店子就是他开的，现在他正在里边。"

我向他道谢了，并且要他带我们去，其初，他还怛怩地不肯答应，后来再三地向他说，才点了点头肯了，还向我们说道："他是不大愿意见生人的，因为他怕麻烦。"

走了几步路，看到一间小小的店铺，门半掩着，门口也没有招牌纸贴，那小孩把门轻轻一推，告诉我们说："就是这里。"随即把我们引进去。

陈高和并不在铺面上，他说："你们随便坐一坐，我到里边去找他。"我们又仔仔细细告诉了他一番，要他诚恳地说明我们不是来对他有什么麻烦的，他才跑进去了。

在这个时候，我们才留心到这个店铺里的情形，屋子是黄土筑的，但早被灶烟熏黑了；梁上挂满了蜘蛛网，一重一张的，也都是落满了灰尘。那时，太阳已经沉落了，屋子更显得黝黯，没有什么亮光，架口上，也没有多少货物，只有几刀纸、几包香烟和几支土制红蜡烛，虽然叫作店铺，其实还和住家的屋子差不许多；只有墙上，除掉挂着几样农具锄头之类的以外，还有二支长枪斜挂着，从这一点细微的地方，或者可能地看出这屋子主人的身份来的，但还是因为我们预先知道的缘故。

一刹，他随着那小孩子从后院里走出来了，没有雄壮的脚步声，没有高亢的激烈的言谈，更没有一股子火一般狂热的感情；矮矮的一副身材，瘦削的和干瘪了的木乃伊似的，面容枯黄的，露出了无限的沉郁，——轻轻地，轻轻地走过来，点着头和我们打着招呼，真使我们骇然了，反而疑惑我们是不是找错了人，但绝对是他，而且无疑地，他那种体格和神气，已经把我们所筑起的英雄的幻塔，突然破灭了。

然而，他还是非常地热情——不过，这种热情是内蕴着的，他说话是慢腾腾的，没有什么次序，也不加上丝毫的文饰和点染，幽幽地，琐屑地，告诉我们在这八个月中间所受到的苦楚。

面对着这样的一个抑郁情调的人，在他那整个的气氛中，已经把我们包裹起来，掷到冷冰的深潭里了，许多准备下的访问的问题，似乎被冻结住了喉咙，无法地提出。

王大个儿倒还那么天真，问起他那与敌人搏斗的战绩。

他迟钝地用手向着窗外那座碉楼指了一指："就说在里边，日本人围困过二十几天，枪和机关枪不知放了多少，我们里边也不过十几个人呵，山上，山后边，自然我们人多哩。"

"听说你们摸过鬼子不少的次数？"王大个儿再问他。

"六次吧！——我们路径熟呵！"

小吴问他大家为什么那么齐心，他是怎样地把他们联合起来的。

他叹了一口气："哪有别的，谁也不愿受苦，谁也就忍住苦了！"

"听说你用了'卖牛买枪'把大家组织起来的？"

"地没有了，牛没有用了，要打鬼子！就得枪，这个笨想法，也实在是逼出来的！"

他的话并没有什么理论，也并没有肤浅的慷慨的语词，句句都似乎是从心肺的最深处吐泄出来，重重锤炼着我，使我受着他的激荡，气低沉下去，多会，才反上来；我对他有了明确的认识了，我被他感动得一句说不出来。

小吴似乎安慰他，又似乎探索他对于收复后的感想，说："今会，可好了，我们终究打回来了，你这痛苦是有了结果了。"

他的眼光看了看小吴，眉头又皱紧了，我知道他脑子里是勾起了无限的过去的回忆——几个月奋斗中的艰苦，全都涌上来了，黯然地微笑了一笑，那笑，只有在一个饱经风霜的旅人到达了家乡的脸上才能寻得出来，然而，一刹又收敛了，一串清澈的泪水，从眼角点点地流下来，他是淤积下云涌一般的悲喜的心情的。

他本来留我们吃饭——多么诚恳地，但我们晚上还有其他的工作，不能不谢却了他的好意，告诉他下次再来看他。

天色已经朦胧了，他从架上拿出一个竹灯笼来，插上了一支蜡烛交给我："天快黑了，还有二十多里路要走，现在不比从前，一煞黑便不能走路了，可是还是带一点烛火走得好，你们路不熟呵！"从他的动作上，我便看出他是如何的精细，我们也不便再推却，接过来，出了他的店铺。

在门口里，我们告别了，我向他说："这附近的村民对你都有信仰，收复以后，急要办理的事还多哩，你要不断出来领导他们的。"

"是呵——大家的事，我总会干的。"这话又是多么的热诚，多么质直无饰的。

几次请他止步，他总不肯，大家都没有什么话讲，但他老随在后边，尽送着我们，虽然只是短时间的会晤，他对我们已像自己的家人一样，亲切地，依依不舍地，一直送出了庄外。

小吴忽然记起了来的时候那小孩子所说的话，他怕麻烦不愿见生人，因为比较熟悉了，你提出来问他。

"没有别的，受不了苦楚才拼命地干，这是救自己，是我们的本分，实在算不了一回事，我怕许多人来问长问短，还有报馆先生，总是拿出笔来写，又要我写名字；你想我连字都不认识，哪里去得出呢？"他的音调很忸怩的，如果不是天色已经黑了，我想一定会看见他的面色是多么腼腆哩。

他并没曾夸张过他的功绩，他也不愿意别人把他做一个理想的英雄，这种老实的农民的本色，更使我们不能不因为他的谨愿，而对自己的虚浮起了无限的惭恶了。

回路上三个人都浸淫在一种莫名的感念中，每个人自己默默冥想着，大家都沉思地忘记了讲话，一直走近了南宁城边，王大个儿才说道："这次访问，真出我们意料之外！"

"是呀，只有深深地懂得痛苦的人，才能冲破痛苦；抗战是生活的欲望，而不是传奇呵！"我这样说着。

小吴也插上了一句："今天我才寻获到一个有骨头有肉的真实的抗战人物！"

回到队里，我们把这次访问的情形向大家报告了，全队中没有一个人不深悔过去的剧本在制作上，在演出上，都太鲁莽了；不但唐突了这一个抗战人物，而且，认识上也过分的浮浅，正因为这样，更把中国农民的特性深刻地了解了，觉到这一剧本重新的改写与改排，是有意义的，决定了以后，仍由我和小吴负责；可是，王大个儿死也不愿再担任这个角色，他说："自己的明朗的个性。实在体会不出一个深沉的形象的。"他的话是诚恳的，他不愿拿虚伪表演糟蹋了陈高和的真实，结果大家答应了他，另外指定了阿陈来担任。阿陈在队里却认为他是"哈姆雷特型"的，其实他又何尝是单纯的忧郁病患者，他是有着"米开朗琪罗"的心情，是一个痛苦的饱尝者，也是一段抗拒痛苦的炼钢，这种抗拒痛苦的韧性也就成了他生活的动力；不过，他表面上已经脱尽火气了吧，这一点，他是和陈高和性格契合了，我以为他是最能胜任于他这个角色的。

我后来又曾和阿陈去会晤过他几次，果然阿陈与他的性格起了一种北风中枯林的寒啸的共鸣，他给了阿陈一种更冒冷的耐性的感染，而阿陈也把他从感受引进到□上面，两个在那个小店铺里，时而唏嘘，时而长叹，时而默然地度过几分钟的悠长的时间，然而，他告诉阿陈的话也愈多，尤其是心情的感变，阿陈没曾去模拟他的动作举止，但他的内心的活动是已经把握住了陈高和了，自然我在这中间，对他也更加熟悉了。

还记得我把那个竹灯笼还给他的时候，他接到手里，把那支燃过半支的蜡烛取下来，又把珍爱地放回架上，灯笼也重挂到墙上，极细密的，没有豪爽气，而显得很琐碎的，我眼看着他，心里想到这是另一格的农民性，中国的类型之外的一种。

他和阿陈谈话中，我曾听到他凄凄地说到了鸡呀，鸭呀，甚至于对一颗米粒的爱情；但谈到那些受着敌人指使而蹂躏乡里或者引诱愚民的人，他那一股子愤气，都是从心底翻上来。而又把这恨刻画到心底，没有轻□的谅解，更没一刹的忘怀的。

等到我们的剧本再度修改过后，重演在南宁城外广场里，我们特别约他来看戏，他走南宁城时，许多附近的农民早跑近了他的左右，询问他，如何地布置春耕，如何地恢复农村秩序；他话不多，每一句却是一个力似的原子，他的语言不像是抗拒敌人时的一颗颗子弹，却成了失地收复后的播散的坚实的种粒了。

阿陈是成功了，他在台上以他的内心的潜力，发挥出一个在苦痛中，与以苦痛克服痛苦的人性，观众始终低沉着，台下是鸦雀无声的，等到戏一闭幕，一个总的全场的长嘘，然后噪起了一阵齐一的欢呼。

陈高和坐在最前一排的条凳上，我不住地注意着他，我看到了他第二次的无言地落下泪来，那泪珠上还似乎有的氤氲热气在蒸发着。

这以后，阿陈在不少的农民中间也得到无限的热爱，亲切地真把当作陈高和的化身了，有许多农民跑来向他提出问题，有许多农民把他的话当作陈高和一般地听从；他的意见，在农民群里，是最容易博得他们的点头，而且很快地执行的。

丫君的话，说到这里是终止了；而我，似乎受了他的催眠，曲折地被行进了山谷，又度过了丛林，迷茫在一个深邃的幽洞中，这里边是云雾重叠，造成了苍然的风瘴般的氛围，然而这却又是包孕着一个不可磨灭的真理，使我在认识上，顿然打开一道锁轮，我悄然地走出了被他陶醉的陈酒，深深吸了一口气，精神才松弛下来。

他呢，似乎还要加上一个尾声，再吃了一杯，沉思了一会，又说道："可是，在这次却给了我们一个新的经验。……"

我不能耐地，回答他说："是的，我想你更证实了艺术与现实的关系。没有真正的认识，是无法杜撰的吧？"

"不，不仅；告诉你，我想到的是一句俗话：'什么土头上长什么样的树，什么树上结什么样的果'呵！"

柳亚子先生及其诗

朱荫龙

我是喜欢写旧诗的人，不过我敢大胆肯定说道：再过五十年，是不见得会有人再做旧诗的了。

平仄是旧诗的生命线，但据语文学上的趋势看起来，平仄是非废不可的。那么，五十年以后，平仄已经没有人懂，难道会再有人来做旧诗吗？

也许有人要问：既然如此，为什么现在有几位新文学的作家，也喜欢写旧诗呢？我以为这不过是一种畸形的现状罢了。虽然他们写得很好，言之有物和清新有味的地方，可以超过旧诗的专家。不过，对于旧诗，只是一种回光返照，是无法延长它的生命的。

也许还有人要问：那么你为什么还是喜欢写旧诗呢？我以为这是癖好的问

作者简介

朱荫龙（1912—1960），字琴可，号甘寂寞室主人，广西桂林人，靖江王后裔。中学时代自学音韵、诗词，研习王鹏运、况周颐，并开始作诗填词。1934年毕业于北平民国大学政治系。曾任教于桂林中学、南宁高中、桂林师范学校、广西艺术专科学校、广西大学、山西大学。治学涉猎颇广，对地方文献的搜集整理与研究有突出贡献。著有《石涛研究》《靖江王考》《甘寂寞室诗稿》《甘寂寞室集外诗》《陈榕门先生年谱》《朱荫龙诗文选》《朱荫龙诗文集》等。

作品信息

原载《文学创作》第3卷第2期，收入《朱荫龙诗文选》（漓江出版社1995年版）。

题；也可以说是惰性的问题。我从前打过譬喻，认为中国的旧文学，可以比它作鸦片烟，一上了瘾，便不易解脱。我自己就是这样的一个人。所以，虽然认定白话文一定要代替文言文，但有时候不免还要写文言文；虽然认定新诗一定要代替旧诗，但对于新诗，简直不敢去学，而还是做我的旧诗。这完全是结习太深，不易割舍的缘故，是不足为训的呢。

一方面，对于青年朋友，我是从来不劝他们学文言文和旧诗的，因为白费精力，太觉冤枉了。除非是闲着没有事情做，把它来当消遣品。

讲到新诗，我是完全外行，非但不会做，连欣赏的能力也很薄弱的。不过，我总希望这新鲜的园地，能够培植出葱茏的树木和明艳的花卉来。

这是柳亚子先生1942年8月写的一篇短文，题名《新诗与旧诗》。文中对于旧诗的评价，非常确切，他从语文演进的一般趋势上来看，断定它"再过五十年"便将自趋消灭，一如过去许多其他的文体一样，只是历史上的陈迹，不会在新一代的文坛中发生重大影响了。他的见解，很值得我们珍视。因为一方面可以唤醒那些骸骨迷恋者的幻梦，以为旧诗的前途是怎样远大，除了"旧诗"便没有诗了（抱着这种见解的人，现在还很多，甚至青年中也有执迷着的）；另一方面可以加强新诗写作者的自信心，只要努力，这一代的坛坫正是属于自己的。——人情大半蔽于所习，丰于所昵，柳先生是爱旧诗，写旧诗的，却能发出这样超越的议论，为了真理，不顾自身，这一点就可看出柳先生的精神是如何的伟大了。

我素来对于历史研究具有浓厚兴趣，传记文学，尤所深好。以前曾发过愿心，假若学力许可，要为几个我少年时代受益最深的人，每人写一部详细的传记，记述他们对于"现代中国"各方面的贡献。被选定的"传主"不过四位，柳先生便是其中之一。这四人思想不同，所业各异，当世的毁誉，也很分歧，但所赐予我的"陶铸之功"则一，所以我都十分敬服而感念着。尤其是柳先生，他那种如火的热情，感动我最深，为他写传之心也最切。十多年来，他的作品以及可以充作传记的材料，访购借抄，辑存不少，但可惜抗战以后，寒家三毁，这些"珍品"，已与我的10余万卷藏书，同付劫火了。前年6月，柳先生从香港内迁，小住桂林，在一个初秋的下午，我与李松圃、陈诵洛两先生同去拜访，见他虽在颠沛之中，那种嵚崎磊落的气概，曾不减当时。那时，我正是进行中国历史上一种中心人物——士——的研究，觉得他就是这种人物的典型。于是，我计划中的《柳传》，几乎不暇顾及自己的学力，便想开始了。但是，自己收集的材料，既已不存，而在戎马奔窜之中，访借书籍，也不容易，所以只好暂时先谈谈柳先生的诗，并略志其生平。希望世之关心柳先生者，不吝给予补充或指正，使我将来写的"传记"内容能更充实些。

柳先生原名慰高，号安如，改名人权，号亚卢，再改名弃疾，号亚子，现以亚子为统一的名号；行文或署青兕，南史，尚左生，活埋庵主人，羿楼。1887年5月28日（清光绪十三年丁亥闰四月初六日），生于江苏省吴江县大胜村。吴江古名松陵、笠泽，是太湖流域最富庶之区；风景之佳，人文之盛，称美东南。南宋时，为畿辅近地，垂虹明月，钓雪晴沙，已够使诗人词客流连了。明末复社诸贤，命俦结侣，这里更是他们常游之地。陈巢南在《五石脂》中描写当时的情形说："松陵水乡，士大夫家，咸置一舟。每值嘉会，辄鼓棹赴之，瞬息百里，不以风波为苦也。闻复社大集时，四方士之拏舟相赴者，动以千计……迨经散会，社中眉目，往往招邀俊侣……张乐欢饮……酒樽花气，月色波光，相为掩映。倚栏骋望，俨然骊龙出水晶宫中，吞吐照乘之珠，而飞琼王乔，吹瑶笙，击云璈，凭虚凌云以下集也。"到了明亡，东南义旅，此仆彼继，这里又变了与胡虏血战肉搏之场。吴日生、孙君昌那种英风壮气，现在还是虎虎如生。吴江的历史环境既然如此，所以常"能诞育巨人长德，剑客酒徒，咸能彬彬郁郁，无惭作者之伦"（据柳亚子《柳溪诗征序》）。柳先生是在这个区域生育的，环境的陶埴，已可决定他一生的性格是如何了。

吴江柳氏，可以说是文学世家，从亚子先生的高祖起，"好几代都有诗文集行世"（据《柳亚子简传》，见《蔡柳二先生寿辰纪念集》，1936年中华书局版，以下称《简传》）。柳氏先世，原居浙东慈溪，迁吴江的始祖为春江先生，六传至逊村先生，始移居胜溪（即今之大胜村）。兹据柳先生所撰《先考钝斋府君行略》（以下简称《行略》）及陈巢南的《柳无涯先生墓志铭》，将胜溪一支，表列于后（略）。

钝斋先生是个赋性淡泊的人，"文章辞赋之学，训诂义理之书"，都很精研，知医，嗜弈，工书，富于感情。21岁时（丙戌），与同邑费吉甫先生（延庆）的女公子结婚，明年生一子——即亚子先生。钝斋先生的思想极为开明："国家大事，森然胸目中"，"评量人物，辄以真理为归，不淆于俗沦……意有弗可，骨鲠在喉，不吐不快，弗肯以奄媚取容"（以上所引，俱据《行略》）。费夫人名漱芳，晚号德圆老人，幼从徐丸如女士读，丸如是乾嘉间吴江名士徐山民的女儿，她的母亲吴珊珊，曾著籍为随园诗弟子（据《南社纪略》页9）。亚子先生孩提之时，唐诗三百首，便是在慈母怀抱中成诵的。到了12岁时，便能"做五七言的旧体诗和洋洋万余言的史论"了（据《简传》）。这时正是1898年（光绪二十四年戊戌），中国思想界起了大变化，"维新运动"弥漫全国。钝斋先生是赞成变法的，他受了父亲的感染，也在大做文章"惋惜谭林，希望康梁，痛骂那拉氏"（据《简传》）。这年，因为地方不靖，柳氏一家迁离了胜溪，钝斋先生搬到黎里，他的弟弟无涯先生搬到周庄。此后，亚子先生便成为黎里人了。黎里离吴江县东南40里，地方殷富，风景优美，袁枚曾为《黎里行》，赞咏得了不起，但亚子先生还是恋着他那分湖旁边的故居，时形吟咏，曾托陆子美画了一幅《分湖旧隐图》，自己做了一篇记，在民国初年，许多文人都题咏过。

柳先生在16岁时考中秀才，那时正是《辛丑和约》签订后的一年。丧权辱国，人思反正，清廷虽已下诏变法，废八股，兴学堂，但再也不能维系人心，革命的火焰，已冲腾起来了。他这时也从维新走上了革命之路，"时或仗剑出门，从海内诸逋客亡士游，指天画地，将有所图"（据《行略》）。明年（1903年，光绪二十九年癸卯）到上海爱国学社读书，从章太炎、邹威丹游，资助威丹印行《革命军》。其后爱国学社与中国教育会起了内讧，他站在会方，随即辍学返乡。20岁（1906年，光绪三十二年丙午）加入同盟会，编辑《复报》，并在健行公学教书，鼓吹民权之说，大声疾呼，排满兴汉，言论丰采，极为人倾倒。因此为两江总督端方所注意，要"禁报拿人，封闭学校"（据《简传》）。先生逃回黎里，发奋深研，一面还是与革命之士，广通声气，这时先生的声誉已传遍东南了。就在这年，与同邑郑佩宜女士（瑛）结了婚，郑女士是个精明而贤淑的人，曾肄业苏州苏苏女学，先生的个性是不爱（恐怕也不懂）管理家事的人，得着一个这样贤良的夫人，使自己不再分心于米盐琐屑，真是幸福极了。现在柳先生一家，虽在流离的生活中，而融融泄泄，不改其常，佩宜女士的才能是深值得敬佩的。

婚后度了两年安适的家庭生活，23岁，又出游苏沪，中国民族文学史上放过极大光辉的"南社"，就在这年（1909年，宣统元年己酉）十月初十日在苏州张东阳祠成立了。南社是先生和陈巢南、高天梅两人发起的。遥承明末几复的余风，以文章气节相标榜，抨击时政，提倡民族思想，同时还极力反对当时的"文风"。入社的人，虽贤愚不等，但大多数是能坐言起行的——这些都与复社很有相同的地方。先生自倡办社事后，声光宏大极了，当时一般思想开明的文人，都隐隐奉之为"盟主"，意气纵横，不可一世。陈巢南在高柳两君子传中说："十年以来，天下士之负其气，怀大志，历山海，逾邦国，以趣东南，游吴会者，殊不知吾吴有两君子哉？孰不读其文章，愿为之下，相与衡盱时局，狂歌痛哭，拔剑起舞，而欲有所为哉？"文中所谓"两君子"，就是指柳先生和高天梅，可知当时柳先生的文章气谊是怎样地感动人了。

先生领导的南社，对于革命的贡献，留待将来另为专文记述，现在且谈在中国现代诗学上的建树。我们知道，清朝末年，正是宋诗一派盛极之时，俨然正统，戊戌以后，有些先觉之士，想改变风气，革新体裁。如黄公度、谭复生、夏穗卿、蒋观云、梁任公诸人，所创的新体，虽然形式内容，都有可观，但却不敢对当时的正统派做正面攻击。到了先生，便不同了，他崇尚唐音，力裁宋体，绝对注重内容，好似吕留良所解"王者之迹息而诗亡"一样，以为诗是专存王者之迹，严华夷之防，明治乱之理似的，所以对于当时自命为正统的"同光体"，抨击驳斥，不遗解力。——"同光体"者，自从曾国藩提倡宋诗，以黄山谷为宗，于是同治、光绪年间一班诗人，靡然风从，如郑珍、莫友芝、朱琦、何绍基，晚一点的如沈曾植、陈三立、郑逆孝胥等，都是这一派的魁杰，闽人有著诗话者，便标榜为"同光体"。他们"标举山谷荆公后山宛陵简斋，以为宗尚"，其特色则为"枯涩深微"（俱引姚鹓雏《评近代诗派》），"不肯作一习见语"（据《石遗室诗话》评陈三立诗），或多作苦语（郑逆孝胥《广雅留饭谈诗》"平生作诗多苦语"）。这些都是柳先生所反对的。

他提出"维系人心风俗"的口号，以立诗教，对那班宋诗倡导者，斥为立异名高，背谬器妄。现在看来，虽然有点偏激，但摧陷廓清之功，对于以后的新诗运动，直接间接，都有很大的助益。他的思想如此，所以倡立南社，"思振唐音，以斥伧楚，而尤重布衣之诗，以为不事王侯，高尚其志，非肉食所敢望。"（引同上）曾国藩在《原才》里曾说过：天下风气之转移，常系于一二人之身。柳先生这样严正的议论，一经播为声气，也就陶铸了一世之人，当时固然得着广大的同情，直到现在，凡是头脑清楚的，想也没有反对的理由吧？所以我常说：南社对近代中国文学上的贡献，不在作品，而在理论，一千余社员所创作的23册南社诗文词录成就并不大，主要的是二三倡导者所开辟的风气。

柳先生论诗，不仅对"同光体"深恶痛绝，就是对当时学汉魏，仿西昆，守旧法，创新体的各派各家，也很少恕词。他的意思是"诗以人重"，人的品德有出入，诗格也就不会高了。当时有论诗六绝句，最为人所传诵。

> 少闻曲笔《湘军志》，老负虚名太史公；
>
> 古色斓斑真意少，吾先无取是王翁。
>
> 郑、陈枯寂无生趣，樊、易淫哇乱正声；
>
> 一笑嗣宗广武语：而今竖子尽成名。
>
> 一卷生吞老杜诗，圣人伎俩只如斯；
>
> 兰陵学术传秦相，难免陶家一蟹讥。
>
> 浙西一老自嵯峨，门下诗人亦未讹；
>
> 只是魏收轻蛱蝶，佳人作贼奈卿何！
>
> 时流竞说黄公度，英气终输仓海君；
>
> 战血台澎心未死，寒笳残角海东云。
>
> 快心一叙见琴南，闽海诗豪林述庵；
>
> 老凤飞升雏凤健，龙门家世有迁谈。

这六首诗说及十一个人，却独称丘仓海、林述庵，先生微意所在，不难窥测而知了。

先生自23岁创办南社，直到32岁，"社中起了内讧"才"辞去主任之职，洗手不干"（俱引《简传》）。这十年来（1909—1918年，宣统元年己酉—民国七年戊午）正是国家多故之秋，他所日夕祷望的共和民国固然实现了，然而，社会上政治上的黑暗，并不随着政体的改易而消灭，他那种悲天悯人的心情，日日滋长，构成许多哀感沉郁的诗篇，令人读了好像有一股潜力在推动着，逼迫着去追求前途更大的光明。——这一时期的作品，手头存得很少，姑就记诵所及，略举数首：

与颖若夜话意有未尽，别后追寄一律

大晼高谈肯息机，寒蛩四壁一灯微。
更从何地衡功罪？忍信人间有是非。
论世未妨中晚恕，求全自昔圣贤稀。
低回别具沧桑泪，才说开天已满衣。

酒边一首为一瓢题扇

酒边拨触动牢愁，万恨峥嵘苦未休。
祈死已烦宗祝请，偷生忍为稻粱谋！
栖栖桑海无多泪，落落乾坤剩几头。
一盏醇醪三斗血，可能词笔换兜鍪？

奇 泪

奈此寒宵奇泪何！华年骏足梦中过。

修名未立身将老，青史当前面易酡。

少日燕然曾草檄，即今垓下怯闻歌。

高堂病妇都堪念，忍绝温裾逐荷戈？

　　这三首诗虽不能算作先生的代表作，但可以说明这一时期他的心情是如何了。这十年来，他在民国未成立前，受到了刘光汉《天义报》的影响，颇倾向于安那其主义的铲除贫富论，他的思想，"已不是最狭隘的民族主义能够范围的了"（引自《简传》）。民元，南京临时大总统府成立，他去观光新都，为故人留任秘书，但他过不惯那种草创时代的紊乱生活，不到三天，便"逃还上海"（据《简传》），任《天铎》《民声》和《太平洋》三个报馆的主笔。其后袁氏盗位，南京政府取消，气愤极了，便与苏曼殊、叶楚伧沉饮韬精，寄情声伎。是年夏天，回到黎里，8月4日，钝斋先生逝世，得年四十有七。1913年（民二癸丑）又到上海，与冯春航、陆子美提倡新剧运动。这种兴趣并没维持多久。以后几年，家居读书，诗文的产量，非常丰富。同时拼命收买旧书，故乡的文献，保存不少，又为几个死友校刻遗集，料理身后。他热情奔放，歌哭无端，撑肠挂肚地充满了一腔忧愤，使人颇有些"以为贤者不负天下，而天下负贤者"（引柳先生《陈蜕庵先生传》中语）呢！

　　"五四"运动发生后，他很快地就吸收了新思想，恢复了过去革命的热情。1923年（民十二，癸亥）在故乡"发行一种地方报纸，叫作《新黎里》"。开始用白话来写文章，"决断地抛去了他所熟练的文腔——古文和骈体"（以上引徐蔚南《柳亚子先生》一文，见《金屋月刊》一卷一期），直接投进革命的洪流中，积极宣传，唤醒民众。是年初夏为当地"劣绅向官厅告发他是过激党"（据《简传》），所办的报纸就被封禁了。但革命的种子已广播江南，单就吴江一县来说，一些青年，受了他的感召，《新黎里》被封之后，许多冠以"新"字的地方报纸竟如雨后春笋似的，各处都有了。这年10月10日他又在上海和陈望道、邵力子等发起新南社（日期据徐仲年《明星有烂》，发起人据《简传》），被举为社长，"提倡新文学和社会革命"（据《简传》）。思想与以前有着显著的转变了。

1924年（民十三，甲子）国民党改组，先生以同盟会会员的资格重行加入，此后就负责江苏党务。1926年（民十五，丙寅）被选为中央监察委员，是年5月赴广州出席二中全会后，又消极起来，归隐黎里。这时候孙传芳的势力，炙手可热，逮系党人，横加杀戮，先生也在名捕之列。遂于10月中旬，逃避上海，"改姓名为唐隐芝，埋头做研究苏曼殊的工作"（引《简传》），先后刊印《苏曼殊年谱》《曼殊全集》及《曼殊遗迹》多册。他这种对朋友不负死生的精神，在交道丧尽的今日，真是令人感动极了！——柳先生最初引起我崇拜的，也就是这一点。那时我正15岁，在一个偏僻的山城里读中学，从上海北新书局刊行的《语丝》上，看到他为编印《曼殊全集》与人往复讨论的文章，常常感动得流泪，觉得友情真是太伟大了。

1927年（民十六，丁卯）国民革命"成功"了，但柳先生却为人所误会，"亡命而去日本"。这时他正41岁，用唐隐芝的假名，和东瀛的诗人画家，往来酬唱（那时的作品，收在《乘桴集》里）。到1928年（民十七，戊辰）的清明节，才回到祖国来。以后，就一直居住在上海，从事文化工作，直至中日战争爆发，环境不许可了，才迁居香港。香港沦陷后，又才搬到桂林。他的诗在这时期已可说是到了书家所谓"人书俱老"的境界，时代的苦难，更增加了诗笔的光怪陆离。他具有青年的热情，站在时代的前面，危峨狂吟，不知其言之痛，更不知其情之哀！他提倡"气节"，他立志要挽回现时这股"复古"的逆流。本来，我国古代士人最重的是"气节"，要"复古"先得从此恢复起，没有气节，忠是假忠，信是假信，空空搬弄几个抽象名词，适足助长嚣风而已！晚年的柳先生，他对于青年不仅是以"诗教"，而且是以"身教"了。在这漫漫长夜里，他的出处是与世人共见的，此处也不必多说了。

柳先生居桂已两年多，58岁的高龄，还日日写作不辍，榷史论世，大半以诗出之。所以他最近所著《骖鸾集》八卷中间，有许多境界，不是以前的诗人所能窥见的，我们也不能仅仅以一个"诗人"来看他。这篇所论，也不过是他生活中的一鳞片爪罢了。

一九四三年一月十九日初稿

一九四四年四月十三日写定于甘寂寞室

┃创作评论┃

从荫龙先生诗文不难看出，他受传统之学影响颇深。但并不枯坐书斋，不问国事。

——刘汉忠：《朱荫龙诗文选》，《出版广角》1998年第4期

南宁侧影

严杰人

南宁在抗战以前是广西的省会。有一句谚语说，"北流金，宣化银……"，宣化就是南宁的旧称。这谚语指出北流、南宁，都是广西很富足的县份。

从前陆荣廷做两广总督的时候（民国十年左右）把广西省会设在南宁，从那以后的十年多间，南宁就一直是广西省政治、经济、军事、文化的中心。而且也是广西交通的中心枢纽。纵的方面，有一条出路从安南入龙州经南宁到桂林而出湖南；横的方面，有一条西江从云南贵州入百色经南宁通到梧州而出广东。

抗战前一年，省会迁到桂林去了，南宁也就失掉了广西首府的地位。

但抗战之后，因为它是衔接安南的国际交通所必经的地方，所以还保留着相当的重要。后来安南沦陷入敌人的控制下面，这条国际交通线被堵截了，南宁便又跟随着静寂起来了。

一九三九年冬天，桂南战事发生，南宁又引起了国人的注意，它被敌人蹂躏了将近一年，一九五〇年的冬天，才又回到祖国的怀抱里。

当敌人退出南宁的时候，情形是颇为狼狈的，所以没有来得及把它破坏，因此，

作品信息

原载《联合周报》1944 年第 4 期。

南宁虽然被敌人蹂躏了一年，但市街的建设依然保留着往日的齐整，不过，"大难之后"它究竟是荒了。

如果在抗战前到过南宁的人，现在旧地重游，他将有一种"隔世"的感觉。

现在的南宁是怎样呢？

建筑堂皇的市街，却没有一家货物堆积如山的商号，店铺里空空洞洞的，老板闲得无聊，在柜台上乱拨算盘解闷，伙计们更坐倦了，坐着打盹。

漂亮的柏油马路，铺着一层一层的落叶，美丽的中山公园，变得荒芜，假山生满了青草，水池变成了鱼塘，池中的九曲桥也朽拆了。有花格玻璃窗，有大旅馆，清清冷冷的。

一家电影院放映着武侠怪异片，一家粤戏院演着香艳肉感的戏。看见这些情形，你将会立刻感到"这是一个破落户！"。

这里我再报道此地所常见到的三种现象：（一）南宁的报纸上偷吸鸦片被捕的新闻很多。(二)南宁穿卡其布制服的很多。(三)南宁吸用安南出品"好圈牌"香烟很多。

这些鸦片、布匹、香烟（自然还有别的东西）是从哪里来的呢？都是从桂越边境走私而来的。

在关卡重重、稽查密密的情形下，走私是绝对困难的事，但是这些东西仍然可以运到南宁，私运这些东西的人，不用说，自然是关卡不敢冒犯他，武装缉私队也不敢惹他的那些人物了。

南宁毕竟是一个破落户，这个破落户里虽也有些子弟富有些货财，但是，大多数穷得可怜的，连子弟们上学读书的机会也没有了。

南宁的公私立中学校有南宁高中、南宁中学、南宁女中、南宁师范、尚康中学、黄花岗中学、大厦大学附中、玄光中学、中山中学、三自中学、南宁国民中学、班峰中学、大志中学十多家，与桂林的中学可以几乎一样多。

但是桂林的中学校可以在招生时捞一笔报名费，南宁的中学校报名投考的人数却比招生名额还少。

桂林的学生多不到学校，南宁的学校却找不到学生。这并不是没有人上学，而是没有办法上学，因为征不起一百多斤学米。

敌人占领桂南的时候，有些乡民做了顺民，有些乡民则不愿做顺民，而出逃外乡。顺民就仗着敌人的势力，掠夺义民的财产，霸占义民的田地。

敌人退出桂南之后，顺民失去了依仗，义民回来就用从前顺民对付他们的手段来报复顺民。在敌人刚退出桂南的时候，义民和顺民的斗争是非常严重的。

这种斗争虽然平复了，但是在一些地区还保留着它的余风，离开南宁城十多里的心圩，从前是敌人设置的广西伪省会所在地。敌人在这里挑发义民和顺民斗争最烈，因此，现在这地方的人往往因新仇旧恨，不时发生大规模的械斗。这种情形直到如今还是继续着。

在黄冕车站

艾　芜

在黄冕下车的时候，大约已是晚间九点钟了，卖茶水和卖面的，都在挑起担子，摇曳着微明的灯火，转回家去。车站便孤零零地留在原野里面，让广漠无边的黑夜紧紧地包围着。可以息宿的旅店，听说也有两三家，但都在半里以外的江边上，而且更没有别的人家，使人觉得在这乱离时候，以不去打扰为妙。黄冕街市，对于旅客似是比较安全的，但又在江那面，夜深叫过渡船，就颇为困难。我们便决定在车站候车室内，坐在窗前观看一夜的星光。

候车室的门是终夜开着的，很给我们方便，因为我们立刻有着栖身之处了，却时时刻刻有人阴梭梭地走进来，又阴梭梭地走了出去，还有人悄悄地就在长凳上坐下，老使我们不敢闭下眼睛。候车室内没有灯光，是靠一扇半开的门，把邻室办公处的电灯照射一点过来，朦朦胧胧尚分辨一些人影。却因我们第四个孩子的啼哭，有些吵人，也给车站办公的人员，砰的一声把门关闭了，候车室便完全埋在黑暗里面。葵鼓起勇气说："不要紧，让我弄个灯！"

行李篮内，放有半瓶菜油，一个碟子，就可以点起灯来，我们在家里也曾经这

作品信息

原载《柳州日报》1944年7月16日，收入《艾芜全集第12卷》（四川文艺出版社2014年版）。

样点过的，可是在黑暗中不容易摸索东西，再则也没有预备灯草，灯终于没有点成。然而，这也没有使人懊丧，我们渐渐觉得在这人来人往的候车室中，行李之类倒不要暴露的好，就让它黑暗下去吧，我们真办到随遇而安了。

孩子们不管你有床没床，到了晚上是非睡不可的，一个歪在皮箱上，一个伏在皮包上，立刻呼呼地响动着鼻息起来。蚊子在这四周都是田野的车站上，便显得特别的多，起初大人还用扇子扑去，后来连头都抬不起，全然坠入打盹的状态，孩子们就做了蚊子的俘虏了。第二天，看见孩子的脸上手上脚上，红一处肿一块的，心里很是难受。不过想到没有拿跟日本鬼子抓去抽血，营救他们受伤的兽兵倒是一件幸事，蚊子咬几口，总算是合算一些的了。

我们怕在候车室内再待一夜，第二天连到桂林去的车子，都想搭上去了。一列开到柳州的客车，车顶篷上有蹲着的人，但头二等车厢，可就出奇的人少，细看一下贴的条子，原来是高等法院定下来的，没有头衔的老百姓休想插足进去。后来幸有伤兵列车通过，才把我们带走，不再为烦躁、担忧、着急所困了。

失　眠

王了一

　　中国人自古贪睡。虽然宰予昼寝，被孔子骂作朽木粪墙（注：《论语·公冶长》："宰予昼寝。子曰：'朽木不可雕也。粪土之墙不可圬也。'"）；勾践卧薪，苏秦刺股，孙敬悬头（注：汉孙敬好学，闭户读书，怕打瞌睡，用绳子把头挂在梁上。），也都故意弄得睡不安稳；但这都只是装腔作势。实际上，中国人的天性是贪睡的。诸葛亮隆中高卧，陶潜北窗高卧，都被称为山中高士（注：明高启《梅花诗》："雪满山中高士卧，月明林下美人来。"），和月下美人一样地备受诗人的赞扬。陈抟老祖（注：生于唐末，五代时，在华山修道，一睡就百余日不起。）一睡百余日，尤为集睡眠之大成；普通人所谓睡到日上三竿（注：指太阳升起老高了。《南齐书·天文志》："日出高三竿，朱色赤黄。"），比之陈抟老祖，真只可算是小巫见大巫罢了。

　　在贪睡的民族看来，失眠该是多么痛苦的一件事！然而我们有时候竟没有法子防止失眠。我曾向外国人学得数羊儿的妙诀。但是羊儿越数越多，竟像曹操的八十三万人马，数到天亮也数不完，于是终于失眠了。失眠之后往往食不下咽，弄

作品信息

　　原载《昆明中央日报增刊》1944年10月15日，收入《龙虫并雕斋琐语》（上海观察社1949年版、中国社会科学出版社1982年版、商务印书馆2003年版、北京联合出版公司2012年版、中华书局2015年版）。

到眠食俱废。这样渐渐糟蹋了身子，其苦可知！

为什么失眠？若说是忧国忧民，虽然冠冕堂皇，毕竟和事实距离太远。况且不在其位，不谋其政，我们也不应该这样不安分守己。那么，我们为什么失眠呢？

青年时代，失眠的主因恐怕离不了恋爱问题。"求之不得，寤寐思服；悠哉悠哉，辗转反侧。"（注：思服，想念；反侧，翻来覆去。语出《诗经·周南·关雎》。）曾受周公教化（注：《诗经·周南》是周公的教化。）的君子也曾经这样坦白地告诉过我们。岂特君子？恐怕连那窈窕淑女也不免辗转反侧。不过诗人忠厚，不肯明白说出来罢了。林黛玉在绝粒以前，常常失眠，其主要原因正如《红楼梦》八十二回里所说："当此黄昏人静，千愁万绪，堆上心来"，"心内一上一下，辗转缠绵，竟像辘轳一般"，"翻来覆去，哪里睡得着？"她的咳嗽只是失眠所引起的，因为"自己挣扎着爬起来，围着被坐了一会，觉得窗缝里透进一缕凉风来，吹得寒毛直竖"。可见得她是因为失眠而后咳嗽，并不是因为咳嗽而后失眠啊。

壮年时代，失眠的原因就复杂了。商人白天持筹握算，晚上脑子里全是商品和数字，往往睡不着。机关主管人为了经费的统筹，人事的处理，一时想不通，也往往睡不着。"齐人"（注：旧时把有小老婆的人称为"齐人"。语本《孟子·离娄下》："齐人有一妻一妾而处室者。"）因为妻妾争风，"黔娄"因为柴米无着，告贷无门，也往往睡不着。壮年人比青年人更易失眠，老年人比壮年人尤其容易失眠。"亢阳"的次数越多，人越易老。波德莱尔诗云："贫人颠沛由来久，常存怨气冲牛斗。上帝内疚慰之以睡眠，人类更添赤日之子其名酒。"睡眠本是上帝的恩惠，应该含生之伦（注：这里指人类，《文选·到大司马记室笺》："含生之伦，庇身有地。"）皆能蒙恩，谁料世上竟有不少的人还不能享受这最低限度的幸福！

我们文人还有一种失眠的原因，就是床上想文章，打腹稿。欧阳永叔尝言诗文多得于"三上"，就是马上、床上和厕上。马上和厕上都没有问题，床上却苦了一双睡眼。我们"唯将终夜常开眼"，却不是"报答平生未展眉"（注：元稹《遣悲怀》："唯将终夜常开眼，报答平生未展眉。"），而是"愿学阴何苦用心"（注：杜甫《解闷》："熟知二谢将能事，愿学阴何苦用心。"阴何，指阴铿、何逊。）。抽思乙乙（注：陆机《文赋》："思乙乙其若抽。"乙乙，难抽出的样子。），思绪越引越长，偶遇梦丝，既理还乱（注：李煜《相见欢》："剪不断，理还乱，是离愁。"）！呕尽心肝（注：指冥思苦索，费尽心思，据《新唐书·李贺传》记载，李贺每天外出，都让侍从背一个锦囊，他写了东西之后，就投到囊中，他母亲让侍从掏出囊中的东西，看见李贺写得很多，生气地说："是儿要呕出心乃已耳。"）之后，阴何还没学像，腹稿还没打完，已经是晨鸡三唱了！这种失眠，真是何苦！然而文人之可笑在此；文人之可爱亦在此。

前面我们首先撇开忧国忧民的失眠，是因为这种人太少了；我们这班自了汉（注：只顾自己，国家大事之类什么也不管的人。），不敢盗窃这种无上的光荣，但是，太少并不就是没有。当国的人夙兴夜寐（注：夙，早；兴，起来。《诗经·卫风·氓》："夙兴夜寐，靡有朝矣。"），自不必提。此外还有那些爱国志士们，身在田园，心存廊庙（注：指朝廷。《孙子·九地》："厉于廊庙之上，以诛其亭。"）。凛匹夫之有责，痛胡骑之横侵。更筹（注：古代夜间报更的牌子。）细数，默招贾傅（注：汉代贾谊曾作长沙王太傅，所以称为贾傅。）之魂；烛跋轻吹，幽诉彭咸（注：彭咸，殷大夫，谏君不听，投水而死。《离骚》："虽不周于今之人兮，愿依彭咸之遗则。"）之鬼。九度肠回，叹神京（注：指京都。）之日远；一宵发白，忧汉社（注：指国家。）之将墟。心病还将心药医，这种失眠症，恐怕要等到兵渡鸭头（注：指鸭绿江。），甲齐熊耳（注：指立下战功，敌人投降，熊耳，山名。陆游《小出塞曲》："明日受降处，甲齐熊耳高。"）的时候，方才医治得好的了。

一九四四年十月十五日，昆明《中央日报增刊》

公共汽车

王了一

　　最近因为迁居乡下，每星期须坐几次公共汽车。我们没有理由说公共汽车的票价定得太高，因为往返的车资虽占了我每日收入的一半，但若依物价万倍计算，车资只等于战前的一角多钱，也不算贵了。最令我头痛而又印象最深者，乃是等车、买票和坐车。

　　等车所需要的耐心，比"人约黄昏"的耐心还要大。目断天涯，但瞻吉普；望穿秋水，未见高轩。候车近日，有如张劭之灵；抱柱移时，竟效尾生之信。回忆在上海等待公共汽车，五分钟不来，已经像热锅上的蚂蚁了；但是现在抗战八年，抗得心都硬了，早学会了守株待兔的本领。半点钟不来，等一点；一点钟不来，等两点；两点钟不来，等三点。如果最后一班车突然宣布回厂，也只好等到明天。从前的公共汽车是为了旅客的便利，现在的旅客是为了公共汽车的便利。有时候大雨倾盆，旅客们变了一群落汤鸡，仍然冒着雨，等着，等着，竟像公共汽车是开往某地去淘金，非坐不可，非等不可。

作品信息

　　原载《自由论谈周报》1945年9月8日，收入《龙虫并雕斋琐语》（上海观察社1949年版、中国社会科学出版社1982年版、商务印书馆2003年版、北京联合出版公司2012年版、中华书局2015年版）。

　　好容易车到了，开始卖票了。车到后才卖票始终是一件难于索解的事情：大约是让大家挤着买票热闹些，好看些。人越挤，手越乱，越费时间。偶然有人因抢着买票而和售票人争执，售票人就先和他吵闹一番，暂停售票。买票的人越急，卖票的人越从容，本来按部就班五分钟就卖得完的票，一刻钟也卖不完。抢和乱是中国全社会的情形，公共汽车的卖票只是全社会的一个缩影。如果你因此责备汽车公司，就请你先改造了全社会再说。但是，弱者终于成了牺牲者。有一次我自知无能，派了一个青年代表去买票，谁知他也谦让未遑，虽没有做大树将军，却也甘心做殿后的孟之反。他到站最早，买票最迟；在三十六位抢票天罡当中，他做不到第一名及时雨宋公明，也做不到第二名玉麒麟卢俊义，倒也罢了，偏要退到第三十六位，做了一个浪子燕青！只听得售票人把票窗一关，他只好望窗兴叹。唉！这种人切莫买票，更莫做官！

　　如果你买到了票，就该挤车了。售票人大约没有计算车子能容多少人，所以车子总是挤得满满的。其实计算也没有什么用处，因为有些特种人往往不先买票，就从车窗爬了进去。原来先买票的还是傻瓜，只有先抢上车的是英雄。车到了，客人还没有下车，没有能力爬窗子的人们就从汽车门口蜂拥而上，弄得来客们没有法子下车。人满了，另有些人就改坐"头等"，所谓"头等"就是车顶。美国人给他们拍照，带回美国去又是一件珍闻。普通形容拥挤，喜欢拿罐头沙丁鱼来做譬喻；其实沙丁鱼的堆叠是整齐的，而公共汽车乘客的堆叠是杂乱的，比沙丁鱼更逊一筹。古人所谓摩顶接踵，公共汽车能够如此就算是天堂。你的头只能靠着一个高个子的脖子，或者一个矮人的头发；你的脚千万莫提起来搔痒，当心再放下去已经失掉地盘了！如果你侥幸是坐着的，你只好仰天长叹，否则另一个人的胸将没有一个安顿处。如果你前面站着一个女子，而你又不够洋化，不肯让座的话，你就只好学个柳下惠，让她坐怀而不乱。真的，有一位中年摩登妇人站不住了，只好老老实实坐在一位陌生的少年军官的膝上。这也不能说什么：嫂溺则援之以手，礼也；现在女疲则援之以膝，即使孟老夫子复生，也应该是点头默许的。

　　本来，公共汽车应该是平民化的东西。在这年头儿，农民贩夫富于公务员，更有搭坐公共汽车的权利。如果都是些干干净净的长沮桀溺、梁鸿孟光，倒也罢了；不幸偶然来了几个自从出世以后没有洗过第二次澡，或自从结婚以后没有洗过第三次澡的巢父许由，在这苍蝇钻不进的人群当中，那非烂非麝的气味儿也就够你消受的。还有他们的全副行李，也未必受人欢迎。有一天，一个老头儿带了一罐不封口的菜油，车子一颠簸，弄得附近的五六个乘客的裤子都油油然利益均沾。总之，你如果有漂亮衣裳，应该留着进电影院或舞厅，千万莫在公共汽车上摆阔。

说了一大篇，我还得声明我并不是公共汽车的憎恶者；因为还有一辆容纳四万万五千万人的公共汽车比上述的情形更糟。抗战胜利了，但愿抢和乱的情形跟着战祸烟消云散。不然，外国人拍起照来，那才不好意思呢！

我的母亲

凤 子

　　三十四年除夕前夜，为了写一篇风景的文章，我把自己关在屋子里，守着炉火，坐到半夜。红色的火花把我的思绪引过了关山，引回到家。想到家，病中的母亲和守着病人整日叹息的父亲的身影，恍惚就在眼前。翻读五哥最近来信，读到"医生诊断，脉象转弱，盼速归来"。"是的，我一定要回家了"，多少日子来，为了回家，四处想办法，然而路途如此遥远，旅程如此艰难，我嚷着要回去，一个流浪成性的人，这时候感情忽然变得像孩子，像扯着母亲衣角撒着赖的孩子，听到自己从心底嚷出来的声音，不禁怔住了。事实是如此的残酷，交通得走门路，旅费够我踌躇，办法想不出，却失眠了半夜，文章一字未写成。

　　除夕起个绝早，匆匆把文章涂成，便忙着外出，料理一些待了未了的杂事，下午才拖着疲倦的身体回寓所。月余来过度的忙乱，胃病乘机来袭，走回寓所，才发现屋子是从来没有的乱，床都没有铺叠，正想躺下来休息休息，忽然一阵敲门声，是邮差在门外唠叨："送了三次了，难道还没有人？"

　　接过信，封面上写明是父亲寄的，像有灵感似的手都不由得抖了。不及向邮差

作品信息
原载《人民世纪》1946年创刊号。

道歉，拆开信。父亲的信写得如此的婉转，叙述了母亲的病状，说在打什么针，服什么药，为了医病方便，那天从乡下搬进城，又为了天寒客中不便，那天仍又把病人送回乡下。病人好一阵，歹一阵。终于有十余天不会说话，终于……天，这是真的吗？终于永远永远不会说话了！在一月十五日那天，世界上最亲最亲的人，我们母亲，竟永远永远地离开了她的七十多龄的老伴，离开了她的儿女，离开了家，离开了这个世界了！

"年过七十，不为不寿，医药侍奉，已竭尽心力，唯辛苦太久，方得解脱，至为可伤也……"

父亲是一位贤明的长者，是一个难遇的达观的人。线装书里的哲学是他做人的基本态度，可是，表现在他言行思想里绝没有一丝迂腐气。三十一年我由港避难还乡时，母亲已患中风卧床两年，望到爱女活着回来，高兴得只是淌眼泪，右手右足不能动弹，只有用发抖的左手紧握着我的手，病人像一个学话的孩子只能简单地说不成句的言语："别走远了，乖！"望着母亲受着病的折磨，心里真是酸痛万分。年事太高，乡间又请不着高明的医生，战争阻塞了交通，药物都不易求到。避着母亲，全家人只有发傻地愣着。这样拖着活下来是受罪呵！我清楚地记得父亲在焦急万分时长叹后的一句沉痛话："能够一枪就解决了，方是真爱她！"亲生骨肉谁不爱自己的父母？从十五岁伴守到古稀之年的老夫老妻，实不忍心眼望着病人同死亡挣扎！愈接近死亡的人愈其想活下去！可是同病痛挣扎的力量不是亲人骨肉所能替代支付的呵！

病痛折磨着母亲，病人也就不自觉地折磨着丈夫同儿女。三位哥哥永远不敢离家远走一步，父亲肩负的本省修志馆的馆事，也一直蹉跎下来。永远不落家的我，赶巧这时候飞了回来，我的归宁，带回一家难有的欢笑，病人像打了一针强心针，精神一天天好，饮食一天天增多。短短一个月时间，病人拿出她做母亲的最后的爱，这爱如同是一面痛苦的网，以幻想为经，以梦作线，母亲终日在全家人谈笑声中，背着病痛还祈望活到百岁。四方的炮声离得远，家人生计和医药费把父亲的背压得更弯曲，过度的愁烦全家人都变得烦躁不安，平日相忍相让的兄弟姊们，这时候一件极无谓的事也可以打架三天不说话。在这种表面平静，实际却无端多变的空气中，我是不可饶恕地自私，偷偷打点再度离家。

没有人敢事先告诉母亲。一直等到行李拿上了轿子，我像归家那天一样，跪在她的踏脚凳上，紧握着她的发抖的同癫疯了的手。我不敢抬起头来看她，她的眼泪滴到我的额上，同我的泪水交流在一块，把她身上那件蓝色摹本夹里都揉湿了。奇怪她居然没有骂我，只断续地问："你还回来，看看我吗？"声音含有无尽的期待和无限的委屈。"回来的，半年后就回来的。"父亲替我撒了个谎，从装成的笑声中，我突然明白我的走，父亲早一天就告诉了病人，否则我不会走得那么容易。

"养不家的呵！"是我，养不家的孩子破了做母亲的梦，支持病人同死亡挣扎的美丽的想望，也被我一手毁灭了！

爱丈夫，爱子女，爱做团圆梦的人，忍受了六年的病痛，终于不得不撒开手，放弃了一切想望，睡进了自己选择的棺木，埋进了自己选择的土地里。一生应该无憾。不是，自己最爱的女儿，却永远不能够遵从自己的意志，在她理想的规范里做人，一直到弥留之深，还恋恋地呼唤着女儿的乳名，带着难以弥补的歉心咽下了最后一口气！

女儿为什么总养不家？这是人间词汇无法说明的悲剧。两个时代的距离，使得做母亲的永远永远也难以了解她的女儿。也许做女儿的自己也难以了解她自己。在人的社会里挣扎着活着下来的人，自己以为懂得把握现实，是自己以为懂得的现实把自己带上一条更艰难的路。愈受病的折磨愈燃起活下去的希望，愈在人群中摸索着的人也愈燃起活下去的勇气。同样是挣扎着要活，而要活得坚强，活得有分量，却是多么的不易！而做子女的却这样地自私，为了自己，毁灭了病中母亲的想望。三十一年春末离家后，再也没打算回去。待我决定了："一定要回家了！"想不到一切都毕竟太迟了！

新年中把自己关在寓所，天天守着一炉火，坐到深夜。红红的火把我引进无尽的回忆里。母亲的声音笑貌就在眼前耳际泛漾，茫然中似乎听到她唤我的乳名，待一定神，屋子里仍然是自己一个人！

想到从童年到今天，多么长的一段日子都很快地滑走了，惯于行旅的人那样很少想到家。而现在，日日夜夜，每分每秒都抹不去心底的想念，让泪水湿透了家书，而泪水却洗不净我的悔恨！唤着母亲，发誓也要赶回家去。我要在新坟上添一□土，让泪水渗进了泥土，借泥土安奠母亲的在天之灵！

　　客边无法遥祭，这封信伴着我的愿心作为家奠时的一份供品吧！母亲！

成年人的哀悲

凤 子

每一个人都有可以回念的童年生活。

幼小的时候看世界是新奇的，对任何陌生的事物、陌生的人、陌生的环境都容易发生兴趣，这陌生，在成年人看来却是生活中习见的。可是假如小孩子们夸大地来模仿他们认为陌生的、感觉有无限兴趣的事件时，成年人看起来也未始不引为可笑，也认为这是小孩子们应有的天真活泼。

二十年前，还没有这福分进幼稚园的朋友们，应该还想象得到自己的童年是怎样拖着鼻涕挨手心混过的。衙门式的宅院对于好动贪玩的小孩子们无异是座监牢。不过，尽管生活圈子那么小，而这小圈子却范围不了人的欲望同思想，童年时代的天地却是辽阔无边的。

记得我在十岁以前，总爱在大人们警戒松弛的时候溜到一所仿佛真有狐鬼妖怪出没的废园里去，那废园傍着一所监牢，废园有一个后门，就因为邻近监狱被封闭了。对着那封闭的门我有过许多的幻想，我希望打开那座门，我希望走进监狱里去。唯其不可能，那荒凉的废园便成了我独享的游戏世界。我有一根木棒，忘了是

作品信息

原载《文章》1946年第1期。

谁传授给我的，我一只手可以把木棒转得像飞轮。我被《七侠五义》之类的小说迷住了，以为只要有一身好武艺，就可以为世间苦人打抱不平。可惜武艺没练成，有一次自己倒摔破了脸，从此后园的门便也封闭了。母亲为我摔伤还给狐鬼许愿，也许狐鬼有灵，多病多灾的我，居然活到今天。至今抚摩额上拇指大的疤痕，不禁对逝去了的童年寄予不尽的眷念。

童年自然不再回来，可是那座废园和那个封闭了的后门，还有傍着门外的那所监狱，却常常隐现在我的记忆中，闭目犹在目前。只是眼前的世界已经是一个成年人习见的世界，生活在成年人习见的生活中，即令偶然参加进一个陌生的环境，也失去了童年时对陌生所引起的新奇之感。对一切事物都不易鼓舞起兴趣来。

活在今天，眼前的世界似乎就是一所大的废园，活跃在这广大废园里的，有的是比狐鬼更令人心悸的精灵。狐鬼不过是看不见的影子，而这些精灵却就在你的周围。长成人的模样，说着人的语言，有比人还要聪明的机智，有比狐鬼还要神通的魔法。这些精灵搅惑得叫你分不清谁是人谁是鬼，这些精灵可以把白天变作黑夜，把地狱装点成天堂。在这比狐鬼还要恐怖的世界里，想做一个人，想认识一个人，想听到真正的人的声音，想……无数的想念，却被无数的看不见的门封闭了，堵死了！你无法走出这个荒凉的圈子，除非你真能学会一套飞檐走壁的本领。

我知道，被封闭了的门外，就是一所监狱。可是，假如你还保留一点点童年的天真，你还有童年时具有的惊人的想象力，谁也别不住被圈在封闭了门的废园里，谁也有这欲望，想打破门，看看门外的世界吧。

可惜童年玩的一根木棒早已不见了，童年最宝贵的想象力也已锐减。手上这支笔连记忆中荒芜了的废园也描述不出来。我深深体味到做一个成年人的悲哀。

夜　泣

凤　子

入春来，天天雨，可是冒雨我也要到街上溜一趟，我再也关不住了。望着铅色的天，迎着淅沥的雨水，看路旁行人匆忙地来去，谁也无暇注意我。寂寞地走着，走着，心情比天色更阴沉，我咬着悲痛忍着泪。眼泪洗不净哀痛，浸沉于过度的悲哀里的心情，宛如一张白纸，能够涂写下什么来呢！

我怕回忆，怕接触到任何一种引动我回忆的事物，我怕读家信。没有一封信，不是告诉我母亲死的情形，这些本是我渴望知道的；可是，每一封信，都暗示我母亲临终时的一声叹息："壬儿能回来吗？"希望一见，终于永远也不能再见。母亲弥留时没有任何遗嘱，除了希望一见她的幼女。这么一个单纯的希望，终于陪着她自己永埋进了土里！

母亲活着，我很少落家，她病了，病了五年，我没有侍奉过一日。现在，她死了，死了快一百日，我仍然无法赶回去。我发誓要在她的新坟上添一抔土，让泪水渗进泥土，借泥土安奠母亲的在天之灵。可是，直到今天，回家还只是一个希望，一个梦。交通得走门路，旅费够我踌躇。母亲叹息着终于永远合上了眼，而我却背

作品信息

原载《文潮月刊》第1卷第4期，收入《画像——凤子小说散文选集》(北京出版社1982年版)。

着这无尽的悲痛，无穷的悔恨，在客边磨着岁月。一个不爱骗人骗己的，今天却只有借梦来鼓励自己，安慰亡魂。

我早已不是小孩子，而且多年行旅生活，已不可能保留孩子气的任性。活在今天的社会上，要工作得有意义，就在能够把握生活。经过了大的动乱后的社会现象，往往不合理的事实，像荆棘样阻碍了前路。人活着，总得向前走！尽管付出的代价是酸辛的。有时看来是人的圈子，感觉如同在鬼世界里混。不愿，也不屑鬼混时，宁可退守孤寂。寂寞时不免常想到家，更想母亲。因为只有在母亲面前可以任性。只有父母家人才能真的爱他们的孩子。父母家人的谅解同安慰，给我不少鼓励。借这份真挚的爱同鼓励，我才又打起勇气往前走。

可是，母亲死了，我虽然没有回家，我想象得到由于母亲而支撑起来的一个大家庭，现在失去了母亲，将会变成怎样一幅景象。我在幼小时最喜爱的年节或喜庆日子的那份热闹，现在对子侄们讲起来，只是一个美丽的故事；夏夜，全家人纳凉时，数天上星斗；冬日晚上姑嫂姊妹们，围炉烤肉，饮酒笑谈的日子，也已是无法追寻的旧梦了。母亲爱酒不善饮，会做菜，却只是为了丈夫同儿女，才那么兴致地拿出体己钱来，时时筹划着。晚年多病，经常地躺在床上，也不忘操那份心。为了母亲，那个家天天充满了欢笑。可是，也为了母亲，母亲的多病，父亲同哥哥们在欢笑声中咽下了痛苦和烦忧。战争把全家人锁在家乡，如果不因了母亲，哥哥们早就分道扬镳了。自然，母亲一死，家人不会再留在乡下，父亲最近将因省志馆事赴桂林，哥哥们也将为自己的事业各奔前程。假如我的行程再耽搁，回乡将看不见家人，除了母亲的一座新坟和傍着新坟的那所老宅。空无一人的老宅会由远房子侄来看管，睡在新坟里的母亲必将更寂寞。

我不可能陪着母亲，去守老屋，甚至到今天，回乡还只有一个想望。天天念着母亲，"壬儿能回来吗?"这声叹息似乎就在耳边。午夜梦醒，雨声滴到我心里，我几乎要冲出屋子，我记得母亲是不惯在雨夜走路的人，迷茫中我忘了远在千里外的家乡不一定也在下雨。有时看见月光，我幻想着自己身在郊外，踩着松松的泥土，我要从地里把母亲抱起来。这一切都是幻想和梦呵！一个失去了亲人的孩子，却宁愿用梦，用幻想来折磨自己。

唤着母亲，我有的是无尽的眼泪。眼泪洗不净哀痛，浸沉于过度的悲哀里的心情，宛如一张白纸，能够涂得下什么来呢！

一九四六年于上海

从夜里到夜里

——告两年来关怀我的友人

秦　似

我站在小山岗上，瞭望着四方。南国的海滨气候暖得特别早，还只清明前后，便已是绿草茵然了。田野披着柔和的阳光，而目之所至，这阳光好像就属于我一个人和那两条唰唰咬着草的水牛。就在这寂然的山顶上，每天每天，我选好一个荫蔽而又可以远眺的位置，环视四周峰影青青的群山；那些山，从我家里看去就更远，模糊得像一匹怪兽或巨人，小孩时候，非常怕看，现在却几乎都印有我的足迹了。我熟悉那上面每一条荒径，每一片石岩，每一处峰坳和流涧。我自己就是一匹兽，常常在那里躲起来，说不定此刻，一拔脚又往那里跑。当水牛朝它们主人家里呆望的时候，我的目光也随着移到了左一片右一片的小村落上。阳光照射的瓦面，和稻

作者简介

秦似（1917—1986），广西博白人。原名王缉和，又名王扬，笔名姜一、茹雯、土根等。著名语言学家王力之子。1940年与夏衍、聂绀弩、宋云彬、孟超等人创办《野草》杂志，1941年与孟昌、庄寿慈创办《文学译报》，1946年辗转至香港。1949年接手香港《文汇报》副刊彩色版。解放后，曾任广西省文化局副局长、广西文联副主席、广西作协副主席、广西政协副主席等。著有杂文集《感觉的音响》《时态集》《没羽集》《在岗位上》《秦似杂文集》等，出版有《秦似文集》（四卷）。

作品信息

原载《文艺生活》光复版第8期。

田和零落的树林混成灿白的颜色，就在那像人们身上衣服的补丁一般摆在山谷四周的许多屋子中间，我又插足下来了。在我眼前展开一片无比的大海，辽阔的乡村之海，从这边到那边，看不到涯岸，没有尽头。我爱这个海，我钻了进去。万千活得不像人样的穷苦者们，就像万千颗一色的海沙，屠杀者已经把世界占领了，但这沙漠的海，还是寂然地躺着，每一小沙粒，还在无声响中辘辘着。

夜间，回到停息牲畜和人的小土房，生起火来。这儿的村里人，就不在冷天，晚上也烧火，因为需要光。我从这时听取一天的情报。陌生农民很容易惯熟，有知道的，有不知道的，但少少几个人就谈起来了，直到他们把疲惫的身子倒到床上去。为了满足我片时的自由欲望，他们有时于深夜后点起松脂和我去照青蛙。我在这些日子里很难成眠，常常躺上了床，对着灰堆中的余炉默索一天里的事。必须竭尽心智，从仅有几个村人的口里和脸上，填出一天村里外情况变化的空白。下一刻会怎样呢？成十成百青年人的牺牲，把我丢了下来，现在，我是独立搏斗了。生命挣扎的本能在提醒着我：半点疏忽就会等于死亡。曾经不止一次，当临到绝望边缘的时候，我愿意生命的了结。别人之死给我太深的伤痕，对于自己幸而存在下来的命，早觉得没有太多的留恋。那些昨天还在课堂里的孩子，来不及看见外面的世界，来不及得到过男女间的爱情，来不及把足迹打在他们到来的较宽阔的人间，就把生命捐献了。我不知道世上还有什么比刚看见阳光的幼芽被剪刈而死更悲惨的事，还有什么可以比拟死于洁白的理想的洁白的灵魂。这些人比年青的我更年青，更有充沛的生命力和富于创造的前途，但他们死了，昨天还是我的学生、我的伙伴，此刻，离开了等待着他们的人群，永远地死了！我的活着能补偿他们的丧失于万一吗？我不会是苟活吗？但他们又分明是要我活，活下去，从血堆中站起来，从死神手上挣脱。我不能向人民的仇敌宣告我是伤乏了，孤独了，准备把生命交给他们了，像一匹落荒的战马，我要认路奔回自己营里来。

于是从夜到夜，从小村到小村，向屠杀者搜索不到的空隙，借愚民百姓的力量，我又存在了下来。也听到为我担过血海关系的农人有被杀的了，但我没有泪。胸里横着无可如何的硬心肠：既是命运排定了我们在一起，有什么可说？我不能忘记他把我安置在一只小船里，如虎似狼的官军从船边呼啸而过之后，他黄脸上那朵安堵的憨笑，他也伴过我不少夜行，累成对汗人儿般地攀爬中同喝山沟里的水；但我只能把他在心上埋葬了，和许多别人一起。死亡的黑流冲进偏僻村落的当时，烧、杀、抢同来迫逼之际，乡下人不如一般所说"民不畏死"那么慷慨，他们中多是依恋着活得不像人的生存，尽管这种生存对他们置身的社会已经是难堪的讽刺。然而，由于心底的善良常常战胜世传的哲学，"禾同禾，草同草"，怀着畏惧和小心，人们还是把我收藏起来了。常常在绝望的波涛中，我又望见了前面的灯塔。

愿望得到的，就终须得到。无论性灵家怎样夸说造化安排的功能，在我如果不因多年来自己对泛在社会表层的侏儒生活起了戒惧的恶心，这场无妄之灾不见得是不可避的。想起那个秋雨迷蒙的早上，我们挤上了桂林南站的疏散车，我和女人和另几位朋友。"黄沙河失守，飞机场大火"，连看我也不回头一看那火海中的死城。我不知道人们要逃到什么地方，可以逃到什么地方，日本人跑得那样快，而带着虱子一般的男女小孩的疏散车却是每天走不了几里又停下来；前去独山，就连停住不开的火车也塞满了人了，官兵民三等，个个住了家。我们很快就发现了自己是逃难竞争中的失败者，而这时候，另一条道路却向我打开着大门，那是往沦陷中的家乡去的路。"国破山河在"，这被弃遗了的山河，又正有着自己的母子家人和万千同自己一样乡音谈吐的家人父子，他们不也一样遭受了遗弃的命运吗？那么在狂惶眢乱的世界中失掉了站立地位的我们，正还有去处。就这样折向南边，在凤凰站挨了车站警察的殴辱和强抢，把他们化装劫掠的剩余背在肩上，在敌前走了七天零两个晚上，终于回到敌后的家乡了。愿望得到的，终须得到。在参加人民一砖一瓦的保乡爱国斗争工程中和因此引致的以后漫长的残酷的日里，旁人目为"自作自受"的蠢剧，于自己不正是一分一寸地砍伐了自己的过去，向历史给我们排定的长途走过一段了吗？

挫败征服不了倔强的身心，折磨摧不毁期待天明的意志，在刽子手踌躇志满的狂啸中，我又度过了好些悠长的岁月，白天躲在黯黑的小楼棚上，听候时间的溜走，但晚上依然可以接触小小的社会，为了抵挡寂寥，我教村小孩念书，给人们择日卜卦，更长的时间就是谈天了，谈得那么多，那么广泛，那么愉快，常使我暂时忘却死刑囚的命运，和村男女一起爆出高兴的笑声。这些谈话包含的知识，我想是会给我一生受用的。从他们的时事谈论中，我知道外面的世界有了怎样可怕的炸弹，后来知道那确切的名称：原子弹。而且日本投降的消息也突然传来了，圩场上，道路上，他们都听到这传说。初闻之下，大家说不出的兴奋。在他们是一种看见自己血汗栽植出了果实般的顿释重负的心情，在我难道就不像长途中的骆驼看见了水源吗？但我们的兴奋很快地消失，当我们发现抗战胜利的整个重量恰恰是转化成了空前压力加在我们头上的时候，像孩子放下烫手的热番薯，赶快放下心头的忭欣。惨愁代替了欢笑，百姓们从希望的闪光里转瞬间回复到命定的绝境那种扭折的挫伤，我是分尝着了。

就在这时候，我知道有些前辈和友人，因了种种传闻，也深深地关怀着我。我理解这不仅出自友谊和感情，在背负了沉重的卐字架向前的同一道途中，对于一个文化兵士的坎坷遭遇寄予关怀，不正是向万千同样遭遇的不幸者表示一点休戚与共吗？百般煎熬的日子里，友人的关心给了我温暖和勇气，而且凭借这份勇气，我终得脱死。一切语言，在表示我的感谢上是不会有用处的罢，我只在此默祝诸位的平安。而且告慰诸位，我暂时之间是平安了。在出走的第一个晚上，翰新带了小苹偷偷来看我，孩子想哭，她母亲掩住她的嘴说："爸爸到不杀人的地方。"这是孩子自己的话，她在几次见面时都低声问过我："爸爸，什么时候才不杀人呢？"什么时候？我能够解救一颗满染了对世界的忧惧的孩子的心吗？被迫离开共同呼吸了两年的千万诚实人，我像一匹猎物离开了森林走向开阔地，到处满布着猎人的罗网，必须用尽气力冲，冲过去，但我不去想象这是怎样的结果。对着那极力用镇定掩盖忧颜的母亲和满脸疑虑的孩子，我流了两年来不流的泪。这是无可如何的：人的泪就不爱落在恶人和他的业迹面前，对着无助的弱小者，竟有时隐忍不住了。我抖擞身心，收拾起这多余的情绪，走上了险风恶雨的前路。直到筋疲力倦了后，才有人在耳边大喝一声，"检查！"从头到脚搜了一遍，但我的意识叫我知道：这已经是香港的码头了，那么，这里就是孩子心中"不杀人的地方"？让我们紧紧抱住这个好地狱罢！

　　我认为还是要从文化心态去分析和研究作家，用这一尺度去衡量，秦似应该是一个具备学者素质和平民意识的散文家。学者素质与平民意识的有机结合是秦似的优势，也是他之所以能在广西散文百花园里压倒群芳的最重要原因。

　　——林建华：《秦似——一个具备学者素质和平民意识的散文家》，《广西民族
　　　　学院学报》1990年第2期

　　飘逸潇洒是秦似散文独具的风格特色，是他贯之始终的艺术追求。

　　……

　　秦似的散文，或写当年地下斗争的艰辛，或写京华娼妓的新生，或写中朝人民的深厚情谊，或写瑞士的绮丽风光，或写童年的回忆，或写故人难忘的友情，或写人叙事，或描山绘水……笔底无不再现"我"的人生旅途。就是说，其散文创作的取材都来自"我"的生活宝库之中，都是"我"的所见所闻，所思所感；都是"我"的真情实感，从不无病呻吟，从不矫揉造作。

　　——黄绍清：《飘逸潇洒　深邃隽永——简论秦似的散文艺术》，《社会科学家》
　　　　1993年第5期

┃ 作品点评 ┃

　　在《从夜里到夜里》，进行地下斗争，处于白色恐怖的恶劣环境下，他感到"田野披着柔和的阳光，而目之所至，这阳光好像就属于我一个人和那两条唰唰咬着草的水牛"，襟怀坦荡，何等乐观，前景充满了希望。他也常常感到"生命挣扎的本能在提醒着我：半点疏忽就会等于死亡""他们又分明是要我活，活下去，从血堆中站起来，从死神手上挣脱。我不能向人民的仇敌宣告我是伤乏了，孤独了，准备把生命交给他们了，像一匹落荒的战马，我要认路奔向自己营里来"。立场何等坚

定，毅力何等顽强！他"常常在绝望的波涛中"，"望见了前面的灯塔"，从而奋力前行，争取胜利，表现了一个革命者非常可贵的崇高品格。

——黄绍清：《飘逸潇洒　深邃隽永——简论秦似的散文艺术》，《社会科学家》1993年第5期

白发童心的邵力子

曾敏之

从他那星星白发的外形看，应该说：他老了。从□当浮起的乐观而坚定、温和而朴实的笑容看，他却依然保有一颗清明而纯净的童心。

要理解邵力子的为人最好先读中国近代史，要理解他对人生所持的态度，也得从他个人历史发展才看出轨辙来。

他是浙江绍兴人，童年时就随父亲外游，因此他的家乡观念颇为淡薄，十五岁时他的父亲病殁他乡，他随母侨居江苏吴县。二十一岁做了清代的举人。

清代康梁的维新运动，是对麻痹的中国打了一支强心针，李鸿章所倡导的洋务政策，却也给当时的青年获得一种朦胧意识。于是邵力子抛弃八股的钻研，进入了苏州高等学堂，他有一位权要亲戚随时可以使他平步青云。但他认为一个人不一定要做官，学而优则仕的士大夫的传统劣习应该打破，于是他选择了文章报国的一条路，也就是选择了献身革命的一条路。

民国三年，他在上海《民立报》主笔政，民四年在《民信报》工作。自民五至民十四年，他与《民国日报》不可分，那十多年艰苦奋斗的报界生涯应该说是他最

作品信息

原载《书报精华》1946年第19期。

难忘的事。

邵力子的政治生涯，是民国十四年才开始的。蒋主席当时主黄埔军校，延他负责政治部，他遂以辅佐之才追随蒋主席。嗣任北伐军总司令秘书长的职务已在民十七年统一组定之后。民二十一年起，他主持陕、甘两省省政，达六七年。抗战以来，在最苦战时期任中宣部部长，并主持国际反侵略运动。他与苏联发生友谊关系是民十四年衔中央之命访苏的时候，二十九年一度任驻苏大使，归国后成为真正了解苏联疾呼增进中苏邦交的最力者。近年与孙哲生氏主持中苏文化协会，同为亲苏的健将。因为他主张采取美苏平行外交，曾受到国民党内一些人的指责，冯玉祥氏有一次在一个集会中说到邵力子的做人风格时，曾赞扬他是国家难得的好人，同时为他所受的委屈而控诉。

邵力子是一个好人，道德文章为人所共仰，现在他依然是奔走团给最力的人物，不囿于派系的利害，有自己独特的作风。我曾研究他的政治思想和生活态度，却从他常题赠友人纪念册中的两句话得到了端倪，他爱写"随分报国"与"随遇而安"。前者是明代大儒杨椒山先生被奸臣诬害，临刑遗书勉其二子，"要做官必须忠厚，正直，随分报国"的名句。后者是社会通晓的成语，邵力子认为他自己受杨椒山先生全集的影响很大。

谈到"随遇而安"的生活态度也许令人误会为消极。但他却坚认含有积极的作用。能遇而安了，才减少骛远好高的念头，才减少幻求的烦恼而会脚踏实地做事，平凡的事可能训练出不平凡的人，但须从随遇而安做起。他也解说按照社会经济发展的定律，应该要求生活水准的提高，不过提高时讲享受，未提高前能适应生活环境，却是一个必要的观念。

给无名的舵手

凤　子

　　窗前有阳光，就目光所及看出去，市街一如平日，车辆、行人有匆忙来去的，有安缓而过的，人家屋脊上正升起炉烟，又是一天生活开始了。再往远望，镶在玻璃窗框子里的浦江一角正如一幅画，波光如鳞，帆船时隐时现，呆立了不知多少时候，仿佛自己也划了一只小帆船，飘向海洋。忘了自己的存在，忘了自己也正浮沉在所寄居的风涛险恶如海洋一般的都市。我若真是一名舵手，我会炫耀我的经验我的魄力，如果我也有一分经验一分魄力的话。因为舵手有责任载着同舟人同风涛抗斗。但，我也不过是一名乘客，有时甚至被遗留在陆地，眼望着风涛吞没一艘艘小舟，眼望着曾经是同过患难的朋友浮沉着，挣扎着，同风涛做生死的抗斗。自然我也看到许多位老舵手，安稳地把着舵，迎着风涛，眼神闪射出智慧的光，但，我更看到一些青年的舵手，是那样无辜地牺牲了他们自己，默默地，没有一丝声息竟埋进了海底！

　　这时候，你的影子是那样明显地出现在眼前，自然你是憔悴了，过多的酷刑折断了四肢，你蓬乱的头发覆盖着的那张脸几乎叫人难以辨识，这就是你！你却沉默

作品信息

原载《人世间》上海复刊第1卷第2、3合刊。

着，本来就不善言辞的嘴却完全沉默了，连一声叹息都没有，可是你的深陷的两眼却睁着。你的手抽动着，那曾经写出过几十万字，而尚在计划着即待写完一部"家史"的手，抽动着，你不能安息，这只手，多少人热望着这只手，多少人渴望着读完你的光辉成就的"家史"，多少人更渴望读到更多的你的未来的作品。你知道，这是你的责任，你还不应该就此休息，你更不甘心就此休息。而这只手现在却把握一只舵，舵手不会顾念自己的安危，而多少人却揭不掉沉在心底的对你的怀念！

你的作品印得时你已经远走了，一个朋友记着你的留言，送来一本给我，同时也带给我一个难于令人置信的消息。你为了想念你的母亲才回到由于战乱而离开了十余年的故乡，可是你还没有踏上自己故乡的土地，你就遭受到人为的预谋的礁石，意想不到的灾害竟在你生长的大地上等着你，从此，你失去了作为一个人应该有的自由！

在你故乡土地上，早已没有了敌人，可是土地还在遭难，你的故乡兄弟们也还在流着血，为了什么，为了什么呢?！在重庆，在上海，朋友们在一块闲聊天，你是讷讷寡言。你憎恨现实，正如同每一个不满现实的人一样，可，你绝不是一个实际行动者，也绝不做无意义的空谈。唯其如此，你才能敏锐地观察一切，批判一切，唯其如此，透过你的笔，我们读到的故事，是那样允满了人情和爱。你并没有读太多的书，而现实教育却丰富了你的生活。你是成功了，你的作品已经受到普遍读者的共鸣，不论是什么样的人，我听到的批评足够替你欣喜，相信这些批评可以更鼓励你。一百万字是一个遥远的行程，你还年轻得很呢，你可以完成的将数倍于你拟定的百万长篇。多少人在盼望着你回来，盼望着你由于这次旅行可以更努力地续完这部"家史"，可是盼望终竟是失望，眼前浮现的那一艘驶向海洋的小舟，真的竟被风涛吞没了吗?

真是做梦也不会相信的，人海里竟从此失去了你的消息，你活着，还是死了?你如果活着，当然你逃不了磨折，你还得受更多的苦，可是，更多的传说你已离去人间，凭了什么，凭了什么，一个年轻轻的生命，竟无力争取他应该有的"活下去"的权利? 争取他作为一个人自由地活下去的权利吗?

为了抗战，每一个善良的中国人都吃尽了苦，吃够了苦，在崇高的抗战救亡意念下，每一个善良的人在炮火中以生命为祭礼，熬过了十多年。你不过是千万青年中的一分子，一个生长在冰天雪地中的人，走遍了黄河、长江以迄西南山区，你并没有希冀能够活着迎接到胜利，因为流亡的生活对于你是太冷酷了，甚至莫须有的罪名使你入过狱受了苦刑。记得你蹒跚在重庆的多坡的山道上，猛然一见仿佛你老了二十年。可是你还苦笑道："我还活着呢！"只要活着，再苦，对于你这样一个青年作家总是有意义的。而在今天，我似乎还听到你说："我还活着呢！"事实，可怕的现实并不容人存一分幻想！

阳光似乎很温暖，眼前人们生活得也似乎很平静，窗前风物如画，浦江波光引人远思。你的消息是隔绝了，你的影子却更清晰地显现在朋友们的眼前。"是的，我还活着呢！"这声音时时给人一种警惕、一个启示。倍增了人们航向远方的勇气与毅力。如果有知，你也许会引以自慰吧？你，默默地没有一丝声息熬受着苦难而牺牲着的无名的舵手！

怀念蔡楚生先生

周钢鸣

在桂林城里的榕湖边上，一个潮湿狭隘的小房子里，摆着一副桂林特制的竹床，床前一张小写字台，摆在向湖开的窗子下：这就是蔡楚生先生到桂林后，居住和工作的地方。那时正是一九四三年的暑天，湖里的蚊，飞进窗子里来，扰人不能安心地写作，而竹床上的臭虫，也吮吸人的血液，使你不能安睡。蔡楚生兄就在这样郁热而又挟着湖水蒸发的腥臭空气里，两脚蹲在凳子上，写完了他的《自由港》（描写香港战争的五幕话剧）。

我和朋友去看他，他的夫人已带着孩子转到别地方去工作了，所以，他一个人，就有更多的时间和朋友们聊天。当时，我们大家都热心地在读罗曼·罗兰《约翰·克里斯朵夫》：蔡楚生兄从这本书里的英雄奋斗生活，看到了自己的影子，因为他自己也正如克里斯朵夫一样，是一个人从万恶的社会里奋斗出来的。

他一面抽着土制的香烟，微笑地告诉我们一段童年的印象。

"我还记得，在十一二岁的时候，我有一次到了河边，看到河的对岸，金色的阳光正照耀在绿色的草原芬芳的花朵上面，我的心里就鼓起了想游泳到对岸去的勇

作品信息

原载《中南电影》1947年第3期。

气，后来我终于跳下河，要游过对岸去，可是在游到河中心时候，真是波涛汹涌，精疲力竭尽了生命的力才游到对岸。当我躺在草原上，我就默默地想到未来的人生，正如在金色阳光照耀下的对岸的草原，多么令我向往，鼓起我要投向他的怀抱去的勇气，这又是多么艰难困苦的搏斗呀，但是我终于向着我憧憬的人生彼岸游去了……"

在这样的回想里，他追述他童年时代如何在商店里当学徒，如何到上海，在小电影公司做杂役，接着做写字幕广告员（由这时起他写得一笔非常挺秀的行书字），当场记，做副导演——实际就是由他导演，以及和电影界里许多不好的积习搏斗……他一直是在被人家轻视下沉默地工作着，带着一种农民的顽强性和一副强壮的体格，他始终没有被人家压下去。他学习方法是在白天辛苦应付职业的劳役之外，晚上一个人悄悄地学习。当他在场记做副导的时候，他每次看电影回来时，他就回忆每场的里面如何构成，戏剧地位如何处理。由开麦拉从什么角度去摄制，用图表把他们记下来，所以他搜集了很丰富的电影实际制作的资料。因此当他一开展翅膀高飞的时候，他不但有一股充沛的新生活力，而同时也就能翻出矫健多姿的风貌。

但是，他始终是一个农民的儿子，用着沉默的态度、顽强的性格去工作去学习，但他也充满这种自信的机智，常常用一种非常警戒的心情去看这世界，看十里洋场上的一切牛鬼神蛇，正因为他在学徒生活、杂役生活时代遭受到许多轻视和过度的劳役，甚至迫害的程度，所以他一面警惕着社会的荆棘，同时也就束身自好，不与腐恶的势力同流合污。所以一到他能展开自己的大翼，能够用电影艺术来反映人生，来表达自己对于社会恶势力的控诉的时候，他所投与这些社会的恶势力的搏击，真是嬉笑怒骂，绝不容情。而另外呢，在他的作品里，表现出多种惨痛的人生，如《都会的早晨》，同情劳动者，颂扬勇于面向人生去搏斗的年轻人。《渔光曲》表现人民悲苦的生活和含泪的微笑。到了《新女性》——虽然不是他自己编剧，但却看出他渐渐地更深入都市下层的人民生活，《迷途的羔羊》更显出他对贫穷无苦的儿童的热爱，向社会叫出救救孩子们的呼声。

第一个时期过去了，抗战爆发了，他离开上海，到了香港，在这殖民地的城市里，他的生活是陷入了更加艰苦和更加寂寞，在拍了《孤岛天堂》《前程万里》之后，华南的电影界中正泛滥起一股神怪肉麻的逆流，他虽然想抗拒这逆流的恶势力，不愿与那些电影界的市侩合作，但他在香港却不容易在制片人方面，找到真诚的合作者，所以他只好沉默下来，住在破烂摄影棚下，傲然地屹立在华南电影界逆流的外面，咽着廉价的面，度着"贫贱不能移"的困苦的日子。在这种沉默中他清算他自己，意识到《孤岛天堂》《前程万里》虽然是流露了自己向往祖国抗战的热情，但还不能更贴切地表现当时人民的真实生活，因此他决然地搬到渔区去住，谛听疍民在水上流徙生活中所发来的悲惨的《咸水歌》和他们在日寇炮舰纵横的上所遭遇到的被屠杀、被活葬沉入海底的惨绝人寰的悲惨故事。于是他写出了《南海风云》表现了南海渔民，在怒涛汹涌海洋上与敌人的生死斗争。但是这样壮烈斗争的戏剧，在华南以出卖女人大腿和神怪传奇赚钱的电影老板们，谁愿意出资来拍摄呢。同时当时的技术条件，也限制了导演，不能让他发挥到自己的所理想的制作条件。

所以这部戏，到现在还只是画面的完成，但是在这个时候，楚生兄的生活起了一个极大的变化，在他的生活里降临了一股新的爱情，他碰到了他现在的贤惠的妻了——陈大姐。这爱情酝酿也启示了他新的创作热情，萌长他新的艺术活力。这时他开始写下第一部作品《万世流芳》。这是他前一阶段的制作的结束，胜利后一创作阶段的开始交替时代的作品；是表现在抗战中，如何去抢救下一代的中国的主人翁的作品，他说：原是淘某"电影皇后"的要求，为适合她表演而写的剧本。本来要该"皇后"一人演两个人的戏，但该"皇后"只愿演所谓正派的一角，而不愿演另一个被讽刺的人物；这样一来，楚生兄非常生气，理也不理她了，后来才想改请白杨来主演。但戏在大观公司拍了一部分，太平洋战争爆发了，这部片子又成了一部未完成作品。

他患病后，躺在桂林七星岩下的医学院里，他相信他在战后，对中国电影还要献出他的最大的精力，也要朋友给他搜集材料，他计划未来的写作。而每当他写作剧本时，一个人关在屋子里，一面揣想戏剧的情节，体会剧中人的悲惨遭遇，用全心灵去感受他们的命运，他像疯狂一样地，关在房子里，一面写作，一面像剧中人一样的痛苦地哭泣着。《南海风云》《自由港》，就是在这样激动的创作冲动之下产生出来的。

湘桂战争爆发了，朋友们把他先疏散到柳州去，后来"中制"要拍黔桂铁路的外景，孟君谋兄把他接到黔桂路所经的最高的山脉的一个车站——拔贡去养病，这里也是拍《建国之路》的外景的工作基地。他在那万山峻岭的荒寂地区里养病，天天面对着高山和流泉，在高远雄伟豁达的自然界里寄托他对于人生和未来的深思，也开始做整理创作素材的酝酿。但谁又知道，两三个月之后，敌骑像疾风一样地迫卷而来，使得他抱着病徒步数百里，而且还要自己推着行李车走路；但是当他走在千万人民逃难的行列里的时候，他已忘记了自己个人的生死，却更深深地体会了人民的苦难与酸辛。在兵荒马乱的贵阳我们重新相会的时候，我看到他是更加沉痛地正视现实，否定过去，热望将来；我们也就在这样的沉痛的日子里分别，他到重庆，我们到昆明……

现在，我们又看到他在今天这沉痛的岁月里握起笔来稿。《一江春水向东流》已完成了上半部，下半部亦在脱稿中；我想，在楚生兄执笔奋书的时候，他是在更沉痛地哭泣吧；但他所流的不仅是作者个人的眼泪，而同时正是人民大众的真正血泪！而楚生兄流泪的眼睛，所期望的，也正是属于人民的、未来的光辉日子啊！

一九四七年三月二十三日

回忆李、闻两先生

周钢鸣

李公朴先生不但忠于为人民服务的事业，就是他平日对朋友的职业和工作，他都是非常地关心，他经常尽一切可能为朋友帮忙介绍工作。当他发现一个青年朋友有些特长的时候，他总要想法一方面使这个青年朋友能够发挥他的特长，同时又注意使这个青年的特长，能为民主和社会的事业服务，使民主和社会的事业，能吸收到更多的盛旺的年轻人才。若是这些愿望一时不能达到，公朴先生总感觉得埋没一个人才，或是使 个人才的力量无从发挥，在他是一件极痛苦的事，他就会日夜不安，为着这个青年的出路思考，或是碰到朋友就热心地介绍这青年的特长，以引起大家的同情和注意。据我知道，他在昆明的时候，有好几个联大的学生，就在他这样的帮助之下，才能半工半读地继续学业。同时，他是非常信任青年朋友的。在他所主持过的量才学校、量才图书馆、读书生活社、抗战时期的民族革命大学、昆明的北门书店和重庆的社会大学，都表现了他善于任用青年干部，信任青年，尽量让青年发挥他的特长到工作上来的正确的领导作风，所以在他所主持的这些事业机构里，就能把许多青年干部培植出来。

作品信息

原载《群众》1947年第25期。

正因为他对他所主持的事业非常认真，要求青年朋友精通业务，所以有时也引起青年朋友误解了他的好意，说他的话太多。但他对青年的态度是平等的，绝没有上司对下属、老板对伙计的气派，这是因为自己认清他的责任，认清自己是为人民服务的一个公仆。

他做人做事的态度，是非常实事求是的，我想这是他青年时代经过苦学出身所养成的良好习性。当他在抗战初期到晋察冀各地去参加动员人民抗战的时候，他早就注意到调查研究的工作。他曾写了一本关于晋察冀人民生活的报告书。可见他当时的工作是已开始深入到人民群众当中去。

在昆明的教授中闻一多先生是和公朴先生最接近的，而且彼此后来成为共同为民主事业而奋斗至死的战友。闻先生对于治学治事的认真，对国民党反动派恶势力绝不妥协的精神，使他成了一个擎着民主战旗的冲锋战将，倒在敌人无耻暗害的血泊中，牺牲在他光荣的阵地上。

闻先生做人做事的态度是丝毫不苟的。这可从他写字这一件小事上看出来，他写的字非常清秀有力，一笔不苟。而民盟云南总支部所发的宣传文稿，传到他手头的时候，每次他总是认真地阅读思考，详细推敲，把民盟最坚定的政治主张、政治立场，改用最适当的字句表现出来。闻先生对青年的态度也是非常的友爱和关心。民盟之下设立青年就业指导部，就是由他的提议设立的。一方面有计划地介绍青年去获得工作职业的岗位，一方面也就是有计划地把民主运动推展到各个地区、各个社会阶层的职业范围里去。

同样地，闻一多先生对于朋友的态度，非常和爱，但他对于是非，却看得非常的重大。当毛泽东先生的《论联合政府》发表之后，引起了全国的振奋。当时新华日报昆明分社的朋友，在昆明翻印，那个印刷所原来经常和李公朴先生主持的北门书店有业务的往来。当新华日报分社翻印的《论联合政府》刚刚印好之后，那一副字版还未拆，就有北门书店一个姓李的人到印刷所去要他们为他添印两千本。这件事情当时传出来了。新华日报分社的朋友，当然愿意这指示新中国前途的历史巨著，能多多地发行，使人民多多了解，所以并不介意。但是这件事情传到民盟的人士耳中，甚至有人说是李公朴先生去要印刷所加印的，大家就对公朴先生起了极大的反感，甚至有人说他是投机分子，想赚钱。当时闻一多先生等听到了，一方面觉得对不起中共的朋友，一方面又为李公朴先生"干出这事"，感到遗憾，他很想为公朴先生掩饰这件有损他的为人美德的事情。但是在公朴先生方面，凭空被人认为干这种事情，心里非常愤慨，所以他找北门书店经常和那印刷所联系的一个青年——联大半工半读的学生，来证明这件事情和自己没有关系。

那天刚刚是民盟的一个会议，公朴先生把那个青年带来了。向民盟各负责同志解释加印《论联合政府》的事情和他无关，当时闻先生的确太冲动了一点，就说：

"公朴，你用不着证实，用不着推卸责任。我们都是为你好，我曾为你向外面的朋友掩饰这件事情。"

公朴先生听了他的话更火了，他气愤地说："我光明正大，为什么要你们给我掩饰，我李公朴若是干了这对不起朋友的事，愿受大家的裁判。但现在这个青年，可以证实我绝对和这件事情不相干。"

一多先生看到公朴先生发火，他也就更生气，一面拍着桌子大吼起来：

"你还有面孔来说与你不相干，你还敢向别人发脾气，你给我滚，这个地方是清清白白的地方，不容许你这个无耻的东西在这里！"

"一多，你应当理智一点，你不经过调查研究，你就不能这样武断地说这句话。"

一多先生更加咆哮了："还用我去调查研究，你的行为就是事实，你给我滚！"

"一多，你说这话，以后要后悔的，我从来就没有给人说我是无耻的东西，你拿事实来！"

一多先生和公朴先生就这样越吵越动气了，直到大家把他们劝开。公朴先生走出房门外去把那个作证的青年拉进来，要那青年告诉大家具体的事实。当那个青年正要说话的时候，闻一多先生还在生气地拍着桌子，那个青年看到闻先生这样动气，也嗫嚅得说不出话来了。这样反而更增强了闻先生所持的态度。他严厉地教训那个青年，他说：

"你还年轻，我告诉你，你要有良心，你不能用说谎来掩饰别人的罪过，你今后还要做一个人！"

那青年，想不到他的师长忽然这样严重地教训他，显然感到有些惶惑起来了。于是更艰难嗫嚅地说："闻先生，不是这样的，这事与李先生无关。"

"为什么与李先生无关，你撒谎？我不许你说!"

那个青年朋友看到这种僵局的场面，只好把头低下来，他的眼泪都要流出来了。

"一多，你这种武断的态度，完全是失去了理性。我向你抗议。"公朴先生被冤屈地大叫着。

这争吵的局面给拉开了。公朴和一多两先生都气松松地，一个是受了屈辱，一个大义凛然。经过大家调解之后，决定推几个先生出来调查事实的真相。几天过后，调查的结果，原来到印刷所去加印《论联合政府》的不是李公朴先生，而是曾在北门书店做过事的另一位李先生，所以才闹成这一幕误会的插曲。

当一多先生听到事实真相的时候，他非常抱歉地到公朴先生处告罪，他自责先没有调查研究的武断过火态度，同时为公朴先生的光明磊落，而更加了解公朴先生，认清自己的朋友没有这种不好的行为而感到愉快光荣。当公朴先生和一多先生重新握手的时候，公朴先生的眼光有点润湿，但他笑着对闻先生说："一多，我说你当时没有理智，你以后会要后悔的，你看，现在不是事实如此吗？"一多先生也抱歉地笑了："公朴，我对不起你，这因为我们都是为了一个伟大的目标啊!"

他们俩重新和好了，不知道这件事情的人，谁也不会看出在他们两人的友谊上曾经发生了这样的一次争执。而他们两人的友谊，也就建筑在共同为人民的民主利益而奋斗的基础上。忠实于人民的事业的人们都可以成好友，违反了这个是非的原则，也就没有什么友谊的存在的。

当李公朴先生倒在卑劣的统治者的暗杀枪声之下的时候，他的战友闻一多先生挺身地站了出来，对他死去的战友表示沉痛的哀悼；他含着满胸的激愤，更勇敢地和国民党反动统治者的卑劣无耻抗争。结果他和他的战友一样被卑劣地暗杀而死了。

他们的友谊和事业是一致的，他们的敌人也是共同的。那么，在今天我们纪念李、闻两先生的时候，李、闻两先生这种光辉的友谊，正是我们每个为民主事业而奋斗的人们的友谊的模范，而杀害他们的敌人，也正是我们人民的公敌! 我们挺身地站起来吧! 赶快把那些残民以逞的刽子手消灭掉!

宣　誓

陆　地

一

这里，灯光代替着太阳，黑夜成了白天，人们忘掉了睡眠。

"谁是咱们的头行人，谁能领咱们往好道引？"

大伙打心里捉摸好半夜了，说呀，如今是咱们贫雇农坐天下，旧的不算了。想想，举个好样的，跟咱们一条心！

"拿我看，小疙瘩关振英不得离，能带头，斗争可坚决了！"

"人家王占海哪一样也不孬；讲人品、讲正派也属他头一名！"

大伙的嗓门都说话说得哑了。

快亮天了，邻家的鸡已经啼叫。

冷丁，一阵掌声压住了鸡鸣。一个人叫掌声催得站起来了：是个魁梧的身影，是个老老实实的庄稼人。

"呵，呵，看他——新娘子一个样！"

"头回穿新棉袄吧？人可年轻了不少！"

作品信息

原载1947年12月19日写于拉林牛家站，收入《陆地作品选》(漓江出版社1986年版)。

"听他说吧，别嘈嘈了！"

会场肃静。

他说话了：

"……大伙举我到这里来，我心思：不干嘛，是违反民主，大伙都是民主举的我，反民主是不是不好？干嘛，咱是个头疙瘩，不会说也不会道，啥也不当……"

"你管朝前领，咱们大伙跟着干，怕啥！"

人们热情地呼啦嚷成一片。

他咽了口唾沫，又说了：

"嗯哪。大伙这一说，可也是。反正农会是咱们贫雇农一家人的事，办好办孬，大伙都有一份。好比说嘛，三股绳要往外拧，越拧越批；要往里拧呢，可就越拧越紧！咱们大伙说：朝外拧还朝里拧？"

"朝里！"几十个声音喊成一句话。

"嗯哪，大伙都得朝里拧，一条心向农会！我王占海一定得跟大伙一堆干到底！"

"彻底打倒封建，贫雇农翻身！"

几十个人喊成一个声音。

二

会议继续了两天一宵了。

好多人都说：妇女也同男人一样，个人分到八亩半地，一份浮产，自各还有个妇女团。咱们也该同男子一样：当掌柜；有话要说，有活要干！

现在，第一步先整理咱们的队伍，队伍整齐了，好跟地主富农干仗去。

个人都得对大伙坦白呵，好比有病的人，得老实告诉大夫，在早曾经害过的病症。

你说，你曾经有个糊涂的思想，替地主亲戚把金钳子往头发里藏。

她说，她素常有个不好的品性，好唠闲嗑什么的。

我说，早先做的事讲起来太不好听了，贪小便宜。拿过别人家东西。

人家倪家大婶同贺三娘她们，说得多利索呵：

十六岁过门，十八岁养娃娃，十九薅草，给家里做饭，做针线活，旁的也没干啥。

是有毛病的都往外刷！五十七个才剩了二十五名了。

这都是好人品，劳而又苦，正派的姑娘、媳妇、母亲。

为着彻底撂倒封建的枷锁，为着永远做主人，为着日子过得富裕、安生。妇女团的几位头行人，先起誓了：

听，一个穿着蓝色夹袍，袖筒露出红袖的老吴家新娘子说了：

"我日后一定得跟共产党走，我掌柜要干革命去，往好道走的，我个人一定不能扯后腿！"

含着长烟袋的老大娘，从嘴里拨开烟袋，往地上吐了口水，说：

"我不造谣言！"

她，头顶绾着发髻的刘家二媳妇，坚决地说：

"我往后要当两面光，出门就叫大车压死！"

谁在炕后尾大声说了：

"不成，咱们不兴赌咒。赌咒是迷信，封建！"

谁也接上来，尖着嗓门喊：

"大伙空口说白话谁能不往硬的讲？拿我说，你要真心干，就叫文书员来，把个人才刚说的话都给写上，完了，个人现在就当众打手指头扎出血来，往上面按！看你怕不怕疼，怕疼就不能算真心诚意干！"

"对，对，对！"

"来，谁有针？我先扎给大伙看！"一只戴着麻花银镯子的手腕，在灯光下摇晃。

"咱妇女不能落后。"

"得跟共产党一块儿走！"

"一直走到头！"

二十五个人，你一句我一句，连成朴素的诗章。

一九四七年十二月十九日夜深时于拉林牛家站

我深爱我的祖父

胡明树

在我的家庭中，祖父给我的印象是最深而且最好。他年幼时只有一个哥哥和一个母亲（我的太婆）。家里很穷，长年吃稀粥和杂粮，如果偶然有杂粮饭吃，那就高兴得不得了。据说有一次是南瓜煮饭，他就跳起来唱道："金瓜饭，得令锵！"可见他的少年时代是多么的困苦。无疑地，我们的太婆是一个非常贤惠坚贞而又能干的女人，她是在那样的艰苦中把两个孩子养大的。

祖父和他的兄弟是很和睦的，他们勤耕苦种，终于能够自立。后来祖父学会了做生意，和朋友合股开商店，与其说是营商不如说是创办手工业（同时又是和农业分不开的），主要的是榨花生油或芝麻油。每年的秋季就派出大批的买手到附近各埠收买花生或芝麻。几个仓库里堆得满满的。四条大木榨，周年四季不停地工作。每条榨要用五六个工人。当"花生造"的时候还要动用几十人专做收晒工作，有三个大晒场，晚上还要请人看守。

其次是做米、酿酒和养猪。先收买谷子做成米，米可以卖出，又可以用作酿酒，米糠可以用作养猪的饲料，酿酒后的糟粕也是猪的饲料。到我已经有知识的时候，

作品信息

原载《新儿童半月刊》第129期。

他们已经会利用水力研米了。——祖父的商店和作坊是在江岸，附近有一个水急的滩，他们就在那里安置着一个大船，利用水力转动车轮来研米的。他们经常饲养着十几栏猪，每栏约十只。还特别养着两只猴子看管猪群，当猪崽们打架时它就去干涉。养猪可以赚钱，又每天可得很多猪尿和猪粪——这些都是农业的肥料。做花生油，剩下的干渣——面，也是农业的最好肥料。祖父的经营，就是这样地把工、农、商三业有机地结合在一起的。

此外还雇有不少工人专做面条的。因此又有一个船是专门利用水力磨面粉的。那些造出来的面条都是日发客货，畅销几百里之外。

那样的包罗着各种工作部门的手工业化的商店的主持人就全靠我的祖父。和他合作的股东，有两个，一个是自己的邻舍，也正是一个新兴家庭；另一个是外来人，他是小贩出身的，据说他从前是收买烂铜破铁的，有一次收铜收到金就发达起来，他信任我祖父的忠耿和魄力，就把一切店务和计划都推在我祖父一人身上。又因为大家都是贫寒出身的，都是新兴家庭，都能刻苦耐劳，向上的，所以一切都很顺利。

在旧式的工商业经营上是没有合理的管理法的，那就偏劳了祖父了。他常常于三更半夜到处巡视各部门的工作情形，他要看看负责守望晒场的人在不在他的岗位，榨油的工人偷不偷花生。有一次他看见工人把大堆的花生放进火里烘来吃，但他不一直闯进去，他让他们吃完了才从容地踱进去，借装用鼻子嗅着，说："你们烘花生米吃吗？一定是！这不好，不好！下次不可再这样啦！"凡是在他的管辖范围之内发生了什么事情，他都知道，所以凡是做他伙伴的都有几成忌怕他，不敢作弊，同时他对同伴从来不刻薄，他不会使对方难过，他就这样地在店里建立了自己的威信。因此他得了一个绰号叫作"地方鬼"，就是地方上的事他都知道，他随时随地可以出现，他清楚你的一切，使你不敢对他欺骗。在旧式的不合理的工商管理法中，他的管理法算是最高明的了。

祖父每天早上都要回家一次，他要知道家庭里的人们在做些什么，在怎么做。不知为什么，我自小就对祖父有着极高的敬爱。有一次，不知是过什么节气，我一早就捧着粽子等祖父，祖父回来了，就和我一起吃粽子。我觉得，和祖父共吃一个粽子真是无上的喜欢，无上的光荣。

祖父的哥哥（我的伯祖父）是在家里管理家务及耕种的，他早死，祖父就叫伯祖父的次子（我叫他五叔）接替这个职务。家庭里的人多起来了，祖父就又在屋后建起一座新房子，我亲眼看见一座新房子造起来了，心里很愉快，我和我的堂兄弟姊妹常到那里游戏。

新房子造好不久，祖父就得病了，是什么病呢？是痢症吗？又似是黄疸病，我不大清楚，他是在商店里得病，大概病得很重了才回家的。那时正是新年里的一个早晨。我不知他是病回来的，因为他是步行回家，没有坐轿子。母亲早就告诉我："今天阿公回来，你记得对他说恭喜发财，老人添福添寿！"我说："后一句我不会说。"母亲就又教我："那么你就说恭喜发财得啦！"祖父真的回来了，我就照说了。但祖父对我说了些什么话呢，我可记不清了，只记得他给了我一个"利市"。

于是祖父就住在家里，天天有医生来看他的病。医药无灵，就用到道士来拜神送鬼，三更半夜的动用了很多人手，道士在唱着，跳着，打着锣、鼓、钹，振着剑，吹着"何劣"（招魂号角），家人们在跟着道士拜拜跪跪。道士不断地吹着："何劣！何劣！何——劣何劣何劣！！"这样的声音吓得我心寒起来。我真害怕！我放声哭了，一哭，母亲就抱我回到房里，抱我在被窝里睡觉，我听不见那可怕的声音了。

祖父临死前，听说祖母来到他的床边对他说："唉，你这么老了，还是不肯留胡须，以为你一世都是十八岁！没有胡须，到了阴间，守路的人以为你是童子，要留难你……"但是祖父却啐她道："你走开吧，我不用你管！你不要来啰唆我！"祖母道："唔，我走开，你到死还是一样，不高兴和我说话……"祖母就走开了。

祖父临死前，我的一个姑母（我叫她六姑）站在他的床前哭，祖父知道她哭什么，因为她嫁得一个坏丈夫；祖父就对她说："六姐，你不要哭！来！阿二（我的父亲），阿五（我的五叔——伯祖父的次子），你们来！我吩咐你们：我死后，你们要分给六姐两千斤租谷！不要痛惜这，她生为女，如果生为子还要分一份身家呢！"于是阿二、阿五都齐声说："四叔（我的祖父）！知道了！你不要挂心！"祖父看见大家都来齐了，他就含泪对我的六叔（伯祖父的第三子，一个滥赌鬼）说："阿六，你要好好地做人！我什么都不挂，我的仔嫩徒我都不挂，就是挂你，挂你不会做人，给人行前指后！……"

祖父死时，我是六岁，其实是刚满五岁，到现在差不多三十年了。但是三十年来的人事沧桑，祖父是不知道的。他更不知道他死后他的遗嘱没有被执行，他更不知道他的子孙和他的侄子侄孙会有数不清的争吵和仇视。他也不知道他一手创立的家是受过多少次的灾难，六姑也早没有了，她没有得到祖父在遗嘱中所允许的两千斤租谷。作为祖父的后裔的我，对于我的叔父们的不讲信义表示愤慨之外还有什么好说呢？在祖父跟前哭过的六姑早没有了，在祖父跟前安慰过他的阿二、阿五们，也没有了……我知道我的父亲是一个怕事而健忘的人，而我的堂叔伯的性格也是得人害怕的。

在我的印象中，祖父是一个高大的人；我的父亲也比我高大些；我的大哥也比我高些。祖父是没有受过学校教育而认得字会写字的人；父亲是读过书而得过秀才的人；我是受过教育又受过新时代思想洗礼又爱玩弄笔墨的人。看我看清楚旧的一切，也清楚新的一切，但我能从祖父学到什么呢？他的创业精神和对人宽阔的度量是值得我去学习的，但是我又知道，我恐怕学一生也未必学得好的。

猴　戏

阳太阳

近来，我家的门前常常响起一阵阵的锣声：猴子戏来了。照例，孩子们和路旁的人都围拢过去，这一次我也夹在人群中间，看起戏来。

开头，耍猴的，打起锣，手上挽起皮鞭，牵着猴子，一句说白夹着几下锣声，派头十足；那种北方江湖佬调子广东俚语，明知他在搵笨，听来你定会跟着笑上几声的。猴子坐在道具箱子里拿出面具戴在脸上；主子拉一下，它便翻一个跟斗，左一副面孔，右一副面孔，换来换去，倒是得意。给我们这条寂寞的街，添上一点升平。玩上几回，精彩的场面出来了，猴子沮丧地走到主子的面前，把他手上的锣槌抢了下来，不干了。这时候，看客们晓得干的什么，走的走，溜的溜了，当然，有的也还站着不动。

作者简介

　　阳太阳（1909—2009），广西桂林人。著名画家、艺术教育家、社会活动家。1931年毕业于上海艺专。1935年赴日本留学，1937年回到桂林，投身抗日救亡文化运动。1949年后，历任广州美术学院院长、广西艺术学院院长、广西书画院院长、桂林中国画院院长、中国美协理事、广西美术家协会副主席、广西美协名誉主席、广西政协副主席等职。阳太阳多才多艺，在从事绘画与教育工作之余创作了不少诗歌、散文等文学作品。

作品信息

　　原载《广州大光报》1949年3月25日，收入《阳太阳艺术文集》（广西美术出版社1992年版）。

"呸……玩得好！……再来一套！先生们是有数的……"耍猴的安慰着猴子，用他的帽子，兜向客人。

银纸投来了，不管湿柴，不管硬版，一礼全收。

如是，紧锣密鼓又玩起来。

"真要得，这个猴子。"不意间，我这样说了出来。

"跟斗还学得会，抢锣槌又有什么更难。"旁边一个孩子回答。猴子是聪明的，但也显得可怜。